SARAH KEMPFLE

Mord im Rotstiftmilieu

Buch

Ein Gasleck beschert dem jungen Englischlehrer Wonneberg einen ziemlich spektakulären Tod. Doch damit nicht genug: An seiner Schule herrscht durch sein plötzliches Ableben Personalmangel in einem wichtigen Prüfungsfach. Isa Klein ist zunächst mäßig begeistert von der Aussicht, Wonneberg zu vertreten. Erst als sie hört, sein Tod sei vielleicht kein Unfall gewesen, sondern eiskalter Mord, sieht sie ihre Chance gekommen, erneut tatkräftig zu ermitteln. Kommissar Bähr, offiziell mit der Aufgabe betreut, den verdächtigen Tod an der Schule aufzuklären, sieht ihre »Assistenz« gar nicht gern. Denn er weiß nur zu gut, welch magische Anziehungskraft Isa auf Fettnäpfchen, brenzlige Situationen und natürlich Mörder ausübt …

Autorin

Sarah Kempfle ist Lehrerin für Deutsch und Sport und unterrichtet zurzeit Gefängnisinsassen in der Justizvollzugsanstalt Stuttgart. Wenn sie nicht gerade auf einem entlegenen Fernwanderweg unterwegs ist, widmet sie sich ihrer größten Leidenschaft, der Verbrecherjagd. Natürlich nur auf dem Papier. Sarah Kempfle ist Mitglied bei den Mörderischen Schwestern und hat bislang einige Kurzgeschichten in Krimi-Anthologien veröffentlicht. »Mord im Rotstiftmilieu« ist bereits ihr zweiter Roman um die kriminalistisch begabte Lehrerin Isa Klein.

Von Sarah Kempfle bereits erschienen

Übung macht den Mörder

Sarah Kempfle

Mord im Rotstiftmilieu

Ein Provinzkrimi

blanvalet

Für meine Geschwister J. und M.

FSC
www.fsc.org
MIX
Papier | Fördert gute Waldnutzung
FSC® C014496

Penguin Random House Verlagsgruppe FSC® N001967

1. Auflage 2024

in der Penguin Random House Verlagsgruppe GmbH,
Neumarkter Straße 28, 81673 München
Redaktion: Sabine Biskup
Umschlaggestaltung und -motiv: Guter Punkt, München
unter Verwendung von Motiven von Daria Ustiugova / iStock / Getty Images Plus; paulista / Shutterstock.com und stock.adobe.com (creative; Nik_Merkulov; mkos83)
BSt· Herstellung: sam
Satz: Buch-Werkstatt GmbH, Bad Aibling
Druck und Bindung: GGP Media GmbH, Pößneck
Printed in Germany
ISBN 978-3-7341-1206-5

www.blanvalet.de

Kapitel 1

»Bitte beruhigen Sie sich doch.« Rektor Maier ließ seine Hände beschwichtigend vor den Köpfen des Kollegiums auf und ab wippen. Kurz zuvor hatte er mit einer unheilvollen Verkündung einen regelrechten Tumult im Lehrerzimmer ausgelöst. Jetzt plapperten alle wild durcheinander.

Isas Hand, die ein Käsebrötchen umklammerte, verharrte in Schockstarre einige Zentimeter vor ihrem geöffneten Mund. Sie hatte gerade abbeißen wollen, als Maier die Bombe hatte platzen lassen.

Alarmiert blickte sie zu dem Rektor, der wie ein Frosch seine Backen aufblähte und die Luft anschließend geräuschvoll entweichen ließ. Genauso sah er aus, wenn er in seine Tuba blies, dachte Isa. Nur, dass das hier nicht der Kirchplatz Grimmingens war, auf dem die Kapelle normalerweise zu feierlichen Anlässen aufmarschierte, sondern lediglich das Lehrerzimmer der örtlichen Gemeinschaftsschule.

»Ich sage ja gar nicht, dass jemand gehen muss!«, rief Maier erneut gegen den Lärm an. Es war zwecklos. Das schien auch er nun einzusehen. Mit einem resignierten Seufzer ließ er sich auf seinen Stuhl am Kopfende des ovalen Gruppentisches fallen und presste die Lippen aufeinander.

»Die Kollegen in Reutlingen tun mir einfach nur leid«, murmelte Renate. Isas Kopf fuhr zu ihr herum, und sie sah ihre Freundin aus schmalen Augen an.

»Ich bin gespannt, ob du immer noch so denkst, wenn es dich am Ende trifft«, zischte sie.

Renate zog beleidigt eine Schnute, und Isa tat ihre Gereiztheit direkt leid.

»'tschuldige«, murmelte sie kleinlaut. »Ich bin nur nervös. Wenn am Ende jemand gehen muss, dann ja wohl ich.« Immerhin hatte sie erst kürzlich für einen handfesten Eklat gesorgt.

Ein unangenehm hoher Klingelton übertönte das Stimmengewirr der Kollegen und schmerzte Isa in den Ohren. Über den Tisch hinweg warf sie ihrem Kollegen einen grimmigen Blick zu. Jens Koll, den sie heimlich nur Schmoll nannte, weil er ständig wegen Kleinigkeiten schmollte, saß ihr gegenüber und schlug mit einem lächerlich kleinen Schlägel gegen einen Klangstab. Im Gegensatz zu allen anderen schien er die Ruhe selbst zu sein.

Isa schnaubte verächtlich. Dieser Streber hatte ja auch nichts zu befürchten.

»Danke, Herr Koll«, murmelte Maier, erhob sich schwerfällig von seinem Stuhl und zog sein Karohemd glatt, das ihm über den wohlgerundeten Bauch gerutscht war.

»Also, zum letzten Mal …«, sein strenger Blick traf die arme Heidemarie, die vor lauter Aufregung tomatenrot angelaufen war und sich mit der Hand Luft zufächelte.

»Es muss niemand gehen. Ich gebe nur weiter, was das Schulamt mir heute Morgen mitgeteilt hat. Nämlich, dass die Hermann-Hesse-Schule in Reutlingen dringend Ersatz für den verstorbenen Kollegen braucht. Sie wissen, dass wir jemanden für ein paar Stunden abgeben könnten, weil Frau Paul bald aus der Elternzeit an unsere Schule zurückkehren wird und wir dann den Luxus eines Überhangs haben.«

Bildete Isa sich das ein, oder huschten verstohlene Blicke in ihre Richtung? Sie hatte damals, vor zwei Jahren, Jule Pauls Platz an der Schule eingenommen. Von allen Kollegen hier war sie am kürzesten an der Grimminger Gemeinschaftsschule. Und sie hatte seither nicht unbedingt durch besonderes Engagement geglänzt. So bequem es gewesen war, sich aus allem rauszuhalten, könnte ihr das jetzt zum Verhängnis werden. Keinerlei Zusatzaufgaben zu übernehmen, machte sie nicht gerade unentbehrlich. Nicht so wie Schmoll oder die stets hilfsbereite Anna-Maria.

Die einzige Aufgabe, die Isa zuletzt gezwungenermaßen übernommen hatte, war gehörig schiefgegangen. Wenn man die eigenen Schüler aus Versehen eine Liste mit möglichen Verdächtigen in einem Mordfall verteilen ließ, machte das nicht gerade den besten Eindruck. Weder bei den Eltern noch bei den Kollegen, ganz zu schweigen vom Chef.

»Selbstverständlich werde ich versuchen, der Person, die sich freiwillig meldet, einen möglichst angenehmen Stundenplan zu erstellen, sodass die Pendelei nicht zu stressig wird«, fuhr Maier fort.

Isa kam ein Gedanke und sie hob die Hand, aber Maier redete einfach weiter. »Was nicht bedeutet, dass der- oder diejenige mit einer Arbeitszeitverkürzung rechnen darf.«

Schnell nahm Isa die Hand wieder runter.

»Hat sich Ihre Frage erledigt, Frau Klein?«

Sie nickte knapp und gab sich Mühe, den Blicken der Kollegen auszuweichen. Schmolls empörtes Schnauben entging ihr trotzdem nicht.

»Überlegen Sie es sich. Sie alle«, sagte Maier. »Ich möchte auf keinen von Ihnen verzichten und will auch niemanden zwingen. Aber Sie wissen um die Notsituation, in der die

Hermann-Hesse-Schule gerade steckt.« Mit diesen Worten schloss er seine Ansprache und sank sichtlich ermattet auf seinen Stuhl zurück. Unter seinen Achseln zeichneten sich dunkle Flecken ab.

Kaum war er verstummt, setzte das allgemeine Gemurmel wieder ein. Diesmal allerdings etwas leiser und weniger hysterisch.

»Hast du den Nachruf schon gelesen?«, fragte Renate an Isa gewandt.

Die schüttelte den Kopf und biss endlich in ihr Käsebrötchen.

Die ganze Woche war von nichts anderem als dem dramatischen Gasunfall die Rede gewesen. Isas Eltern waren am Samstagabend unangekündigt bei ihr aufgekreuzt, um ihr die schreckliche Nachricht höchstpersönlich zu überbringen. Als würde sie wie eine Einsiedlerin von der Außenwelt abgeschottet leben und auf ihre Botschafterdienste angewiesen sein. Und dann waren sie bis weit nach Mitternacht geblieben.

»Der war noch keine fünfunddreißig«, sagte Renate und scrollte durch irgendwelche Bilder auf ihrem Handy. »Hier!« Sie hielt es Isa unter die Nase. Es war der Nachruf der Hermann-Hesse-Schule. Mit einem Bild des verstorbenen Kollegen, Marco Wonneberg. Isa musste zugeben, dass er nicht schlecht aussah. Ausgesehen *hatte*, verbesserte sie sich in Gedanken. Jetzt war er vermutlich nicht mehr so ansehnlich.

»Du bröselst.« Renate zog ihr Handy weg und pustete auf das Display. »Vielleicht sollte ich mich melden«, murmelte sie dann leise vor sich hin.

Isa zog die Brauen zusammen. »Spinnst du? Weißt du,

was das bedeutet? Die ständige Hin- und Herfahrerei. Ein fremdes Kollegium, lauter neue Schüler.«

Renate nahm die exzentrisch geschwungene Brille ab und blickte sie ungerührt aus ihren blaugeschminkten Augen an.

Wieso wunderte Isa sich überhaupt? Mittlerweile sollte sie wissen, dass ihre Freundin ein viel zu weiches Herz hatte. Sie konnte niemandem etwas abschlagen und empfand sogar mit einem platt gefahrenen Regenwurm noch Mitleid.

»Guck nicht so«, sagte Isa trotzig, »der Kollege wird durch deine Selbstaufopferung auch nicht wieder lebendig. Soll doch diese Jule Paul gehen, wenn sie unbedingt arbeiten will.«

»Sie ist Mutter eines zweijährigen Kindes«, mischte Jens sich von der anderen Seite des Tisches ein – ungefragt, wie immer. »Da kann man ja wohl schlecht verlangen, dass sie jeden Tag eine solche Strecke auf sich nimmt.«

Sein Blick sprach Bände. Was er ihr fraglos eigentlich damit sagen wollte, hing unausgesprochen zwischen ihnen in der Luft. Nämlich, dass sie, Isa, kinderlos und noch dazu Single, die beste Wahl für diese Teilabordnung wäre. Und wie sie ihn kannte, würde er das Rektor Maier bei nächster Gelegenheit auch unter die Nase reiben. Sofern der noch nicht selbst drauf gekommen war.

»Ich hab selbst einen Dreijährigen daheim«, sagte sie und stopfte sich den letzten Bissen ihres Brötchens in den Mund.

»Redest du von deinem Dackel?« Jens lachte spitz auf, und Isa grinste ungeniert mit vollem Mund zurück. Trotzdem hatte er es zu ihrem Ärger geschafft, sie mit seiner unausgesprochenen Botschaft zu beunruhigen. Die Bilder aus vergangenen Zeiten an den Wänden des Lehrerzimmers taten ihr Übriges. Denn es war nicht zu übersehen, dass Jens und diese Jule Paul ein Herz und eine Seele waren. Ein Foto zeigte die beiden zwischen mehlbestäubten Teenagern beim Pfannkuchenbacken für einen guten Zweck. Ein anderes beim Abschlussball eines Jahrgangs, beide herausgeputzt, als wäre es ihr eigener. Und dann noch dieses Bild von Jens und Jule beim Segeltörn mit der damaligen Abschlussklasse. Über das ganze Gesicht strahlend, als wäre es das Schönste der Welt, mit pubertierenden, dauergeilen Teenagern nach Holland zu fahren, dem Schmelztiegel der Versuchung. Davon abgesehen wusste Isa aus sicherer Quelle, dass Jens sich den halben Trip über die Seele aus dem Leib gekotzt hatte, weil er seekrank geworden war.

»Schon mal drüber nachgedacht, ihn zum Schulhund ausbilden zu lassen? Dann könntest du ihn immer mitnehmen.«

Isa runzelte die Stirn. Sie war mit ihren Gedanken abgeschweift, sodass es einen Moment dauerte, ehe sie begriff, dass Anna-Maria von ihrem Dackel sprach. Der ernsten Miene ihrer Kollegin nach zu urteilen, war das kein Scherz gewesen.

»Er hasst Kinder«, murmelte sie und ignorierte den verwunderten Seitenblick, den Renate ihr zuwarf. Alfons war wahrscheinlich der menschenfreundlichste Dackel im Umkreis von dreihundert Kilometern. Treudoof und immerzu schläfrig, außer wenn es etwas zu fressen gab. Aber momentan war er darüber hinaus auch noch ihre passende Ausrede, um nicht stundenweise nach Reutlingen kutschieren zu müssen.

Der Schulgong verkündete das Ende der Pause, und Jens sprang wie von der Tarantel gestochen auf. Isa beobachtete kopfschüttelnd, wie er voller Elan seine Unterlagen zusammenpackte.

Weit weniger dynamisch erhoben sich nach und nach die anderen Kollegen und schlurften aus dem Lehrerzimmer.

»Kommst du?« Renate blieb in der Tür stehen und sah Isa fragend an. Sie hatten es sich zur Gewohnheit gemacht, gemeinsam zu ihren Klassenzimmern zu laufen.

Als Isa an Maier vorbeiging, nickte er ihr schmallippig zu. Sie bildete sich ein, in seinem Blick eine stumme Aufforderung zu lesen.

Kapitel 2

Nach dem ausdauernden Schneefall im vergangenen Winter und der darauffolgenden Regenphase im März, war die Erde lange Zeit völlig aufgeweicht gewesen. In Isas Hof hatten sich dadurch – sehr zu Alfons' Freude – tiefe Furchen gebildet, in denen sich der Rauhaardackel mehrmals genussvoll gesuhlt hatte. Die Polster ihres Mazdas zeugten von seiner Schlammeslust. Überall hafteten kleine, eingetrocknete Pfotenabdrücke.

Die ungewöhnlich starke Aprilsonne hatte der Sauerei zwar schließlich ein Ende gesetzt, dafür glich ihr Hof jetzt einer betonierten Buckelpiste. Und es sah nicht danach aus, als würde sich daran so bald etwas ändern. Seit Tagen klagten die Meteorologen im Radio über den heißesten Frühling seit Beginn der Wetteraufzeichnungen.

Isa schaltete einen Gang runter und versuchte, ihren alten Mazda an den tiefsten Gräben vorbeizumanövrieren. Erst gestern hatte sie nicht aufgepasst und war mit dem rechten Vorderreifen so tief abgesackt, dass sie vorn aufgesessen war. Seither glaubte sie, seltsame Geräusche beim Lenken zu vernehmen.

Sie parkte im Carport, und kaum dass der Motor verstummte, vernahm sie das gedämpfte Klingeln ihres Festnetztelefons aus dem Haus. Man hatte aber auch wirklich nirgends seine Ruhe. Wahrscheinlich war das ihre Mutter, die ihr vorschreiben wollte, was sie beim Maifest anzuziehen hatte. Isa schlug die quietschende Autotür zu und lief über den Hof zur Haustür.

Im Flur kam ihr Alfons schwanzwedelnd entgegen und kletterte, wie er es meistens zur Begrüßung tat, mit seinen Vorderpfoten an ihrem Hosenbein hoch.

»Na, alter Mann.« Sie fuhr ihm mit den Fingern über sein struppiges Köpfchen. Die Andeutung eines Schnauzbarts und seine grauen, fransigen Augenbrauen erinnerten sie jedes Mal aufs Neue an das Gesicht eines betagten Seniors.

Als er vor ihr her Richtung Telefon tapste, fiel Isa nicht zum ersten Mal auf, dass er außerdem ein paar Kilos zu viel auf den Rippen hatte. Er müsste dringend mehr bewegt werden. Genau wie sie. Bevor sie zum Hörer griff, machte sie sich eine geistige Notiz, heute Abend mit ihm Gassi zu gehen.

»Klein.«

»Meine Güte«, ertönte die Stimme ihrer Schwester, »wolltest du warten, bis das Kabel durchbrennt?« Wie so oft, schwang ein Schmunzeln in ihrer Stimme mit.

»Dachte, du wärst Mama.« Isa wechselte den Hörer in die linke Hand und zog mit der rechten die Schuhbändel ihrer Sneakers auf.

»Wann fängst du endlich an, dich wie eine Erwachsene zu benehmen?«, äffte Toni die Stimme ihrer Mutter täuschend echt nach.

Isa lachte auf. »Apropos, ich habe die böse Vermutung, dass sie für das Maifest irgendwas plant.«

»Du kennst Mama, sie plant immer was.«

Isa stöhnte. Ihre Schwester hatte recht. Margret Klein war ein unverbesserlicher Kontrollfreak. Und die Tatsache, dass Isa seit zwei Jahren Single war, sich hauptsächlich von Dosenravioli ernährte und jeden ihrer bisherigen Verkupplungsversuche abgeschmettert hatte, war ihr ein Dorn im Auge.

»Ich hab Renate versprochen hinzugehen«, jammerte sie. Zukünftig würde sie höllisch aufpassen müssen, ihrer Freundin bloß keinen Gefallen mehr zu schulden.

»Komm schon«, sagte Toni und lachte, »das wird bestimmt witzig.«

»Witzig?«, Isa schnaubte. »Hast du den Typen vergessen, den Mama letztes Jahr angeschleppt hat? Wie hieß er noch? Dirk, Dieter, …«

»Berthold.«

»Richtig«, knurrte Isa. Bei der Erinnerung daran stellten sich ihr die Nackenhaare auf. Dabei hatte sich der arme Berthold bestimmt mindestens so unwohl gefühlt wie sie.

»Wenn wenigstens du dabei sein könntest«, murrte sie und zupfte sich einen Fussel von der Bluse.

»Du weißt, dass ich erst am späten Abend von dieser Fortbildung zurückkomme. Das lohnt sich nicht mehr.«

Isa nickte. Und weil Toni das nicht sehen konnte, schickte sie noch einen tiefen Seufzer hinterher. Auf Socken schlurfte sie in die Küche. Sie schaltete die Kaffeemaschine ein und zog die Tür zum Vorratsschrank auf, um ihn nach der Schokolade zu durchwühlen, die ihre Eltern beim letzten Besuch dagelassen hatten.

»Ich hab heute was Interessantes erfahren«, wechselte Toni plötzlich das Thema.

»Ach ja?«, nuschelte Isa. Sie hatte die Schokolade gefunden und versuchte nun, die Verpackung mit den Zähnen aufzureißen.

»Du hast doch sicher von der Gasexplosion in Reutlingen gehört.«

»Nicht du auch noch.« Isa drückte so fest auf die Espressotaste, dass der Gummiknopf stecken blieb und sie ihn mit dem Fingernagel wieder herauspulen musste. »Das hat mir heute Morgen schon die Laune verdorben.«

»Warum das denn?«

»Weil das Schulamt so schnell wie möglich einen Ersatz für diesen verstorbenen Lehrer finden will. Und ich habe das ungute Gefühl, dass es mich treffen könnte.«

»Du meinst, weil du statt der Einladungen für die Schulfeier böse Verleumdungen im ganzen Ort hast verteilen lassen?«

Isa presste die Lippen aufeinander.

»Von Schülern«, fügte Toni noch glucksend hinzu.

»Freut mich, dass dich das amüsiert. Du wirst ja seitdem auch nicht wie eine Aussätzige von allen behandelt. Außerdem weißt du ganz genau, dass es keine Absicht war.«

»Du hast das Thema angeschnitten. Ich wollte dich eigentlich nur an der Theorie teilhaben lassen, dass die Explosion vielleicht gar kein Unfall war.«

»Wie bitte?« Alles, was Isa aus dem Internet und von den Radioberichten wusste, war, dass in der Küche des verstorbenen Kollegen offensichtlich Gas ausgeströmt war, und als er heimkam, hatte er durch die Betätigung des Lichtschalters die Explosion ausgelöst. Solche Dinge passierten. Technik versagte, Menschen machten Fehler. Das wusste sie selbst nur zu gut. In diesem Fall hatte es bedauerlicherweise tödlich geendet. Ein Pressesprecher der Polizei hatte gesagt, dass in alle Richtungen ermittelt würde, aber sie hatte sich nichts weiter dabei gedacht. Das war doch die übliche Floskel in solchen Angelegenheiten.

»Wie kommst du darauf?«, fragte sie, während sie versuchte, mit einer Hand das Silberpapier von der Schokoladentafel zu schälen.

»Du erinnerst dich doch noch an Merle?«

Toni schien Isas nachdenkliches Schweigen richtig zu deuten, denn sie schob die Erklärung gleich nach. »Meine flippige Kollegin, mit den riesigen Ohrlöchern.«

»Richtig.« Isa verdrehte in einem spontanen Impuls die Augen. Sie hatte die redselige Merle auf Tonis kleiner Einweihungsfeier ihrer Wohnung kennengelernt und sie den halben Abend an der Backe gehabt.

»Die ist neuerdings mit einem Polizisten zusammen.«

»Glückwunsch.« Isa musste sich zusammenreißen, ihre Missgunst nicht noch deutlicher zu äußern. Sie fand es nicht fair, dass sie selbst seit zwei Jahren Single war, während Merle, dieses kettenrauchende Plappermaul, offensichtlich keinerlei Probleme hatte, einen neuen Mann zu finden. Dank der übertriebenen Mitteilsamkeit von Tonis Kollegin, meinte Isa sich zu erinnern, dass sie davor mit einem Zimmermann zusammen gewesen war und erwogen hatte, mit ihm auf die Walz zu gehen. Offensichtlich war nichts daraus geworden.

»Bist du noch dran?«

»Mhh.« Sie hatte sich eine Ecke der Schokoladentafel in den Mund gesteckt und lutschte grübelnd daran. »Und Merle behauptet, dass die Gasexplosion kein Unfall war?« Sie war da skeptisch. Ihrer Meinung nach wollte Tonis Kollegin sich nur wichtigmachen.

»Nein, ihr Freund behauptet das. Also nicht direkt.«

Isa zog die Brauen zusammen. »Kannst du dich mal weniger kryptisch ausdrücken?«

»Na ja, er hat Merle gegenüber erwähnt, dass die Kripo die Ermittlungen in dem Fall übernommen hat.«

»Ach echt?« Isa ließ die Schokoladentafel sinken. »Wie verlässlich ist diese Info? Ich meine, immerhin kommt sie von Merle.«

»Keine Ahnung. Kannst dir ja selbst ein Bild machen, wenn du mich das nächste Mal in Reutlingen besuchst. Angeblich liegt das Haus des Lehrers in derselben Straße wie die Schule, an der er gearbeitet hat.«

Isa kippte den Espresso herunter und riss im selben Moment den Mund auf, wie ein Fisch an Land, weil sie sich den Gaumen verbrüht hatte. Eilig lief sie zur Spüle und drehte den Wasserhahn auf, um den Brand zu löschen.

»Hallo?«, hörte sie ihre Schwester entfernt rufen.

Im selben Moment ließ ein lautes Klopfen sie zusammenzucken. »Hör mal, ich muss Schluss machen, jemand ist an der Tür. Wir sprechen ein anderes Mal, ja?«

Ohne Tonis Antwort abzuwarten, legte sie auf und lief durch den Flur auf die Haustür zu. Alfons wetzte mit klackernden Krallen an ihr vorbei.

»Ich hab einen Notfall«, rief Renate, kaum dass die Tür aufgeschwungen war. Sie trug einen Kleidersack über der Schulter und drängte sich, noch bevor Isa sie hereinbitten konnte, an ihr vorbei ins Haus.

Isa stöhnte innerlich auf. Die Notfälle ihrer Freundin kannte sie nur zu gut. Das letzte Mal hatte Renate sie mitten in der Nacht aus dem Bett geklingelt, weil sie geglaubt hatte, ihre Katze sei vergiftet worden. Gemeinsam waren sie zum Notdienst bis nach Reutlingen gerast, wo sich herausgestellt hatte, dass die gefräßige Bini lediglich unter akuter Verstopfung litt.

»Komm doch rein«, brummte Isa lakonisch und gab der Haustür einen Stoß, sodass sie von allein ins Schloss fiel.

Zielstrebig marschierte Renate bereits ins Wohnzimmer, warf den Kleidersack aufs Sofa und zog den Reißverschluss auf. Mit vorgeschobenem Unterkiefer trottete Isa hinterher und ließ sich in die senfgelben Kissen plumpsen.

»He, Vorsicht! Du zerknitterst ja alles.«

Doch Isa war mit ihren Gedanken woanders. Was, wenn Merles Behauptungen stimmten und tatsächlich mehr hinter dem Unfall steckte? Sie spürte ein nervöses Kribbeln in sich aufziehen. Vielleicht könnte sie später eine kleine Spritztour machen und rein zufällig am Unfallort vorbeifahren.

»Und?«

Isa hob den Kopf und starrte in Renates fragendes Gesicht. Dann ließ sie den Blick nach unten gleiten. Ihre Freundin hielt sich einen Fransenrock in Lederoptik und ein Shirt mit dem Aufdruck eines brüllenden Löwen vor den Körper. Jetzt schien sie ganz offensichtlich Isas Meinung hören zu wollen.

»Was hast du sonst noch zur Auswahl?« In Gedanken lobte sie sich selbst für ihr diplomatisches Ausweichmanöver.

Renate legte die beiden Kleidungsstücke zur Seite und brachte ein schlauchartiges Kleid in Batikoptik zum Vorschein. Wieder hielt sie es sich vor den Körper und stemmte wie ein Model eine Hand in die Hüfte.

»Okay.« Isa nickte abwesend.

Warum war in den Medien von einem Unfall die Rede, wenn der Lehrer in Wirklichkeit ermordet worden war? Entweder wurde die Öffentlichkeit bewusst im Dunkeln gelassen oder Merle erzählte Blödsinn, um sich wichtigzumachen. Wenn es jedoch stimmte, bedeutete das im Umkehrschluss, dass ein Mörder frei herumlief.

»Beides doof?«, mischte sich Renates Stimme unter Isas Gedanken. Die Freundin hatte ihr Schweigen offensichtlich falsch gedeutet.

»Das hast du jetzt gesagt.«

Renate gab ein verzweifeltes Jaulen von sich und ließ das Kleid in einer theatralischen Geste aufs Sofa flattern. »Ich hab nichts Passendes zum Anziehen fürs Maifest und zum Shoppen ist es jetzt zu spät.«

»Zieh doch dein Trachtenkleid an, das steht dir super.«

»Das trag ich jedes Mal!« Sie plumpste neben Isa auf die Couch, warf sich in die Kissen und rieb sich das Gesicht. Offensichtlich nahm sie nun keinen Anstoß mehr an möglichen Knitterfalten in ihren Klamotten. Schweigend saßen sie so nebeneinander und starrten an die Decke.

»Dieser Lehrer aus Reutlingen ist möglicherweise ermordet worden.« Isa biss sich auf die Zunge. Sie wusste selbst nicht, wieso ihr das herausgerutscht war.

»Wie bitte?« Renate stützte sich hoch und sah sie mit großen Augen an. Augenblicklich bereute Isa, ihre große Klappe nicht gehalten zu haben. Als im Winter die Frau des Zahnarztes ermordet aufgefunden worden war, hatte die Freundin direkt bei ihr einziehen wollen. Nur, weil Isa ihr Appartement an Kommissar Bähr hatte vermieten müssen, war es nicht zu einer Wohngemeinschaft mit Renate und ihrer Katze gekommen. Allerdings war Bährs Gesellschaft nicht unbedingt das bessere Los gewesen. Anfangs war er ihr mit seiner überheblichen Art ganz schön auf den Keks gegangen.

»Woher weißt du das?« Renates Stimme zitterte verdächtig.

»Toni hat vorhin angerufen«, murmelte Isa. »Aber ich stufe ihre Quelle als nicht sonderlich zuverlässig ein.«

Renates Augen schrumpften auf Normalgröße zusammen. Wie es schien, hatte Isa gerade nochmal die Kurve gekriegt.

»Du wirst dich melden, stimmt's?«

»Wovon sprichst du bitte?«

»Na, von der Abordnung.« Renates Tonfall ließ keinen Zweifel daran, dass sie das für eine schlechte Idee hielt.

»Warum sollte ich mich ....« Plötzlich dämmerte Isa, was ihre Freundin meinte. Wenn sie die Stelle annahm, würde sie zur Kollegin des Opfers werden, post mortem quasi. Sie wäre ganz nah dran an dem Fall und könnte eigene Nachforschungen anstellen.

Damals, beim Mordfall in Grimmingen, hatte sie das auch getan. Nicht unbedingt zur Freude des Kommissars. Sie musste zugeben, dass ihre Methoden nicht immer lupenrein gewesen waren, aber letztlich war sie dem Mörder auf die Schliche gekommen. Das hätte zwar um ein Haar böse für sie und den Kommissar geendet, aber während der Ermittlungen hatte sie sich auch so lebendig gefühlt wie schon lange nicht mehr. Das hatte eine gewisse Würze in ihr fades Dorfleben gebracht.

»Hallo?« Renate wedelte mit einer Hand vor Isas Gesicht herum. »Wirst du es tun? Wirst du dich für die Abordnung melden?«

Isa schnaubte laut und zog dann spöttisch die Mundwinkel nach unten. »Ganz sicher nicht.«

Kapitel 3

»Klasse, Frau Klein.« Maier schlug vor Freude mit der flachen Hand auf seinen Schreibtisch. »Klasse!«, rief er noch einmal.

Isa saß ihm in seinem kleinen Büro gegenüber und verzog die Lippen zu einem verschämten Lächeln. Dass ihre Mitteilung, die Abordnung in Erwägung zu ziehen, Maier dermaßen freute, überraschte sie nicht wirklich. Wenn sie am Ende zustimmte, schlug er zwei Fliegen mit einer Klappe: Er wäre sie los, zumindest teilweise, und das restliche Kollegium wäre besänftigt.

»Ich rufe gleich mal beim Schulamt an.« Maier strahlte noch immer bis über beide Ohren, seine Wangen hatten sogar einen rosigen Schimmer angenommen. »Melden Sie sich doch im Laufe des Tages mal an der Hermann-Hesse-Schule und vereinbaren Sie einen Termin. Wenn man sich vor Ort einen Eindruck verschafft, erleichtert das oftmals die Entscheidung.« Er zögerte und sah sie über den Rand seiner Lesebrille hinweg an. »Aber ich will Sie natürlich zu nichts drängen.«

Isa presste die Zähne aufeinander und beschloss, ihm das einfach mal zu glauben.

»Machen Sie jetzt ruhig Pause«, brummelte er großzügig, hielt sich den Hörer ans Ohr und beachtete sie nicht weiter.

Isa nickte bedröppelt, schob den Stuhl zurück und durchquerte das Büro.

»Offen oder zu?« Sie deutete auf die Tür. Aber im selben Moment schien sich am anderen Ende der Leitung schon jemand zu melden, und Maier begrüßte die Person überschwänglich. Vermutlich kam es nicht so häufig vor, dass er dem Schulamt gute Nachrichten zu überbringen hatte. Vor allem nicht im Zusammenhang mit ihr.

Sie schloss die Tür hinter sich und schlurfte zu ihrem Platz im Lehrerzimmer. Renate saß schon da und knabberte an einem Knäckebrot. Als sie Isa entdeckte, hörte sie auf zu kauen.

»Wo warst du? Ich hab auf dich gewartet.«

Isa setzte sich neben sie und ignorierte ihren forschenden Blick. »Ich musste was mit Maier besprechen.«

»Und was?« Dem Tonfall nach zu urteilen, schien Renate die Antwort auf ihre Frage längst zu kennen. Eigentlich konnte Isa es ihr auch gleich sagen. Sie würde es ohnehin bald erfahren. Es widerstrebte ihr nur, so berechenbar zu sein. Renate hatte ja schon gestern Anspielungen gemacht, worauf das Gerücht über einen Mord hinauslaufen würde. Und tatsächlich konnte man den Eindruck gewinnen, dass Isa von Kapitalverbrechen regelrecht angezogen wurde wie eine Fliege vom Kuhfladen. Doch natürlich war das Quatsch. Sie hatte einfach einen ausgeprägten Gerechtigkeitssinn. Möglich, dass der Grund dafür in der Vergangenheit lag. Schließlich war ihre Zwillingsschwester Toni als Studentin von einem Autofahrer angefahren und liegen gelassen worden. Ohne dass der Schuldige gefasst wurde.

»Du hast dich für die Abordnung gemeldet, stimmt's?«, riss Renate sie aus ihren Gedanken.

»Pst!« Isa sah sich verstohlen um, doch die meisten Kollegen schienen ins Gespräch vertieft oder weit genug weg zu sein. Trotzdem konnte man nie wissen, wer heimlich mithörte. Jens zum Beispiel war ein Meister darin, seine Ohren wie Satellitenschüsseln auszurichten.

»Ich hab lediglich gesagt, dass ich darüber nachdenke. Noch ist nichts entschieden. Deshalb will ich es auch nicht an die große Glocke hängen, okay?«

In diesem Moment betraten die selbst ernannten Lehrer des Monats den Raum und hielten Renate davon ab, weitere Fragen zu stellen.

Anna-Maria trug eine zerrupfte Zimmerpflanze auf dem Arm, deren knorrige Zweige sich in ihrem dunklen Haar verfangen hatten. Jens folgte ihr auf dem Fuße und sammelte die welken Blätter auf, die bei jedem Schritt zu Boden rieselten.

»Weiß jemand, wem die gehört?«, rief er.

Ein paar Kollegen drehten sich zu ihm um, doch beim mitleiderregenden Anblick der Pflanze schüttelten sie nur desinteressiert die Köpfe.

»Die haben wir ertränkt im Tüftlerraum gefunden.« Jens' vorwurfsvoller Blick blieb an Isa hängen. »Wenn ihr eure Pflanzen loswerden wollt, schmeißt sie auf den Kompost. Das Ding stinkt und lockt Insekten an.« Er marschierte zum Mülleimer und ließ den Blätterhaufen hineinfallen.

»Guck mich nicht so an«, protestierte Isa, »ist nicht meine.«

An seiner höhnischen Miene konnte sie erkennen, dass er ihr kein Wort glaubte. Sie schnaubte. Dieser Kerl nahm sich wirklich was raus.

»Was haben die zwei Streber überhaupt während der Pause im Tüftlerraum verloren?«, raunte sie Renate zu.

Die zuckte nur mit den Schultern. »Du kennst sie doch.«

Jens nahm Anna-Maria das verkümmerte Bäumchen ab, das tatsächlich einen unappetitlichen Geruch verströmte, und stellte es neben den Mülleimer. Dann marschierte er zu seinem Platz und öffnete eine Frischhaltebox, die vor ihm auf dem Tisch stand.

»Das Dahinscheiden dieser Pflanze scheint dir ganz schön nahezugehen«, bemerkte Isa in mitfühlendem Tonfall. Wie so oft tat Schmoll, als hörte er sie nicht.

»Wenn du magst, können wir sie hinten im Schulgarten begraben«, stichelte Isa weiter. »Du könntest ein paar Worte sagen.«

Jens seufzte. Er öffnete den Mund, um etwas zu erwidern, da wurde Maiers Tür schwungvoll aufgestoßen und ihr Rektor kam mit großen Schritten ins Lehrerzimmer marschiert.

»Liebe Kolleginnen und Kollegen«, rief er.

Isas Mund wurde ganz trocken. Er würde doch wohl nicht …

»Ich möchte Frau Klein einfach mal spontan ein Lob aussprechen. Sie hat sich bisher als Einzige bei mir gemeldet und verlauten lassen, dass sie die Abordnung zur Hermann-Hesse-Schule in Erwägung zieht.«

Isa rutschte auf ihrem Stuhl nach unten, bis sie fast das Kinn auf der Tischplatte ablegen konnte. Exakt so eine Situation hatte sie vermeiden wollen. Mit seiner verfrühten Freudenbotschaft nahm Maier ihr doch praktisch die Entscheidung ab. Was, wenn sie sich doch gegen die Abordnung entscheiden wollte? Wie stünde sie dann da?

Ihre Kollegen klatschten überschwänglich in die Hände. Die Erleichterung stand ihnen allen in ihre Gesichter geschrieben. Nur einer klatschte nicht. Isa konnte Schmolls skeptischen Blick förmlich auf ihren glühenden Wangen spüren.

»Wer hätte das gedacht«, sagte er mit unüberhörbarem Argwohn in der Stimme und verschränkte die Arme vor der Brust.

»Frau Klein, kommen Sie doch nach Ihrem Unterricht nochmal zu mir ins Büro, dann besprechen wir die Details«, rief Maier, der nichts von ihrem Unwohlsein zu bemerken schien. Doch plötzlich rümpfte er die Nase und blickte irritiert um sich. Statt an dem welkenden Bäumchen blieb sein Blick an Schmolls Vesperdose hängen. Er räusperte sich und beugte sich mit sichtlichem Unbehagen zu Jens hinunter.

»Herr Koll«, flüsterte er diskret, aber laut genug, dass Isa es hören konnte. »Sie sollten Ihre Box vielleicht in den Kühlschrank stellen. Jetzt wo es wärmer wird, entwickeln sich da ganz schnell unangenehme Gerüche.«

Jens lief auf einen Schlag rot an, und Isa prustete ungehalten los. Sogar Renate schien Mühe zu haben, ihr Glucksen zurückzuhalten. Bevor Jens etwas zu seiner Verteidigung hervorbringen konnte, klingelte Maiers Telefon, und er eilte zurück in sein Büro.

»Ich bin wirklich nicht traurig«, zischte Jens und sah Isa aus schmalen Augen an, »dass du bald seltener hier sein wirst.«

»Ich schon«, rief Renate mit weinerlicher Stimme.

Die Gänge der Hermann-Hesse-Schule unterschieden sich nicht wirklich von denen der Grimminger Schule. Auch hier war der Boden aus abgewetztem Stein, mutmaßliche Kunstwerke von Schülern schmückten die Wände und an dem ein oder anderen Garderobenhaken fristete ein vergessener Sportbeutel sein müffelndes Dasein.

Isa hatte in der großen Eingangshalle mithilfe eines hölzernen Wegweisers herausgefunden, dass sich das Rektorat im ersten Stock befand, und war eine breite Treppe hinaufgelaufen. Oben war sie nach rechts abgebogen und den laminierten Schuhabdrücken gefolgt, die jemand auf den Boden geklebt hatte. Kurz darauf fand sie sich vor der Schaltzentrale der Macht wieder. Zumindest war auf einem Schild neben der Tür in schnörkellosen Lettern der Doppelname der Rektorin zu lesen.

»Wollen Sie zu mir?«

Sie fuhr herum. Eine Frau, etwa Ende dreißig, mit rotblonden Haaren und blassem Teint, kam mit großen Schritten auf sie zu. Erst als sie vor ihr stand, erkannte Isa, dass sie ihr Gegenüber als locker zehn Jahre zu jung eingeschätzt hatte. Vielleicht lag es an der engen Jeans und der schimmernden Bluse, die ihrer schlanken Linie schmeichelten. Oder an ihrem gepflegten Äußeren. Jedes Haar lag an seinem Platz. Das Make-up war dezent aufgetragen. Mit ihren langen Beinen überragte sie Isa um einen ganzen Kopf, was zugegebenermaßen keine Kunst war – sie hatte die Stummelbeine ihrer Mutter geerbt.

»Rothardt-Knappenhauser«, stellte sich die Frau mit der sonoren Stimme einer Nachrichtensprecherin vor und streckte Isa die Hand entgegen.

»Klein«, antwortete sie und fühlte sich auch genauso. Verkrampft erwiderte sie den festen Händedruck.

»Sie sind also unsere Rettung.« Rothardt-Knappenhausers Tonfall klang nicht, als würde sie sich errettet fühlen. Isa zog angestrengt ihre Mundwinkel nach oben.

Die Rektorin schloss ihre Bürotür auf und ließ Isa vor.

»Wow«, entfuhr es ihr ungewollt beim Übertreten der Schwelle. Gegen diesen lichtdurchfluteten, großen Raum war Maiers Rektorat die reinste Rumpelkammer. Der glänzende Parkettboden knarrte unter ihren Füßen, als sie auf den eleganten Schreibtisch zuging, vor dem zwei einladende Sessel standen.

»Bitte.« Die Rektorin wies auf einen der Sessel, während sie selbst den Schreibtisch umrundete.

Isa ließ sich hineinfallen und blickte sich unauffällig um. An den cremefarbenen Wänden hingen Bilder, die ganz bestimmt nicht von Schülern stammten. Sogar die Rahmen sahen teuer aus. Darunter stand ein graziles graues Sofa, gleich neben einer palmenartigen Zimmerpflanze, deren üppige rosa Blüten sich schwer zu Boden neigten.

Ein diskretes Piepsen zog Isas Aufmerksamkeit auf sich. Rothardt-Knappenhauser hatte einen silbernen Bildschirm eingeschaltet, der auf der dunklen Oberfläche des Schreibtisches stand. Ganz anders als bei Maier, war die Arbeitsplatte aufgeräumt und offensichtlich auf Hochglanz poliert. Nicht eine Staubfluse schien es zu wagen, sich auf dem glänzenden Holz niederzulassen. Die Frau musste bestimmt nie zwischen Papierstapeln und leeren Kaffeetassen nach einem funktionierenden Kugelschreiber suchen.

»Erzählen Sie doch mal ein bisschen von sich, Frau Klein.« Der drehbare Lederstuhl gab ein Knarzen von sich, als die Rektorin sich darin zurücklehnte und sie mit ihren katzenhaften Augen taxierte.

Beinahe hätte Isa am Kragen ihrer Bluse gezerrt, als sie einen inneren Widerwillen in sich aufsteigen spürte. Was sollte das denn werden? Ein Vorstellungsgespräch?

So wie sie die Sache sah, hatte die Rektorin nicht gerade die Qual der Wahl. Zumindest war Isa draußen nicht an einer langen Schlange hoffnungsvoller, ambitionierter Lehrer vorbeigekommen, die unbedingt die freigewordene Stelle antreten wollten.

Rothardt-Knappenhauser zog fragend die Brauen hoch, und Isa merkte, dass sie schon zu lange zögerte.

»Ich bin vor ungefähr zwei Jahren nach Grimmingen gezogen und seither dort an der Gemeinschaftsschule tätig.« Dass sie das nur wegen eines Mannes getan hatte, der sie kurz darauf für eine andere verlassen hatte, ließ sie wohl besser aus.

»Sie kommen aber aus der Gegend, oder?«

Isa nickte. Sosehr sie sich beim Sprechen auch anstrengte, ganz ließen sich die eigenen Wurzeln wohl nicht verbergen.

»Ich bin in einem Nachbarort von Grimmingen aufgewachsen.« *Und nicht freiwillig auf die Alb zurückgekehrt*, hätte sie beinahe hinzugefügt. Aber sie bezweifelte, dass die Rektorin sich für ihr Privatleben interessierte.

»Und was bringt Sie zu der Überlegung, die Abordnung anzunehmen?«

Isa schluckte. Der Todesfall des Kollegen hauptsächlich. Noch so etwas, was sie nicht sagen sollte.

»Ich könnte ein bisschen Abwechslung gebrauchen«, murmelte sie stattdessen.

Das schien der Rektorin nicht zu genügen. »Warum sind Sie Lehrerin geworden, wenn ich fragen darf?«

Isa blies die Wangen auf. Dieses Gespräch fühlte sich zunehmend eher nach einem Verhör an als nach einem unverfänglichen Kennenlernen, wie Maier es so hübsch umschrieben hatte. Rothardt-Knappenhausers Gehabe erschien ihr ziemlich übertrieben. Außer Isa bekundete doch offensichtlich niemand Interesse an der Abordnung. Warum auch? Sein Deputat auf zwei Schulen zu verteilen, war sicher kein Vergnügen. Dennoch spielte die Rektorin sich auf, als ginge es hier um einen Platz auf einem Kreuzfahrtschiff, mit Kurs auf die Karibik.

»Meine Schwester hat mich überzeugt«, sagte sie wahrheitsgemäß.

Das war eindeutig nicht die Antwort, die Rothardt-Knappenhauser hören wollte. Sie schürzte abschätzig die Lippen.

Isa musste dem Reflex widerstehen, sich zu rechtfertigen. Es war ja nicht so, dass ihr der Gedanke, Lehrerin zu werden, damals nicht auch selbst gekommen war. Es war nur eben nicht die einzige Option gewesen.

Und obgleich so manch einer ihr vielleicht nachsagen würde, die falsche Entscheidung getroffen zu haben, hatte Isa sie nie bereut. Vor allem in den Anfangsjahren hatte sie echte Freude an ihrer Arbeit empfunden und gar nicht gemerkt, wie daraus irgendwann eine Routine geworden war, die nicht selten in Bequemlichkeit gipfelte.

Aber wenn Isa es recht bedachte, war sie erst mit dem unfreiwilligen Umzug nach Grimmingen so richtig in dieses Motivationsloch gefallen und seither nicht mehr herausgekommen.

»Ich suche mir meine Lehrkräfte sehr genau aus«, riss die Stimme der Rektorin sie aus ihrer Grübelei.

Beinahe hätte Isa geschnaubt. Die Rothardt-Knappenhauser schien noch immer die Tatsache zu ignorieren, dass sie die einzige Kandidatin war.

Doch im selben Moment durchfuhr sie ein Gedanke. Nur weil gerade keine anderen Interessenten hier waren, hieß das nicht automatisch, dass es keine gab. Was, wenn die Rothardt-Knappenhauser die Gespräche so gelegt hatte, dass sie sich nicht gegenseitig über den Weg liefen? Am Ende schnappte ihr jemand die Stelle weg, und Isa würde möglicherweise nie erfahren, was es mit dem dubiosen Tod des Kollegen auf sich hatte.

»Englisch haben Sie nicht studiert, richtig?«, fragte Rothardt-Knappenhauser, anstatt auf eine Erwiderung zu warten.

Isa fand, dass es wie ein Vorwurf klang.

»Nein, ich habe Deutsch und ...«

»Dann müsste ich da ein paar Deputate von Kollegen umwerfen«, murmelte Rothardt-Knappenhauser, ohne ihre Ausführungen anzuhören.

Isa schloss langsam den Mund, der ihr vom Sprechen noch offen stand.

»Der verstorbene Kollege war Englischlehrer. Unter anderem in einer zehnten Klasse. Und da dies ein Prüfungsfach ist, macht das Schulamt Druck.« Die Rektorin starrte konzentriert auf ihren Bildschirm, während sie sprach.

Isa nickte nur. Was sollte sie dazu auch sagen. Wie es schien, hatte die Aufrechterhaltung des Schulbetriebs oberste Priorität. Da sollte nochmal jemand behaupten, dass *sie* unsensibel war. Keine Spur von Trauer oder Schock stand in Rothardt-Knappenhausers Zügen. Entweder hatte diese Frau sich verdammt gut im Griff, oder sie war ein gefühlloser Roboter.

»In den letzten Tagen hat kaum ein nennenswerter Unterricht stattgefunden. Mithilfe von Schulpsychologen haben die Schüler und auch das Kollegium versucht, Herrn Wonnebergs Tod zu verarbeiten«, sagte die Rektorin, als hätte sie Isas Gedanken gelesen. »Aber ab nächster Woche muss der reguläre Unterricht weitergehen.«

Isa rutschte in ihrem Stuhl herum, dessen Veloursleder sich zunehmend unter ihrem Hintern aufheizte.

»Sie müssten Kunst von Herrn Kussmann übernehmen«, sagte Rothardt-Knappenhauser, ohne den Blick vom Bildschirm abzuwenden.

Isa nickte eifrig. Wenn sie die Stelle nicht an jemand anderen verlieren wollte, musste sie parieren. »Kein Problem.«

»Dann könnte Kollege Kussmann den Englischunterricht in der Zehnten übernehmen. Würden Sie sich denn zutrauen, am Montag eine Doppelstunde Biologie zu vertreten?« Wieder dieser stechende Blick. Unvermittelt musste Isa an die Füchse denken, die sich im Winter an der Dorfkneipe herumtrieben, um im Müll nach Essbarem zu suchen. Sie hatten denselben listigen Ausdruck in ihren Augen.

»Auf jeden Fall«, hob sie enthusiastisch an, obgleich sie sich nicht wirklich mit Bio auskannte. Noch nicht mal auf Grundschulniveau. Vor ein paar Wochen hatte Renate sie gebeten, ihr Auberginen aus dem Supermarkt mitzubringen, und Isa hatte stattdessen Artischocken gekauft. Aber eine Doppelstunde bekam sie schon irgendwie über die Bühne.

Himmel, wie das Blatt sich doch innerhalb kürzester Zeit wenden konnte. Es war keine fünf Minuten her, da hätte sie der Rothardt-Knappenhauser für ihre Wichtigtuerei am liebsten vor den Latz geknallt, dass sie sich gerne jemand anderen suchen könnte, in der festen Überzeugung, dass es niemanden gab. Und jetzt erfüllte sie eine irrationale Panik, dass die Rektorin *ihr* eine Absage erteilen könnte.

»Sollte die Wahl tatsächlich auf Sie fallen, müssten Sie einen Deutschauftrag übernehmen«, hob Rothardt-Knappenhauser an.

Isa nickte erleichtert. Das klang schon vielversprechender.

»Ich könnte über das Wochenende einen Stundenplan entwerfen und Ihnen zukommen lassen. Allerdings muss ich ehrlicherweise sagen, dass ich mir nicht ganz sicher bin, ob Sie die Richtige für diese Stelle sind.«

Isa richtete sich in ihrem Stuhl auf und spürte, wie ihr ein Schweißtropfen zwischen den Brüsten herunterlief.

»Ich würde mich wirklich freuen, wenn es klappt«, beeilte sie sich zu sagen und ärgerte sich im gleichen Moment über ihren beinahe flehenden Tonfall. »Ich habe viel Gutes über Ihre Schule gehört.« Innerlich betete sie, dass die Rothardt-Knappenhauser keine Details hören wollte.

»In letzter Zeit wohl eher nicht«, gab sie zurück.

Isa biss sich auf die Unterlippe.

»Gut, ich werde Ihnen zeitnah Bescheid geben, wie meine Entscheidung ausfällt …«

Isa ließ die Rektorin nicht ausreden. Sie schoss vom heißen Stuhl hoch und streckte Rothardt-Knappenhauser die Hand hin. Je eher sie hier rauskam, desto besser.

»Machen Sie sich bis dahin nochmal Gedanken, ob Sie wirklich bereit wären, die Abordnung anzunehmen«, sagte die Rektorin. Sogar ihr Händedruck fühlte sich wie ein Befehl an.

Mit riesigen Schritten überquerte Isa das Parkett. Die Luft im Gang erschien ihr gleich mehrere Grad kühler. Eilig schob sie die Tür zum Rektorat hinter sich zu und blies geräuschvoll den Atem aus, den sie, ohne es zu merken, angehalten hatte.

Kapitel 4

Als Isa ihren Mazda startete, kam ihr das Gespräch mit Toni wieder in den Sinn. Ihre Schwester hatte erwähnt, dass das Haus des Verstorbenen in derselben Straße lag wie die Schule. Und wenn sie schon mal hier war, konnte sie doch auch gleich einen Blick darauf werfen. Weil ihr auf der Hinfahrt kein vom Unfall versehrtes Gebäude aufgefallen war, folgerte sie, dass sie der Straße noch ein Stück weiter nach links folgen musste – und tatsächlich war es nicht schwer, das Haus zu finden. In der Außenmauer des Gebäudes klaffte ein gewaltiges Loch.

Isa parkte ihr Auto seitlich auf dem Gehsteig und spähte zur anderen Straßenseite rüber. Die Detonation hatte ein Fenster aus den Angeln gerissen und auf die kleine Rasenfläche vor dem Haus geschleudert. Mehr war von hier nicht zu sehen, weil eine wuchernde Hecke die Sicht verdeckte. Sie musste näher ran. Entschlossen stieß sie die Tür auf, stieg aus und überquerte die Straße.

Je näher sie kam, desto strenger wurde der beißende Geruch nach Verbranntem. Sie lief auf das Haus zu, doch wurde im nächsten Moment von einem Absperrband der Polizei gebremst, das weitläufig um das Grundstück gespannt war. Isa schob die Lippen vor und spähte enttäuscht zum Haus hinüber.

Aber was hatte sie erwartet? Natürlich hatte die Polizei

den Zugang zum Gebäude abgesperrt. Sonst könnte ja jeder darin herumschnüffeln. Es grenzte ohnehin schon an ein Wunder, dass außer ihr niemand hier war. Die Presse zum Beispiel. Aber die hatte sich wahrscheinlich schon ausgetobt und war auf der Jagd nach neuen Dramen.

Auf ihrer Unterlippe kauend, starrte Isa zum Haus hinüber. Vielleicht war es ja auch baufällig. So eine Explosion wirkte sich doch bestimmt auf die Statik eines Gebäudes aus. Dort, wo sich einst die Tür befunden haben musste, bedeckte eine milchige Plastikfolie die Öffnung. Rundherum an der Fassade bildeten Rußspuren ein sternförmiges Muster. Das Gras direkt vor dem Gebäude war mit Asche und Schmutz bepudert wie nach leichtem Neuschnee. Von der Haustür bis zu Isas Füßen zog sich ein Netz aus mäandernden Rissen durch die Steinplatten. Als wären sie unter einer schweren Last zersprungen oder durch übermäßige Hitze geplatzt.

Unschlüssig ließ Isa das Absperrband zwischen ihren Fingern auf und ab federn. Wie einfach es doch wäre, drüberzusteigen und einen Blick ins Innere zu werfen. Aber damit machte sie sich vermutlich strafbar.

Rasch sah sie sich um. »Wo kein Richter, da kein Henker«, murmelte sie schließlich und redete sich ein, noch zu zögern. Dabei hatte sie sich längst entschieden. Schnell, bevor sie es sich anders überlegen konnte, drückte sie das Band nach unten und stieg darüber.

Die geborstenen Steinplatten gaben ein knirschendes Ächzen von sich, als sie auf Zehenspitzen zu der verhängten Türöffnung schlich. Mit den Fingerspitzen versuchte sie, einen Teil der Folie von der Wand abzuzupfen. Kaum hatte sie einen schmalen Spalt geschaffen, wehte ihr ein Luftzug die Strähnen aus der Stirn und der Geruch nach Ruß raubte ihr für einen Moment den Atem. Als sie die Zähne zusammenpresste, hatte sie das Gefühl, auf Sand zu beißen.

Sie lehnte sich seitlich an die Hausmauer und versuchte, durch den Spalt ins Innere zu spähen. Aber es war zu dunkel, um etwas zu erkennen. Nur schemenhaft zeichneten sich herumliegende Küchenutensilien und angekokeltes Mobiliar von den grauen Wänden ab. Sie riss ein größeres Loch in die Folie und erstarrte. Da lag noch ein anderer Duft in der Luft. Einer, der so gar nicht zu diesem Ort passen wollte. Sie kannte diesen Geruch. Sie mochte ihn. Es roch nach …

»Manche Dinge ändern sich wohl nie.«

Bährs Aftershave!

Einen erstickten Laut ausstoßend, wirbelte Isa herum und wäre beinahe über einen losen Steinbrocken gestolpert. Da stand Bähr, in seiner vollen Größe, und sah alles andere als erfreut aus. Hinter ihm näherte sich ein Mann, vermutlich ein Kollege, und runzelte bei ihrem Anblick irritiert die Stirn.

»Ich, äh …«, stammelte sie, »ich bin aus dienstlichen Gründen hier.« Sie konnte ihn nicht ansehen, starrte stattdessen zu Boden. Wie schaffte er es bloß, sich in diesen schicken Designerschuhen derart lautlos anzuschleichen?

Bähr schnaubte. »Sofern Sie nicht über Nacht der Polizei beigetreten und mit diesem Fall betraut worden sind, bezweifle ich das stark.«

Isa konnte spüren, wie ihre Wangen zu glühen begannen.

»Doch nicht *hier*«, japste sie und wies mit dem Daumen auf das Gebäude. »Ich meinte, in Reutlingen. Ich soll den verstorbenen Kollegen vertreten.«

Bähr starrte sie an, als hätte sie ihn geohrfeigt. Irgendwie schaffte er es, mit nur einem Augenlid zu blinzeln.

»Sie verlassen jetzt umgehend den abgesperrten Bereich und warten dort drüben auf mich«, befahl er tonlos und zeigte auf den Gehweg, hinter der ausladenden Hecke.

Isa schob trotzig den Unterkiefer vor. Aber sie wagte es nicht, dem wütenden Kommissar zu widersprechen. Zähneknirschend schlüpfte sie wieder unter dem Band hindurch und trottete aus der Sperrzone.

Vom Gehweg aus blickte sie verstohlen zurück und sah, wie Bähr und der andere Mann leise miteinander sprachen. Anschließend schüttelten sie sich die Hände und wenig später lief der Unbekannte an ihr vorbei. Ohne sie weiter zu beachten, stieg er in einen dunkelblauen Kombi und fuhr davon.

Sie brauchte sich nicht umzudrehen, um zu wissen, dass Bähr auf sie zugelaufen kam. Sie hörte es an seinen energischen Schritten. Als er neben ihr stehen blieb, linste sie vorsichtig zu ihm hoch.

»Erklären Sie mir mal, was das soll?« In seinen Augen blitzte es gefährlich.

Es war wohl das Klügste, sich dumm zu stellen. »Was meinen Sie?«

»Ich meine«, donnerte Bähr, »dass Sie Ihre Nase in einen deutlich gekennzeichneten, abgesperrten Bereich stecken, der Gegenstand einer polizeilichen Ermittlung ist. Wieder einmal.«

»Ich war nur neugierig.«

»Was Sie nicht sagen.«

Sie seufzte. Es ließ sich nicht leugnen, dass ihre Begegnungen mit dem Kommissar einem gewissen Muster folgten. Beim letzten Fall hatte er sie dabei ertappt, wie sie in seinen Unterlagen geschnüffelt hatte.

»Ich hab einen Termin bei der Rektorin der Hermann-Hesse-Schule gehabt«, startete sie einen weiteren Erklärungsversuch, »und wo ich schon mal hier war, dachte ich, dass ich mir auch gleich die Unglücksstelle ansehen könnte. Das ist ja sicher nicht verboten.«

Der Kommissar verschränkte die Arme vor der Brust und schüttelte ungläubig den Kopf. Unter seinem verächtlichen Blick regte sich Isas Trotz. Sie hatte seine Fragen wahrheitsgemäß beantwortet. Jetzt wurde es Zeit, dass er die Anzughosen runterließ.

»Und was machen *Sie* hier?« Als Toni ihr erzählt hatte, dass die Kriminalpolizei ermittelte, wäre sie nicht im Traum darauf gekommen, dass Bähr involviert sein könnte. Im Nachhinein betrachtet, war das ziemlich naiv gewesen.

»Meine Arbeit«, brummte Bähr und wandte sich zum Gehen. Offensichtlich erachtete er die Unterhaltung als beendet.

Isa eilte ihm nach. »Aber ich dachte, Sie werden nur bei Kapitalverbrechen gerufen.«

Bähr antwortete nicht.

»Warten Sie doch mal«, rief sie und trabte an dem Kommissar vorbei, sodass sie sich ihm in den Weg stellen konnte. »War das etwa gar kein Unfall?«, fragte sie in gespielter Überraschung.

Bähr verengte die Augen. »Wieso vertreten eigentlich ausgerechnet Sie den Verstorbenen?«, wich er mit einer Gegenfrage aus.

Sie stieß ein resigniertes Seufzen aus. »Na ja, seit der Aktion mit den vermurksten Einladungen stehe ich mit einem Fuß auf der Abschussliste.« Das war glatt gelogen. Oder zumindest nur eine Ahnung. Sie wusste nicht, wie viel das Schulamt von ihrem Fauxpas wirklich mitbekommen hatte.

»Also werden Sie gewissermaßen strafversetzt?« Er schnalzte mit der Zunge und setzte sich wieder in Bewegung.

»So was in der Art«, bestätigte Isa und folgte ihm mit ausholenden Schritten.

»Hören Sie.« Bähr blieb so unvermittelt stehen, dass sie beinahe gegen ihn stieß. »Ich kann Ihnen nur eindringlich raten, sich rauszuhalten. Nochmal übersteht meine Karriere Ihre Einmischung nicht.«

Isa öffnete den Mund, um ihrer Empörung Luft zu machen, aber er wandte sich schon wieder ab und überquerte die Straße. Ungläubig sah sie ihm nach. Was bildete dieser Mann sich eigentlich ein? Ohne sie hätte er seinen letzten Fall doch niemals gelöst! Sie war es gewesen, die den verschlossenen Grimmingern die nötigen Informationen entlockt hatte. Unter Einsatz ihres Lebens. Oder zumindest ihrer Leberwerte. Sie musste an den Abend beim Rentnerstammtisch denken und schüttelte sich bei der Erinnerung an den Schnaps, den sie bei ihrem »Verhör« der Stammgäste hatte herunterwürgen müssen.

Schnaubend zog sie ihr Handy aus der hinteren Hosentasche und tippte den kleinen Briefumschlag auf dem Display an. Bähr würde ihr nicht vorschreiben, was sie zu tun und zu lassen hatte. So weit kam es noch.

Sie ließ ihre Daumen über die Tastatur fliegen und hatte im null Komma nichts eine knappe Mail an Rothardt-Knappenhauser formuliert, in der sie ihr versicherte, die Abordnung annehmen zu wollen. Eine Kopie der Mail würde an Maier gehen. Ihr Finger schwebte über dem kleinen Pfeil, mit dem sie die Nachricht abschicken würde.

Wollte sie wirklich, nur um Bähr eins auszuwischen, diese

Abordnung annehmen? Frau Rothardt-Knappenhauser als Rektorin zu haben, war keine besonders rosige Aussicht.

Aber so war es ja gar nicht, rief sie sich schließlich ins Gedächtnis. Zumindest nicht nur. Sie war heute nach Reutlingen gefahren, weil sie ein Verbrechen hinter dem Gasunfall witterte. Genau wie Bähr, sonst wäre er nicht hier. Als Mitglied des Kollegiums des verstorbenen Lehrers könnte sie dem Kommissar vielleicht nützliche Informationen beschaffen, an die er ohne sie nicht käme.

Entschlossen tippte sie den Pfeil an, und die Nachricht sauste mit dem Geräusch einer summenden Biene davon.

»Kommissar Bähr?«

Bei dem Klang der hohen Stimme blickte Isa gedankenverloren vom Handy auf. Vor ihnen auf dem Gehweg stand eine junge Frau, die ihr irgendwie bekannt vorkam. Aus Bährs Richtung ertönte ein tiefes Grollen – und im selben Moment fiel Isa wieder ein, woher sie die Frau kannte. Das war die Reporterin, die sich bei der Pressekonferenz zum zurückliegenden Grimmiger Mordfall mit Bähr angelegt hatte. Die beiden hatten sich vor aller Augen und Ohren einen verbalen Schlagabtausch geliefert.

»Hätten Sie Zeit für ein paar Fragen?«

»Nein!«, bellte Bähr und ließ sie einfach stehen.

Frustriert ließ die Frau ihr Handy sinken, das sie dem Kommissar bereits zur Aufnahme entgegengestreckt hatte. Dann fiel ihr Blick auf Isa und ihre Gesichtszüge hellten sich auf. »Mein Name ist Gabriela Martinez, ich arbeite für das *Schwäbische Wochenblatt* und würde Ihnen gerne …«

»Frau Klein!« Bährs Tonfall ließ beide Frauen zusammenzucken.

Kapitel 5

Isa beeilte sich, zum Kommissar aufzuschließen, der bereits an ihrem Mazda angelangt war und sie mit versteinerter Miene erwartete.

»Das ist nicht Ihr Auto«, feixte Isa, in dem Versuch, die Stimmung etwas aufzulockern.

Doch Bähr ging gar nicht darauf auf ein. »Ich traue Ihnen nicht«, sagte er unumwunden, und wie um seinen Worten Nachdruck zu verleihen, wartete er tatsächlich noch, bis sie aufgeschlossen hatte und eingestiegen war. Offensichtlich wollte er nicht riskieren, dass sie sich zum Tatort zurückschlich oder am Ende noch auf die Idee kam, mit der lauernden Reporterin zu reden.

Isa konnte es ihm nicht verdenken. Beim letzten Fall hatte sie sich mehr als einmal unvernünftig verhalten und am Ende sich selbst und ihn in Lebensgefahr gebracht. Obgleich es ein Trost war, dass dank ihres Leichtsinns der Mörder gefasst worden war, nagte noch immer das schlechte Gewissen an ihr.

»Wie geht's eigentlich Ihrem Rücken?«, fragte sie zum offenen Seitenfenster hinaus. Bährs Hand schoss reflexartig in sein Kreuz. Sie warf ihm einen überraschten Blick zu. Dann zog er langsam den Arm zurück und schob die Hände in die Hosentaschen.

»Bestens.«

Dass keine Gegenfrage kam, wunderte sie nicht. Bähr gehörte eher zur einsilbigen Gattung Mann.

Seufzend drehte sie den Schlüssel im Schloss, aber der Motor gab keinen Mucks von sich. Nur ein mattes Klicken war zu hören.

»Bitte nicht …« Sie probierte es gleich noch einmal. Doch wieder ertönten nur die kläglichen Klickgeräusche. Isa stöhnte auf. Es war immer dasselbe. Dieses Auto machte, was es wollte. Eine Zeit lang hatte sie geglaubt, dass seine Launen hauptsächlich bei Kälte oder zu hoher Luftfeuchtigkeit auftraten. Aber mittlerweile war sie überzeugt, dass dieses treulose Vehikel einen eigenen Willen hatte und sie immer gerade dann hängen ließ, wenn sie es am wenigsten gebrauchen konnte. Sie drehte den Schlüssel nochmal nach links, dann ruckartig wieder nach rechts und trat dabei pumpend aufs Gaspedal ein. Nichts.

»Du verblödete Sch …«

»Probleme?«

Sie unterdrückte einen erschrockenen Aufschrei. Bähr beugte sich zu ihr ans Fenster. Vor lauter Ärger hatte sie ihn komplett vergessen.

»Diese Karre ist ein Albtraum«, krächzte sie.

»Da will ich Ihnen nicht widersprechen.«

Sie schenkte ihm einen tödlichen Blick.

»Klingt ganz, als wäre es die Batterie«, redete Bähr unbeeindruckt weiter.

Isa schnaubte. »Sind Sie jetzt auch noch Mechaniker?«

Der Kommissar richtete sich auf und verschränkte die Arme vor der Brust. »Soll ich Sie irgendwohin mitnehmen?«

Herrje, das durfte alles nicht wahr sein. Sie winkte missmutig ab. »Danke, aber ich brauche mein Auto. Ich rufe den Abschleppdienst.« Außerdem wollte sie dem Kommissar nicht schon am ersten Tag ihres Wiedersehens einen Gefallen schulden.

Bähr zuckte mit den Schultern und ging zu seinem Audi, der hinter ihrem Mazda auf dem Gehsteig parkte.

Durch den Rückspiegel beobachtete Isa, wie er in aller Ruhe sein Jackett auszog und es hinten im Innenraum aufhängte. Sein schneeweißes Hemd würde nach der klimatisierten Autofahrt sicher unverändert frisch aussehen, während ihr die geblümte Bluse jetzt schon am Rücken festklebte. Sie verlagerte ihr Gewicht auf die linke Pobacke, um ihr Handy aus der Hosentasche zu ziehen, und entsperrte mit dem Daumen das Display.

»Sind Sie sicher, dass ich Sie nicht mitnehmen soll?«, hörte sie Bähr von hinten rufen.

Sie streckte den erhobenen Daumen aus dem offenen Seitenfenster, ohne die Augen vom Handy zu lösen. Glücklicherweise hatte sie die Nummer des Abschleppdienstes schon seit Ewigkeiten eingespeichert. Es dauerte nicht lange, bis sich eine freundliche Frauenstimme am anderen Ende der Leitung meldete.

Isa atmete erleichtert auf und nannte ihren Namen.

»Und Sie haben eine Panne?«

»Er springt nicht an«, brummte Isa. Sie konnte nicht mehr mitzählen, wie oft sie sich diesen Satz schon hatte sagen hören. Ihr Vater lag ihr seit Monaten in den Ohren, dass sie sich ein neues Auto zulegen sollte. Er hatte sogar angeboten, ihr das Geld dafür zu leihen. Aber da Isa bereits beim Abbezahlen ihrer Hypothek auf die finanzielle Unterstützung ihrer Eltern angewiesen war, wollte sie das Angebot auf keinen Fall annehmen.

»Dann geben Sie mir doch bitte mal Ihre Servicenummer durch«, bat die Frau mit beruhigender Stimme, »damit wir alles in die Wege leiten können.«

Isa griff zu ihrer Handtasche auf dem Beifahrersitz, um die Karte des Abschleppdienstes aus dem Geldbeutel zu nehmen, da fiel es ihr plötzlich siedend heiß wieder ein.

Sie hatte den Pannendienst gekündigt! Letzten Monat. Weil ihr die Gebühr zu teuer erschienen war. Kollege Schmoll hatte im Lehrerzimmer damit geprahlt, dass sein Anbieter nur die Hälfte kosten würde und trotzdem den gleichen Service böte. Deshalb hatte Isa fest vorgehabt, gleich nach ihrer Kündigung dort anzurufen und einen Vertrag abzuschließen. Doch offensichtlich hatte sie diesen Schritt völlig vergessen.

Mit zittrigen Fingern vergrub sie den Geldbeutel wieder in ihrer Handtasche und rieb sich die Stirn. Besser, sie ließ sich ganz schnell etwas einfallen.

Die Frau am Telefon schien ihr Schweigen falsch zu deuten. »Falls Sie die Servicenummer gerade nicht zur Hand haben, reicht mir auch Ihr Geburtsdatum.«

Isa murmelte ihr Geburtsdatum in den Hörer und biss sich auf die Unterlippe. Im Hintergrund hörte sie das Klappern einer Tastatur.

»Mmh …«, machte die Frau, und Isa biss noch fester zu. »Tut mir leid, aber ich kann Sie in unserer Datenbank nicht finden.«

»Seltsam«, antwortete sie langgezogen, während ihr der Schweiß aus allen Poren drang. Sie warf einen Blick in den Rückspiegel. Bähr saß hinterm Steuer und war wohl gerade im Begriff loszufahren. Als ihre Blicke sich trafen, glaubte sie, ein Zögern wahrzunehmen. Sie bildete sich ein, trotz der Entfernung, seine fragend erhobenen Brauen sehen zu können. Schnell blickte sie weg, damit er ihr die aufkeimende Panik nicht über den Rückspiegel ablesen konnte.

Wie hatte sie nur so blöd sein und kündigen können? Auf die Zuverlässigkeit ihres betagten Mazdas zu setzen, war das reinste Lotteriespiel. Keinen Abschleppdienst an der Hand zu haben, glich da einem Drahtseilakt ohne Netz und doppelten Boden.

»Oh, warten Sie!«, rief die Frau in der Leitung.

Isa schnappte hoffnungsvoll nach Luft. Vielleicht war die Kündigung noch nicht rechtskräftig. So lange war sie schließlich nicht her. Bis das im System vermerkt war, vergingen doch sicher ein paar Wochen …

»Ich sehe gerade, dass Sie im letzten Monat gekündigt haben. Kann das sein?«

Die Luft entwich lautstark Isas Lunge. Ganz kurz war sie geneigt, sich eine wilde Geschichte auszudenken und die Frau und all ihre Kollegen zu beschuldigen, sich unter Vorspiegelung falscher Tatsachen einen Vorteil verschaffen zu wollen. Aber die Anwesenheit eines gewissen Gesetzeshüters, der sowieso nicht die beste Meinung von ihr hatte, hielt sie davon ab.

Nur mit halbem Ohr lauschte sie den Worten der Frau, die gerade dabei war, ihr zu erklären, dass man sie trotzdem abschleppen könne, sie dann allerdings den vollen Preis bezahlen müsse, den man mit einer späteren, neu abgeschlossenen Mitgliedschaft eventuell verrechnen könnte.

»Eventuell?«, wiederholte Isa mit Piepsstimme.

»Na ja, ich kann versuchen, ein gutes Wort für Sie einzulegen.«

Sie hörte eine Autotür zuschlagen und sah Bährs Beine

im Seitenspiegel auf sie zukommen. Er schien sich nun endgültig sicher zu sein, dass etwas nicht stimmte. Als er neben ihr stehen blieb, hielt sie sich das Handy an die Brust und sah fragend zu ihm hoch.

»Steigen Sie schon aus. Ich nehme Sie mit.«

Kapitel 6

»Danke«, murmelte Isa kleinlaut, als sie in Bährs Audi unter dem dichten Blätterdach der Kastanienbäume dahinglitten.

»Keine Ursache.« Der Kommissar lenkte mit einer Hand, während er sich mit der anderen den Hemdsärmel hochkrempelte.

»Sie können mich direkt beim Kirchplatz abliefern. Ich muss aufs Maifest, und die Zeit wird nicht reichen, um vor dem Anstich nochmal heimzugehen.« Dabei hätte sie eine Dusche dringend nötig gehabt. Ihre Bluse fühlte sich im kühlen Luftstrom der Klimaanlage klamm an, und ihr Pony klebte ihr platt an der Stirn fest. Missmutig wischte Isa sich die Haare aus dem Gesicht.

An einer Kreuzung verlangsamte Bähr und bog dann nach links auf die Hauptstraße ab. Verstohlen schielte Isa zu ihm rüber. Bei ihrem letzten Treffen hatte er sich schwerfällig bewegt und dunkle Ringe unter den Augen gehabt. Mittlerweile schien er wieder ganz der Alte zu sein. Sein Kinn war glatt rasiert, und er trug eine leichte Bräune, die ihm, wie sie zugeben musste, gut stand.

Sie reagierte eine Millisekunde zu spät, als sein Blick den ihren traf. Schnell wandte sie den Kopf ab und starrte angestrengt zum Seitenfenster hinaus.

»Seit wann ermittelt die Kriminalpolizei bei Unfällen?«, versuchte sie, von ihrem peinlichen Starren abzulenken.

»Wer sagt, dass wir ermitteln?«

Sie schnaubte. Er hielt sie offensichtlich für beschränkt. »Weswegen sollten Sie heute sonst am Ort des Geschehens gewesen sein?«

Er erwiderte nichts, und das genügte Isa als Antwort.

»Die Explosion war kein Unfall, hab ich recht?«

Isa konnte das Leder des Lenkrads unter dem zupackenden Griff des Kommissars knarzen hören. Und seine Kieferknochen traten sichtbar hervor.

Oh, und wie sie recht hatte.

»Sie werden nicht zu Unfällen gerufen. Also muss es sich um ein Verbrechen handeln«, stellte sie nachdrücklich fest.

Bähr ging vom Gas, weil am rechten Fahrbahnrand ein Auto stand, dessen Warnblinker eingeschaltet war. Gemächlich manövrierte er daran vorbei. »Sie können manchmal wahnsinnig enervierend sein.«

Isa runzelte die Stirn. »Was soll das denn bitte heißen?«

»Nervtötend, anstrengend, zermürbend ...«, gab Bähr sich plötzlich ungewöhnlich mitteilsam.

»Ich weiß, was das Wort bedeutet«, zischte sie empört. »Ich halte es allerdings für ziemlich unangebracht, meinen messerscharfen Verstand so zu betiteln. Ihnen ist wohl entgangen, dass Sie Ihren letzten Fall ohne meine Hilfe möglicherweise nie gelöst hätten.«

Täuschte sie sich oder hob Bähr seine Mundwinkel tatsächlich zu einem Schmunzeln? Sie musterte ihn misstrauisch, aber schon nahm sein Gesicht wieder diesen typisch stoischen Ausdruck an.

»Und?«

Bähr warf ihr einen verständnislosen Blick zu.

»Geben Sie nun zu, dass die Explosion kein Unfall war?«

Die Straße führte eine langgezogene Steigung hoch, und der Kommissar trat so abrupt aufs Gas, dass Isa wie eine leblose Puppe in die Rücklehne zurückgeworfen wurde. Schnell richtete sie sich wieder auf und zupfte verschämt an ihrer Bluse, die ihr über den Hosenbund gerutscht war.

»Sie wissen schon, dass ich Ihnen keine Rechenschaft schuldig bin?«, fragte Bähr, ohne sie anzusehen.

»Ja. Aber da ich eins und eins zusammenzählen kann, brauche ich die auch gar nicht.« Sie zuckte mit den Schultern. »Für mich liegt die Sache klar auf der Hand ...«

Bähr unterbrach ihr lautes Nachdenken mit einem sehr tiefen, sehr hörbaren Atemzug.

Isa redete trotzdem weiter. »Im Gegensatz zu mir, waren Sie nicht zufällig am Ort des Geschehens. Es ist also durchaus möglich, dass es sich bei der Explosion um ein Verbrechen handelt. Moment mal!« Theatralisch presste sie sich eine Hand auf die Brust. »Was, wenn der Täter zur Schule gehört?« Entsetzt blickte sie den Kommissar an, als wäre ihr dieser Gedanke eben erst gekommen. »Ich arbeite ab Montag dort.«

»Richtig. Besser, Sie überdenken das nochmal«, brach Bähr sein Schweigen.

»Zu spät.«

Just in diesem Moment klingelte Isas Handy. Sie blickte aufs Display, das Renates Namen anzeigte, und schnalzte mit der Zunge. Ihr kam da eine Idee.

»Die Rektorin der Hermann-Hesse-Schule«, log sie. »Soll ich ihr sagen, dass Sie mir gerade von der Stelle abgeraten haben, weil die Gefahr eines weiteren Unfalls besteht?« Mit der freien Hand zeichnete sie Gänsefüßchen in die Luft.

In Bährs Augen blitzte es gefährlich, aber davon würde

sie sich nicht einschüchtern lassen. Sie ließ den Zeigefinger über dem Handy kreisen und sah ihn herausfordernd an. »Soll ich?«

»Alles, was ich Ihnen sagen kann, ist, dass wir zum jetzigen Zeitpunkt nicht davon ausgehen, dass für die Lehrer oder Schüler der Hermann-Hesse-Schule eine Gefahr besteht«, knurrte er.

»Und was macht Sie da so sicher?«

Er seufzte. »Weil es Hinweise gibt, dass die Explosion ausschließlich Marco Wonneberg treffen sollte.«

Isa spürte, wie sich ihr die Nackenhaare aufstellten. Nur um dem Klingeln endlich ein Ende zu setzen, tippte sie den grünen Hörer an und hielt sich das Handy ans Ohr. »Kann ich dich zurückrufen, Renate?«

Bährs Kopf schnellte zu ihr herum. Er sah aus, als würde er ihr gleich eine reinhauen wollen. Isa tat, als müsse sie sich an der Schläfe kratzen, um sich mit der Hand vor seinem Todesblick abzuschirmen.

»Ich will nur wissen, ob du es pünktlich schaffst«, krächzte Renates Stimme durch die Leitung.

»Klar. Wir treffen uns am Familientisch. Bis dann.« Sie legte auf und räusperte sich. »Dieses Maifest ist ...«

»Frau Klein!« Bährs Stimme war nicht mehr als ein Zischen. Aber es genügte, um sie reumütig den Kopf einziehen zu lassen.

»Schön. Ich gebe zu, das war ein bisschen fies. Aber jetzt, wo die Katze aus dem Sack ist, können wir doch offen reden.«

Bähr überholte einen Motorroller und murmelte beim Schulterblick etwas Unverständliches vor sich hin. Seinem Tonfall nach, war es nichts Nettes.

»Was sind das für Hinweise, die darauf hindeuten, dass

nur Wonneberg das Ziel war?«, wagte Isa sich trotzdem noch ein bisschen weiter vor.

»Ich werde nicht …«

»Mit Ihnen über den Fall reden«, platzte sie heraus und klatschte triumphierend in die Hände. »Ich wusste, dass Sie das sagen würden.«

Bährs Mimik war völlig versteinert. Mit ausdruckslosem Blick starrte er vor sich auf die Straße.

Sie musste zu härteren Bandagen greifen. »Ich könnte Frau Rothardt-Knappenhauser anrufen und ihr meine Bedenken mitteilen.«

Nun drehte Bähr den Kopf doch herum. »Nur zu.« Seine Stimme klang ungewöhnlich scharf, und Isa bereute ihren jämmerlichen Erpressungsversuch auf der Stelle.

»Ich frag doch aus reinem Eigeninteresse«, schlug sie einen versöhnlicheren Tonfall an. »Wenn ich die Gründe für Ihre Vermutung kenne, dass ausschließlich Marco Wonneberg das Ziel war, dann muss ich mir auch keine Sorgen machen, am Montag in die Luft gejagt zu werden.«

Bähr stieß ein Seufzen aus, das beinahe kapitulierend klang. »Der Explosion gingen Feindseligkeiten voraus. Jemand hat Wonnebergs Haus mit Eiern beworfen und die Reifen seines Fahrrads aufgeschlitzt. Wonneberg hat es der örtlichen Polizeidienststelle gemeldet, aber von einer Anzeige abgesehen.«

»Klingt mehr nach dummen Jugendstreichen.« Isa sah ihn an. »Finden Sie nicht, dass es vom Eierwerfen bis zum Herbeiführen einer Gasexplosion ein ziemlich großer Schritt ist? Was, wenn das eine nichts mit dem anderen zu tun hat? Schüler spielen Lehrern, die sie nicht leiden können, doch öfter mal fiese Streiche.«

»Sprechen Sie da aus Erfahrung?«

Sie schnaubte. »Sicher nicht.« Dass mutmaßlich ein paar Jungs aus der Zehnten letztens eine Kartoffel in den Auspuff ihres Mazdas gesteckt hatten, zählte nicht, weil das Ding beim Ausparken wie ein Projektil rausgeschossen war und eine Delle im Auto des Rektors hinterlassen hatte. Wer den Schaden hat, braucht für den Spott bekanntermaßen nicht zu sorgen.

Isa schüttelte die Erinnerung daran ab. Wenn sie die Fahrt nach Grimmingen nutzen wollte, um mehr herauszufinden, musste sie sich ranhalten.

»Ich verstehe das nicht. Sie bewerten die Aktionen mit den Eiern und den Fahrradreifen als ernst zu nehmende Drohung, gehen aber trotzdem nicht davon aus, dass eine Gefahr auch für andere Lehrer oder Schüler besteht?«

Als sie Bährs Blick auf sich spürte, wurde ihr bewusst, dass sie auf ihrem Daumennagel herumkaute. Sie nahm den Finger aus dem Mund und klemmte sich die Hand unter den Oberschenkel.

»Die Explosion hat in Wonnebergs Haus stattgefunden, nicht in der Schule«, brummte Bähr.

»Was Sie nicht sagen.«

Der Kommissar überging ihren sarkastischen Tonfall. »Außerdem hat keine andere Lehrkraft über Vandalismus oder schwerwiegende Dispute mit Schülern berichtet.«

»Mmh.« Sie fand das nicht sonderlich überzeugend. Doch da kam ihr noch ein weiterer Gedanke. »Nicht, dass ausgerechnet ich die Unfalltheorie untermauern möchte«, murmelte sie, »aber könnte dieser Wonneberg nicht einfach aus Versehen seinen Gasherd angelassen haben?«

Bähr schüttelte den Kopf. »Die Dinger sind mit Zündsicherungen ausgestattet. Sobald die Flamme ausgeht, wird die Gaszufuhr unterbrochen. Ohne Zündflamme kein Gas.«

»Und bei vorhandener Zündflamme verbrennt das Gas und ist unbedenklich«, führte Isa seine Darlegung laut zu Ende.

Bähr nickte stumm.

»Aber wie konnte sich das Gas dann in der Küche sammeln?«

Es folgte eine Pause, die sich so lange hinzog, bis Isa erkannte, dass sie keine Antwort bekommen würde.

»Es muss an der Gasleitung liegen«, murmelte sie und achtete dabei auf jede noch so kleine Regung im Gesicht des Kommissars. Als sie das Zucken seiner Augenlider entdeckte, wusste sie, dass sie auf der richtigen Fährte war.

»Ist sie manipuliert worden?«

»Frau Klein.« Bährs Tonfall klang eher erschöpft als genervt.

»Das ist es, hab ich recht?«

Für ihn schien das Gespräch beendet zu sein. Aber Isa brauchte ohnehin nicht mehr zu hören. Ihr lief es kalt den Rücken hinunter. Die Tatsache, dass jemand offensichtlich nicht im Affekt gehandelt hatte, sondern so systematisch vorgegangen war, um einen Menschen aus dem Weg zu räumen, löste ein beklemmendes Gefühl in ihrer Brust aus.

Grüblerisch blickte sie nach draußen und stellte fest, dass die graue Kulisse der Stadt einer ländlichen Umgebung gewichen war. Die vorbeirauschenden Hügel sahen aus, als hätte sie jemand mit gelben Streuseln garniert. In der Ferne nahmen die Anhöhen der Alb einen bläulichen Schimmer an.

Normalerweise genoss Isa das Panorama um diese Jahreszeit besonders. Aber heute hatte sie keinen Blick dafür. Zu viele Fragen schossen ihr durch den Kopf.

»Wissen wenigstens die Lehrer, dass es kein Unfall war?«, brach es aus ihr hervor. »Oder die Rektorin?«

»Sie wissen, dass seitens der Feuerwehr und der Polizei in alle Richtungen ermittelt wird.« Plötzlich sah Bähr sie streng an. »Uns wurde auferlegt, die Details vorerst unter Verschluss zu halten. Immerhin handelt es sich dabei größtenteils um Täterwissen.«

Die unterschwellige Mahnung kam bei Isa an. Sie presste die Lippen aufeinander und zog mit ihren Fingern einen imaginären Reißverschluss darüber. »Von mir erfährt keiner was.«

In der darauffolgenden Stille wanderte ihr Blick abermals nach draußen, ohne dass sie wirklich etwas wahrnahm. Sie rieb sich über die Arme, aber dadurch ließ sich das plötzliche Frösteln nicht vertreiben. Der Gedanke, dass Schüler und Lehrer jeden Morgen ahnungslos das Schulhaus betraten und vielleicht mit einem Mörder im selben Raum saßen, war einfach nur gruselig.

»Ich nehme an, Sie stehen unter Zeitdruck«, murmelte sie in die Stille hinein.

»Allerdings.«

»Mmh.« Sie verschränkte die Arme vor der Brust und sah ihn an. »Ich sag's ja nur ungern, aber Sie werden meine Hilfe brauchen.«

»Das bezweifle ich«, brummte Bähr.

»Was? Dass ich es nur ungern sage oder dass Sie meine Hilfe benötigen?«

»Beides.«

Kapitel 7

Während der Kommissar seinen Audi an den Straßenrand hinter einen Kleinwagen lenkte, hatte Isa Gelegenheit, finster zum Festplatz hinüberzustarren. Sie verspürte nicht das geringste Verlangen, sich unters Volk zu mischen. Jeder Grimminger, der etwas auf sich hielt, würde heute Abend hier sein.

»Sieht aus, als hätte sich Ihre gesamte Verdächtigenliste versammelt«, murmelte Bähr, als könnte er ihre Gedanken lesen. Sie fuhr zu ihm herum und funkelte ihn böse an. Er ignorierte ihren Blick und spähte an ihr vorbei zum Seitenfenster hinaus.

»Sehr witzig.« Das war viel weinerlicher rausgekommen, als Isa es beabsichtigt hatte. Sie löste den Sicherheitsgurt. »Danke fürs Fahren.«

Falls Bähr etwas darauf sagte, konnte sie es nicht hören, denn in diesem Moment setzte draußen schmetternde Blasmusik ein und erstickte jeden Ansatz einer Konversation im Keim.

Verwundert drehte sie sich im Sitz herum und entdeckte Bauer Heller durch die Heckscheibe. Auf seinem historischen Traktor thronend, kam er angeknattert, einen festlich geschmückten Wagen mit Bierfässern hinter sich herziehend. Die Grimminger Blaskapelle folgte dem Anhänger im Gleichschritt.

Unter den Spielenden entdeckte Isa auch Rektor Maier.

Stolz trug er seine Tracht zur Schau und blies mit roten Backen in seine auf Hochglanz polierte Tuba.

Am besten, sie nutzte die Ablenkung, um ungesehen durch die Tischreihen zu huschen. Sie stieß die Autotür auf und wollte gerade aussteigen, als sie bemerkte, dass Bauer Heller seinen Traktor direkt auf Bährs Auto zusteuerte. Kurz vor dem Heck machte er einen Schwenk nach links und parkte so nah an der Fahrertür, dass Isa sogar von ihrer Warte die feinen Kratzer im hellblauen Lack erkennen konnte.

»Äh«, machte Bähr und blickte verdutzt zum Seitenfenster raus. Er klopfte gegen die Scheibe, aber Bauer Heller schien ihn nicht zu bemerken. Er war längst vom Sitz gesprungen.

Isa stieg aus und schnalzte mit der Zunge. Heller und ein paar eifrige junge Burschen hatten den blumenbehangenen Wagen soeben vom Traktor abgekoppelt. Und jetzt schoben sie ihn mit vereinten Kräften in die Lücke hinter Bährs Auto, sodass die Längsseite des Gefährts an den Pavillon für den Bierausschank heranreichte, der auf dem Kirchplatz aufgebaut war.

Hellers Traktor stand noch immer neben Bährs Audi, nur, dass sein Motor jetzt nicht mehr knatterte und der schornsteinartige Auspuff keinen Rauch mehr ausstieß.

Isa schnalzte mit der Zunge. Wie es aussah, war der Kommissar zugeparkt.

»Was grinsen Sie denn so schadenfroh?«, vernahm sie Bährs Stimme aus dem Fahrzeuginneren. Er lehnte über dem Beifahrersitz und sah verärgert zu ihr hoch.

Isa hatte gar nicht gemerkt, dass ihre Gesichtsmuskulatur sich verselbstständigt hatte. Sie gab sich aber auch keine Mühe, etwas dagegen zu unternehmen. Voller Vorfreude beugte sie sich zu ihm nach unten. Auf keinen Fall wollte sie sein Mienenspiel verpassen, wenn er gleich realisierte, dass er festsaß.

»Ich schätze, Sie können erstmal nicht wegfahren. Warum steigen Sie nicht einfach auf dieser Seite aus und gönnen sich ein Bier auf dem Festplatz?«

Bähr stieß ein Schnauben aus. »Sicher nicht. Ich warte. Kann ja nicht allzu lange dauern.«

Isa ließ sich Zeit mit ihrer Antwort. In gespieltem Bedauern schob sie die Lippen vor. Bährs dunkler Blick traf den ihren und sie glaubte, das Aufkeimen leiser Panik darin zu entdecken.

»Bauer Heller wird den Traktor erst wegfahren, wenn der Ortsvorsteher seine Rede gehalten hat. So war das in den vergangenen Jahren auch.« Sie hatte keine Ahnung, ob das stimmte. Aber wenn diese Schwindelei dazu führte, dass Bähr zur Beifahrerseite hinausklettern musste, war es den Versuch wert.

Beim Anblick seiner hilflosen Miene meldete sich beinahe ihr schlechtes Gewissen. Ehe sie jedoch zurückrudern konnte, stieß der Kommissar einen resignierten Seufzer aus und zog seine langen Beine unter dem Lenkrad hervor.

Isa saugte ihre Lippen ein, um nicht laut zu prusten. Er sah aus wie ein Grashüpfer im Reagenzglas. Ächzend faltete er sich zusammen, drehte sich dann auf dem Sitz und hob die Füße über die Mittelkonsole.

Wie von selbst wanderte Isas Hand zu ihrem Handy in der hinteren Hosentasche. Sie würde nur schnell …

»Frau Klein.«

Sie zuckte zusammen. »Mmh?«

»Sie stehen im Weg.«

Der Kommissar hatte es auf den Beifahrersitz geschafft

und blickte ungeduldig zu ihr nach oben. Isa machte einen Schritt zur Seite und schob enttäuscht das Handy zurück in die Hosentasche. Wie es schien, war Bährs unfreiwillige Showeinlage schon wieder beendet.

Er stieg aus und fuhr sich mit den Fingern durch die verstrubbelten Haare.

Seufzend ließ Isa sich mit dem Rücken gegen sein Auto fallen, schob die Hände in die Hosentaschen und starrte zum Festplatz hinüber. Viel zu schnell war dieser erheiternde Moment vorübergegangen. Jetzt gab es keinen Grund mehr, ihre Anwesenheit auf dem Maifest weiter hinauszuzögern. Blieb nur zu hoffen, dass sie den Abend ohne böse Zwischenfälle überstand.

»Ihnen ist klar, dass Sie hier erstmal festsitzen?«, rief sie über den Lärm der Blaskapelle hinweg.

Sie folgte Bährs Blick, der vom Anhänger hinter seinem Auto, zum davor parkenden Kleinwagen und schließlich zum Traktor wanderte. Man konnte förmlich sehen, wie die Rädchen in seinem Hirn ratterten.

»Sieht ganz so aus«, brummte er schließlich. »So hatte ich mir den Abend nicht vorgestellt.«

»Da sind wir schon zu zweit.« Isa stieß sich von seinem Audi ab. »Kommen Sie. Ich lad Sie auf ein Bier ein. Als Dank für Ihre Fahrdienste.«

Sie wollte schon loslaufen, da spürte sie Bährs skeptischen Blick auf sich. Er sah aus, als versuchte er abzuschätzen, ob sie einen Witz gemacht hatte.

»Sie können mir natürlich auch von hier aus beim Trinken zusehen.«

»Na schön«, lenkte er ein, und aus unerfindlichen Gründen machte ihr Magen einen Satz. Sie schob es auf ihren

Hunger. Immerhin hatte sie seit dem Mittag nichts mehr gegessen. Im Vorbeigehen fiel ihr Blick prompt auf das goldbraune Spanferkel, das über einem breiten Grill seine Runden drehte. Am Stand daneben vollführten knusprige Hähnchen ihre synchrone Performance am Grillspieß. Augenblicklich lief ihr das Wasser im Mund zusammen.

Gemeinsam liefen sie durch die Tischreihen, die mit karierten Decken, roten Gerbera und Windlichtern dekoriert waren. Beigefarbene Schirme spannten sich wie Baldachine über die Köpfe der Festgesellschaft. An ihren Streben baumelten bunte Girlanden im lauen Luftzug des frühen Abends. Ein riesiger Maibaum thronte in der Mitte des Platzes und erinnerte an den Anlass der Feier. Isa blickte nach oben zu dem mit Bändern geschmückten, saftig grünen Kranz.

»Kommissar Bähr, so eine Überraschung.« Kaum hatte Margret Klein ihn entdeckt, sprang sie von der Bierbank auf und streckte ihm ihre Hand entgegen. Um ein Haar hätte sie dabei aus Versehen Isas Vater geohrfeigt, der gerade noch zur Seite ausweichen konnte. Herbert Klein warf seiner Tochter einen vielsagenden Blick zu, und sie lächelte mitleidig zurück.

»Benjamin, würde es dir was ausmachen, ein bisschen zu rutschen?«

Der Blick ihrer Mutter fiel auf einen blassen jungen Mann, ihr gegenüber. Isa spürte saure Galle in sich aufsteigen. Bestimmt hatte ihre Mutter vorgehabt, sie mit diesem Milchgesicht zu verkuppeln. Zumindest, bis Bähr in Erscheinung getreten war.

Beschämt beobachtete sie, wie ihre Mutter mit den Händen vor dem armen Benjamin herumwedelte, als sei er eine lästige Fliege. Sein Adamsapfel zuckte beim Schlucken nach oben, aber er rutschte gehorsam nach rechts, um Platz für Bähr zu schaffen.

Mit hervortretenden Kieferknochen quetschte der Kommissar sich zwischen Benjamin und Isas Vater, der mit seinem Umfang locker zwei Plätze beanspruchte.

»Isa, du sitzt hier«, befahl ihre Mutter und zeigte auf den freien Platz, gegenüber dem Kommissar. Von ihrer Unschuldsmiene ließ Isa sich nicht täuschen. Sie wusste sehr wohl, dass es verheerende Auswirkungen haben würde, wenn sie sich der Aufforderung widersetzte. Seufzend ergab sie sich ihrem Schicksal und plumpste missmutig neben ihrer Mutter auf die Bank.

Eine ältere Frau, die Isa vom Sehen kannte, rückte schmallippig zur Seite. Wahrscheinlich Benjamins Mutter, die auf Margret Kleins vermeintliche Kuppelfähigkeiten gesetzt hatte. Mittlerweile schien sie die plötzliche Planänderung allerdings bemerkt zu haben. Ihr Benjamin war abgeschrieben. Isas Mutter hatte nur noch Augen für den Kommissar.

Die Kapelle beendete soeben ihr Spiel, und Ortsvorsteher Gmeiner setzte mit geschwollener Brust zu seiner Rede an. Er lobte das Dorfleben und den Zusammenhalt der Grimminger, der sich gerade in schweren Zeiten offenbarte. Isa senkte zähneknirschend den Blick auf die Tischdecke. Damit war definitiv nicht sie gemeint.

Endlich griff Gmeiner zum Schlägel und schlug den Zapfen ins Holz. Schon nach dem zweiten Schlag spritzte das Bier in hohem Bogen hervor und die Menge jubelte. Der Ortsvorsteher schlug noch einmal zu, dann saß der Zapfhahn fest. Weißer Schaum quoll hervor, als er am Hebel drehte. Jemand hielt einen Krug unter den Hahn, dann noch einen, bis sich der Schaum irgendwann goldgelb färbte. Gmeiner hob das Glas und gönnte sich einen ersten, herzhaften Schluck. Hinter ihm hievten ein paar Burschen weitere Fässer vom Anhänger und rollten sie unter die große Zapfanlage. Die Blaskapelle setzte erneut ein, und die Grimminger begannen wie auf ein geheimes Zeichen hin ausgelassen zur Musik zu schunkeln.

Isa und Bähr waren wahrscheinlich die Einzigen auf diesem Fest, die dreinblickten, als wären sie auf einer Beerdigung. Und der arme Benjamin natürlich.

»Willst du dem Kommissar nicht ein Bier holen?«, schrie Margret Klein ihr über den Lärm hinweg zu. Ihr scharfer Blick machte deutlich, dass das keine Frage gewesen war.

»Klar«, antwortete sie langgezogen und stemmte sich von der Bank hoch. Das hatte sie ja ohnehin vorgehabt.

»Alkoholfrei, bitte.«

Isa griff nach ihrer Handtasche, stieg über die Bierbank und stapfte zur Schlange der Wartenden hinüber.

»Ein normales und ein alkoholfreies Bier«, rief sie gegen die Musik an, als sie endlich an der Reihe war.

Manfred, der Wirt des Grünen Baums, schüttelte den Kopf. »Alkoholfreies gibt's da drüben.« Er drückte Isa ihr normales Bier in die Hand und wies mit dem ausgestreckten Arm Richtung Kirche, um deren Zwiebelturm unzählige Schwalben kreisten und schrille Pfiffe ausstießen. Vor dem konisch zulaufenden Treppenaufgang, der zum Kirchtor hinaufführte, war ein weiterer Getränkestand aufgebaut.

»Na toll.« Seufzend trat sie aus der Schlange. Jetzt musste sie für Bährs Extrawunsch auch noch den gesamten Platz überqueren. Die Gefahr, einem Grimminger in die Arme zu laufen, der noch ein Hühnchen mit ihr zu rupfen hatte, steigerte sich damit ins Höchstwahrscheinliche.

Kapitel 8

Mit gesenktem Kopf eilte Isa auf den Kirchturm zu und stellte sich neben zwei zappelnde Mädchen, die gerade ihre Limonadenbestellung aufgaben. Wer nicht genau hinsah, würde sie wahrscheinlich für die Mutter der Kinder halten. Sie fand sich ziemlich clever.

»Hallo Frau Klein, was darf's sein?« Christian, einer ihrer Schüler aus der Neunten strahlte sie an, als sie endlich an der Reihe war.

»Bist du unter die Dichter gegangen?«, brummte sie, noch immer verstimmt, und zog ein paar Münzen aus der Hosentasche. Als der Junge rot anlief, tat ihr die fehlgeleitete Kratzbürstigkeit direkt leid.

»Ein alkoholfreies Bier, bitte.«

Er nannte ihr den Preis und sie stellte ihren Bierkrug auf dem Tresen ab, um das Geld, zuzüglich Trinkgeld zur Wiedergutmachung, abzuzählen. Klimpernd ließ sie die Münzen in Christians ausgestreckte Hand fallen. Er sortierte sie in die Kasse ein und zog einen leeren Krug unter der Theke hervor.

»Was hat denn Kommissar Bähr hier verloren?«, zischte plötzlich jemand ganz nah an ihrem Ohr. Beim Klang der Stimme rollte Isa reflexartig mit den Augen. Sie nahm einen tiefen Atemzug durch die Nase, bevor sie sich betont langsam zu Kollege Schmoll umdrehte.

»Heckt ihr schon wieder was aus?«

»Sicher nicht!«, erwiderte Isa etwas zu schnell, woraufhin Schmoll ahnungsvoll die Mundwinkel kräuselte.

»Ob du es glaubst oder nicht«, beeilte sie sich, eine Erklärung zu liefern, »Bähr ist wegen des Maifests gekommen.«

Jens stieß ein Prusten aus. »Fällt mir tatsächlich schwer, das zu glauben.« Plötzlich zog er die Augenbrauen zusammen und taxierte Isa forschend. »Hat es was mit diesem verstorbenen Lehrer zu tun?«

Isa musste sich beherrschen, nicht gegen den Kloß anzuhusten, der sich plötzlich in ihrem Hals breitmachte. Jens würde jede Unsicherheit sofort bemerken und sich darauf stürzen wie ein Aasgeier auf einen Kadaver. Es fehlte gerade noch, dass er überall herumposaunte, dass die Kriminalpolizei im Fall des verstorbenen Lehrers ermittelte. Dann wäre allen auch sofort klar, weswegen Isa sich freiwillig für die Abordnung gemeldet hatte – und ihre gemeinschaftlichen Ermittlungen mit Bähr wären beendet, bevor sie überhaupt begonnen hatten.

Sie verzog das Gesicht und hoffte, dass die Mischung aus Spott und Mitleid ihre Wirkung nicht verfehlte.

»Der Kommissar ist meinetwegen hier, wenn du es genau wissen willst.«

Das war ja nicht einmal komplett gelogen. Sie trug zumindest eine Teilschuld daran, dass er seinen Freitagabend auf dem Grimminger Dorffest verbringen musste.

»Deswegen hast du dich für die Abordnung gemeldet, stimmt's?«, überging Jens ihre Behauptung, ohne mit der Wimper zu zucken.

Isa presste die Lippen aufeinander. Sie wusste nicht, worüber sie sich mehr ärgerte. Jens' unverschämte Neugierde oder die Tatsache, dass er offensichtlich nicht eine Sekunde in Betracht zog, Bähr könnte tatsächlich ihre Verabredung für den Abend sein.

»Mach dich nicht lächerlich«, raunte sie und drehte sich zur Theke um. Ehe Jens noch etwas sagen konnte, schnappte sie sich die Krüge und eilte davon.

»Na endlich. Das hat ja ewig gedauert«, beschwerte sich ihre Mutter, als Isa an ihren Tisch zurückkehrte. »Der Kommissar ist schon halb verdurstet.«

Bähr öffnete den Mund, wahrscheinlich, um zu widersprechen, aber Isas Mutter brachte ihn mit einem mütterlichen Tätscheln seines Armes zum Schweigen. Isa wollte ihm seinen Krug reichen, doch plötzlich hielt sie wie vom Blitz getroffen inne.

Sie hatte keine Ahnung, welcher Bierkrug seiner war. Dieser verdammte Schmoll hatte sie abgelenkt. Sie biss sich in die Innenseite ihrer Wange, während sie fieberhaft versuchte, sich zu erinnern, wo ihr Glas gestanden hatte. Aber stattdessen sah sie nur Jens und sein süffisantes Oberlehrergrinsen vor sich.

»Willst du hier den ganzen Abend rumstehen und das Bier anstarren?«, fragte Margret Klein kichernd, während ihre Augen streng funkelten. Offensichtlich wollte sie verhindern, dass die Tochter sich vor dem Kommissar blamierte. Ihre Mutter konnte ja nicht ahnen, dass es dafür längst zu spät war.

Unter den Blicken der anderen spürte Isa eine unangenehme Wärme in sich aufwallen. Es musste das rechte Glas gewesen sein. Oder das linke? Nein, das andere. Herrje!

Sie ließ den Krug aus ihrer rechten Hand so energisch vor Bähr auf den Tisch donnern, dass ihm die Biergischt ins

Gesicht spritzte. Er zuckte zurück und wischte sich mit dem Handballen übers Auge.

»Danke«, murmelte er und klang dabei kein bisschen dankbar.

Isa presste die Lippen zusammen und nahm gegenüber Platz. Sie wagte nicht, ihn anzusehen.

»Isa!«, gellte plötzlich eine hohe Stimme durch das allgemeine Gemurmel. Sie hob den Kopf und entdeckte im tiefstehenden Sonnenlicht einen bunten Klecks, der auf sie zugeeilt kam. Der Farbtupfer entpuppte sich als Renates Batikkleid, in dem sie ein bisschen aussah wie eine Regenbogenpresswurst. »Tut mir leid, dass ich erst jetzt komme.«

»Kein Problem«, rief Isa und hatte fast ein schlechtes Gewissen. Ihr war gar nicht aufgefallen, dass Renate in der Runde noch gefehlt hatte.

Die Freundin quetschte sich zwischen Bähr und Benjamin, wobei sie Letzteren mit ihrem ausladenden Hintern beinahe von der Bank schob. Der Arme schien nur noch mit einer Pobacke auf der Kante zu sitzen.

»Herr Bähr«, rief Renate dann und griff nach der Hand des Kommissars, die er neben seinem Krug auf dem Tisch abgelegt hatte. »Das ist aber wirklich eine schöne Überraschung.«

Sie zwinkerte Isa zu, die tat, als müsste sie dringend ihre Fingernägel inspizieren. Aus Bährs Richtung erklang ein Räuspern und sie glaubte, seinen Blick zur Armbanduhr huschen zu sehen. Wahrscheinlich legte er sich im Geiste gerade einen Fluchtplan zurecht.

»Haben Sie sich inzwischen wieder ans Alleinwohnen gewöhnt?« Renates Frage rief bei Isa einen handfesten Magenkrampf hervor.

»Ich bin offen gestanden beruflich bedingt gerade kaum zu Hause«, antwortete Bähr ausweichend. Er entwand Renate seine Hand und griff nach seinem Krug.

Isa öffnete den Mund. Sie musste Bähr sagen, dass sie nicht mehr sicher war, ihm das richtige Bier gegeben zu haben. Je länger sie wartete, desto unwahrscheinlicher wurde es, dass Bähr über ihr Schweigen hinwegsah, wenn er es merkte.

»Dann ist es umso erfreulicher, dass Sie es zum Maifest geschafft haben«, mischte Isas Mutter sich säuselnd in die Unterhaltung ein.

Isa glaubte, ein spöttisches Zucken um Bährs Mundwinkel zu entdecken. Als ob er jemals freiwillig einen Fuß nach Grimmingen setzen würde.

Seltsamerweise ärgerte sie sich über seine unterschwellige Herablassung, auch wenn sie selbst keine Gelegenheit ausließ, über Grimmingen herzuziehen. Aber im Gegensatz zu ihm, stand ihr das auch zu. Schließlich war sie dazu verdammt, hier zu wohnen. Als Bähr den Krug an seine Lippen setzte und sich einen riesigen Schluck einverleibte, bekam sie die Zähne nicht auseinander.

Was man von ihrer Mutter leider nicht behaupten konnte. »Ich hoffe, Sie können ein Weilchen bleiben. Oder wartet jemand auf Sie?«, fragte Margret unverblümt.

Himmel. Auffälliger ging es ja wohl nicht. Isa warf ihrem Vater einen flehenden Blick zu. Aber der schien von alledem nichts mitzubekommen. Er hatte sich zur Seite gedreht und die verschränkten Arme auf seinem Bauch abgelegt. Selig ließ er seinen Blick über den Festplatz schweifen. Isa nahm ihm die Maskerade keine Sekunde ab. Sie kannte ihn gut genug. Ihr friedliebender Vater wollte nur nicht zwischen die Fronten geraten, das war alles.

»Der Job lässt nicht viel Raum fürs Private«, brummte Bähr ausweichend. Isa beobachtete verkrampft, wie er einen weiteren, riesigen Schluck in sich hineinschüttete. Als er seinen Krug endlich auf dem Tisch absetzte, stellte sie erschrocken fest, dass er schon halb leer war. Sie konnte es ihm nicht verdenken. Die Wärme des Tages wich nur zögerlich einer kühleren Abendluft.

Ihr eigener Hals fühlte sich auch ganz schön trocken an. Sie hatte ja den ganzen Tag über kaum etwas getrunken. Doch als sie an ihrem eigenen Krug nippte, verzog sie unwillkürlich das Gesicht. Der süßliche Geschmack des Bieres entfaltete sich auf ihrer Zunge, und sie war jetzt beinahe sicher, Bähr den falschen Krug gegeben zu haben. In der Hoffnung, dass das Bier einen herben Geschmack im Nachgang entfaltete, nahm sie einen weiteren Schluck.

Unauffällig schielte sie beim Trinken zu Bähr hinüber. Selbst wenn er das falsche Bier erwischt hatte, würde ihn dieser eine Krug doch nicht gleich ausknocken, oder? Höchstens ein bisschen lockerer machen, was ihm, wie sie fand, nicht schaden konnte.

Ihre Blicke kreuzten sich für einen kurzen Moment, und sie stellte mit einer gewissen Erleichterung fest, dass er stocknüchtern wirkte. Na bitte. Vielleicht war sie mit ihrer Unachtsamkeit nochmal davongekommen.

Doch im selben Moment meldeten sich wieder die Gewissensbisse. Es fühlte sich verdammt falsch an, ihn im Dunkeln zu lassen. Nüchternheit hin oder her. Er hatte ein alkoholfreies Bier bestellt.

»Isa, hol doch dem Kommissar nochmal was zu trinken. Es ist so warm heute«, übertönte die Stimme ihrer Mutter den allgemeinen Geräuschpegel.

Isa holte Luft. Sie musste es beichten, jetzt oder nie. »Ich glaube, ich sollte …«, setzte sie an, doch da wurde sie von Bähr unterbrochen.

»Danke, aber ich mach mich besser auf den Heimweg.«

Augenblicklich waren Isas Skrupel wie weggeblasen. Wieso sollte *er* gehen dürfen, während sie hier weiter festsaß? Abgesehen von einer möglichen Kollision mit gewissen Leuten, die auf ihrer verfluchten Liste gestanden hatten, war nicht auszuschließen, dass ihre Mutter sich wieder auf Benjamin stürzte, sobald der Kommissar sich aus der Verkupplungsarena zurückzog.

»Dann müssen Sie sich wohl Bauer Hellers Traktor leihen«, grummelte sie.

Bähr schüttelte den Kopf und deutete mit dem Daumen über seine Schulter. Offensichtlich hatte er sein Auto die ganze Zeit nicht aus den Augen gelassen.

»Der fährt gerade weg.« Er gab sich keine Mühe, seine Erleichterung zu verbergen.

Isa reckte den Hals – und tatsächlich, Bauer Heller tuckerte soeben mit mehreren, vor Glück quietschenden Kindern neben sich auf den Sitzbrettern, die Straße entlang.

Bähr stemmte sich vom Tisch hoch. Doch unvermittelt hielt er in der Bewegung inne und runzelte die Stirn. »Sind Sie sicher, dass kein Alkohol im Bier war?«

Beinahe hätte sie sich unter seinem bohrenden Blick weggeduckt. Sie räusperte sich langgezogen, während sie fieberhaft nach einer möglichst unverfänglichen Antwort suchte.

»Frau Klein?« Die mahnende Stimme des Kommissars ließ sie aufblicken. Schuldbewusst sog sie die Luft zwischen den geschlossenen Zahnreihen ein, woraufhin Bährs Gesichtsausdruck sich verfinsterte.

»Tatsächlich bin ich mir ein kleines bisschen, ziemlich unsicher«, nuschelte sie vor sich hin und sah weg.

Vielleicht sollte sie die Schuld auf Jens schieben. Immerhin hatte der sie mit seinem Gerede durcheinandergebracht. Und dass Bähr, dieser Schluckspecht, seinen Krug praktisch in einem Zug geleert hatte, dafür konnte sie nun wirklich auch nichts.

Kapitel 9

»Zu meiner Verteidigung möchte ich anmerken, dass ich …«

»Das können Sie sich sparen«, murmelte Bähr. Bei seinem resignierten Tonfall sackten Isa unwillkürlich die Schultern nach vorn.

Am Tisch war es plötzlich totenstill. Alle Blicke waren auf sie gerichtet. Irgendjemand schnalzte verächtlich mit der Zunge. Sie drehte den Kopf und blickte in das aufgedunsene Gesicht des alten Winfrieds, der hinter ihr auf der Bierbank saß und dank seiner Salatblätterohren offensichtlich alles mitbekommen hatte.

Trotzig reckte Isa das Kinn. Der brauchte gar nicht so verurteilend zu schauen, nur weil ihr eine kleine Verwechslung unterlaufen war. Wenn man den Gerüchten Glauben schenken durfte, hatte er selbst Schwierigkeiten, gewisse Dinge zu unterscheiden. Zum Beispiel das eigene Ehebett von dem seiner Nachbarin.

Sie drehte ihm den Rücken zu und sah Bähr an, der noch immer wie ein Schrank vor ihr stand. »Sie sind ein großer Mann. Wie groß sind Sie? Zwei Meter? …«

»Eins neunzig.«

»Eben! Wenn Sie mich fragen, sind Sie immer noch fahrtüchtig.«

»Dass *Sie* das nicht so genau nehmen, glaub ich sofort«, entgegnete Bähr zynisch. »Ich werd mir ein Taxi rufen.«

Himmel. Für einen Moment hätte sie fast vergessen, wie peinlich korrekt dieser Mann war.

»Des könnt daura«, brummte ihr Vater und zog entschuldigend die Schultern hoch, als wäre er selbst für den Schlamassel verantwortlich. »Hier uff em Land fahret koine Taxis rum.«

Mit mahlenden Kiefern kramte Bähr sein Handy hervor und sank auf die Bierbank zurück.

»Das ist doch wirklich unnötig«, rief ihre Mutter plötzlich. »Ich hab eine viel bessere Idee.«

Bähr, der sich Daumen und Zeigefinger auf die geschlossenen Augenlider gepresst hatte, ließ die Hand sinken und warf Isas Mutter einen skeptischen Blick zu.

»Sie können bei meiner Tochter übernachten. Und morgen fahren wir Sie zu Ihrem Auto.«

Isa klappte die Kinnlade herunter. Hatte ihre Mutter gerade allen Ernstes eigenmächtig den Kommissar bei ihr einquartiert?

»Ist doch das Einfachste«, setzte Margret Klein hinterher. Sie hatte Isas entgeisterten Blick also registriert.

»Vielen Dank. Aber ich möchte mich nicht aufdrängen.« Der Kommissar starrte auf sein Handy und warf Isa dann einen unsicheren Seitenblick zu. »Könnte ich mir Ihr Telefon leihen? Meins hat keinen Empfang.«

Isa zog ihr Handy hervor und gab es ihm. Nicht, dass sie ihn direkt loswerden wollte. Aber die Vorstellung, Kommissar Spießer wieder bei sich einziehen zu lassen, und sei es auch nur für eine Nacht, behagte ihr irgendwie nicht. Zum einen sah es bei ihr daheim aus, als hätte eine Bombe eingeschlagen, zum anderen waren sie sich beim letzten Zusammenwohnen mehr als einmal verbal an die Gurgel gegangen. Ganz weit hinten in ihrem Kopf meldete sich eine leise Stimme, dass es hilfreich sein könnte, Bähr in der Nähe zu haben, solange sie mit dem Mord an Wonneberg beschäftigt waren.

»Ihres ist aus«, riss Bähr sie aus ihren Gedanken. Isa beugte sich über den Tisch zu ihm rüber und starrte auf das schwarze Display.

»Mmh. Hab wohl vergessen, es aufzuladen.«

Sie sah, dass ihr Vater Anstalten machte, sein Handy aus der Hosentasche zu ziehen, aber ihre Mutter ihm auf die Finger klapste. Seufzend steckte er es wieder ein.

Isa blickte Renate an und hob auffordernd die Brauen. »Könntest du …?« Die restlichen Worte blieben ihr im Hals stecken, denn hinter Renate tauchte plötzlich das Gesicht von Ute Gmeiner auf.

Instinktiv hielt Isa die Luft an. Sie konnte sich gerade noch davon abhalten, unterwürfig den Kopf einzuziehen.

»Was ist denn?« Renate runzelte die Stirn. Offensichtlich hatte sie die Frau des Ortsvorstehers noch nicht bemerkt. Die war nicht gerade gut auf Isa zu sprechen, nachdem sie von ihr als mögliche Mörderin bezeichnet worden war. In aller Öffentlichkeit. Auch wenn sie nicht als Einzige auf der diffamierenden Liste gestanden hatte.

Bisher war Isa recht erfolgreich darin gewesen, ihren rufgeschädigten Mitbürgern aus dem Weg zu gehen. Aber natürlich war es nur eine Frage der Zeit gewesen, bis sie sich ihnen stellen musste. Obwohl das Maifest im Grunde eine gute Gelegenheit bot, das Thema im Schutze ihrer Familie ein für alle Mal aus der Welt zu räumen, hatte sie bis zuletzt versucht, sich davor zu drücken. Im Voraus waren die schlimmsten Szenarien vor ihrem inneren Auge abgelaufen.

Seltsamerweise hatten sie alle einen gewissen Hang zum Mittelalterlichen. Zum Beispiel, wie sie mit eingezogenem Kopf zwischen den Bierbänken hindurchlief und mit fauligen Tomaten beworfen wurde. Oder wie sie, Hände und Kopf in einen Pranger geklemmt, vor der Kirche ausharren musste und den Beschimpfungen der untadeligen Dörfler ausgesetzt war.

»Was für eine Überraschung, Kommissar Bähr«, holte Utes Stimme sie in die Gegenwart zurück. Renate verzog ihr Gesicht zu einer Miene aus Schrecken und Mitleid zugleich, weil ihr nun, auch ohne sich umzudrehen, klar geworden war, wer hinter ihr stand.

Bähr wandte den Kopf und nickte Frau Gmeiner gelassen zu, aber Isa bemerkte, wie seine Fingerspitzen unruhig auf die Tischplatte trommelten. Fast hätte sie Mitleid mit ihm empfunden. Genau wie sie wollte er überhaupt nicht hier sein, doch jeder seiner bisherigen Versuche, das Fest zu verlassen, war vergebens.

Zu allem Überfluss tauchte nun hinter Ute Gmeiner auch noch Frau Simmler, die Chefin des Dorfbäckers, auf. Sie trug ein aufwendig besticktes Kleid und hatte sich ihre blonde Kurzhaarfrisur mit Gel an den Kopf geklatscht.

»Sind Sie zu Besuch hier?«, fragte sie an Bähr gewandt, ohne Isa eines Blickes zu würdigen.

»So was in der Art«, antwortete der Kommissar.

Die anderen sahen ihn erwartungsvoll an, schienen auf weitere Ausführungen zu warten, aber da kannten sie ihn schlecht. Als keine Erklärung folgte, warfen sich die beiden Frauen einen vielsagenden Blick zu. Dann nickten sie schmallippig in die Runde und zogen weiter.

Isa sackte in sich zusammen und blies erleichtert die Luft

aus. Das war besser gelaufen als gedacht. Zwar hatten die Frauen sie eiskalt ignoriert, aber damit konnte sie umgehen. Jetzt erst merkte sie, wie verkrampft sie gewesen war. Sie spürte deutlich ihre Nackenmuskulatur, als sie den Kopf kreisen ließ. Nach dem überstandenen Schrecken musste sie sich erstmal einen Schluck genehmigen. Sie streckte ihre Hand nach Bährs Krug aus, in dem noch ein kleiner Rest Bier verblieben war, da spürte sie eine Berührung an ihrer Schulter.

Sie fuhr herum und starrte in ein faltiges Gesicht, das zur Hälfte von einem weißen Vollbart verdeckt war. Fast hätte sie Willi vom Rentnerstammtisch unter seinem Filzhut nicht erkannt. Über seinen Bauch spannte sich ein weißes, gestärktes Hemd, darüber trug er eine rote Weste mit goldenen Knöpfen. Isas Blick fiel auf seine rechte Hand, mit der er eine Flasche schwenkte. Über die wurstigen Finger seiner Linken waren Schnapsgläser gestülpt wie Fingerhüte. Man musste kein Genie sein, um zu ahnen, worauf das hinauslaufen würde.

»Frau Klein, mir stoßet jetzt auf dr erschde Mai a'!«, verkündete er und ließ sich wuchtig neben Isas Mutter auf die Bank plumpsen. Isa konnte spüren, wie sich das Holz unter ihrem Hintern durchbog.

»Ond auf's Leba«, sagte Helmut, ein weiteres Mitglied des Rentnerstammtisches, hinter ihm. Er beugte sich über Isas Vater und stellte noch mehr Schnapsgläser in die Mitte des Tisches. Die klare Flüssigkeit gab ein unschuldiges Plätschern von sich, als Willi den Deckel abschraubte und einschenkte.

Isa schnupperte und zuckte unwillkürlich zurück. Dieses Zeug roch wie die Reste ihres Putzmittels, das im letzten

Sommer kläglich verdunstet war, bevor sie dazu gekommen war, es endlich mal zu benutzen.

Willi griff nach einem Glas, hob es in die Höhe und legte die andere Hand auf seinen stattlichen Bauch. »Also, auf's Grimminger Maifeschd.«

»Zum Wohl«, ergänzte Helmut.

Alle hoben brav ihre Gläser an die Lippen, sogar Benjamin, und würgten den Schnaps mit verzerrten Mienen herunter.

Isa stieß ein heiseres Keuchen aus. Die Flüssigkeit rann wie glühende Lava ihre Kehle hinab.

»Herr Kommissar«, rief Helmut etwas zu laut und in nicht mehr ganz so astreiner Aussprache. »Send Sie im Dienscht oder warum trinket Sie nix?«

Alle starrten Bähr an, der sein Glas nicht angerührt hatte.

»I han g'hört, dass des koin O'fall war, drüba in Reutlinga.«

»Ach ja?« Bähr richtete sich unmerklich auf. Sein Blick huschte zu Isa hinüber, aber die schüttelte unauffällig den Kopf. Er brauchte sie nicht so vorwurfsvoll anzusehen. Sie hatte ganz gewiss nicht getratscht. Welches Interesse konnte sie schon daran haben, dass sich die Nachricht über ein Verbrechen vorschnell herumsprach. Davon abgesehen würde ihr sowieso niemand zuhören. Die meisten Grimminger grüßten sie ja nicht einmal mehr.

Willi ließ nicht locker. »Ermittlet Sie in dera Sach'?«

»Ich bin privat hier«, stellte Bähr klar und erwiderte den forschenden Blick des Rentners, ohne zu blinzeln. »Ich besuche Frau Klein, wenn Sie es genau wissen wollen.«

Isa glotzte ihn ungläubig an.

»Send Sie extra von Esslinga hergfahra? Des isch ja a

mords Fahrerei, vor allem mit dera Baustell auf dr Bundesschtroß. Da send Sie doch ewig underwegs.«

»Richtig«, mischte ihre Mutter sich plötzlich ein. »Deswegen übernachtet er auch bei meiner Tochter.«

»Mama!«

Margret Klein setzte ein unschuldiges Lächeln auf, doch in ihren Augen blitzte es teuflisch. Wie es schien, verlief wenigstens für sie heute Abend alles nach Plan.

Aus dem Augenwinkel sah Isa, wie sich Bähr mit beiden Händen von oben nach unten übers Gesicht fuhr. Dann griff er abrupt nach dem Glas vor sich und kippte es in sich hinein.

Kapitel 10

Schon nach kurzer Zeit war, mit Ausnahme ihrer Mutter, keiner am Tisch mehr fahrtauglich. Nicht einmal Bähr.

Isa sah verstohlen zu ihm rüber und musste zugeben, dass der Schwips ihm gar nicht so schlecht stand. Sein oberster Hemdknopf war ausnahmsweise offen und irgendwie erschien ihr plötzlich auch sein Wesen viel weniger zugeknöpft. Seine Arme hatte er mit hochgekrempelten Ärmeln lässig auf der Tischplatte abgelegt, und er unterhielt sich tatsächlich in ganzen Sätzen mit ihrem Vater, der ihm soeben ein raues Lachen entlockte.

Isa sah Bähr mit gespieltem Entsetzen an. »Okay, wer sind Sie, und was haben Sie mit dem Kommissar gemacht?«, raunte sie ihm zu.

Er sah sie fragend an, und weil es plötzlich so verdammt schwer war, dem Blick seiner dunklen Augen standzuhalten, wedelte sie mit der Hand vor seinem Gesicht herum. »Was auch immer es ist, behalten Sie es ruhig bei.«

Kurz glaubte sie, ein Schmunzeln in Bährs Zügen zu entdecken, und plötzlich fielen ihr auch die kleinen, sympathischen Grübchen um seine Mundwinkel auf. Schnell wandte sie den Blick ab und griff nach ihrem Bierkrug.

In diesem Moment setzte die Musikkapelle schmetternd zu einem neuen Stück an. Wie zuvor, hakten die Leute sich gegenseitig unter und begannen, im Takt zu schunkeln. Natürlich ließ auch ihre Mutter sich nicht zweimal bitten. Sie griff nach Isas Arm und zog sie ungefragt mit sich.

»Mama«, jammerte Isa. Das musste doch nun wirklich nicht sein. Aber ihre Hand war bereits zwischen Oberarm und Busen eingeklemmt.

Bähr schien es nicht viel besser zu ergehen. Renate hatte seinen Arm untergehakt, zerrte den Kommissar erst in die eine und dann in die andere Richtung mit und schmiegte sich dabei innig an ihn.

Bähr spähte skeptisch auf sein Anhängsel und schien nicht recht zu wissen, was er davon halten sollte. Als er Isas Blick einfing, rollte er mit den Augen, aber auf seinen Lippen zeichnete sich etwas ab, das einem schiefen Grinsen nahekam.

»Ich … äh …«, versuchte er, ihr etwas zuzurufen, aber die Musik verschlang seine Worte.

Isa zuckte hilflos mit den Schultern. Da mussten sie wohl durch. Sie ließ den Blick über die Köpfe schweifen, die im Takt hin und her wackelten. Jetzt erst merkte sie, dass sich der Himmel über den Schirmen bereits verdunkelt hatte. Das gedämpfte Licht der herabbaumelnden Girlanden verlieh den Gesichtern einen weichen Schimmer. Sie blickte zum Kirchturm hinauf, dessen eierschalenfarbene Mauer sich im Licht eines Strahlers golden vom dunklen Himmel abhob.

Man könnte sich fast an diese Dorfidylle gewöhnen, fand sie. Noch immer war es warm genug für ihre leichte Bluse, und der Duft von sonnengetrocknetem Heu mischte sich unter den von gebratenem Fleisch. Prompt meldete sich ihr Hungergefühl zurück. Wenn das Schunkeln beendet war, würde sie sich endlich etwas zu essen holen.

Doch als sie zum Spanferkelstand hinübersah, zog sich ihr unwillkürlich der Magen zusammen. Ihre Mutter schien zu bemerken, wie sie sich verkrampfte, und blickte sie fragend an.

»Da ist Liebknecht«, wisperte Isa. Natürlich übertönte die Musik ihre Worte und sie erntete nur verständnisloses Stirnrunzeln.

»Liebknecht!«, rief sie deshalb noch einmal etwas lauter gegen die Blasmusik an.

»Was?«

»Lieb-knecht!«, brüllte sie aus voller Kehle. Im selben Augenblick, vielleicht sogar ein paar Millisekunden davor, verklang die Musik und ihre Stimme hallte glockenklar über den ganzen Platz. Schlagartig drehten sich alle Köpfe in ihre Richtung. Kein Zweifel, jeder hatte sie laut und deutlich vernommen. Unzählige Augenpaare glotzten sie an, als warteten sie darauf, dass sie ihrem Schrei nun etwas folgen lassen würde.

Am schlimmsten war Liebknechts Blick. In seiner Miene spiegelte sich Empörung. Als hätte sie ihm nicht schon genug angetan. Nach dem gewaltsamen Tod seiner Frau, hatte sie ihn mehr oder weniger öffentlich zum Täter erklärt und war auch nicht davor zurückgeschreckt, ihn auf eigene Faust zu observieren.

Glühende Röte schoss ihr ins Gesicht. Nur mit Mühe bezwang sie den Impuls, einfach von der Bierbank unter den Tisch zu rutschen.

»Das war jetzt irgendwie peinlich«, kommentierte der verdammte Winfried hinter ihr lakonisch.

Unglücklicherweise musste sie ihm recht geben. Wie weggeblasen waren die laue Abendluft und das frühsommerliche Duftpotpourri. Isa schlang fröstelnd die Arme um ihren Körper. Das konspirative Gezischel rundherum kam in kalten Böen bei ihr an. Sie wollte einfach nur im Erdboden versinken.

Seltsamerweise kam ausgerechnet Bähr ihr zu Hilfe. »Ich möchte Sie nicht zum Aufbruch drängen«, murmelte er, »aber ich muss morgen früh raus und …«

Isa schnellte von der Bank hoch und nickte ihm zu. »Gehen wir.«

Ihre Mutter erbot sich nur allzu bereitwillig, den Fahrdienst zu übernehmen. Sie hängte sich ihre verbeulte Handtasche um und tätschelte ihrem Mann die Schulter. »Bin gleich zurück.«

Als Margret Klein kurz darauf mit durchdrehenden Reifen wieder von Isas Hof fuhr, spritzte Kies auf. Isa zog den Kopf ein und ging hinter Bähr in Deckung. Der marschierte, ohne sie weiter zu beachten, auf die Haustür zu.

Allmählich verebbte das Motorengeräusch in der Dunkelheit, und Isa wurde schlagartig bewusst, dass sie jetzt mit Bähr allein war. Sie konnte sich lebhaft vorstellen, wie ihre Mutter mit diabolischem Grinsen hinterm Steuer saß. Seufzend folgte sie dem Kommissar zur Haustür.

»Wie in alten Zeiten, was?«, murmelte sie, während sie nach dem Schlüsselbund kramte.

»Mmh«, machte Bähr nur und vergrub seine Hände in den Hosentaschen.

Sie schloss die Tür auf und ließ ihm den Vortritt. Kaum hatte er einen Fuß über die Schwelle gesetzt, wich er auch schon wieder zurück.

»Au! Was machen Sie denn?« Er war ihr auf den großen Zeh getreten.

»Der Dackel«, presste Bähr hervor.

Isa stieß prustend die Luft aus. »Stimmt ja, Sie fürchten sich vor Hunden.« Sie quetschte sich an ihm vorbei, knipste das Licht an und beugte sich zu dem schwanzwedelnden Fellbündel hinunter.

»Ich fürchte mich nicht vor Hunden«, sagte Bähr, »ich finde sie unhygienisch.«

»Würde ich an Ihrer Stelle auch behaupten.« Hinter sich vernahm sie sein vertrautes Seufzen. Sie musste grinsen. Das hatte ihr fast ein bisschen gefehlt.

»Jetzt gibt's erstmal was zu futtern.«

»Gute Idee«, hörte sie Bähr sagen.

»Ich hab mit dem Hund gesprochen.« Sie schüttelte ihre Schuhe ab und ließ sie, genau so, wie sie zu Boden fielen, im Hausgang liegen. Bähr hingegen löste nacheinander die Bänder seiner schicken Ledertreter und stellte sie dann akkurat nebeneinander unter die Jackensammlung ihrer Garderobe.

Isa wandte sich kopfschüttelnd ab und lief in die Küche. Alfons folgte ihr und setzte sich brav neben seinen Napf. Mit seinen treuen Hundeaugen blickte er erwartungsvoll zu ihr auf.

Isa holte die Tüte mit Trockenfutter aus dem Schrank und ließ den Inhalt in hohem Bogen in seinen Napf prasseln. Die Hälfte der Biskuits landete daneben. Doch auf ihren Dackel war Verlass. Wie ein Chamäleon auf Insektenfang hatte Alfons mit der Zunge blitzschnell die verirrten Cracker aufgelesen.

»Das hätten wir.« Jetzt konnte sie sich um ihr eigenes leibliches Wohl kümmern. Sie klopfte sich die Hände ab und zog die Kühlschranktür auf. Im selben Moment verkrampften sich ihre Finger um den Griff. Bis auf eine Flasche Ketchup, ein Glas Gewürzgürkchen und den obligatorischen Eierlikör war der Kühlschrank leer. Isa zögerte das leidige Einkaufen jedes Mal bis zum kulinarischen Notstand hinaus. Es hatte eigentlich ganz oben auf ihrer To-do-Liste für heute gestanden. Dann war ihr allerdings der Termin mit Rothardt-Knappenhauser dazwischengekommen.

»Kein Wunder, dass Ihre Mutter so überfürsorglich ist.«

Sie fuhr herum und funkelte Bähr böse an, der über ihren Kopf hinweg in den Kühlschrank spähte.

»Sind Sie allein überhaupt lebensfähig?«

»Sehr witzig. Und hören Sie gefälligst auf, sich die ganze Zeit an mich ranzuschleichen.« Sie ließ die Kühlschranktür zufallen. Im Vorratsschrank mussten noch ein paar Kekse liegen. Und Schokolade. Das war zwar kein Spanferkel und auch kein knusprig gebratenes Hähnchen, aber besser als nichts. Sie fischte die Verpackungen heraus und warf sie auf den Tisch. Bährs kritischen Blick ignorierend, ließ sie sich auf das verblichene Polster der Eckbank sinken und griff nach einem Keks.

»Wollen Sie da Wurzeln schlagen?« Der Kommissar stand noch immer an derselben Stelle und rührte sich nicht. Einen Moment lang hörte man nur Alfons' hektisches Schmatzen. Endlich zog Bähr den Stuhl zurück und nahm ihr gegenüber Platz. Er ließ sich sogar dazu herab, nach einem Keks zu greifen und hineinzubeißen.

Während sie schweigend kauten, beschloss Isa, dass sie die Gelegenheit ebenso gut beim Schopfe packen und mit ihm über den Mordfall reden konnte. »Gibt's schon erste Verdächtige?«, fragte sie wie nebenbei.

Bährs Blick war unmissverständlich. Ziemlich sicher bereute er es jetzt schon, sich auf das Übernachtungsangebot eingelassen zu haben.

»Kein Kommentar.«

Sie schob sich noch einen Keks in den Mund. »Wissen Sie«, nuschelte sie mit vollem Mund, »Sie sollten sich glücklich schätzen, dass ich an die Hermann-Hesse-Schule abgeordnet werde.«

»Ach ja?«

Isa nickte. »Die Kollegen dort halten mich für eine gewöhnliche Lehrerin.«

»Sie sind eine gewöhnliche Lehrerin.«

»Na ja. Genau genommen bin ich jetzt auch so eine Art Undercoveragentin, oder nicht?«

»Nein.«

Isa schnaubte. »Fest steht, dass ich Ihnen Informationen aus dem inneren Kreis des Kollegiums beschaffen kann, an die Sie sonst vielleicht nie herankämen.« Sie grinste ihn ungeniert an. Von seinem abweisenden Verhalten würde sie sich nicht aus der Ruhe bringen lassen.

»Da könnten Sie sogar recht haben.«

Erst als Bähr ihr einen irritierten Blick zuwarf, realisierte Isa, dass sie ihn wohl ziemlich dümmlich anglotzte. Sie musste sich verhört haben. Er hatte ihr doch gerade nicht wirklich zugestimmt und indirekt eingewilligt, dass sie ihm Informationen beschaffte?

Sie räusperte sich und versuchte, ihr Erstaunen hinter einer gleichgültigen Miene zu verbergen, während sich in ihrem Inneren eine angenehme Wärme ausbreitete, die bis nach oben in ihre Wangen stieg.

»Von mir aus können Sie das Zimmer auch länger haben«, hörte sie sich sagen. Im selben Moment biss sie sich auf die Zunge. Was redete sie denn da?

»Meinen Sie das ernst?« Er sah sie forschend an.

»Klar«, antwortete sie langgezogen. Jetzt war es raus. Sie würde sich nicht die Blöße geben, das Angebot zurückzuziehen.

Er nickte nachdenklich, dann ging ein sichtlicher Ruck durch ihn und er erhob sich. »Ich bin hundemüde. Wenn es Ihnen nichts ausmacht, gehe ich jetzt schlafen.«

»Natürlich. Im Badezimmer liegen frische Zahnbürsten. Handtücher und Bettwäsche sind im Schrank.«

»Danke.«

Sie ließ sich gegen die Rücklehne der Eckbank fallen und blies sich eine lose Strähne aus der Stirn. Als sie das vertraute Knarren der Stufen hörte, stahl sich ein Lächeln in ihr Gesicht.

Kapitel 11

Das markerschütternde Schrillen der Türglocke ließ Isa am frühen Morgen ruckartig aus dem Bett hochfahren. Sie griff sich ans Herz und stieß pfeifend den Atem aus. Wer war denn so unverschämt, um diese unchristliche Zeit an ihrer Haustür zu klingeln? Noch dazu auf so penetrante Art und Weise? Wenn sie es nicht besser wüsste, würde sie glauben, der Klingelknopf klemmte. Durch bloßes Ignorieren wurde sie den Störenfried nicht los, wie es schien.

Schnaubend schlug sie die Decke zurück und schwang die Beine über die Bettkante. Wer auch immer sie störte, würde was zu hören bekommen. In Shorts und ihrem ausgeleierten Beatles-T-Shirt polterte sie die Treppe runter und riss die Haustür auf.

»Papa?«

Beim Anblick des sorgenvollen Gesichts ihres Vaters zerbröselte Isas Ärger wie einer der trockenen Kekse vom Vorabend. »Was ist denn los?«

»I' han denkt, dir wär ebbes bassiert. Wieso brauchschn du so lang, bis du zur Tür kommsch?«, sagte er in vorwurfsvollem Ton.

Isa machte einen Schritt zur Seite und ließ ihn herein. »Ich hab geschlafen. Wie jeder normale Mensch um diese Zeit.«

»Es isch Middag.«

Sie riss erschrocken den Arm hoch, um einen Blick auf ihre Uhr zu werfen, die sie gestern vor dem Schlafengehen wohl vergessen hatte auszuziehen. Ihr Vater hatte recht. Es war nach zwölf. Das war sogar für sie ein neuer Rekord.

»Ich hatte wohl was nachzuholen«, murmelte sie beschämt und tapste barfuß in die Küche.

Als sie die angelehnte Terrassentür bemerkte, stutzte sie. Sie blickte nach draußen und entdeckte Alfons, der dabei war, ein beachtliches Loch in ihren Garten zu buddeln und seine Schnauze darin zu versenken. Deshalb hatte er ihren Vater nicht wie üblich an der Haustür begrüßt.

Gestern Abend war die Tür ganz bestimmt verschlossen gewesen. Ihr fiel keine andere Erklärung ein, als dass Bähr Alfons heute Morgen hinausgelassen hatte, damit er mal für kleine Rauhaardackel gehen konnte. Obwohl, ganz so uneigennützig hatte der Kommissar vielleicht gar nicht gehandelt. Gut möglich, dass er einfach nur ungestört seinen Kaffee trinken wollte.

»Schläft d'r Kommissar no?«, riss Herbert sie aus ihrer stillen Analyse.

Isa kommentierte das mit einem langgezogenen »Pff!«

Dass der korrekte Bähr um diese Uhrzeit noch schlief, war ungefähr so wahrscheinlich wie ein Vulkanausbruch auf der Schwäbischen Alb. Obwohl Letzteres, wenn sie es recht bedachte, wesentlich wahrscheinlicher war.

»Ich nehme an, der sitzt seit dem Morgengrauen gestriegelt und geschniegelt hinter seinem Schreibtisch.« Sie stellte eine angeschlagene Teetasse unter den Auslauf ihres Vollautomaten und sah dabei zu, wie er schwarzen Espresso ausspie.

»Wie ischn der zu sei'm Auto komma?«

Als sie über diese Frage nachdachte, überkam Isa mit einem Mal eine unheilvolle Ahnung. Sie verschränkte die Arme vor der Brust und sah ihren Vater streng an. »Hat Mama dich geschickt und beauftragt, Bähr zu seinem Wagen zu fahren? Lass mich raten, bei der Gelegenheit hätte er wahrscheinlich rein zufällig noch einen kleinen Umweg in Kauf nehmen müssen, der ihn in den Genuss von Mamas Kochkünsten gebracht hätte.«

Ihr Vater runzelte die Stirn. »Noi. I' han di' nach Reutlinga fahra wella. D'r Kommissar hat geschtern g'sagt, dass dein Mazda nemme läuft.«

»Oh.« Sie betrachtete den absplitternden roten Nagellack auf ihren Zehennägeln. »Keine Ahnung, wie er zu seinem Auto gekommen ist«, murmelte sie kleinlaut, »wahrscheinlich ist er gejoggt.«

Sie huschte zur Terrassentür und zog Alfons am Halsband herein, um seinem genüsslichen Abschlecken der Glasscheibe ein Ende zu setzen. Während sie mit der einen Hand das Trockenfutter in seinen Napf prasseln ließ, griff sie mit der anderen nach ihrer Tasse.

»I' han a' Überbrückungskabel ond Zündkerza dabei. Vielleicht könna m'r des Problem glei vor Ort beheba.«

Isa nickte gähnend und fuhr sich durch die verfilzten Haare. So hatte sie sich ihren Samstag eigentlich nicht vorgestellt. Aber sie konnte ihren Vater ja schlecht wieder heimschicken und den Mazda seinem Schicksal überlassen. Sie brauchte das Auto. Selbst wenn ihr Vater ihn nicht repariert bekäme, konnte sie vielleicht auf seinen Abschleppdienst zurückgreifen.

»Soll mer los?«, fragte er prompt.

»Nur keine Hektik. Ich muss erstmal richtig wach werden. Wieso läufst du nicht eine kleine Runde mit dem Scheunendrescher hier und ich zieh mir so lange was über.«

Ihr Vater betrachtete sichtlich beeindruckt den säuberlich leer geschleckten Napf des Dackels. Alfons schien gemerkt zu haben, dass es um ihn ging. Sein ganzer Körper wackelte, als er begann, erwartungsvoll mit dem Schwänzchen zu wedeln.

Die Fahrt nach Reutlingen verlief samstags viel reibungsloser als unter der Woche. In Gedanken versunken ließ Isa die Landschaft an sich vorbeiziehen. Das gleichmäßige Brummen und Wackeln des Wagens hatte etwas Einschläferndes.

Als ihr Vater die Fahrt verlangsamte, sackte ihr der Kopf nach vorn. Verwundert rieb sie sich über die Augen. Offensichtlich war sie eingenickt.

Beim Blick durch die Windschutzscheibe runzelte sie die Stirn. »Warum hältst du? Wir sind doch noch gar nicht da.«

»Isch des dei neue Schul?«

Sie folgte dem Fingerzeig ihres Vaters durchs offene Seitenfenster und nickte. »Jup! Das ist die Hermann-Hesse-Schule.«

Beim Gedanken an ihre neue Chefin und die fremden Kollegen wurde ihr plötzlich ganz mulmig zumute. Was tat man nicht alles, um bei der Aufklärung eines Mordfalls zu helfen.

Gerade als der Wagen wieder anrollte, entdeckte Isa zwei Gestalten vor dem Schulgebäude. Reflexartig schlug sie mit dem Handrücken gegen die Schulter ihres Vaters. »Halt mal!«

Unsanft wurde sie nach vorn geworfen.

»Was isch?« Ihr Vater sah sie erschrocken an.

»Du hättest nicht gleich eine Vollbremsung hinlegen

müssen«, maulte sie. Der Gurt schnitt ihr unangenehm ins Hüftpolster.

»Ha, du hasch gsagt, dass i …«

Die Worte ihres Vaters verschmolzen zu einem monotonen Hintergrundbrummen. Isa hörte nicht mehr hin. Die Personen vor der Schule forderten ihre ungeteilte Aufmerksamkeit. Sie kniff die Augen zusammen und spähte angestrengt gegen das Sonnenlicht an, das von den Fenstern im Obergeschoss zurückgeworfen wurde.

»Da ist jemand«, flüsterte sie mehr zu sich selbst. Weil ihr Vater sie verständnislos ansah, streckte sie den Arm aus und zeigte rüber. »Da!«

»Vielleicht d'r Hausmeischter«, murmelte Herbert Klein desinteressiert.

»Am Wochenende?« Abgesehen von Bähr sollte es ja durchaus noch Menschen geben, die ihre Freizeit zu schätzen wussten.

»Bin gleich wieder da.« Den Protest ihres Vaters ignorierend, stieß sie die Autotür auf. Eilig überquerte sie den weitläufigen Lehrerparkplatz, auf dem heute natürlich kein einziges Auto parkte, und lief über einen gekiesten Pfad aufs Schulhaus zu. Im Näherkommen erkannte sie die Silhouetten eines Mädchens und eines Jungen. Bestimmt Schüler der Hermann-Hesse-Schule. Das war für sie kein unbekanntes Phänomen. Die ganze Woche über ließen die Schüler kein gutes Haar an ihrer Schule. Doch kaum dass der Unterricht endete, verwandelte sich der verhasste Ort in eine feste Anlaufstelle für die Kids.

Isa konnte nicht hören, was die beiden sagten, aber ihren erhobenen Stimmen nach zu urteilen, hatten sie eine Meinungsverschiedenheit.

Sie steckte die Hände in die Hosentaschen und schlenderte betont lässig auf die beiden zu. Kaum hatte der Junge sie bemerkt, verstummte er und zog misstrauisch die Augenbrauen zusammen. Er erinnerte Isa an einen Hasen, der sich erst zusammenkauerte, bevor er hakenschlagend die Flucht ergriff. Besser, sie machte keine ruckartigen Bewegungen.

Bemüht gleichgültig wandte sie den Blick ab und betrachtete den Teppich aus Blumen, die wahrscheinlich von Schülern und Lehrern, aber bestimmt auch von betroffenen Bürgern hier abgelegt worden waren.

Das Mädchen flüsterte irgendwas und aus dem Augenwinkel sah Isa, dass der Junge mit einem Schulterzucken antwortete.

»Ist das für den verstorbenen Lehrer?«, fragte sie und deutete mit dem Daumen auf die Trauerbekundungen.

Der Junge kickte ein Steinchen über den Boden. Sie glaubte sogar, ein genervtes Stöhnen zu hören. Seine Freundin folgte ihrer ausgestreckten Hand mit den Augen und nickte.

Das lange dunkle Haar fiel ihr glänzend über die Schulter. Mit ihren weiblichen Rundungen wirkte sie viel reifer als ihr übellauniger Freund.

Isa fand, dass der Junge ein bisschen aussah, als könnte er sich nicht entscheiden, ob er noch ein Kind oder schon ein Mann sein wollte. Zwar überragte er seine Freundin um mindestens zwei Köpfe, aber seine schmalen Schultern stachen spitz unter dem T-Shirt hervor. Über seiner Lippe glänzte blonder Flaum in der Sonne, während der Rest seines Gesichts glatt war wie ein Babypopo. Mit seinen viel zu langen Beinen und den schlackernden Armen erinnerte er

Isa an ein tapsiges Fohlen, das im Galopp über seine eigenen Gliedmaßen stolperte.

An Selbstsicherheit mangelte es ihm aber offensichtlich nicht. Er schnalzte abschätzig mit der Zunge, während er Isa unverhohlen musterte. Wenn sie mehr über die Explosion herausfinden wollte, hielt sie sich wohl besser an seine Freundin.

»Hattest du Herrn Wonneberg als Lehrer?«, fragte sie.

Die Jugendlichen wechselten einen Blick. Dann presste das Mädchen die Lippen fest aufeinander und nickte nur. Isa verkniff sich ein ungeduldiges Seufzen.

»Die Alte nervt«, zischte der Junge gerade laut genug, dass sie es hören konnte. Er griff nach dem Arm seiner Freundin, schien sie fortziehen zu wollen, aber sie wand sich frei.

»Er war der Beste«, sagte sie. Der Junge schnaubte spöttisch.

Isa hob die Brauen. Das war interessant. Offensichtlich schienen die beiden nicht einer Meinung zu sein, was den verstorbenen Lehrer anging.

Im Geiste legte sie sich gerade ihre nächsten Fragen zurecht, als lautes Hupen alle drei zusammenfahren ließ.

Isa fuhr herum. Das Timing ihres Vaters war heute wirklich eine Katastrophe. Er stand neben dem Auto und winkte mit beiden Armen über dem Kopf in ihre Richtung. Dass er sich aber auch nicht noch einen winzigen Augenblick hatte gedulden können. Gerade als es interessant zu werden versprach.

»Ist denn …«, sie drehte sich wieder zu den Jugendlichen um und fluchte leise. Der Junge und seine Freundin waren bereits mehrere Schritte entfernt und verschwanden im nächsten Moment um die Ecke des Schulgeländes, ohne Isa noch einmal anzusehen.

»Mist!« Dahin war ihre Chance.

Ihr Mazda stand noch an derselben Stelle, an der sie ihn gestern zurückgelassen hatte. Wo sollte er auch sonst sein? Wie Bähr einmal, vor nicht allzu langer Zeit, angemerkt hatte, würde niemand auf die Idee kommen, ihn zu klauen. Und selbst wenn, müsste der Dieb erstmal den Motor zum Laufen bringen.

Ihr Vater stieg schwerfällig aus und lief zum Kofferraum seines roten Fords.

»Mach amol dei Motorhaub' auf«, kommandierte er und förderte zwei lange Kabel zutage.

Isa schlurfte zu ihrem Mazda, schloss auf und beugte sich unters Lenkrad, um am Hebel für die Motorhaube zu ziehen. Ein metallisches Ploppen ertönte, und kurz darauf steckte ihr Vater seinen Kopf ins weit geöffnete Maul ihres Autos.

»Erscht die Zündkerza«, murmelte er.

Isa stellte sich neben ihn und beobachtete mit mäßigem Interesse, wie ihr Vater den Ruß von den Zündkerzen bürstete, die Dinger anschließend wieder einsetzte und die porösen Gummikappen überstülpte.

»Lass en amol a«, sagte er dann und wischte sich die Hände an einem schmutzigen Tuch ab, das ihm aus der Hosentasche hing. Gehorsam setzte sich Isa hinters Lenkrad, steckte den Zündschlüssel ins Schloss und drehte ihn herum. Nichts. Sie probierte es noch einmal. Wieder nichts.

Am besten erhöhte sie noch vor Bährs Einzug die Miete für die Dachwohnung. Dann würde die Reparatur nicht so sehr zu Buche schlagen. Wie es schien, kam sie dieses Mal nicht drum herum. Auch wenn die Typen von der Werkstatt schon öfter angedeutet hatten, dass es sich eigentlich nicht mehr lohnte, den Mazda zu reparieren. Für ein neues Auto hatte Isa erst recht nicht das nötige Kleingeld.

»Wahrscheinlich d'Batterie«, unterbrach das Brummen ihres Vaters ihre Überlegungen. Er griff zum roten Kabel und steckte es irgendwo in den Untiefen des Motorraums fest. Dann ging er zu seinem Ford, öffnete die Motorhaube und brachte das andere Ende an. Als er erneut in den Motorraum des Mazdas abtauchte, ertönte das charakteristische Geigenquietschen aus dem Horrorfilm *Psycho*. Die aufgeklappte Motorhaube machte einen Hopser und kurz darauf starrte Isas Vater seitlich daran vorbei zu ihr nach drinnen. Mit anklagendem Blick rieb er sich den Kopf. Offensichtlich hatte er sich vor Schreck gestoßen.

»Nur mein Handy«, beruhigte sie ihn. Den Klingelton hatte sie spaßeshalber für Bähr eingespeichert. »Was gibt's?«

Am anderen Ende der Leitung blieb es kurz still. Vermutlich hatte Bähr mit einer anderen Begrüßung gerechnet.

»Steht Ihr Angebot noch, das Appartement zu vermieten?«, fragte er schließlich.

Ein selbstzufriedenes Grinsen stahl sich auf Isas Gesicht. Der Anruf hätte zu keinem besseren Zeitpunkt kommen können. Die zusätzliche Einnahmequelle kam ihr sehr gelegen. Als sie den neugierigen Blick ihres Vaters bemerkte, senkte sie den Kopf und dämpfte ihre Stimme.

»Natürlich steht das Angebot noch. Allerdings muss ich die Miete ein bisschen erhöhen … äh … wegen Renovierungsarbeiten.« Sie biss sich vor Anspannung in die Innenseite ihrer Wange.

»Ich denke, das dürfte kein Problem …«

Das Geräusch eines startenden Motors verschluckte Bährs restliche Worte. Isa presste sich einen Finger aufs freie Ohr und schaute nach ihrem Vater. Im Seitenspiegel sah sie, wie er sich eben aus seinem Auto stemmte und auf sie zugelaufen kam.

»Läuft Ihr Auto wieder?«, hörte sie Bähr fragen. Offensichtlich versuchte er, die Hintergrundgeräusche zu deuten. Ihr Vater gab ihr durchs Seitenfenster mit einer Drehung des Handgelenks zu verstehen, dass sie nochmal versuchen sollte, den Motor anzulassen.

»Nö«, murmelte sie und griff zum Zündschlüssel. »Schätze, Sie lagen falsch mit Ihrer Theorie zur kaputten Batterie.« Obwohl sie sich natürlich wünschte, dass ihr Auto wieder funktionierte, erfüllte es sie mit einer gewissen Genugtuung, Bähr seine Fehleinschätzung unter die Nase reiben zu können. Im selben Moment ging ein Ruckeln durch ihren Mazda – und mit einem stotternden Schnaufen erwachte er zum Leben.

»Wer sagt's denn«, rief ihr Vater euphorisch, »s'war d' Batterie!«

Sie zog krampfhaft die Mundwinkel hoch und zeigte ihm einen erhobenen Daumen.

»Tja«, bemerkte Bähr trocken, »dann wäre das ja geklärt.« Wieder mal hatte Isa keine Ahnung, was er damit meinte. Die Sache mit der Batterie oder seinen baldigen Einzug.

Kapitel 12

Am Montagmorgen rannte Isa so übereilt aus dem Haus, dass es ihr auf dem staubigen Untergrund beinahe die Füße weggezogen hätte. Sie war spät dran. Wieder mal. Normalerweise keine große Sache, doch heute war ihr erster Tag an der Hermann-Hesse-Schule.

Sie riss die Autotür auf und warf ihre Tasche achtlos hinein, während sie mit der anderen Hand ein labbriges Marmeladenbrot auf dem Armaturenbrett ablegte, das sie sich noch schnell für die Fahrt geschmiert hatte. Für ein gesittetes Frühstück am Küchentisch war keine Zeit mehr gewesen.

Nach mehreren Startversuchen sprang der Motor an, und sie legte einen Arm über die Lehne des Beifahrersitzes, um nach hinten zu blicken. Dabei streifte ihr Blick das Haus.

»Mist!« Sie trat auf die Bremse und stieß ein gereiztes Seufzen aus. Die Tür stand noch offen. Isa hatte geglaubt, ihr beim Hinausrennen ausreichenden Schwung mitgegeben zu haben, doch vermutlich war ein Windstoß dazwischengefahren.

Sie legte den Leerlauf ein und stieg eilig aus. Als sie nach dem kurzen Sprint wieder beim Auto anlangte, fühlte sich der Stoff ihrer gestreiften Bluse unter den Achseln verdächtig feucht an.

Knurrend rammte sie die Kupplung in den ersten Gang

und gab Gas. Das aufgeweichte Marmeladenbrot auf dem Armaturenbrett schlotterte bei jedem Schlagloch ein bedrohliches Stückchen näher an die Kante heran, bis sie auf die Hauptstraße hinausfuhr und der geteerte Untergrund dem Gewackel ein Ende setzte. Sie schaltete in einen höheren Gang und hangelte mit der freien Hand nach dem Brot. Als sie gerade abbeißen wollte, zerriss ein lautes Kläffen die Luft.

Isa stieß ein lächerlich hohes Kreischen aus und starrte mit weit aufgerissenen Augen in den Rückspiegel. Dann entlud sich ihre schreckhafte Anspannung in einem animalischen Stöhnen. »Alfons! Was soll das?«

Ihr Dackel stand auf der Rückbank und hechelte sie glücklich an. Der kleine Strolch musste unbemerkt ins offene Auto gehüpft sein, als sie zurückgeeilt war, um die Haustür zu schließen. Das war wirklich das Letzte, was sie jetzt gebrauchen konnte.

Während sie überlegte umzudrehen, dann aber zu dem Schluss kam, dass die Zeit dafür nicht reichte, nahm sie etwas Feuchtes auf ihrem Oberschenkel wahr. Sie blickte nach unten und schob den Unterkiefer vor. Das Brot war ihr aus der Hand gefallen und auf ihrer Jeans gelandet. Natürlich mit der Marmeladenseite nach unten.

Isa bildete sich ein, die Hermann-Hesse-Schule unter dem Geschrei und Getrampel der einströmenden Schülermassen förmlich ächzen zu hören. Obwohl die Schultüren zu beiden Seiten geöffnet waren, bot der Eingang offensichtlich nicht genügend Raum für alle Ankömmlinge. Die Schüler quetschten und drängelten hindurch, als gäbe es drinnen etwas umsonst.

Isa verspürte nicht den geringsten Ehrgeiz, sich in diesen Ameisenhaufen zu mischen. Aber sie musste noch ihren Schlüssel abholen und einen Beamer organisieren, wenn sie während der ersten beiden Stunden nicht improvisieren wollte.

Renate hatte ihr einen Dokumentarfilm über Kläranlagen ausgeliehen, der ihr vom Medienzentrum angeblich wärmstens empfohlen worden war. Die perfekte Materie für zwei Vertretungsstunden Biologie, wie Isa fand.

Also wagte sie sich todesmutig ins Getümmel, schob ein paar Winzlinge zur Seite und zog einen rothaarigen Jungen mit Sommersprossen an seinem kastenförmigen Schulranzen zurück, bevor er ihr ein zweites Mal auf die rechte Sandale latschen konnte.

In der Eingangshalle bremste sie unvermittelt ab. Die Rothardt-Knappenhauser stand, einer Statue gleich, mit verschränkten Armen vor dem Treppenaufgang. Der Schülerstrom teilte sich wie ein Fischschwarm vor ihr und schmolz hinter ihr wieder zusammen, ohne die Rektorin zu berühren. Mit strengem Blick überwachte sie das Gewusel. Fehlte nur noch, dass sie die Arme ausbreitete und einen Zauberspruch murmelte.

Isa blickte mit zusammengepressten Kiefern auf ihre Schultasche herab, die ihr von der Schulter baumelte und in der Mitte eine verdächtige Beule aufwies. Ihr war letztlich nichts anderes übrig geblieben, als Alfons in der großen Umhängetasche hineinzuschmuggeln. Ihn im Auto zu lassen, auf das den ganzen Tag die Sonne knallte, war keine Option. Sie hatte unterwegs sogar ihre Schwester angerufen, um sie zu bitten, den Querulanten zu beaufsichtigen. Aber Toni war nicht ans Handy gegangen. Blieb nur zu hoffen, dass die Leckerlies, die sie im Handschuhfach gefunden und in die Tasche geworfen hatte, Alfons eine Weile ruhigstellten.

Stur geradeausblickend, ließ sie sich im Schülerstrom an ihrer neuen Rektorin vorbeitreiben. Mit etwas Glück kam sie so ungesehen zur Treppe.

»Frau Klein.«

Isa konnte ihre eigenen Zähne knirschen hören, als sie widerwillig stehen blieb. Ein vorbeieilendes Mädchen rempelte sie an und riss ihr beinahe die Tasche von der Schulter. Offensichtlich verfügte Isa nicht über die Gabe der Rektorin, von der vorbeiströmenden Schülerflut unberührt zu bleiben. Eilig zog sie das Lederband auf die Schulter zurück und blies sich eine Haarsträhne aus der Stirn.

»Ja?« Sie versuchte sich an einem gewinnenden Lächeln.

»Ihre Aufsichtspflicht tritt zehn Minuten vor Unterrichtsbeginn in Kraft.«

»Dann fange ich heute einfach zehn Minuten später mit dem Unterricht an«, sie stieß ein dümmliches Grunzen aus, doch im selben Moment biss sie sich auf die Zunge. Sie hätte ahnen müssen, dass so ein Spruch bei Rothardt-Knappenhauser nicht die erhoffte Wirkung erzielte. Missbilligend spitzte die Rektorin ihre Lippen.

Im selben Moment gab Isas Tasche ein verspieltes Knurren von sich, und Rothardt-Knappenhausers Blick glitt irritiert nach unten. Isa drehte sich so, dass die Rektorin das Gezappel ihres Dackels hoffentlich nicht sehen konnte. Schnell presste sie sich eine Hand auf den Bauch.

»Hab keine Zeit fürs Frühstück gehabt.«

Die Rektorin sah nicht so aus, als ob sie das interessierte. Himmel! Besser, sie verdrückte sich, bevor sie zur Strafe für ihre Verspätung die Schul- und Hausordnung abschreiben musste.

»Ich geh dann mal.« Isa nickte dem Hausdrachen zu, dann hetzte sie die Treppe hinauf. Normalerweise legte sie so ein Tempo höchstens nach Schulschluss und in die entgegengesetzte Richtung an den Tag.

Oben angekommen blieb sie kurz stehen und steckte ihre Hand in die Tasche. Sie ertastete Alfons' Köpfchen und kraulte ihn beruhigend hinter den Ohren.

»Schon gut, Kumpel.«

Als sie den Kopf hob, begegnete sie dem verstörten Blick eines vorbeilaufenden Schülers.

Hektisch zog sie die Hand zurück. »Na toll.« Wahrscheinlich redete bald die ganze Oberstufe über die verrückte neue Lehrerin, die mit ihrer Tasche sprach.

Trotzig rollte sie die Schultern zurück und marschierte aufs Sekretariat zu. Die Tür stand offen und führte zu einer kleinen Theke, hinter der sich zwei Schreibtische gegenüberstanden. Isa hob beeindruckt die Brauen. In Grimmingen kam Anita, die Aushilfssekretärin, nur stundenweise und auch nur an drei Tagen vorbei, um in einem kleinen, fensterlosen Kabuff das Nötigste zu regeln. Der Rest blieb an Maier oder den Lehrern hängen. Hier übernahmen gleich zwei Sekretärinnen die Administration.

Die jüngere Frau hatte bei Isas Eintreten den Kopf gehoben und musterte sie nun über den Rand ihrer riesigen Hipster-Brille hinweg. »Kann ich helfen?«

Isa nickte dankbar. »Ich bin die neue Lehrerin und soll hier meinen Schlüssel abholen.«

Die Sekretärin sah demonstrativ auf ihre Armbanduhr und tauschte dann einen Blick mit ihrer Kollegin.

»Dann müssen Sie Frau Klein sein. Wir haben schon auf Sie gewartet.«

Isa presste die Lippen zusammen, angesichts des unverhohlenen Tadels.

Die Sekretärin mit der Brille zog eine Schublade auf, griff nach einem Schlüsselbund und kam dann um die Theke herumgelaufen. Ihr Blick glitt an Isa herunter und blieb etwas zu lang an dem Marmeladenfleck auf ihrem Oberschenkel hängen. Isa wollte ihre Tasche davorschieben, da fiel ihr Alfons wieder ein. Der Dackel verhielt sich zwar gerade ruhig, aber sie konnte nicht wissen, wie lange das so blieb. Sie musste sich beherrschen, nicht nach unten zu sehen.

Weil die Sekretärin den Schlüsselbund vor ihr in der Luft baumeln ließ, hielt Isa ihr die offene Hand hin. Aber die Frau machte keine Anstalten, ihn hineinfallen zu lassen. Stattdessen zog sie ein ovales Plastikding daraus hervor.

»Das ist der Chip, mit dem Sie außerhalb der Unterrichtszeiten durch die Haupttür hereinkommen.«

Unwillkürlich entfuhr Isa ein Prusten. Als ob sie vorhätte, außerhalb der Unterrichtszeiten einen Fuß in dieses Gebäude zu setzen. Als sie den irritierten Blick der Sekretärin bemerkte, flüchtete sie sich in ein künstliches Räuspern.

Die junge Frau fuhr mit erhobenen Augenbrauen fort, ihr jeden einzelnen Schlüssel zu erklären, was Isa mit einem Kopfnicken quittierte und gleich wieder vergaß.

»Und denken Sie daran, alle Räume im Haus stets abzuschließen, wenn sich niemand darin befindet«, beendete sie ihre ausschweifende Erklärung und ließ den verdammten Schlüsselbund endlich in Isas geöffnete Hand fallen. Ein Wunder, dass die Sekretärin ihr nicht auch noch ein dickes Handbuch dazu übergab.

Missmutig schlurfte sie aus dem Sekretariat und steuerte aufs Lehrerzimmer zu, das dank eines riesigen Schildes nicht zu verfehlen war. Sie war gerade dabei, den Schlüsselbund nach dem richtigen Schlüssel zu durchsuchen, da kam eine ältere Frau auf die Tür zugelaufen. Freundlich lächelnd machte Isa einen Schritt zur Seite.

»Klein«, stellte sie sich vor und hielt der mutmaßlichen Kollegin mit der ergrauten Igelfrisur die Hand hin. »Ich komme für den verstorbenen Kollegen.«

»Wie schön!« Die Frau lächelte, dann stockte sie plötzlich, schien zu merken, dass der Ausruf nicht ganz angebracht war, und setzte schnell eine ernstere Miene auf.

»Also, dass Sie hier sind«, korrigierte sie sich. »Herzlich willkommen.« Sie stieß die Tür auf und watschelte zu einem runden Tisch, auf dem sich ein Blätterstapel türmte. »Normalerweise bin ich um diese Zeit nicht mehr hier. Ich hab meinen Tafelaufschrieb vergessen«, erklärte sie hörbar außer Atem, fischte ein Blatt aus dem Turm und wedelte triumphierend damit herum. »Jetzt aber schnell.«

»Vielleicht können Sie mir helfen, einen Beamer aufzutreiben?«, versuchte Isa ihr Glück. Es war schließlich sonst niemand hier, den sie fragen konnte.

Die Frau blickte auf ihre Uhr und zögerte. Dann schien sie sich einen Ruck zu geben und bedeutete Isa, ihr zu folgen. Sehnsüchtig schielte Isa zur Kaffeemaschine hin. Wie sollte sie zwei Stunden Kläranlage ohne Koffein durchstehen?

»Ich bin übrigens die Uschi«, stellte ihre Kollegin sich vor, während sie mit ihren kurzen Beinen erstaunlich schnell über den Schulgang wackelte.

»Isa.«

»Welche Klasse hast du jetzt?«

»Ich glaube, die 9b«, antwortete Isa.

»Ah.«

Der Tonfall ließ sie aufhorchen. Sie versuchte, von Uschis Mimik abzulesen, ob es ein gutes oder ein schlechtes *Ah* gewesen war. Aber, wenn sie es recht bedachte, bedeutete dieser Ausruf selten etwas Gutes. Wahrscheinlich hatte man ihr die absolute Chaotenklasse aufs Auge gedrückt. Das lief doch meistens so. Sie selbst hatte diesem Vorgang einmal den Titel »Plätzchenprinzip« verliehen.

Wer sich an Weihnachten als Letzter im Kreise der Familie einfand, bekam die trockensten Plätzchen.

»Die gute Nachricht ist«, sagte Uschi in diesem Moment, und Isa schöpfte Hoffnung, »dass im Klassenzimmer der 9b ein festinstallierter Beamer an der Decke hängt.«

Na bitte. Das war immerhin etwas. Und mit einem Film machte man sich sowieso von vornherein beliebt. Was konnte da noch schiefgehen?

Kapitel 13

Das affenartige Gebrüll war schon von Weitem zu hören. Und kurz bevor Isa das Klassenzimmer der 9b erreichte, flog die Tür auch schon auf und donnerte gegen die dahinterliegende Wand. Ein verkeiltes Bündel aus Jeanshosen und Kapuzenpullovern rollte auf den Flur, Isa direkt vor die Füße. Dicht gefolgt von zwei johlenden Jungs, die ihre Handys auf die Szene richteten.

»Vielleicht sollten wir …«, murmelte Isa und drehte sich zu Uschi um. Doch die hatte sich offensichtlich längst aus dem Staub gemacht.

»Hey!«, schrie sie deshalb an die Raufbolde gewandt, die sich wie zwei kopulierende Raupen mit puterroten Köpfen über den Boden wälzten. »Hallo!«

Keiner reagierte. Im Gegenteil. Die Idioten mit den Handys filmten lachend weiter, und hinter ihnen hatte sich der Rest der Klasse sensationslüstern versammelt.

Isa stellte ihre Tasche mit Alfons möglichst sachte außerhalb der Kampfzone ab. Dann eilte sie auf die Jungs zu und riss ihnen blitzschnell ihre Smartphones aus den Händen. Die Jugendlichen blickten sie empört an und wollten danach haschen, aber Isa war schneller und steckte sie sich in die hinteren Hosentaschen. Diese Kids mochten ihre Smartphones lieben, aber sicher nicht genug, um einer Lehrerin an den Hintern zu grapschen.

»Wenn ihr die zwei auseinanderbringt, bekommt ihr eure Handys wieder.« Sie zeigte auf das Knäuel am Boden.

Die Jungs sahen sich an und nickten sich nach kurzem Zögern in stillem Einvernehmen zu. Der Größere schnappte sich die Füße des einen Raufboldes, während der andere seinen schnaubenden Klassenkameraden unter den Achseln packte und wegzog. Keuchend kamen die zwei Streithähne wieder zu sich und warfen sich hasserfüllte Blicke zu.

»Was sollte der Mist?«, fuhr Isa sie an.

»Der Penner hat mich beleidigt.«

Seufzend griff sie nach ihrer Tasche und marschierte ins Klassenzimmer. Offensichtlich würde sie diesen Neuntklässlern erst noch beibringen müssen, was es mit rhetorischen Fragen auf sich hatte.

»Setzt euch!«

Sie stellte Alfons hinter dem Pult ab und klappte den Lederdeckel der Tasche zurück. Bei seinem friedlichen Anblick entfuhr ihr ein erleichtertes Seufzen. Ihr Dackel hatte die Augen geschlossen und schnaufte gleichmäßig. Weder der Lärm noch das Gewackel schienen ihn in seinem Schlaf gestört zu haben.

Ganz vorsichtig, die Zunge zwischen den Zähnen, zog Isa die DVD unter seinen Pfötchen heraus. Als sie sich wieder aufrichtete und die Hülle aufs Pult legte, ging ein Ruck durch die Klasse.

Sie nickte bedeutungsvoll. »Bevor jemand fragt: Ja, wir schauen einen Film und nein, es ist nicht *Deadpool* und auch nicht *Hangover*. Aber mindestens genauso spannend.«

Sie griff nach der Fernbedienung, die auf dem Pult lag, und erweckte den Beamer mit einem leisen Piepen zum Leben. »Kann mal jemand den Rollladen runterlassen?«

»Wer sind Sie überhaupt?«

Isas Blick fiel auf ein Mädchen in der ersten Reihe, das sie fragend durch seine dicken Brillengläser anglupschte. Die Frage war berechtigt, das musste Isa zugeben.

»Okay.« Sie ging ums Pult herum und lehnte sich mit dem Hintern dagegen. »Ich stell mich wohl besser erstmal vor. Mein Name ist Klein, und ich bin der Ersatz für Herrn Wonneberg.«

Bei der Erwähnung des verstorbenen Kollegen veränderte sich die Stimmung im Raum spürbar. Mit einem Mal war es so still, dass man das Ticken der großen Uhr an der rückseitigen Wand hören konnte. Keiner rührte sich. Alle starrten Isa aus großen Augen an. Als hätte jemand die Pausentaste gedrückt.

»Tut mir leid«, murmelte sie zerknirscht. Sie musste eingestehen, dass sie sich etwas unglücklich ausgedrückt hatte. »Das war jetzt vielleicht ein bisschen unsensibel.«

»Herrn Wonneberg kann man nicht ersetzen«, rief ein Mädchen mit dichten Ponyfransen. Ein paar der Jugendlichen stimmten nickend zu.

»Ihr habt ihn wohl ziemlich gemocht?«

»Nicht jeder hier«, rief dasselbe Mädchen wieder.

In Isas Magengegend meldete sich ein vertrautes Kribbeln.

Die Köpfe der Schüler in der ersten Reihe drehten sich wie auf Kommando nach hinten, und Isa konnte sehen, dass ihre Blicke an einem der Raufbolde hängen blieben. Verwundert hob sie die Brauen. Diesen Kerl kannte sie doch. Vorher hatte sie ihn nur nicht richtig gesehen, weil sein Kopf in der Achselhöhle seines Kontrahenten gesteckt hatte. Aber jetzt erkannte sie die blonden Haare und das Bubigesicht mit dem Flaum über der Lippe wieder. Das war der feindselige Junge, den sie am Samstag vor der Schule angetroffen hatte.

»Und wieso mochtest du ihn nicht?«, wandte sie sich direkt an den Hitzkopf.

Der Junge sah sie an, als hätte sie ihn gerade gebeten, einen Regenwurm zu verspeisen. Offensichtlich hatte sie kein Recht, ihm derartige Fragen zu stellen.

»Das sollten Sie Esma fragen«, zischte jemand dazwischen.

Der Blondschopf fuhr herum. »Halt dein Maul!«

»Okay, okay, immer mit der Ruhe.« Langsam ließ Isa die Hände wieder sinken, die sie in einer beschwichtigenden Geste erhoben hatte. Sie brauchte gar nicht zu fragen, wer Esma war. Die Schülerin hinter dem Raufbold hatte bei der Erwähnung ihres Namens stöhnend das Gesicht in den Händen vergraben. Sie trug ihre dunklen Haare heute zu einem Pferdeschwanz hochgebunden und hatte etwas Make-up aufgelegt, doch Isa erkannte sie trotzdem wieder.

Gebannt schürzte sie die Lippen. Wenn es stimmte, was das Mädchen mit den Ponyfransen herausposaunt hatte, dann war der Junge ein potenzieller Verdächtiger. Isas Blick huschte zu seinem Bubigesicht zurück. Normalerweise würde sie der Antipathie eines Schülers seinem Lehrer gegenüber keine große Beachtung schenken. Aber in diesem Fall war der Lehrer tot. Und das war Grund genug, für Bähr den Namen des Jungen in Erfahrung zu bringen.

»Ich geh erstmal die Klassenliste durch«, verkündete sie und griff nach dem Tagebuch, das auf dem Pult lag. »Bitte mit einem kurzen ›Ja‹, oder ›Hier‹ eure Anwesenheit bestätigen.«

Sie las nacheinander die Namen ab und fand neben der Tatsache, dass drei Schüler fehlten, auch den Namen des Hitzkopfs heraus. Ben Hilbert.

Isa biss sich in die Unterlippe, um ein aufziehendes Grinsen zu unterdrücken. Noch vor Beginn der ersten Stunde hatte sie einen ersten Verdächtigen vorzuweisen. Das sollte ihr erstmal jemand nachmachen.

In Hochstimmung griff sie nach der DVD und schwenkte sie durch die Luft. »Wer hat Lust auf herumschwimmende Fäkalien?«

Die empörten Rufe der Klasse konnten ihre Euphorie nicht dämpfen.

Nach der Doppelstunde schlurften die Schüler mit abgekämpften Gesichtern an ihr vorbei in die Pause. Isa konnte ihnen ihre Trägheit nicht verübeln. Die monotone Stimme des Sprechers und die minutenlangen Aufnahmen von trübem Abwasser im Vorklärbecken hatten auch auf sie eine äußerst einschläfernde Wirkung gehabt. Definitiv war der Streifen ein heißer Tipp für Menschen mit Schlafstörungen.

Sie beugte sich zu ihrer Tasche hinunter und warf einen Blick auf Alfons, der noch immer friedlich schlummerte und ein zufriedenes Schmatzen von sich gab.

»Frau Klein?«

Erschrocken fuhr sie hoch. Beim Anblick von Rothardt-Knappenhauser wäre sie beinahe gleich noch ein zweites Mal zusammengezuckt.

»Bei uns endet die Pause der Grundschüler früher.« Die Rektorin stemmte die Hände in die Hüften.

Ehrlich verwirrt blinzelte Isa zurück. Was gingen sie denn die Grundschüler an?

»Sie haben jetzt Kunst«, sagte die Rektorin und machte eine Pause nach jedem einzelnen Wort, als wäre Isa schwer von Begriff. »In Klasse drei.«

»Was?« Isa fuhr vom Stuhl hoch. Das musste ein Fehler sein. Sie war doch keine Grundschullehrerin.

»Haben Sie Ihren Stundenplan etwa nicht gelesen?«, unterbrach die Rektorin ihre sich überschlagenden Gedanken.

Tatsächlich hatte sie ihn lediglich überflogen. Schnell wich Isa Rothardt-Knappenhausers strengem Blick aus.

»Doch natürlich.« Sie nickte mehrmals hintereinander. »Ich, äh, hab einfach die Zeit vergessen.«

»Und das offensichtlich nicht zum ersten Mal«, murmelte die Rektorin und machte auf dem Absatz kehrt.

Isa wartete lauschend, bis das energische Klackern ihrer Absätze verklungen war, dann blies sie geräuschvoll die Luft aus. Was hatte sie sich da nur eingebrockt? Sie war hier, um zu ermitteln. Um dem Kommissar unter die Arme zu greifen. Dass das Ganze in Stress ausarten würde, gehörte nicht zum Plan. Seufzend erhob sie sich vom Stuhl und hängte sich ihre schnarchende Tasche über die Schulter.

Im Gang bog sie auf Verdacht nach rechts ab, weil das die Richtung gewesen war, in die Rothardt-Knappenhauser vorhin gezeigt hatte, als sie von der Grundschule gesprochen hatte. An seinem Ende teilte sich der Flur, und Isa sah sich ratlos um. Dabei blieb ihr Blick an einer Gruppe Mädchen hängen, die vor der Toilette herumstanden und ihre Köpfe zusammensteckten. Das diffuse Licht eines Handydisplays erleuchtete ihre Gesichter. Als sie Isa bemerkten, brach eifriges Getuschel aus. Schützend formierten sie sich vor der mutmaßlichen Besitzerin des Smartphones.

Isa wollte schon augenrollend weitergehen, als sie Esma unter ihnen entdeckte. Wenn sie Esmas Klassenkameraden vorhin nicht völlig missverstanden hatte, wusste die Jugendliche mehr, was Bens Abneigung seinem Lehrer gegenüber anging. Und das machte sie zu einer möglichen Quelle.

»Esma, ich würde gerne mal mit dir sprechen«, sagte sie und ging auf die Gruppe zu. »Hast du eine Minute?«

Esma wechselte einen Blick mit ihren Freundinnen, dann zuckte sie mit den Schultern. »Ich weiß nicht …«, druckste sie herum. »Ich hab gleich Mathe.«

»Wann würde es dir denn passen?«

Esma blickte zur Seite und schien nach einer Ausflucht zu suchen. Sie kam nicht dazu, denn im selben Moment stieß Isas Tasche ein hohes Kläffen aus. Die Mädchen rissen die Augen auf.

»Oh mein Gott«, kreischte eine pummelige Brünette mit beeindruckendem Lockenkopf. Die Arme vor sich ausgestreckt, stürmte sie auf Isa zu und hob, ohne zu fragen, den Deckel der Tasche an. Sofort schlüpfte eine stummelige Schnauze hervor und leckte stürmisch über die Hände des Mädchens.

»Ist das Ihrer?«, rief Esma mit leuchtenden Augen. Sie trat näher und fuhr dem Dackel zärtlich über das Köpfchen. Alfons' Zunge schlappte von einer ausgestreckten Hand zur nächsten. Er schien sich nicht entscheiden zu können, auf welche er sich zuerst stürzen sollte.

Unter Isas Achseln sammelte sich schlagartig der Schweiß. Sie konnte die Begeisterung ihres Hundes nicht teilen. Was, wenn die Rothardt-Knappenhauser noch in der Nähe war? Sie hatte Mühe, den Gurt ihrer Tasche nicht von der Schulter rutschen zu lassen, so sehr brachte der überschwängliche Alfons sie zum Wackeln.

»Wieso verstecken Sie den Kleinen da drin?«, fragte eins der Mädchen unbedarft.

Isa schoss die Röte ins Gesicht. Sie stieß ein empörtes Prusten aus. »Ich verstecke ihn doch nicht. Ich bringe ihn immer in dieser Tasche mit. Alfons ist, äh ... ein ausgebildeter Blinden ... äh ... Schulhund.« Sie zwang sich zu einem Lächeln.

Insgeheim sandte sie ihren stummen Dank an Anna-Maria, der sie diese spontane Eingebung zu verdanken hatte.

»Wenn du irgendwann mal Zeit hast, würde ich wirklich gerne mit dir sprechen, Esma«, versuchte sie zum eigentlichen Thema zurückzukehren.

»Ist er dann auch dabei?«

Isa brauchte einen Moment, bis sie kapierte, dass Alfons gemeint war. »Natürlich, klar«, schoss es aus ihr heraus, und sie fühlte sich ein bisschen wie ein Krimineller, der Bonbons anbot, um seine Opfer in einen verbeulten Van mit beklebten Scheiben zu locken. Aber im Gegensatz zu so einem Schuft hatte sie nichts Böses im Sinn. Sie wollte nur reden. Dass Alfons sich als hilfreicher Köder erwies, war ein netter Nebeneffekt.

»Mittwochnachmittag wäre gut. Da hab ich Sport bei Frau Martins.« An Esmas Tonfall ließ sich erahnen, dass Sport wohl nicht zu ihren Lieblingsfächern gehörte. Da waren sie schon zu zweit. Trotzdem zögerte Isa mit ihrer Antwort. Am Mittwoch war sie eigentlich laut Stundenplan überhaupt nicht in Reutlingen. Aber vielleicht lohnte sich die außerplanmäßige Fahrt hierher, wenn sie im Gespräch mit Esma auf etwas Relevantes stieß. Dann konnte sie Bähr beweisen, dass es sich auszahlte, mit ihr zusammenzuarbeiten.

»In Ordnung«, sagte sie, »Mittwoch also.«

Kapitel 14

»Haben wir dich jetzt in Kunst?«

Isa blickte mit gekräuselter Oberlippe auf die Grundschüler hinab, die sich um sie geschart hatten. Große Augenpaare in pausbackigen Gesichtern starrten erwartungsvoll zu ihr hoch. Da konnte man fast den Eindruck gewinnen, diese Kinder freuten sich über ihre Anwesenheit. Isa nickte und ließ sich in den Stuhl hinter dem Pult fallen. Die Schüler stellten sich eifrig wie Erdmännchen neben ihren Tischen auf, und ehe Isa etwas sagen konnte, beteten sie im Chor eine Begrüßung herunter.

»Guuuuten Moooorgen, Frauuu ...« Sie stockten.

»Klein«, brummte Isa, und der Chor vollendete brav seinen Sprechgesang.

Auf dem Weg hierher hatte sie sich einen Masterplan zurechtgelegt, wie sie wenigstens eine der zwei Kunststunden möglichst geschmeidig hinter sich bringen konnte.

»Wisst ihr was?«, rief sie und machte ein Gesicht, als hätte sie eine ganz großartige Neuigkeit zu verkünden. »Wir machen heute Namenschilder.«

Tatsächlich brachen die Schüler in Jubel aus und strahlten sie an. Isa verzog den Mund zu einem verdutzten Grinsen. Das war ja einfach gewesen. Daran könnte man sich glatt gewöhnen. Sie sah sich im Klassenzimmer um, fand einen Stapel weißes Papier auf dem Regal neben der Tafel und teilte jedem eines aus. Mit herausgestreckten Zungenspitzen und tief geneigten Köpfen machten sich die Kleinen an die Arbeit.

Zufrieden ließ Isa sich in ihren Stuhl zurücksinken. Sie war gar nicht so schlecht als Grundschullehrerin.

Sie beugte sich zu ihrer Tasche runter und wollte gerade ihr Handy unter Alfons' Bauch hervorfummeln, als lautes Kichern und Prusten aus der letzten Reihe sie aufblicken ließ. Isa versuchte es mit einem strengen Blick, doch als das nicht fruchtete, erhob sie sich und lief auf die Jungs zu, die ihre hochroten Köpfe zusammensteckten.

»Was haben wir denn da?« Sie schnappte sich eins der Namensschilder und las es, offensichtlich sehr zur Freude der beiden, laut vor. »Jim Knopf.«

Jetzt bogen sich auch die anderen Kinder vor Lachen.

Isa wandte sich an den Nebensitzer. »Und dein Name ist also Sams.«

Diesmal folgte lautes Gebrüll.

Sie nickte ernst. »Wenn ich später deine Eltern anrufe, und mit ihnen über ihren Sohn Sams reden möchte, geht das klar?«

Die Klasse gackerte weiter, aber der Junge lief rot an und sein Grinsen fiel in sich zusammen. Sie stellte ihm das Namenschild wieder vor die Nase und griff nach dem nächsten.

»Thor. Interessante Wahl.«

Diesmal lachte niemand. Sie sah den rotblonden Jüngling streng an. Er wich ihrem Blick aus und kaute nervös auf seiner Lippe herum. Ihr schien, als fehlte nicht viel, dass er in Tränen ausbrach.

»Wirklich sehr kreativ. Und sogar richtig geschrieben.« Sie richtete sich auf, ließ den Jungen aber nicht aus den Augen. »Mal sehen, was deine Eltern sagen, wenn sie diesen Namen am Ende des Schuljahres in deinem Zeugnis entdecken.«

Ein zartgliedriges Mädchen, das vor dem kleinen Donnergott saß, reckte mit wichtiger Miene eine Hand in die Höhe, aber Isa ignorierte es einfach. Sie marschierte zurück zum Pult, schlug das Klassenbuch auf und tat, als würde sie einen Vermerk hineinschreiben, während sie in Wirklichkeit nur das Datum notierte.

Anschließend verdonnerte sie die Klasse mit bedrohlicher Ernsthaftigkeit dazu, jedes kleine Fitzelchen Weiß von ihren Namensschildern zu tilgen. Die Kinder senkten folgsam die Köpfe und ließen ihre Buntstifte über das Papier schrubben.

Zufrieden lehnte Isa sich zurück und saugte die wohltuende Stille in sich auf. Irgendwann griff sie aus reiner Langeweile zu einem Buch über Picasso im Kunstunterricht und blätterte durch die Seiten. Sie war bald schon derart darin vertieft, dass das entfernte Klopfen erst in ihr Bewusstsein vordrang, als die Tür schon geöffnet wurde. Beim Anblick der Rektorin ließ sie das Buch in ihren Schoß sinken. So langsam erweckte diese Frau echt den Eindruck, sie auf Schritt und Tritt kontrollieren zu wollen.

»Frau Klein, ich muss Sie sprechen.«

Rothardt-Knappenhausers Tonfall ließ keine Fragen zu.

Mit einer linkischen Bewegung schaffte Isa es, aufzustehen und dabei nicht gegen Alfons' Tasche zu stoßen. Dann folgte sie der Rektorin auf den Gang hinaus.

»Ich habe gerade einen Anruf von Thors Mutter erhalten«, rief Rothardt-Knappenhauser aufgebracht, kaum dass die Tür hinter ihnen zugefallen war.

Isa blinzelte ungläubig. Was faselte sie denn da?

Die Rektorin starrte sie wutschnaubend an. Dann veränderte sich ihr Gesichtsausdruck plötzlich und sie stemmte die Hände in die Hüften. »Ist Ihnen etwa noch gar nicht aufgefallen, dass der Junge unerlaubt das Schulgelände verlassen hat und nach Hause gelaufen ist?«

»Was?« So laut hatte Isa es eigentlich gar nicht herauskreischen wollen. Sie riss die Tür auf und suchte mit den Augen den Raum ab. Im selben Moment blieb ihr die Luft weg. Tatsächlich. Der Platz des Jungen war leer.

»Er kam anscheinend völlig aufgelöst zu Hause an und will nicht wieder herkommen. Können Sie sich das erklären?«

Isa blies die glühenden Wangen auf, während sie sich fragte, wie der Winzling es geschafft hatte, ungesehen aus dem Klassenzimmer zu laufen. Besser, sie ließ sich ganz schnell etwas einfallen. »Vielleicht malt er nicht so gern.«

Die Rektorin schien sich nicht für ihren Erklärungsversuch zu interessieren. Warnend zog sie die Augenbrauen zusammen. »Sie können von Glück sagen, dass Thor ganz in der Nähe wohnt und seine Mutter zu Hause war.«

Isa presste die Lippen aufeinander. Unvermittelt spürte sie eine irrationale Wut in sich aufsteigen. Es war nie die Rede davon gewesen, dass sie in der Grundschule unterrichten sollte. Das war überhaupt nicht ihr Metier.

»So etwas darf Ihnen nicht nochmal passieren«, mischte sich Rothardt-Knappenhausers Stimme unter das Rauschen in ihren Ohren. Die strenge Miene der Rektorin erstickte jeden Protest im Keim. Isa nickte knapp und wartete, bis die Rektorin sich abgewandt hatte. Dann blies sie die angehaltene Luft aus und ließ sich mit dem Rücken gegen die Wand fallen.

Obwohl sie erst wenige Stunden an dieser Schule war, fühlte sie sich jetzt schon, als wäre sie durch den Fleischwolf gedreht worden.

Als sie die Tür zum Klassenzimmer öffnete, stutzte sie. »Was ist denn jetzt schon wieder los?«

Neben dem Pult stand ein Junge, die Arme verschränkt, die Unterlippe schmollend vorgeschoben. In seinen Augen glitzerten Tränen. Ein paar Kinder hatten sich um ihn geschart und versuchten, ihn zu trösten, während zwei andere, ein Junge und ein Mädchen, neben ihren Tischen standen und schmatzende Kussgeräusche von sich gaben.

»Was soll das?«, schmetterte Isa ihre unterdrückte Wut hinaus, die sich seit Rothardt-Knappenhausers Anpfiff in ihrem Inneren zusammengebraut hatte.

Ein kollektives Zucken ging durch die Klasse, dann herrschte eisige Stille. Erschrockene Augenpaare starrten sie an.

»Du da«, Isa zeigte auf das kleine Mädchen, das zuvor versucht hatte, sich für Thors Ehrenrettung einzusetzen. Zumindest war das Isas Vermutung. Sicher wissen konnte sie es nicht, immerhin hatte sie die hochgestreckte Hand der Schülerin ja ignoriert. Wenn sie das Mädchen angehört hätte, wären ihr Rothardt-Knappenhausers Standpauke und das schlechte Gewissen dem kleinen Thor gegenüber erspart geblieben.

»Vielleicht kannst du mir erklären, was hier los ist?«

Die Schülerin zeigte auf die zwei Kinder, die ihre Kussgeräusche mittlerweile eingestellt hatten.

»Die behaupten, dass Thomas in Frau Jakobi verliebt ist und dass er sie heiraten will.«

Die Gesichtsfarbe des armen Thomas wechselte von rosa zu dunkelrot. Er gab ein verdächtiges Schniefen von sich.

Isa sah die Beschuldigten an und hob auffordernd die Brauen. Aber plötzlich schien es ihnen die Sprache verschlagen zu haben.

»Stimmt das?« Sie zog die Augenbrauen noch weiter nach oben.

Die beiden nickten reumütig.

»Abgesehen davon, dass es euch überhaupt nichts angeht, was wäre denn so schlimm daran?«

»Iiiiih«, rief irgendjemand und ein anderes Kind schlug sich beide Hände vor den Mund, um sein Lachen in einem Prusten zu ersticken.

»Setzt euch!«, rief Isa. »Darüber müssen wir sprechen.« Mal abgesehen davon, dass der kleine Thomas ihr leidtat, hatte sie nicht vor, den nächsten Schüler einzubüßen, weil sie die Angelegenheit nicht ordentlich klärte.

»Also«, begann sie, als die Kinder an ihren Plätzen saßen und sie ehrfürchtig ansahen. Sie wippte auf dem Bürostuhl vor und zurück und überlegte, wie sie vorgehen sollte.

»Der Thomas ist doch ein Kind«, quäkte da plötzlich ein Junge mit Topfhaarschnitt. »Und Frau Jakobi ist seine Lehrerin.«

Isa nickte unbeeindruckt. »Das stimmt. Trotzdem darf er sie doch gernhaben, oder nicht?«

Ein paar Kinder nickten eifrig, während die Zweifler sich skeptische Blicke zuwarfen.

»Aber nicht so«, rief der Junge wieder. Isa verkniff sich ein Schmunzeln. Seine Entrüstung über die kindliche Verliebtheit seines Klassenkameraden war irgendwie niedlich.

Doch plötzlich machte sich ein vertrautes Kribbeln in ihrer Magengegend bemerkbar. Wie immer, wenn sich eine Eingebung ankündigte.

Kapitel 15

Als es zur zweiten großen Pause klingelte, musste Isa sich beherrschen, nicht als Erste aus dem Klassenzimmer zu rennen. Im Gegensatz zu ihr schienen es die Grundschüler, abgesehen von ein paar Jungs, die als Erste an der Wippe sein wollten, überhaupt nicht eilig zu haben. In aller Seelenruhe bauten sie ihre mehrteiligen Vesperboxen auseinander und inspizierten den verbliebenen Inhalt.

»Die Pause dauert nicht ewig«, mahnte Isa und tippte mit dem Zeigefinger auf ihre Armbanduhr.

»Frau Jakobi lässt uns immer noch ein paar Minuten im Klassenzimmer vespern und liest uns dazu was vor«, bemerkte ausgerechnet der Sams-Junge anklagend.

Falls er sich Selbiges von Isa erhoffte, musste sie ihn enttäuschen. Die feuchten Stellen unter ihren Achseln zeugten davon, wie dringend sie selbst eine Pause nötig hatte.

»Frische Luft ist gesund!« Mit wedelnden Armen scheuchte sie die letzten Trödler aus dem Zimmer. Dann hob sie ihre Tasche vom Boden auf und marschierte auf die Türe zu.

Auch wenn sie ihren Stundenplan nur überflogen hatte, wusste sie eines mit präziser Sicherheit – nämlich, wann ihr Unterricht endete.

Sie trat auf den Gang hinaus und zog augenblicklich die Brauen zusammen. Der Mann am Ende des Flurs wirkte seltsam deplatziert in seinem Hemd und der schicken Hose. Sein aufrechter Gang kam Isa nur allzu bekannt vor.

Den Blicken der vorbeiströmenden Schüler zum Trotz rannte sie los. Bähr bog gerade um die Ecke, als sie ihn einholte. Sie tippte ihm auf die Schulter und blieb außer Atem neben ihm stehen.

»Was machen Sie denn hier?«, kam sie direkt zur Sache.

»Ihnen auch einen guten Tag, Frau Klein.«

Plötzlich erschien ihr seine Anwesenheit gar nicht mehr so unpassend. Den Oberlehrertonfall beherrschte er jedenfalls perfekt.

»Tag«, presste sie unwillig hervor, weil er das ja offensichtlich erwartete. »Also«, fragte sie dann. »Was führt sie an die Hermann-Hesse-Schule?«

»Das Gleiche wie Sie«, antwortete er. »Meine Arbeit.«

Isa konnte nicht verhindern, dass sich ein schelmisches Grinsen auf ihrem Gesicht ausbreitete.

Bähr schien seinen Fehler zu bemerken. »Ich meinte damit nicht die gleiche Arbeit.«

»Klang trotzdem nett«, feixte sie. Sie hatte fast schon vergessen, wie viel Spaß es machte, ihn aus dem Konzept zu bringen.

»Haben Sie schon jemanden befragt?«

Bähr verschränkte die Arme vor der Brust.

»Schon klar«, murmelte Isa. »Kein Kommentar.« Doch ausnahmsweise konnte sein Schweigen ihr nicht die Laune verderben. »Tatsächlich trifft es sich gut, dass Sie da sind. Im Gegensatz zu Ihnen, hab ich nämlich kein Schweigegelübde abgelegt.«

Dieses Mal quittierte Bähr ihre Worte mit einer erhobenen Augenbraue. »Heißt das, Sie haben was herausgefunden?«

»Nicht direkt«, sagte Isa. »Aber mir kam eine Idee.«

»Na bestens.«

»Hey!« Sie stemmte die Hände in die Hüfte. »Ich will Ihnen helfen, da können Sie ruhig mal ein bisschen freundlicher sein.«

Statt einer Antwort warf der Kommissar einen demonstrativen Blick auf seine Uhr. Wenn Isa es nicht besser wüsste, würde sie glatt glauben, er wollte sie ärgern. Schwamm drüber, sie hatte ihm etwas zu sagen.

»Ich hatte heute eine Diskussion mit meinen Schülern. Darüber, ob es okay ist, wenn ein Junge in seine Lehrerin verliebt ist.«

Bähr runzelte die Stirn. »Ich bin mir nicht sicher, ob ich den Rest hören will.«

Isa blinzelte verständnislos. Dann schnaubte sie empört. »Es geht dabei doch nicht um mich, herrje. Das ist nur die Vorgeschichte, um aufzuzeigen, wie ich zu meinen weiteren Überlegungen gekommen bin.«

»Wie wär's, wenn Sie einfach direkt zur Sache kommen?«

»Schön.« Sie warf ihm einen grimmigen Blick zu. »Ich habe einen Schüler in der Neunten, Ben Hilbert, der nicht besonders gut auf Wonneberg zu sprechen ist.«

»Soweit ich weiß, ist das noch kein Verbrechen.«

Isa hob den Zeigefinger. Sie hatte schon mit einem Einwand gerechnet. »Nicht so schnell. Als ich ihn gefragt habe, weshalb er den Lehrer nicht mochte, hat jemand dazwischengerufen, dass ich das lieber Esma fragen soll.«

Sie machte eine bedeutungsvolle Pause, aber Bähr starrte sie nur mit unbewegter Miene an.

»Am Samstag war ich in Reutlingen, um mein Auto zu holen«, redete sie weiter. »Da hab ich Esma und Ben vor der Schule angetroffen. Ich glaube, sie haben gestritten. Meine Antennen sagen mir, dass zwischen den beiden irgendwas läuft.«

»Sie wollten doch zum Punkt kommen.«

»Jaaa.« Sie konnte sehen, wie Bährs Nasenlöcher sich beim nächsten beherrschten Atemzug weiteten.

»Und als ich vorhin mit den Grundschülern darüber gesprochen habe ...«, schlug sie endlich den Bogen zu ihrer Einleitung, »ist es mir wie Schuppen von den Augen gefallen. Keine Ahnung, warum ich nicht gleich selbst drauf gekommen bin. Jedenfalls könnte es sein, dass Esma ...«

»In ihren Lehrer verliebt gewesen ist?«, beendete Bähr ihre Ausführungen.

Isa schloss den Mund, der ihr vom Reden noch offen stand, und verschränkte die Arme vor der Brust. Das war ja wieder mal typisch. Da hatte sie einen ersten Erfolg zu verbuchen, und der Kommissar ließ sie noch nicht einmal ausreden.

»Möglich wär's«, brummte sie angesäuert. »Wenn zwischen Ben und Esma was läuft, könnte die Abneigung des Jungen von seiner Eifersucht herrühren.«

»Haben Sie Beweise für all das?« Die ungerührte Sachlichkeit des Kommissars war deprimierend. Dieser Mann würde wahrscheinlich nicht mal dann eine Regung zeigen, wenn sie vor ihm mit den Armen flattern und dazu gackern würde.

»Bis jetzt nicht. Aber Esma und ich sind für Mittwoch zu einem Gespräch verabredet.«

»Frau Klein!«

Sie beeilte sich, beschwichtigend die Hände zu heben.

»Keine Sorge. Offiziell ist unsere Unterhaltung rein schulischer Natur. Im Laufe des Gesprächs werde ich dann unauffällig zu Wonneberg überleiten.«

Bährs Blick driftete ab. Isa kannte diesen Gesichtsausdruck. So sah er aus, wenn er nachdachte. Er schien ihren Vorschlag also nicht völlig abwegig zu finden.

»Womöglich kann es nicht schaden, mal mit ihr zu reden.«

Sie presste die Lippen aufeinander, um sich die kindliche Freude nicht anmerken zu lassen, die seine Worte bei ihr auslösten. Dass der Kommissar ihre Idee nicht direkt abschmetterte, war ein echter Fortschritt.

»Nur reden!«, raunte er und blickte sie mahnend an.

Isa verzog in gespielter Enttäuschung den Mund. »Heißt das, ich darf sie nicht verhaften?«

»Sehr witzig.« Bähr schien noch etwas sagen zu wollen, da entdeckte Isa eine Gruppe Mädchen, die direkt auf sie zugelaufen kam. Offensichtlich hatte bereits die Pause der älteren Schüler begonnen. Isa hatte nicht einmal das Klingeln wahrgenommen.

»Sie müssen jetzt gehen«, zischte sie.

»Was? Wieso …«

»Sch …« Für lange Erklärungen blieb keine Zeit.

»Was frag ich überhaupt?« Kopfschüttelnd wandte Bähr sich ab.

»Und morgen sind Sie bitte besser vorbereitet«, rief Isa ihm mit strenger Miene nach.

Der Kommissar warf ihr einen irritierten Blick über die Schulter zu, aber zum Glück beließ er es dabei und lief einfach weiter.

Als Esma und ihre Freundinnen an Isa vorbeigingen, schnaubte sie verächtlich und zeigte mit dem Daumen auf

Bähr. »Diese Praktikanten heutzutage.« Das war ihr spontan eingefallen. Blieb nur zu hoffen, dass die Mädchen ihr die kleine Notlüge abnahmen.

»Ist der nicht ein bisschen zu alt, um Praktikant zu sein?«, hörte sie Esmas pummelige Freundin fragen.

Isa zog missbilligend die Mundwinkel nach unten und nickte. »Langzeitstudent.«

Zu ihrer Erleichterung hielt sich das Interesse der Jugendlichen an dem vermeintlichen Praktikanten in Grenzen. Ins Gespräch versunken, bogen sie um die Ecke und verschwanden aus Isas Blickfeld.

Kapitel 16

Isas zweiter Tag an der Hermann-Hesse-Schule bestand gefühlt wieder nur daraus, von einem Klassenzimmer zum nächsten zu hetzen. Sie fand nicht einmal die Zeit, in Ruhe einen Kaffee zu trinken und sich endlich mit den Kollegen bekannt zu machen.

Rothardt-Knappenhauser hatte heute Morgen in einem Nebensatz durchsickern lassen, dass Isa durch ihre Verspätung am ersten Tag ihren offiziellen Einstand verpasst hatte. Aber auf eine Ansprache ihr zu Ehren konnte sie sowieso getrost verzichten. Vor allem, wenn sie aus dem Munde der Rektorin kam.

Andererseits brachte das mit sich, dass keiner der Kollegen so recht wusste, wer sie eigentlich war. So musste sie jedes Mal, wenn sie einem von ihnen auf dem Gang begegnete, ihre Vorstellung selbst übernehmen, was furchtbar nervtötend war.

Als es zur zweiten großen Pause klingelte, schleppte Isa sich ausgelaugt ins Lehrerzimmer und steuerte auf den Kühlschrank zu, wo sie ihr Käsebrot in weiser Voraussicht deponiert hatte. Nichts war in ihrer Tasche vor ihrem gefräßigen Dackel sicher.

Nachdem Alfons sich am Vortag als wahrer Eisbrecher erwiesen hatte, hatte Isa ihn heute wieder in die Schule geschmuggelt. Die Pause musste er aber sicherheitshalber mit seinen Lieblingsleckerlis und einem zum Wassernapf umfunktionierten Pflanzenuntersetzer im Klassenzimmer verbringen. Sie konnte nur hoffen, dass er keine Dummheiten anstellte.

Ihr Brot zwischen die Zähne geklemmt, machte sie sich daran, im Regal über der Kaffeemaschine nach einer Tasse zu suchen, auf der kein verblichenes Klassenfoto aus den Neunzigerjahren abgedruckt war.

»Isa, hast du gesehen?«

Träge wandte sie sich um und entdeckte Uschi neben der Tür, wo diese mit ausgestrecktem Arm auf einen bunten Plan zeigte. »Du hast jetzt Aufsicht an der Wippe.«

»Wippe?«, nuschelte sie am Käsebrot vorbei. Sie stellte die Tasse mit der Werbeaufschrift eines Reutlinger Bauunternehmers ab und schlurfte zu Uschi rüber.

Das war doch wohl ein Witz. Sie hatte heute noch keine Verschnaufpause gehabt und ganz bestimmt Besseres zu tun, als den Grundschülern beim Wippen zuzusehen. Wofür brauchten die da überhaupt eine Aufsicht? Sie konnte sich beim besten Willen nicht vorstellen, was dabei schiefgehen konnte.

»Du solltest zügig runtergehen«, sagte Uschi prompt, als hätte sie Isas Gedanken gelesen, und tätschelte ihr mitleidig den Arm. »An der Wippe gibt's immer Streit.«

»Na toll!«

»Ich kann dich unterstützen.« Die Kollegin zog sich ein buntgemustertes Jäckchen über. »Meine Aufsicht ist an der Rutsche gleich nebenan. Da gibt's weniger Probleme.«

Missmutig folgte Isa der Kollegin auf den Gang hinaus. Aber vielleicht war das gar nicht so schlecht. Sie konnte die Gelegenheit beim Schopfe packen und versuchen, Uschi über den verstorbenen Kollegen auszuquetschen.

Der Schulhof lag in gleißendem Sonnenlicht da und erinnerte Isa auf den ersten Blick an ein riesiges Wimmelbild. Überall hüpften, rannten und kletterten kleine Gestalten in bunten Klamotten herum. Fröhliches Kindergeschrei mischte sich unter das Gezwitscher der Vögel. Ganz in der Nähe fuhr ein Lastwagen rückwärts, vermutlich die Müllabfuhr, und stimmte mit seinem warnenden Piepton in das Frühlingskonzert ein. Isa legte den Kopf zurück und starrte blinzelnd in den Himmel hinauf. Kein Wölkchen störte das verwaschene Blau. Es versprach ein herrlicher Frühsommertag zu werden.

»Dann wollen wir mal«, sagte Uschi.

Unwillkürlich zog Isa die Mundwinkel nach unten. Von *wollen* konnte gar keine Rede sein. Trotzdem folgte sie ihrer Kollegin, die bereits zielsicher auf die Rutsche zumarschierte. Nebenbei winkte sie zwei vorbeirennenden Mädchen zu, die kichernd hintereinander herjagten. Offensichtlich spielten sie Pferd und Reiter. Das vordere Kind hatte sich ein Springseil um die Hüfte gebunden, während seine Freundin die Enden wie zwei Zügel zwischen den Fingern hielt.

An der Wippe herrschte tatsächlich großer Andrang. Isa zog beeindruckt die Brauen hoch. Wer hätte gedacht, dass ausgerechnet dieses Spielgerät sich so einer großen Beliebtheit erfreute? In ihrer Grundschulzeit hatte keiner sich für die Wippe interessiert. Stattdessen hatte sich an der Schaukel jedes Mal eine lange Warteschlange gebildet.

Schon von Weitem entdeckte Isa einen dürren, sommersprossigen Jungen, der sich mit ausgefahrenen Ellbogen durch die dicht gedrängten Winzlinge kämpfte und empörtes Gejaule auslöste.

Isa seufzte. Sie hatte nicht vor, sich die ganze Pause mit

diesem Fiesling herumzuärgern. Schließlich wollte sie ungestört mit Uschi reden. Entschlossen zog sie den kleinen Boxer am Kragen aus dem Getümmel.

»Fahr die Ellbogen ein, Freundchen«, zischte sie ihn an. Und etwas lauter, an den Rest der Meute gewandt, rief sie: »Die Wippe ist gesperrt.«

»Warum?«, fragte ein Mädchen und zog dabei die zweite Silbe unnatürlich in die Länge.

»Weil es hier nur Streit gibt.« Mit grimmigem Blick stellte Isa einen Fuß auf die Sitzfläche der Wippe und biss von ihrem Brot ab. Mehr schien nicht nötig zu sein. Schmollend zogen die Kleinen von dannen.

»So kann man es natürlich auch machen«, sagte Uschi und räusperte sich. »Pass nur auf, dass Gisela nichts davon mitbekommt.«

Isa runzelte die Stirn. »Gisela?«

»Die Rektorin.«

»Du bist per Du mit dem Hausdrachen?« Das war ja interessant.

Uschi kicherte verhalten. »So schlimm ist sie eigentlich gar nicht.«

Isa unterdrückte ein Schnauben. Wenn sie es sich mit Uschi nicht verscherzen wollte, behielt sie ihre Meinung wohl besser für sich.

»Die Schüler scheinen Herrn Wonneberg ziemlich gemocht zu haben«, wechselte sie das Thema. Zugegeben, das war ein bisschen plump, aber sie hatte keine Zeit, sich galante Überleitungen zurechtzulegen.

»Allerdings.« Uschi presste die Lippen aufeinander und schlug nach einer Wespe, die konzentrische Kreise um sie zog.

»Vor allem die Mädchen, was?« Isa zwinkerte der Kollegin vielsagend zu. Dass Wonneberg nicht schlecht ausgesehen hatte, war ja kein Geheimnis.

Uschi sah sie an und runzelte die Stirn. Sie schien nicht recht zu verstehen, worauf Isa hinauswollte.

»Alle mochten ihn«, sagte sie schließlich. »Er wurde mehrmals hintereinander zum Vertrauenslehrer gewählt und hat jedes Jahr die SMV geleitet.«

Isa nickte eifrig, in der Hoffnung, beeindruckt auszusehen. Von den Schülern zum Betreuer der Schülermitverantwortung gewählt zu werden, wurde von manchen Lehrkräften wie ein Ehrenabzeichen betrachtet.

»Hattet ihr auch privat miteinander zu tun?«, bohrte sie weiter.

Uschi schüttelte den Kopf. »Manche Kollegen waren mit ihm befreundet. Aber ich nicht. Schätze, ich bin ein bisschen zu alt.« Sie kicherte wieder, und Isa stimmte lächelnd ein.

»Welche Kollegen denn?«, hakte sie nach.

»Mit dem Referendar war er manchmal was trinken. Aber der hat abgebrochen und macht jetzt irgendwas mit Jura.«

In einem Anflug von Frustration biss Isa in ihr Brot. Uschis Auskünfte erschienen ihr bis jetzt allesamt ziemlich nutzlos.

»Und mit Sandra war er mal enger«, redete Uschi weiter, »ich glaube, mit Gisela hat er sich auch ganz gut verstanden.«

Um ein Haar hätte Isa sich an ihrem Brot verschluckt. Sie hustete unterdrückt auf und würgte das halb zerkaute Stück herunter. Hatte sie gerade richtig gehört?

»Mit der Rektorin?«

Uschi nickte unbedarft. Im Gegensatz zu Isa schien sie das kein bisschen komisch zu finden.

Isa mochte Wonneberg nicht gekannt haben, aber sie kannte die Rothardt-Knappenhauser. Und es wollte ihr beim besten Willen nicht gelingen, sich eine Freundschaft zwischen den beiden vorzustellen. Ehrlich gesagt hatte sie Schwierigkeiten, sich überhaupt irgendeine Freundschaft zwischen der Rektorin und einem anderen menschlichen Wesen auszumalen.

»Findest du das nicht auch ein bisschen seltsam?«, fragte sie vorsichtig.

Uschi zuckte die Schultern. »Eigentlich nicht. Obwohl … es gab schon Getuschel.«

»Getuschel?« Isas Stimme schnellte unversehens in die Höhe. Sie presste die Lippen aufeinander und bemühte sich um einen arglosen Gesichtsausdruck. »Worüber denn?«

Uschi schien glücklicherweise nichts von ihrer plötzlichen Aufregung zu bemerken. »Dass die beiden was miteinander haben könnten«, erklärte sie ruhig. »Aber meines Erachtens ist das nur böser Tratsch. Du weißt ja, wie das ist. Wenn sich Einzelne gut mit der Vorgesetzten verstehen, kann das beim Rest schon mal zu Unmut führen.«

Isa brachte ein steifes Nicken zustande. Die Rothardt-Knappenhauser und der verstorbene Kollege? Das wäre ja ein Ding. Ein verdammt dickes Ding. Selbst wenn es stimmte, was Uschi sagte, und nichts an dem Gerücht dran war, außer dem Neid mancher Kollegen, machte das ebenjene nicht zu Verdächtigen? Sie wollte gerade weiter nachbohren, als ein gellender Ruf über den Schulhof hallte. »Frau Klein!«

Isa fuhr herum und hätte sich im nächsten Augenblick am liebsten hinter Uschi versteckt.

In einem Fenster im ersten Stock stand die Rothardt-Knappenhauser höchstpersönlich und blickte hoheitlich auf den Hof herab.

Isa kniff die Augen zusammen. »Was hält sie denn da in ihrer Hand? Ist das ein …?«

»Die Wippe ist für die Kinder da!«, ertönte die verzerrte Stimme der Rektorin durch ein Megafon.

Trotzig schob Isa den Unterkiefer vor und nahm ihren Fuß vom Sitz. Die Kinder hatten die Wippe doch längst vergessen. Sie begnügten sich zufrieden mit all den anderen Spielgeräten. Streit gab es so auch keinen. Warum musste die Rothardt-Knappenhauser diese Idylle stören?

Kaum war sie zur Seite getreten, stürmte der kreischende Mob auch schon herbei und balgte sich um die freien Sitzflächen.

Isa stopfte sich den Rest ihres Brotes in den Mund und schob grimmig kauend die Hände in die Hosentaschen.

Kapitel 17

Als Isa am Nachmittag erschöpft die Schule verließ, entwich ihr ein erleichterter Seufzer. Sie nahm einen tiefen Atemzug, hielt für einen Augenblick inne und nahm die Wärme der goldenen Sonnenstrahlen auf ihren geschlossenen Augenlidern wahr. In den Fliederbüschen neben dem Eingang zwitscherten unzählige Spatzen durcheinander. Sie drehte den Kopf und beobachtete ihr aufgeregtes Geflatter, mit dem sie die schweren Blütenköpfe in Schwingung versetzten. Da bemerkte sie hinter den Büschen eine Frau, die am Fahrradschuppen lehnte und ungeniert zu ihr rüberstarrte.

»Wusst ich's doch.« Die Fremde stieß sich von der Schuppenwand ab und kam auf sie zu.

Isa runzelte die Stirn. Um Zeit zu schinden, wechselte sie ihre Hundetasche von einer Schulter auf die andere. Als die Frau aus dem Schatten heraustrat, erkannte Isa, wen sie vor sich hatte. Martinez, die Reporterin des *Schwäbischen Wochenblattes*.

»Frau Klein, welch ein Zufall, Sie hier anzutreffen.«

»Gleichfalls«, entgegnete Isa knapp. Sie würde dieser Begegnung ganz schnell ein Ende setzen. Wenn der Kommissar mitbekam, dass sie mit der Presse redete, gehörte ihre Zusammenarbeit der Vergangenheit an.

»Dabei wissen wir beide, dass Ihre Anwesenheit hier

keineswegs zufällig ist, stimmt's?« Die Reporterin sah sie nun sehr eindringlich an.

Isa spürte, wie ihr die Hitze ins Gesicht stieg. »Keine Ahnung, wovon Sie reden.«

Martinez lachte spitz auf. »Ich bitte Sie. Ist doch offensichtlich, dass Sie und Kommissar Bähr unter einer Decke stecken.«

Isa reckte empört das Kinn. Wie das klang. Als wären sie Verbrecher, die dabei waren, ihren nächsten Coup zu planen.

»Ich weiß wirklich nicht, was Sie meinen.« Sie wandte sich ab und ging mit großen Schritten über den Pfad Richtung Parkplatz. Als sie hinter sich das Knirschen von energischen Schritten im Kies hörte, schoss ihr Blutdruck in die Höhe. Offensichtlich ließ die Journalistin sich nicht so leicht abwimmeln. Verärgert fuhr sie herum. »Verfolgen Sie mich jetzt?«

»Würde ich denn auf etwas Interessantes stoßen, wenn ich es täte?«

Am liebsten hätte Isa dieser Frau ihr wichtigtuerisches Grinsen mit der flachen Hand aus dem Gesicht geklatscht. Stattdessen verzog sie nur hämisch den Mund. »Wenn Sie die Hinterlassenschaften meines Dackels als interessant erachten, dann bestimmt. Mit dem werde ich jetzt nämlich gleich Gassi gehen.« Sie drehte sich um und marschierte weiter.

»Wissen Sie etwas über die Gasexplosion?«, erklang die Stimme der Reporterin dicht hinter ihr. Diese Frau war wirklich lästig. Aber wie hartnäckig sie auch sein mochte, Isa würde keinen Ton über den Fall verlieren. Sie lernte schließlich aus ihren Fehlern.

»Arbeiten Sie in irgendeiner Weise mit dem Kommissar zusammen?«

Sie unterdrückte ein Schnauben. Wenn man Bähr fragte, wohl eher nicht. Vielleicht wäre das eine legitime Antwort? Sie war inzwischen bei ihrem Mazda angelangt und rammte der Journalistin fast die Fahrertür in die Seite, als sie sie ungestüm aufzog.

»Die Polizei kann ein Verbrechen zum jetzigen Zeitpunkt nicht ausschließen. Ist Ihnen etwas über mögliche Verdächtige bekannt? Wird auch im schulischen Kreis ermittelt?« Je mehr Fragen auf sie einprasselten, desto schwerer fiel es Isa, die Frau zu ignorieren.

»Woher soll ich das wissen?«, zischte sie und bemerkte beinahe amüsiert, dass sie fast ein bisschen klang wie der Kommissar, wenn er genug von ihren Fragen hatte. »Letztlich ist doch jeder zu einem Mord fähig, oder nicht?«

Ohne die Reporterin eines weiteren Blickes zu würdigen, stieg sie ein und knallte die Tür zu.

Die nicht enden wollenden Fragen der Journalistin drangen gedämpft durch die geschlossene Scheibe. Isa bugsierte ihre Tasche mitsamt Alfons in den Fußraum des Beifahrersitzes und bedeutete der Reporterin in Zeichensprache, dass sie sie nicht hören konnte. Geistesgegenwärtig drückte sie das Knöpfchen an der Tür, um sie zu verriegeln. Nicht, dass Martinez noch auf dumme Gedanken kam. Dann steckte sie den Zündschlüssel ins Schloss und sandte ihr obligatorisches Stoßgebet zum Himmel. Wenn der Motor sie jetzt hängenließ, würde sie die Mühle höchstpersönlich auf dem Schrottplatz abliefern.

Doch der Mazda sprang beim ersten Startversuch an. Erleichtert umfasste Isa das Lenkrad. »Halleluja.«

Martinez klopfte dreist gegen die Scheibe und Isas Jubel ging in ein Knurren über. Als hätte sie vergessen, dass die Journalistin noch immer neben ihrem Auto lauerte.

Ohne darauf zu reagieren, legte sie den Rückwärtsgang ein und trat aufs Gaspedal. Der Mazda schoss mit quietschenden Reifen aus der Parklücke und Martinez stieß einen grellen Schrei aus. Mit einem beachtlichen Sprung hechtete sie zur Seite.

Als ihre Blicke sich durch die Windschutzscheibe trafen, zeigte die Journalistin anklagend auf ihre Füße. Offensichtlich hatte Isa ihre schicken Treter nur knapp verfehlt.

Ein Jammer aber auch.

Während sie sich ihren Weg durch Reutlingen bahnte, brütete Isa über dem Gedanken, Bähr von der Begegnung mit der Journalistin zu erzählen. Obwohl Karla Kolumna ihr ordentlich auf den Pelz gerückt war, hatte sie kein Sterbenswörtchen über den Fall verloren. Im Grunde hatte die Reporterin nichts in der Hand. Zumindest nicht genug, um daraus einen Artikel zusammenzuschustern. Vielleicht war es also besser, wenn sie Bähr nicht unnötig aufschreckte. Bei ihm konnte man nie wissen, wie er reagierte.

Was sie ihm allerdings nicht vorenthalten würde, war ihre Unterredung mit Uschi. Sie ließ den Mazda an der Ampel im Leerlauf ausrollen und tastete nach ihrem Handy, das Alfons beim Herausklettern aus der Tasche offensichtlich mit herausgestrampelt hatte. Er saß daneben und blickte hechelnd zu ihr hoch.

Schon nach dem ersten Klingeln hob der Kommissar ab. »Bähr.«

»Ich bin's. Wann sind Sie heute zu Hause?«

»Könnte später werden. Ich bin gerade auf dem Weg ins Büro. Wieso?«

»Ich habe ein paar Dinge herausgefunden, die Sie interessieren dürften.«

Die Ampel schaltete auf Grün, aber der Fahrer vor ihr machte keine Anstalten zu fahren. Mit geballter Faust ließ sie die Hupe ihres Mazdas aufquäken.

»Telefonieren Sie etwa beim Fahren?«

»Hab 'ne Freisprecheinrichtung«, log sie. Es hatte keinen Sinn, mit einem Erbsenzähler wie ihm zu diskutieren.

»Ach ja?«

Hatte Bähr ihr überhaupt zugehört? Isa sprach von interessanten Neuigkeiten, und er machte sich Sorgen, ob sie sich an die Straßenverkehrsordnung hielt. Sie stöhnte unterdrückt auf.

Als links von ihr ein zweifaches knappes Hupen ertönte, drehte sie gedankenverloren den Kopf und hätte um ein Haar das Handy fallen lassen. Im schwarzen Audi nebenan saß Bähr und schürzte verächtlich die Lippen.

»Verhaften Sie mich jetzt?«, frotzelte sie ins Telefon, nachdem sie den ersten Schrecken überwunden hatte.

Statt einer Antwort legte er einfach auf.

»Unverschämt.«

Bevor sie ihm durch das Seitenfenster mit eindeutiger Geste zu verstehen geben konnte, was sie davon hielt, brauste Bähr davon.

Sie warf das Handy auf den Beifahrersitz und drückte ebenfalls aufs Gas. Aber anscheinend hatte sie vergessen, dass sie noch im Leerlauf war. Der Motor heulte bloß gequält auf. Hinter ihr hupte ein Auto. Schnell schaltete sie in den ersten Gang, gab abermals Gas, ließ aber in der Hektik die Kupplung zu schnell kommen. Ihr Mazda machte einen Satz nach vorn, dann erstarb der Motor gluckernd. Unterdessen schwoll das Hupkonzert hinter ihr zu ohrenbetäubendem Lärm an und vermischte sich mit Alfons' gequältem Winseln.

Sie blickte resigniert unter ihren Ponyfransen hervor und schnaubte leise. Dieser verdammte Bähr schaffte es immer wieder, sie aus dem Konzept zu bringen.

Kapitel 18

Am Abend stand Isa summend am Herd und ließ gefrorene Erbsen in eine Pfanne kullern, in der soeben ein Stück Butter zerschmolz wie eine Eisscholle im Karibischen Meer. Der Ofen brummte gleichmäßig vor sich hin und verströmte den heimeligen Duft von auftauenden Kartoffelpuffern.

Schräg hinter ihr lag Alfons eingerollt in seinem Körbchen, den Kopf unter das linke Hinterbein geschoben, und schnarchte leise. Der gemeinsame Spaziergang hatte ihnen beiden gutgetan.

Zufrieden mit sich selbst, ließ sie den Pfannenwender durch die Erbsen pflügen, als es an der Haustür klopfte. Sie runzelte die Stirn und sah auf die Uhr. Vielleicht war es der Kommissar? Aber der hatte vorhin am Telefon erklärt, dass er auf dem Weg ins Kommissariat war. Außerdem würde Bähr nicht klopfen, sondern seinen Schlüssel benutzen und auf leisen Sohlen nach oben verschwinden.

Das Klopfen potenzierte sich zu einem Hämmern und ließ sich nicht länger ignorieren. Isa stellte den Herd zwei Stufen niedriger und überließ die Erbsen sich selbst. Schon bevor sie die Haustür aufzog, wusste sie, wer davorstand. Renates Lockenturm baute sich hinter dem kleinen Sichtfenster auf, das ins Holz eingelassen war.

»Hallihallo!« Sie machte Anstalten, Isa an sich zu drücken. Aber die schlurfte schon wieder in die Küche zurück.

»Na, das nenn ich mal 'ne Begrüßung.«

Alfons hüpfte verschlafen aus seinem Körbchen und lief Renate schwanzwedelnd entgegen. »Wenigstens einer hier weiß, was sich gehört«, hörte Isa Renate hinter sich maulen.

»Was verschafft mir die Ehre deines Besuchs?«, fragte sie lakonisch. Sie hatte sich auf einen ruhigen Abend auf dem Sofa eingestellt.

»Ich wollte mal fragen, wie es so läuft an der Hermann-Hesse.«

Isa ließ den Pfannenwender los und drehte sich zu ihrer Freundin um. »Dir ist schon bewusst, dass wir uns morgen in der Schule sehen und für Donnerstagabend zum Schnulzengucken verabredet sind?« Eine gemeinsame Leidenschaft der beiden, die sich irgendwann zu einer festen Gewohnheit entwickelt hatte.

»Freust du dich denn gar nicht, mich zu sehen?«

»Doch«, sagte Isa langgezogen und zog die Mundwinkel hoch.

Renate schnalzte ungläubig mit der Zunge.

»Willst du auch was?« Isa deutete auf die Pfanne und war insgeheim froh, als Renate ablehnte. Nach dem ausgedehnten Spaziergang mit Alfons hatte sie einen Bärenhunger. Sie ließ die Erbsen auf einen Teller kullern und stapelte zwei Kartoffelpuffer daneben. Die restlichen Reibekuchen ließ sie im Ofen und drehte die Temperatur herunter. Anschließend holte sie eine Flasche Ketchup aus dem Kühlschrank und verteilte die rote Soße großzügig über ihrem Essen.

»Na dann, guten Appetit«, murmelte Renate mit sarkastischem Unterton und verzog angeekelt den Mund. »Du könntest dir genauso gut eine Tasse Zucker drüberstreuen.«

»Fängst du jetzt auch noch an?« Es reichte doch wohl,

dass ihre Mutter sich dauernd über ihre Essgewohnheiten mokierte.

Sie ließ sich auf einen der Holzstühle fallen und zwickte mit ihrer Gabel einen Teil des Kartoffelpuffers ab. Mit dem Daumen schob sie noch ein paar Erbsen dazu und leckte den Ketchup ab, der an ihrem Finger hängen geblieben war.

»Was gibt's Neues von deinem … ich meine … vom Kommissar?«, fragte Renate, während sie behäbig auf die Sitzbank rutschte. Isa hatte warnend die Augenbrauen erhoben und ließ sie jetzt wieder sinken. Da hatte ihre Freundin gerade nochmal die Kurve gekriegt. Offensichtlich war langsam angekommen, dass sie es nicht mochte, wenn man Bähr als *ihren* Kommissar bezeichnete.

»Ich bekomm ihn kaum zu Gesicht«, nuschelte sie mit vollem Mund.

Renate zog eine mitleidige Schnute. »Wie schade aber auch.«

Isa nickte. Als sie ihren Fehler bemerkte, machte sie schmale Augen. »Sehr witzig.«

»Wie lange wird er denn bei dir wohnen?«

Sie zuckte mit den Schultern. »Schätze, bis der Fall gelöst ist.«

»Ich wusste es!«, rief Renate und klatschte in die Hände.

Isa sah überrascht von ihrem Teller auf. Erst als sie in Renates triumphierende Miene blickte, wurde ihr klar, was sie da gesagt hatte.

»Die Explosion war also tatsächlich kein Unfall?«, kam die Freundin jeder Ausflucht zuvor.

Kurz überlegte Isa, ob sie alles abstreiten sollte. Aber Renate hatte von Anfang an geahnt, weshalb sie sich wirklich für die Abordnung gemeldet hatte. Und es würde nicht lange dauern, bis auch der Rest ihres Grimminger Kollegiums es herausfand. Schließlich wurde selbst in den Medien die anfängliche Unfalltheorie zunehmend angezweifelt. So lange die Kollegen der Hermann-Hesse-Schule sie nicht für eine Verbündete des Kommissars hielten, waren ihre verdeckten Ermittlungen nicht in Gefahr, befand sie.

»Sieht ganz danach aus«, gestand sie deshalb.

Renate lehnte sich verschwörerisch zu ihr rüber und senkte unnötigerweise die Stimme. »Im Dorf wird gemunkelt, dass es Selbstmord gewesen sein könnte.«

»Wohl kaum. Jemand hatte es auf ihn abgesehen. Hat sein Haus mit Eiern beworfen und seine Fahrradreifen aufgeschlitzt.« Im selben Moment wurde ihr klar, dass sie das gar nicht hätte verraten dürfen. »Das darfst du aber niemandem erzählen!«, schob sie schnell hinterher. Glücklicherweise konnte Renate Geheimnisse für sich behalten.

Die riss nun erschrocken die Augen auf. »Vielleicht hat ihn das ja in den Selbstmord getrieben.«

Isa wollte schon widersprechen, doch sie stockte. So weit hergeholt ihr diese Theorie auch erschien … durfte man sie als gute Ermittlerin von vornherein ausschließen?

Grübelnd zupfte sie an ihrer Lippe herum. »Möglich wär's. Er könnte den Gasschlauch selbst manipuliert und dann das Licht angeschaltet haben. Bumm!« Zur Untermalung ließ sie ihre Faust auf die Tischplatte niederdonnern. Die Erbsen auf ihrem Teller sprangen wie Popcorn in die Höhe.

»Hast du denn schon irgendwas über den Toten herausfinden können? War er zu Lebzeiten unglücklich? Hatte er Schulden oder was auf dem Kerbholz?«

Isa zuckte mit den Schultern. »Nicht, dass ich wüsste. Aber anscheinend haben ein paar Kollegen das Gerücht gestreut, dass er eine Affäre mit der Schulrektorin hatte, die nebenbei bemerkt eine ziemliche Furie ist.«

»Oh nein!«

»Oh doch! Gleich am ersten Tag hat sie mich angemotzt, nur weil ich ein kleines bisschen zu spät gekommen bin.« Mit Daumen und Zeigefinger demonstrierte sie, wie verschwindend gering ihr Verzug gewesen war.

»Das meinte ich nicht.« Renate schüttelte den Kopf. »Du fängst schon wieder an, Personen zu verdächtigen, die du nicht magst. Wir wissen beide, wie das beim letzten Mal geendet hat. Liebknecht redet bis heute nicht mit dir.«

Isa schluckte verärgert die halb zerkauten Erbsen herunter. Sie konnte die alte Leier nicht mehr hören. Nur weil sie ein einziges Mal einen Fehler begangen hatte. Wie lange sollte sie dafür noch zu Kreuze kriechen?

»Ich hab mir das doch nicht ausgedacht. Eine Kollegin hat mir davon erzählt. Ich erwähne das nur, weil mögliche Neider eben auch potenzielle Verdächtige sind. Oder, falls wirklich etwas an dem Affärengerücht dran sein sollte, die Rektorin ein Motiv haben könnte.«

»Darüber lässt sich möglicherweise mehr rausfinden.«

»Und wie?«

Renate wackelte verheißungsvoll mit den Augenbrauen.

Kurz darauf steckten sie die Köpfe zusammen und starrten in den aufgeklappten Bildschirm von Isas Laptop. Zuerst hatten sie Renates Handy für die Recherche nehmen wollen, weil es keine Onlineplattform zu geben schien, auf der sie nicht registriert war. Aber die Freundin hatte ihre Lesebrille nicht dabei und aus unerfindlichen Gründen wollte sie ihr Smartphone nicht Isa überlassen.

Auf Facebook hatten sie keinen Erfolg. Dort schien Wonneberg entweder kein Profil zu haben, oder er hatte sich mit anderem Namen angemeldet. Dafür landeten sie auf Instagram einen Treffer.

Insgeheim war es Isa ein bisschen peinlich, dass sie bisher nicht selbst auf die Idee gekommen war, Wonnebergs Social-Media-Profile zu durchforsten.

»Seit wann hast du einen Instagram-Account?«, nuschelte sie an Renate gewandt, das Kinn auf die linke Hand gestützt.

»Schon eine Weile. Man muss doch mit der Zeit gehen.«

»Willst du damit sagen, dass ich altmodisch bin?«

Renate winkte ab. »Guck mal.« Sie tippte auf den Bildschirm. »Sein Instagram-Profil ist öffentlich.«

Isa durchschaute das Ablenkungsmanöver zwar, sah aber großzügig darüber hinweg. Es gab Wichtigeres zu besprechen.

»Wie es aussieht, hat er es bis zu seinem Tod rege genutzt«, bemerkte sie, während sie Wonnebergs Bilder betrachtete, die säuberlich angeordnet wie Memorykarten auf dem Display erschienen. Er schien einer von diesen Typen gewesen zu sein, die glaubten, dass die Welt nur darauf wartete zu erfahren, was sie zum Frühstück gegessen hatten und wann sie aufs Klo gingen.

»Offensichtlich war er 'ne ziemliche Sportskanone«, bemerkte Renate und klickte ein Bild an, auf dem er lächerlich enge Radlerhosen trug und mit schweißglänzender Stirn in die Kamera grinste.

Isa deutete auf zwei Rennräder, die im Hintergrund an einer Wand lehnten. »Wem wohl das andere gehört?«

Sie sahen sich vielsagend an.

»Scroll mal hoch«, forderte Isa ihre Freundin auf.

Ein Bild zeigte den Lehrer freudestrahlend und umringt von durchtrainierten Männern in Sportshirts vor einem Gipfelkreuz. Auf einem anderen schien er zu kochen. Stolz hielt er einen Schöpflöffel vor die Linse, im Hintergrund dampfte ein Topf auf dem Herd.

»Wie steht deine Rektorin zu Tattoos?«

Isa zog die Brauen zusammen. »Keine Ahnung, wieso?«

»Schau mal hier im Hintergrund.« Renate wies auf eine unbedeckte Schulter am linken Bildrand. Ein filigraner Schriftzug war in die Haut eintätowiert. Wie es schien, hatte Wonneberg nicht für sich allein gekocht.

»Interessant.«

Renate scrollte weiter nach oben. Aber Isa war in Gedanken noch immer bei dem Kochbild. Wer war die mysteriöse Frau in Wonnebergs Küche? Vielleicht eine verschmähte Verehrerin? Doch wohl kaum die Rektorin. Ein Schultertattoo wollte in Isas Vorstellung einfach nicht zur strengen Rothardt-Knappenhauser passen.

Aber vielleicht zu jemandem wie Esma?

Sie vergrub die Zähne in ihrer Unterlippe. Hatte Wonneberg etwa für seine minderjährige Schülerin gekocht? Aber abgesehen von der Verwerflichkeit, sich mit einem Mädchen in Esmas Alter einzulassen, wäre es auch selten blöd von Wonneberg gewesen, ein Bild davon hochzuladen. So eine Tätowierung war schließlich ein Erkennungszeichen. Esmas Mitschüler wären über kurz oder lang darauf aufmerksam geworden und hätten sicher nicht geschwiegen.

Sie war so in Gedanken, dass sie erst gar nicht mitbekam, wie Renate auf ein anderes Foto deutete. Die Freundin stieß sie mit dem Ellbogen an, und Isa verscheuchte die Vorstellung von Wonneberg und Esma mit einem Kopfschütteln.

Renate deutete auf ein Bild von einer Frau mit kurzen blonden Locken in einem hautengen schwarzen Kleid. Sie schien vor Wonneberg herzulaufen, der zur Kamera gewandt stand und nur mit halbem Gesicht zu sehen war. Sein Arm ragte unnatürlich lang ins Bild hinein – offensichtlich ein Selfie.

»Kein Schriftzug auf der Schulter«, stellte Renate fest.

Isa zog die Brauen zusammen. Dann sah sie es auch. Die Schultern der Blondine waren unbedeckt und eindeutig tattoofrei.

»Das kann zwei Dinge bedeuten«, bemerkte sie. »Entweder hat diese Frau sich den Schriftzug erst später stechen lassen, oder es handelt sich um zwei verschiedene Frauen.«

»Wenn man von der Anordnung der Bilder ausgeht, müsste dieses Foto nach dem Kochbild entstanden sein. Was bedeuten würde, dass es sich um zwei verschiedene Frauen handelt«, stellte Renate fest.

Isa nickte langsam. »Andererseits wissen wir ja nicht, ob Wonneberg seine Bilder in chronologischer Reihenfolge hochgeladen hat.« Nachdenklich kaute sie auf der Innenseite ihrer Wange herum.

»So oder so schließen seine Postings die Selbstmordtheorie wohl eher aus.«

»Wieso?« Renate sah sie mit gerunzelter Stirn an.

»Na ja, mal ehrlich«, Isa wies mit dem Kinn Richtung Bildschirm. »Wirkt dieser Kerl auf dich wie einer, der nicht mehr leben will?«

Renate schüttelte den Kopf. »Aber man kann ja nicht in die Menschen hineinsehen«, gab sie zu bedenken. Plötzlich schnippte sie mit dem Finger. Sie schien einen Einfall zu haben. »Deine Theorie, dass ein ambitionierter Kollege den Konkurrenten aus dem Weg geräumt haben könnte, ist damit auch eher hinfällig.«

Isa schob das Kinn vor. »Warum?«

»Wir haben hier kein einziges Bild von deiner Rektorin gefunden. Wenn die beiden wirklich so eng waren, dass andere sich benachteiligt gefühlt haben, müsste man das doch online an seinen Bildern sehen«, stellte Renate fest.

»Das würde ich nicht sagen«, widersprach Isa nachdenklich. »Wenn es wirklich eine Affäre gab oder vielleicht auch nur eine enge Freundschaft, wollte die Rothardt-Kackbratze es sicher nicht an die große Glocke hängen, um böses Blut zu vermeiden. Vielleicht hat sie Wonneberg untersagt, irgendwelche gemeinsamen Bilder zu posten.«

»Rothardt-Wer?«

Isa winkte ab. »Die Rektorin.«

Kapitel 19

Als Isa am Mittwochmittag mit Verspätung auf den Lehrerparkplatz der Hermann-Hesse-Schule fuhr, hoffte sie, dass Esma noch auf sie wartete. Dank Alfons' Harndrang und ihrem eigenen knurrenden Magen hatten sie zwei unfreiwillige Zwischenstopps auf der Fahrt hierher einlegen müssen.

Schluderig parkte sie ihr Auto schräg über zwei Parkplätzen und stieg aus. Zu ihrer Erleichterung entdeckte sie Esma schon von Weitem vor dem Hauptgebäude.

»Wow!«, rief sie im Näherkommen. Der Trauerteppich schien sich mit jedem Tag weiter auszudehnen.

Esma hatte an einer kitschigen Herzkarte herumgenestelt, die an einem kleinen Plüschtier befestigt war. Jetzt stand sie auf und drehte sich mit einem verhaltenen Lächeln zu Isa um.

»Hast du das angestoßen?« Isa zeigte auf die zahlreichen Mitleidsbekundungen.

Das Mädchen schüttelte den Kopf. »Die Psychologen. Damit wir einen Ort zum Trauern haben, oder so. Aber wir machen trotzdem unser eigenes Ding.«

»Ach ja?« Isa zog fragend die Brauen hoch. »Was denn?«

»So 'ne Art Trauerfeier.« Esma zögerte. Sie schien zu überlegen, wie viel sie ihrer Lehrerin erzählen sollte. »Wir schreiben auf, was wir Herrn Wonneberg noch sagen wollen. Dann verbrennen wir die Botschaften und streuen die Asche in den Kaibach.«

Isa schob beeindruckt die Unterlippe vor. »Hätte nicht erwartet, dass Frau Rothardt-Knappenhauser ein offenes Feuer erlaubt.«

Esma schnaubte. »Wir machen das nicht hier. Der Kaibach fließt an meinem Haus vorbei. Am Donnerstagabend muss meine Mutter arbeiten, dann haben wir den Garten für uns.« Ihr Blick huschte an Isa vorbei und ein strahlendes Lächeln erhellte ihr Gesicht. Isa wandte sich verwundert um und entdeckte Alfons, der beim Fahrradschuppen herumstromerte. Ungeniert hob er ein Beinchen und wässerte den Reifen eines Mountainbikes.

Esma ging in die Hocke und schnalzte mit der Zunge. Der Dackel riss den Kopf herum, sodass seine Ohren wie Tragflächen durch die Luft schnitten. Dann galoppierte er mit heraushängender Zunge auf sie zu.

Schmunzelnd beobachtete Isa, wie der Hund auf Esmas Schoß sprang und an ihr emporkletterte, um mit der Zunge ihr Gesicht zu erreichen. Das Mädchen bog den Oberkörper zurück und stieß ein ausgelassenes Quietschen aus. Ganz offensichtlich schien sie zu vergessen, dass Jugendliche so etwas aus Coolnessgründen eigentlich nicht taten.

Sie beschloss, die Ablenkung des Mädchens zu nutzen, und beugte sich zu Esmas Herzkarte hinunter.

»I miss you«, stand da. Isa runzelte die Stirn. Die Worte erschienen ihr seltsam intim. Vielleicht lag es an der Sprache. Ich vermisse *Sie*, würde gleich viel weniger innig klingen. Trotzdem … Sie blickte zu Esma rüber, die ein kleines Stöckchen gefunden hatte und spielerisch mit Alfons darum rangelte. Wenn der kleine Racker sich weiter so ins

Zeug legte, behinderte er ihre Ermittlungen mehr, als dass er ihnen nützte.

»Mann«, machte Isa brummend auf sich aufmerksam, »wenn ich mal sterbe, kann ich so was wohl nicht erwarten.«

Die Jugendliche sah sie an und lächelte unsicher. Sie schien nicht zu wissen, was sie dazu sagen sollte.

»Er scheint ein besonderer Mensch gewesen zu sein«, half Isa ihr auf die Sprünge.

Esma öffnete den Mund, doch bevor sie antworten konnte, schwang die Schultür auf und Ben kam breitbeinig herausmarschiert. Als er Isa bemerkte, zögerte er kaum merklich, doch sogleich hatte er sich wieder im Griff und ging scheinbar gelassen weiter.

»Wir haben in der Mensa auf dich gewartet«, rief er an Esma gewandt. In seiner Stimme schwang ein vorwurfsvoller Unterton mit.

»Hatte keinen Hunger«, murmelte Esma. Sie stand auf und verschränkte die Arme vor der Brust.

»Übertreib mal nicht so mit deiner Trauernummer«, blaffte der Junge sie an. Isa konnte sehen, wie sich auf seinem Hals rote Flecken bildeten.

»Nur, weil du ihn nicht leiden konntest, brauchst du nicht von allen anderen erwarten, dass sie genauso gefühlskalt sind wie du«, zischte Esma.

Ben stieß ein zynisches Lachen aus. Sein Gesicht verzog sich zu einer hasserfüllten Grimasse.

»Weißt du, wie krank das ist, auf seinen toten Lehrer zu stehen?« Seine Stimme war nur noch ein Fauchen. »Wie läuft das so? Kommt er dich nachts als Zombie in deinen Träumen besuchen?« Er tippte sich mit dem Zeigefinger an die Stirn. »Du bist so abartig, Mädchen.« Als wäre das noch nicht genug, legte er sich eine Hand auf den Bauch und ahmte Würgegeräusche nach.

»Das reicht jetzt«, mischte Isa sich ein.

»Leck mich!«, zischte Esma im gleichen Moment und zeigte ihm den Mittelfinger.

Ben schlug nach ihrer Hand.

»Hey!« Reflexartig stellte Isa sich zwischen die beiden. »Ich würde vorschlagen, ihr geht euch künftig aus dem Weg.«

Ben machte eine seltsame Geste mit seinem Arm, die Isa nicht kannte, aber von der sie sicher war, dass sie etwas Obszönes bedeutete. Dann wandte er sich ab und schlenderte betont langsam davon. Sie sahen ihm nach, bis er im Inneren des Schulgebäudes verschwunden war. Dann warf sie Esma einen Seitenblick zu. Sie glaubte, ein feuchtes Glitzern in ihren Augenwinkeln zu entdecken.

»Keine Ahnung, was ich an dem gefunden habe.«

»Ihr wart mal ein Paar?« Natürlich war Isa nicht blöd. Sie hatte ja geahnt, dass Ben auf Esma stand. Sie war sich nur nicht sicher gewesen, ob das auf Gegenseitigkeit beruhte.

»Ist er auch so gewesen, als ihr noch zusammen wart?«, fragte sie vorsichtig.

Esma seufzte. »Anfangs nicht. Aber ich schätze, irgendwann zeigt jeder sein wahres Gesicht.«

»Allerdings«, schnaubte Isa.

Es wunderte sie nicht, dass Ben bei Esma abgemeldet war. Das Mädchen wirkte auf sie wesentlich reifer als die meisten Neuntklässlerinnen. Wahrscheinlich hatte Ben selbst irgendwann gemerkt, dass er nicht mit ihr mithalten konnte. Das würde zumindest seine latente Aggressivität dem Mädchen gegenüber erklären.

Isa spann den Gedanken weiter. »Ist er dir gegenüber mal handgreiflich geworden?«

Esma schüttelte den Kopf. »Das nicht. Aber wenn er besoffen war, hat er mich manchmal beschimpft, oder mir unterstellt, dass ich ihn betrügen würde. Da war er mir bekifft noch lieber.«

Isa hob die Brauen. Dieser Kerl war ja ein echter Hauptgewinn.

Esma beugte sich wieder zu Alfons runter und kraulte ihn gedankenverloren hinter den Ohren. Verstohlen musterte Isa die Jugendliche. Ihre glänzenden langen Haare, die großen braunen Augen mit den dichten Wimpern, ihre hohen Wangenknochen. Sie war außergewöhnlich hübsch und noch dazu offensichtlich nicht auf den Kopf gefallen.

In ihrem Inneren meldete sich ein Kribbeln. Mittlerweile hatte sie keinen Zweifel mehr daran, dass Bens Eifersucht der Grund für seinen Hass auf Wonneberg war.

»Hast du dich deswegen von ihm getrennt?«, fragte sie vorsichtig.

Esma blinzelte und wich ihrem Blick aus. Es war nicht zu übersehen, dass ihr die Frage unangenehm war. »Da gab es viele Gründe«, antwortete sie ausweichend.

Am liebsten hätte Isa gefragt, ob Wonneberg einer davon war, aber das konnte sie natürlich nicht. Sie musste sich sachte an dieses Thema heranpirschen. Wenn Esma merkte, dass sie genau darauf hinauswollte, würde sie dieses Gespräch ganz sicher abbrechen.

»Gibt es jemanden, mit dem du über die Situation sprechen kannst?«

»Sie meinen, über die Situation mit Ben?«

Isa nickte. »Dass er dich so angeht, ist nicht in Ordnung,

egal, was zwischen euch gewesen ist. Du solltest dir Hilfe suchen. Es gibt Vertrauenslehrer an der Schule, die …«

Esmas Blick schnellte zu ihr nach oben, und Isa stockte.

»Tut mir leid, das war unsensibel von mir«, murmelte sie. Sie schämte sich, auf diese Weise zu versuchen, an Informationen zu kommen. Aber hier ging es um Mord. Ein Mensch war gestorben, und wenn ihre Taktik zu Hinweisen führte, fand sie, dass der Zweck die Mittel heiligte.

Esmas Gesichtsfarbe war unter dem Make-up ein kleines bisschen dunkler geworden, und Isa merkte, dass sie aufgehört hatte, Alfons zu streicheln. Ihre Hand lag bewegungslos auf seinem Rücken, während sie an ihm vorbei ins Leere starrte. Der Dackel drehte verwundert den Kopf nach hinten und schien sich zu fragen, weshalb die Finger mit dem Kraulen aufgehört hatten.

»Schon okay«, murmelte Esma schließlich. Ihre Stimme klang, als müsste sie sich räuspern.

»Konntest du mit Wonneberg über Ben reden?«, fragte Isa sanft.

Die Jugendliche drehte den Kopf zur Seite und zog die Nase hoch. Gleich würde sie in Tränen ausbrechen. Isa fühlte sich furchtbar. Sie ging in die Hocke und klappte Alfons' Ohr zurück, das ihm seit einem kräftigen Schütteln schräg über dem Köpfchen gelegen hatte. Vorsichtig linste sie zu Esma hinüber und versuchte abzuwägen, wie weit sie gehen konnte.

Als Esmas Lehrerin war sie wahrscheinlich schon zu weit gegangen. Als jemand, der einen Mordfall lösen wollte, nicht weit genug. Sie ermahnte sich in Gedanken, die Fassung zu bewahren. Sie war nicht extra hergefahren, um das Gespräch auf halber Strecke abzubrechen und mit leeren Händen heimzukehren. Wenn Esma Wonneberg so gemocht hatte, wie es den Anschein machte, dann war es sicher auch in ihrem Interesse, dass sein Mörder gefunden wurde.

»Mit ihm konnte ich über alles reden«, hörte sie Esma tonlos sagen.

»Das ist gut, ich …«

Esma schien sie gar nicht zu hören. Sie redete einfach weiter. »Er hat sich immer Zeit genommen und meine Probleme nie kleingemacht, so wie Erwachsene das oft tun.«

Endlich sah das Mädchen Isa an. Die aufsteigenden Tränen waren versiegt und ein trotziger Ausdruck war in Esmas Augen getreten.

Isa nickte bedächtig. »Habt ihr euch auch mal außerhalb der Schule getroffen, um zu reden?«

Esma zuckte die Schultern und nickte gleichzeitig. »Manchmal!«

»Hat er das auch mit anderen Schülerinnen gemacht?«

Abrupt löste Esma die Augen von Alfons, den sie gedankenverloren gestreichelt hatte. Ihr Blick traf Isa stechend scharf.

»Keine Ahnung … Ich muss jetzt los.«

Ehe Isa noch etwas sagen konnte, stemmte Esma sich vom Boden hoch.

Isa beeilte sich, ebenfalls aus ihrer Hockposition in einen aufrechten Stand zu kommen. Ihre Knie gaben ein fieses Knacken von sich.

»Alles klar«, sagte sie und bemühte sich um ein unverfängliches Lächeln.

Esma wandte sich mit einem knappen Winken ab und lief über den kurz geschnittenen Rasen in Richtung Turnhalle davon.

Ohne bewusst etwas zu sehen, blickte Isa ihr nach. In ihrem Kopf ratterten die Gedanken durcheinander.

Esma und Wonneberg hatten sich also privat getroffen. Letztlich kein Verbrechen und auch noch lange kein Hinweis darauf, dass zwischen den beiden etwas gelaufen war. Für Ben könnte es trotzdem der Anlass für seine Eifersucht gewesen sein, die er vorhin eindrücklich demonstriert hatte. Sie fragte sich, ob ihm egal war, dass er sich mit seiner offen gezeigten Abneigung Wonneberg gegenüber verdächtig machte oder ob er einfach nicht so weit dachte.

Im Geiste hing sie bereits am Telefon, um den Kommissar über ihre neusten Erkenntnisse ins Bild zu setzen.

»Komm, Alfi!« Sie schnalzte mit der Zunge und setzte sich in Bewegung.

Noch bevor sie ihren Mazda erreicht hatte, zog sie das Handy aus der hinteren Hosentasche und wählte die Nummer des Kommissars. Sie lauschte dem Freizeichen und malte sich voller Vorfreude aus, wie er gleich reagieren würde, wenn sie ihm Bericht erstattete. Ein Jammer, dass sie sein Gesicht nicht sehen konnte.

Doch statt Bähr meldete sich nur die unpersönliche Roboterstimme seiner Mailbox. Frustriert legte sie auf. So würden sie in diesem Fall nie vorankommen. Sie hatte es satt, ihm ständig erfolglos hinterherzutelefonieren oder darauf zu warten, dass sie ihn persönlich antraf. Immerhin trug sie mit ihren Nachforschungen dazu bei, den Fall zu lösen.

Seufzend hob sie Alfons in den Fußraum der Beifahrerseite und stieg selbst ein. Ihr blieb wohl nichts anderes übrig, als Bähr heute Abend abzupassen, wenn er heimkam.

»Es sei denn …« Mit ihrer Zunge erzeugte sie einen schnalzenden Ton. Was sprach eigentlich dagegen, ihm einen kurzen Besuch im Kommissariat abzustatten, wo sie sowieso in der Stadt war? Es machte genau genommen kaum einen Unterschied, ob sie am Telefon mit ihm sprach oder persönlich. Obwohl, wenn sie so darüber nachdachte, die Aussicht, sein Gesicht live und in Farbe vor sich zu haben, während sie ihm ihre neuesten Eindrücke unter die Nase rieb, war doch etwas ganz anderes.

Isa parkte ihr Auto seitlich im Schatten vor dem Kreissparkassengebäude und spähte durch die Windschutzscheibe zum rötlichen Backsteinhaus hinüber, das nicht recht zu ihrer Vorstellung eines Kommissariats passen wollte. Aber dank einer kurzen Internetrecherche wusste sie, dass das alte Gebäude mit einem wesentlich moderneren Bau verwachsen war.

»Du bleibst brav hier«, sagte sie an Alfons gewandt, ohne ihn anzusehen. Er hatte sich auf der Fußmatte zusammengerollt und gab ein schläfriges Grunzen von sich. Sie lehnte sich über den Sitz und kurbelte das Fenster herunter. Ihres war von der Herfahrt noch offen, sodass ein angenehmer Durchzug entstand und der Dackel in ihrer kurzen Abwesenheit keinen Hitzschlag erleiden würde.

»Es dauert nicht lang«, murmelte sie und stieß die Fahrertür auf.

Während sie auf das Gebäude zumarschierte, legte sie sich im Geiste zurecht, wie sie vorgehen wollte. Wahrscheinlich gab es eine Art Rezeption oder Anmeldung oder wie man das auf einem Polizeirevier auch immer nannte. Es war wohl das Beste, zu behaupten, einen Termin mit Bähr zu haben, sonst ließ man sie bestimmt nicht durch.

Gedankenverloren blickte sie vom Gehweg auf und blieb

wie angewurzelt stehen. Auf der anderen Straßenseite stand Bähr und sprach mit einer langbeinigen Frau.

Isa presste sich an die Mauer des Kreissparkassengebäudes und spähte hinüber. Bähr machte immer so ein großes Geheimnis aus seinem Privatleben, dass Isa automatisch davon ausgegangen war, dass er schlichtweg keines hatte. In ihrer Vorstellung saß er rund um die Uhr am Schreibtisch und verließ seinen Posten höchstens um zu joggen oder zu schlafen. Wie man sich doch irren konnte.

Während sie noch überlegte, ob sie einfach heimfahren sollte, bog ein Geldtransporter in die Straße ein und versperrte ihr die Sicht. Der Beifahrer sprang aus dem Fahrzeug und lief, ohne Notiz von Isa zu nehmen, an ihr vorbei.

Als er im Inneren der Bank verschwunden war, huschte sie zum Heck des Transporters und linste erneut zur anderen Straßenseite hinüber. Von hier aus hatte sie eine gute Sicht auf Bähr und seine Freundin. Es machte den Anschein, als wollten die beiden sich gerade verabschieden. Die Frau breitete ihre Arme aus, und er erwiderte die Umarmung. Isa konnte sehen, wie Bährs Lippen sich bewegten, woraufhin seine Freundin in helles Gelächter ausbrach. Isa äffte sie lautlos nach. Die Maskerade nahm ihr doch kein Mensch ab. Sie wusste aus persönlicher Erfahrung, dass Bähr nicht witzig war.

»Kann ich Ihnen helfen?«

Erschrocken fuhr sie herum. Vor ihr stand der Mann vom Geldtransporter und musterte sie mit unverhohlenem Misstrauen.

»Ähm … also, ähm …«, stotterte sie und rückte demonstrativ von dem Kleinbus ab. »Ich wollte nur sehen, ob die Straße frei ist. Hab nicht vor, Sie zu überfallen oder so.«

Der Mann hob die Brauen, und Isa unterdrückte ein Stöhnen. Vor einem Geldtransportfahrer übers Ausrauben zu sprechen, war ungefähr so clever, wie im Flugzeug »Bombe!« zu rufen.

Ohne sie aus den Augen zu lassen, wanderte die Hand des Wachmanns zum Funkgerät, das an seiner Schulter klemmte.

»Bitte nicht!« Isa hob erschrocken die Hände. »Ich … ich, wirklich, ich hab nichts Böses im Sinn.« Sie brachte ein nervöses Lächeln zustande. »Bin schon weg.«

Kapitel 20

Natürlich hatten Bähr und seine Freundin sie längst entdeckt. Sie konnte ihre irritierten Blicke auf sich spüren, noch bevor sie den Kopf hob.

»So ein Zufall!«, rief sie und zwang sich zu einem Lächeln, während sie die Straße überquerte.

Bährs Gesichtsausdruck ließ keinen Zweifel daran, dass er ihr das nicht ein kleines bisschen abnahm. »Mit dieser Art von Zufällen umgeben Sie sich verdächtig oft«, sagte er anstelle einer Begrüßung.

»Tja.« Sie zuckte mit den Schultern und wich dem Blick von Bährs Freundin aus, der neugierig zwischen ihr und dem Kommissar hin und her huschte. Fieberhaft überlegte sie, was sie sagen könnte, um die peinliche Stille zu übergehen, da schnellte die Hand der Fremden vor.

»Alma Winter.«

Ein wenig verdattert ergriff Isa die Hand und erwiderte das Schütteln.

»Isa Klein.« Sie wies mit dem Kinn auf Bähr. »Seine Vermieterin.«

»Endlich lern ich Sie mal kennen.« Die Frau mit den Modelbeinen und dem Puppengesicht lächelte herzlich. Bähr hatte seiner Freundin also von ihr erzählt. Sie wollte lieber nicht wissen, worum es im Detail gegangen war.

»Ich hatte Sie mir ehrlich gesagt viel älter vorgestellt.«

»Tatsächlich?«, zischte Isa süßlich grinsend, bevor sie dem Kommissar einen bösen Blick zuwarf.

Täuschte sie sich, oder hatte Bährs Gesichtsfarbe einen rötlichen Schimmer angenommen? Das hatte sie bei ihm ja noch nie gesehen. Wenn sie es nicht besser wüsste, würde sie beinahe glauben, er wäre verlegen.

»Oh Gott, das kam jetzt falsch rüber«, rief Alma lachend. »Ich meine nur, weil es ein bisschen ungewöhnlich ist, dass Sie so weit draußen wohnen, ohne Mann in diesem großen Haus …« Sie biss sich auf die Unterlippe und sah hilfesuchend zu Bähr hin. Der fuhr sich mit der Hand über den Nacken und wich ihrem Blick aus.

Isa konnte es nicht fassen. Offensichtlich hatte er kein Detail ausgelassen, als er seiner hübschen Freundin von ihr erzählt hatte.

»Ich mach es nur schlimmer«, murmelte Alma. »Nicht dass Sie denken, mein Bruder hätte Sie als alt beschrieben. Götz hat sich überhaupt nicht zu ihrem Alter geäußert. Er hat nur gesagt, dass Sie …«

»Ihr … äh, Bruder?«, platzte Isa dazwischen.

Alma sah sie verdutzt an. Dann lachte sie auf. »Meine Güte, was ist denn nur los mit mir? Sie können ja nicht ahnen, wer ich bin. Ich habe den Nachnamen meines Mannes angenommen.«

Isa blinzelte verblüfft, während ihr Blick zwischen den beiden hin- und herwechselte. Wie hatte ihr die Ähnlichkeit nur entgehen können? Die hochgewachsene Statur, die braunen Haare, dieselbe lange, gerade Nase und der warme, dunkle Blick.

Ein seltsames Gefühl breitete sich in ihrer Magengegend aus. Es dauerte einen Moment, ehe sie begriff, dass es Erleichterung war. Am liebsten hätte sie sich auf der Stelle selbst geohrfeigt. Es konnte ihr völlig egal sein, ob diese Frau Bährs Freundin, Schwester oder seine persönliche Hosenbüglerin war. Das Privatleben des Kommissars interessierte sie nicht die Bohne.

»Und … äh … Sie wohnen auch in Esslingen?«, stammelte sie, nur um irgendetwas zu sagen.

»Richtig.« Alma knuffte ihren Bruder neckend in die Seite. »Man sollte meinen, ich würde meinen Lieblingsgriesgram öfter zu Gesicht bekommen, wo wir so nah beieinander wohnen. Aber die Chancen, ihn zu sehen, sind wesentlich höher, wenn ich an seinem Arbeitsplatz aufkreuze, statt an seiner Wohnung.«

Die beiden sahen sich an, und Bähr schenkte seiner Schwester ein Lächeln, das keinen Zweifel an seiner Zuneigung ließ und von dem Isa nur träumen konnte. Sie bekam höchstens seine grimmige …

»Na ja, ich muss jetzt wirklich los«, riss die Stimme seiner Schwester sie aus ihrer Starre.

Da erst bemerkte Isa, welchen Weg ihre Gedanken eingeschlagen hatten, und sie war regelrecht dankbar für die Störung.

»Hat mich gefreut, Sie kennenzulernen.« Abermals streckte Alma ihr die Hand entgegen.

Isa erwiderte den Händedruck und gab sich Mühe, ihre Enttäuschung zu verbergen. Gerade als es spannend zu werden versprach, musste Bährs Schwester gehen. Tausend unangebrachte Fragen lagen ihr auf der Zunge. Hauptsächlich den Kommissar und peinliche Begebenheiten seiner Kindheit und Jugend betreffend. »Gleichfalls«, sagte sie stattdessen nur.

»Wie nett«, setzte sie an, kaum dass Alma aus ihrem Blickfeld verschwunden war, doch sie kam nicht dazu, den Satz zu beenden.

»Was machen Sie wirklich hier, Frau Klein?«, fragte Bähr.

Sie sah empört zu ihm hoch. »Vielleicht ist es Ihnen entfallen, aber ich arbeite jetzt hier.«

Wie es schien, hatte er seine kurzzeitige Verlegenheit abgelegt, immerhin war er schon wieder zu einem spöttischen Schnauben fähig. »Geben Sie grade Fernunterricht?«

»Sehr witzig. Ich hab Ihnen was mitzuteilen, von dem ich glaube, dass es für die Ermittlungen relevant sein könnte.«

»Ach ja?«

Sie nickte. »Ich habe heute mit meiner Schülerin gesprochen. Esma, Sie erinnern sich?« Sie sah Bähr erwartungsvoll an, doch außer einem Nicken kam nichts.

Frustriert ließ Isa die erhobenen Augenbrauen fallen. »Sie wissen schon, wie eine Unterhaltung funktioniert, oder?«

Bähr gab seufzend nach. »Na schön. Wie lief's?«

»Ich hatte recht mit meiner Vermutung, dass zwischen ihr und Ben Hilbert was ging. Die beiden waren für eine Weile zusammen.«

»Wie interessant«, antwortete der Kommissar lakonisch.

»Warten Sie's ab.« Sie hob das Kinn. »Ben ist in unser Gespräch geplatzt und hat Andeutungen gemacht, dass Esma auf Wonneberg stand. Esma wiederum hat mir danach erzählt, dass Ben, wenn er getrunken hat, unangenehm werden kann. Obwohl ich finde, dass er auch nüchtern ein ziemlicher Kotzbrocken ist. Jedenfalls hat er ihr im Rausch wohl unterstellt, dass sie ihn betrügen würde. Vielleicht hat er ja im benebelten Zustand auch beschlossen, seinen Kontrahenten zu zerbröseln.«

»Mmh.«

Isa beschloss, den mangelnden Enthusiasmus des Kommissars nicht persönlich zu nehmen. Sie kam allmählich in Fahrt, ihre Wangen fühlten sich heiß an. »Und ganz abwegig war seine Eifersucht gar nicht«, fuhr sie fort. »Immerhin hat Esma sich auch privat mit Wonneberg getroffen.«

»Tatsächlich?«

Sie nickte zufrieden. Endlich mal eine angemessene Reaktion. Während sie Bähr schilderte, wie abrupt das Gespräch geendet hatte, ließ sie ihn nicht aus den Augen.

»Das macht vielleicht auch Ihre Schülerin zu einer Verdächtigen«, murmelte er nachdenklich.

»Inwiefern?«

»Vielleicht hat Wonneberg sie zurückgewiesen.«

Auf ihrer Unterlippe kauend, dachte sie über diese Worte nach. Irgendwie konnte sie sich nicht vorstellen, dass die sanfte Esma zu so einer Tat fähig wäre. Aber wie Renate so treffend gesagt hatte, konnte man in einen Menschen nicht hineinsehen. Automatisch ploppten die Bilder von ihrer Internetrecherche wieder vor ihrem inneren Auge auf.

»Wir haben Wonnebergs Instagram-Account gecheckt«, sagte sie.

»Wir?«

Mist! Im Eifer des Gefechts hatte sie nicht aufgepasst. Sie linste zu ihm hoch. »Hab ich *wir* gesagt? Das ist natürlich Quatsch. *Ich* hab mir seinen Account genauer angesehen.«

Es war praktisch unmöglich, an seiner Miene abzulesen, ob er ihr glaubte oder nicht. Aber Isa würde bei dieser Version bleiben. Sie hatte nicht vor, ihren Erfolg mit Renate zu teilen, nur weil die vor ihr auf die Idee gekommen war. Ganz davon abgesehen, dass der Kommissar sicher nicht begeistert wäre, wenn er wüsste, dass sie ihre Freundin eingeweiht hatte.

»Jedenfalls war er kein Kind von Traurigkeit, wenn Sie verstehen, was ich meine.«

Bähr schüttelte den Kopf. »Geht's etwas genauer?«

Isa bedachte ihn mit einem mitleidigen Lächeln. »Na ja, ich hatte den Eindruck, dass er sich gern mit hübschen jungen Frauen umgeben hat.«

»Wir haben seinen Account auch gesichtet. Ein paar Bilder von ihm in weiblicher Gesellschaft machen Wonneberg noch lange nicht zu einem Frauenhelden, falls Sie darauf hinauswollen.«

Isa klappte der Unterkiefer herunter. Sie wusste nicht, worüber sie sich mehr ärgerte. Dass er ihr verschwiegen hatte, Wonnebergs Account gecheckt zu haben, oder dass er ihr Urteilsvermögen infrage stellte.

»Wieso tun Sie denn dann so, als wüssten Sie nicht, wovon ich rede?«, machte sie ihrem Ärger Luft.

»Weil Sie sich sehr kryptisch ausdrücken.«

Isa stieß ein empörtes Grunzen aus. Kryptisch. Der konnte sie mal. Jeder verstand die Redewendung vom Kind und der Traurigkeit. Nur er nicht. Weil sein Leben einzig aus Arbeit und …

»Frau Klein?« Bähr hatte offensichtlich noch etwas gesagt.

»Mmh?«

»Gibt es sonst noch was? Ich muss wieder rein.«

Sie runzelte die Stirn. »Ziehen Sie Ben überhaupt als Täter in Betracht?« Sie wartete seine Antwort nicht ab. »Ich hab langsam echt das Gefühl, dass das zwischen uns eine Art Einbahnstraße ist. Wissen Sie, ich nehme eine Menge auf mich, um verdeckt für Sie zu ermitteln und …«

»Sie ermitteln nicht«, wurde sie jäh von Bähr unterbrochen. Der Kommissar hob warnend eine Braue.

»Wenn das so ist.« Isa verschränkte die Arme vor der Brust. »Interessiert Sie bestimmt auch nicht, was ich über Fräulein Rottenmeier herausgefunden habe.«

»Über wen?«

»Sie wissen schon, die biestige Hausdame von …« Sie winkte ab. »Meine neue Rektorin, Frau Rothardt-Knappenhauser.«

In dem Moment klingelte Bährs Handy, und er zog es eilig aus der Hosentasche. Fast hatte sie den Eindruck, dass er dankbar für diese Unterbrechung war. Mit zusammengezogenen Augenbrauen starrte er aufs Display.

»Da muss ich rangehen, wir sprechen später, ja?«

Ohne eine Antwort abzuwarten, wandte er sich ab und marschierte davon, auf den Eingang des Kommissariats zu.

Kapitel 21

Nachdem Bähr sie einfach stehen gelassen hatte, war Isa nichts anderes übrig geblieben, als in ihr Auto zu steigen und zurück nach Grimmingen zu fahren. Der Verkehr war zäh gewesen, und weil sie dringend tanken und Hundefutter kaufen musste, kam sie erst am frühen Abend zu Hause an. Sie spielte noch eine Weile mit Alfons auf dem Hof mit seinem zerfledderten Lieblingstennisball, dann ging sie rein, schob sich eine Tiefkühlpizza in den Ofen und schenkte sich dazu ein Glas Rotwein ein.

Kaum hatte sie es sich auf der Eckbank bequem gemacht, hörte sie das Geräusch eines Schlüssels, der im Türschloss herumgedreht wurde.

Alfons sprang aus seinem Körbchen und bellte begeistert. Als Isa sich dabei ertappte, dass sie unbewusst den Rücken durchdrückte und sich gleichzeitig mit einem Küchentuch über den Mund wischte, schüttelte sie verärgert den Kopf.

Am Ende nahm sie noch die Sitte ihres Dackels an und freute sich, wenn Bähr heimkam. Na das wär's. Sie sackte wieder in sich zusammen und stellte demonstrativ einen Fuß auf der Eckbank ab. Im selben Moment wurde die Küchentür aufgeschoben.

»Guten Abend«, murmelte Bähr. Er schien noch etwas sagen zu wollen, aber da sprang Alfons an seinen Hosenbeinen hinauf, und er wich reflexhaft zurück.

»Alfi, aus!«, rief Isa halbherzig, und natürlich zeigte ihr lascher Tonfall null Wirkung.

Mit dem Fuß, der in einer makellosen schwarzen Socke steckte, schob Bähr den Hund von sich und trat ein. Als sein dunkler Blick den ihren kreuzte, spürte Isa zu ihrem Ärger, wie ihr die Hitze in die Wangen schoss.

»Auch einen?«, fragte sie und deutete auf ihr Weinglas.

Bähr schien zu überlegen. Zu ihrer Überraschung nickte er. »Warum nicht.«

Dankbar, ihr errötendes Gesicht von ihm abwenden zu können, robbte sie von der Eckbank und suchte nach einem Glas, das am Rand nicht angeschlagen war oder einen Schleier von der Spülmaschine trug, die seit Wochen nach Klarspüler lechzte.

Bähr nahm in der Zwischenzeit auf seinem üblichen Stuhl gleich neben der Küchentür Platz. Sie stellte ihm das Glas hin und schenkte großzügig ein.

»Danke«, murmelte er und bedachte das randvolle Gefäß mit einem beeindruckten Blick. »Ich glaube nicht, dass noch mehr reingeht.«

Isa stellte die Flasche energischer ab als geplant und war froh, dass sie halb leer war, sonst wäre bestimmt Wein herausgespritzt. Nicht auszudenken, wenn sie Bährs schickes Hemd befleckt hätte.

»Sind Sie gut durch den Verkehr gekommen?«

Sie kletterte auf die Eckbank und nickte nur. Nachdem er sie vorher so abgekanzelt hatte, durfte er ruhig spüren, dass sie immer noch ein bisschen angefressen war.

»Sie wollten mir vorhin etwas über Ihre Rektorin erzählen«, sagte er, als sei ihm klar geworden, dass sie nicht zu Smalltalk aufgelegt war.

»Ach, jetzt interessiert Sie plötzlich, was ich zu sagen habe?«, platzte sie heraus.

Das Schweigen des Kommissars machte es nur noch schlimmer.

Aus dem Augenwinkel sah sie, wie er einen Schluck aus seinem Glas trank und unwillkürlich das Gesicht verzog. Sein Blick huschte zu der Flasche, die beim Discounter im Angebot gewesen war. Isa war zwar keine Weinkennerin, aber sie hatte auch gemerkt, dass er sauer schmeckte. Irgendwie passend, fand sie.

»Ich kann meine Arbeit nicht ständig unterbrechen.«

Um ein Haar wäre ihr herausgerutscht, dass er das für seine Schwester ja auch getan hatte. Sie konnte sich gerade noch bremsen.

»Ihre Schwester ist wirklich sympathisch«, sagte sie stattdessen, und weil der Stimmungswechsel selbst ihr etwas zu abrupt erschien, setzte sie hinterher: »Sind Sie sicher, dass Sie miteinander verwandt sind?«

»Sehr witzig.«

»Es wurde jedenfalls Zeit, dass Sie mir endlich mal jemanden aus Ihrer Familie vorstellen, nachdem Sie meine ja bereits kennen.« Noch während sie die Worte aussprach, merkte Isa, wie falsch das verstanden werden konnte. Als hätten sie eine romantische Beziehung, die nun die nächste Ebene erreichte.

Während sie verkrampft ihre Fingernägel betrachtete, merkte sie, wie ihr abermals die Röte ins Gesicht schoss. Als sie es wagte, Bähr anzusehen, glaubte sie ein Zucken um seine Mundwinkel wahrzunehmen. In seine Augen war ein verschmitzter Ausdruck getreten.

»Sie wissen, was ich meine«, nuschelte sie verärgert und griff nach ihrem Glas, nur um ihren fahrigen Fingern etwas zu tun zu geben. Himmel! Wieso wurde ihr unter seinem Blick nur so heiß?

»Das war der nächste folgerichtige Schritt für uns beide, würde ich sagen.«

Jetzt wurde ihr sogar noch heißer. Sie gab einen entnervten Seufzer von sich und schüttete den letzten Schluck Wein in sich hinein, bevor sie zur Flasche griff und ihr Glas erneut füllte.

»Machen Sie sich ruhig lustig«, brummte sie, während sie sich im Stillen schwor, ihm das bei nächster Gelegenheit mit barer Münze zurückzuzahlen.

»Wollen Sie mir jetzt erzählen, was Sie herausgefunden haben?«, schlug er plötzlich einen versöhnlicheren Tonfall an.

Sie blickte ihn forschend an, versuchte herauszufinden, ob er es ernst meinte.

»Von mir aus«, antwortete sie dann, und weil sie merkte, wie patzig das geklungen hatte, zwang sie sich beim Weiterreden zu einer neutralen Stimme. »Meine Kollegin Uschi hat ein Gerücht erwähnt, das die Rothardt-Knappenhauser und Wonneberg betrifft. Anscheinend sollen die beiden was miteinander gehabt haben.«

Wie zu erwarten, zog Bähr skeptisch eine Braue hoch, aber immerhin unterbrach er sie nicht.

»Uschi meinte, dass da nichts dran sei. Anscheinend hat seine Sonderstellung bei der Rektorin aber nicht jedem Kollegen gefallen.«

Der Kommissar kratzte sich nachdenklich am Kinn. »Also wurde das Gerücht möglicherweise aus Missgunst gestreut?«

»Könnte sein«, murmelte sie mit einem Schulterzucken. »Oder es ist tatsächlich was dran. Dann wäre die Rothardt-

Knappenhauser eine Verdächtige, stimmt's?« Als sie merkte, dass sie erwartungsvoll die Augenbrauen hochgezogen hatte, ließ Isa sie schnell wieder fallen.

Bähr schüttelte den Kopf. »Sie hat ein Alibi.«

»Und wie lautet es? Hat sie an dem Tag ein Seminar für angehende Beißzangen abgehalten?«

Bähr sah sie mit einer Mischung aus Verwunderung und Strenge an, und Isa biss sich auf die Zunge. Renate hatte recht. Sie durfte nicht zulassen, dass ihr Urteilsvermögen unter ihren persönlichen Animositäten litt.

»Nicht ganz«, antwortete Bähr. »Am Tattag haben den ganzen Nachmittag über Fachkonferenzen stattgefunden. Bei jeder einzelnen hatte Ihre Rektorin nachweislich den Vorsitz.«

Isa nickte nachdenklich. Wenn die Rektorin in etlichen Fachschaftssitzungen den Vorsitz gehabt hatte, gab es eine Menge Zeugen. Sofern also nicht das gesamte Lehrerkollegium für sie log, schied sie als Täterin ziemlich sicher aus.

»Haben Sie auch das restliche Kollegium vernommen?«

»Wir haben mit allen gesprochen«, verbesserte er ihre Ausdrucksweise. »Wir ermitteln wie gesagt in alle Richtungen.«

»Und alle haben ein Alibi?«, fragte Isa. Sie spürte, wie sich ein Kloß in ihrem Hals ausdehnte. Wofür brauchte Bähr sie denn dann noch?

»Alle haben an den Konferenzen teilgenommen«, antwortete Bähr prompt. »Drei Lehrer waren an dem Tag krank und zwei auf einer Fortbildung. Soweit möglich, haben wir das überprüft. Aber so lange wir keinen konkreten Verdacht gegen jemanden haben, können wir nicht pauschal alle Alibis infrage stellen.«

Isa blickte frustriert an ihm vorbei ins Leere. Doch plötzlich kam ihr ein Gedanke. »Hätte der Täter den Gasschlauch nicht schon vormittags kappen können, solange Wonneberg noch im Unterricht war?«

»Soweit wir wissen, ist Wonneberg häufiger in der Mittagspause heimgegangen. So auch dieses Mal.«

»Bevor die Konferenzen losgingen?«, fragte Isa dazwischen.

Bähr nickte. »Hätte der Täter die Gasleitung am Vormittag manipuliert, hätte Wonneberg folglich bereits bei seiner ersten Heimkehr nach dem Vormittagsunterricht die Explosion durch die Betätigung des Lichtschalters ausgelöst. Selbst wenn die Konzentration des Gases in der Luft zu diesem Zeitpunkt noch nicht hoch genug gewesen wäre, hätte er vermutlich bemerkt, dass jemand mögliche Lufteinlässe am Fenster und unter der Tür zur angrenzenden Speisekammer abgeklebt hat.«

»Also muss der Täter den Gasschlauch nach Wonnebergs Mittagspause und vor dem Ende der nachmittäglichen Fachschaftssitzungen gekappt und in dieser Zeit auch alle Lufteinlässe abgeklebt haben«, versuchte Isa leise murmelnd, das Gehörte einzuordnen.

»Richtig.«

Ihr kam ein anderer Gedanke. »Warum ist ihm der Geruch nicht aufgefallen? Er hätte doch wissen müssen, dass er das Licht nicht anschalten darf.«

»Nun, zum einen war der Rollladen vor dem Küchenfenster heruntergelassen. Was wäre Ihr erster Reflex, wenn Sie einen dunklen Raum betreten?«

Ihre Blicke trafen sich, und Isa konnte spüren, wie sie am ganzen Körper eine Gänsehaut bekam. »Ich würde das Licht anknipsen.«

Bähr hob die Brauen und ließ sie wieder fallen. Einen Moment blieb es still zwischen ihnen.

»Außerdem empfindet jemand, der regelmäßig mit Gas kocht, den Geruch im ersten Moment vielleicht auch gar nicht als alarmierend. Obwohl er bei dieser Konzentration ziemlich dominant gewesen sein dürfte.«

Isa nickte nachdenklich. »Angenommen die Rektorin und die Kollegen sind tatsächlich aus dem Schneider. Was ist mit den Schülern?«

»Ich schätze, es kann nicht schaden, wenn Sie weiter Augen und Ohren offenhalten.« Er räusperte sich. »Auch im Kollegium.«

Isa spürte, wie sie vor Aufregung ganz hibbelig wurde. Bähr nahm tatsächlich ihre Hilfe an, ohne dass sie ihn erst überzeugen musste. Innerlich mahnte sie sich zur Beherrschung. Nicht, dass er es gleich wieder bereute.

Mit bemüht lässiger Miene sah sie ihn an. »Denken Sie, dass es Mitwisser im Kollegium geben könnte, die den Täter schützen?«

»Das bezweifle ich. Trotzdem hoffe ich, dass sich früher oder später jemand verplappert.«

Isa zog die Augenbrauen zusammen. »Aber … Sie meinten doch gerade, dass …«

»In der Regel reden Leute nicht schlecht über die Toten«, unterbrach Bähr sie. »Bis jetzt wurde Wonneberg in meiner Gegenwart von allen nur in den höchsten Tönen gelobt.«

Isa gab ein bestätigendes Brummen von sich.

»Trotzdem muss er sich mindestens eine Person zum Feind gemacht haben«, redete Bähr weiter. »Wenn er also mit jemandem aus der Schule Streit hatte oder sich jemand von ihm ungerecht behandelt gefühlt hat, dann ist das vielleicht nicht unbemerkt geblieben. Jeder Hinweis kann bedeutsam sein, auch wenn er auf den ersten Blick unwichtig erscheint. Sollten Sie etwas mitbekommen, will ich das wissen.«

Um ein Haar hätte Isa sich in militärischer Manier die flache Hand an die Schläfe gehalten und »Jawohl« gerufen.

»Geht klar«, murmelte sie stattdessen. Doch plötzlich kamen ihr Zweifel. »Was macht Sie eigentlich so sicher, dass der Täter aus dem schulischen Umfeld des Toten stammt? Es könnte doch auch eine verschmähte Liebhaberin sein oder ein betrogener Ehemann, mit dessen Frau sich Wonneberg amüsierte.«

Bähr sah sie wieder mal an, als müsse er abwägen, wie viel er preisgeben durfte. »Das Klebeband, das der Täter zum Abkleben verwendet hat, stammt aus dem Bestand der Schule. Die verschmorten Reste konnten von unseren Forensikern eindeutig zugeordnet werden.«

»Kann nicht Wonneberg selbst das Klebeband aus der Schule mitgehen lassen haben? Ich mache das stä …« Sie konnte sich gerade noch bremsen und in ein künstliches Räuspern retten. »Der Täter könnte es in Wonnebergs Haus gefunden und spontan verwendet haben«, beendete sie ihren Satz stattdessen.

»Wir haben in Wonnebergs Garage mehrere Rollen Spezialklebeband gefunden, die nachweislich aus dem nahe gelegenen Baumarkt stammen, weswegen er es wohl kaum nötig gehabt hätte, aus den Schulvorräten zu klauen.«

Isa glaubte, beim letzten Wort einen tadelnden Unterton mitschwingen zu hören, aber das konnte natürlich Einbildung sein.

Kapitel 22

Gedankenverloren holperte Isa am Donnerstag nach der Mittagschule über den unebenen Lehrerparkplatz der Grimminger Gemeinschaftsschule. Sie winkte Renate mechanisch zum Abschied zu. Die Freundin war gerade dabei, auf ihr neues E-Bike zu steigen, und machte dabei einen etwas unbeholfenen Eindruck. Sie schaffte es offensichtlich nicht, gleichzeitig den Lenker festzuhalten, ein Bein über den niedrigen Rahmen zu heben und Isas Gruß zu erwidern.

Aber Isa war mit den Gedanken sowieso längst woanders. Ohne auf möglichen Verkehr zu achten, bog sie auf die Hauptstraße ab und gab Gas.

Den ganzen Tag schon hatte sie eine nagende Unruhe verspürt. Erst als sie eben ins Auto gestiegen war und ihr Blick Alfons' Pfotenabdrücke auf der Fußmatte gestreift hatte, war ihr klar geworden, weswegen.

Sie war heute nicht an der Hermann-Hesse-Schule gewesen. Ergo hatte sie nicht für Bähr ermitteln können.

Dabei wurde es endlich langsam interessant. Die Rothardt-Knappenhauser mochte als Verdächtige ausgeschieden sein, aber es gab ja noch die Kollegen und natürlich die Schüler. Allen voran Ben. Und sie durfte auch Esma nicht außer Acht lassen. Auch wenn ihr die Schülerin sympathisch war, sofern Ben recht hatte, und sie in ihren Lehrer verliebt gewesen war, hätte sie ein Mordmotiv.

Irgendwie musste sie es schaffen, mehr aus den Jugendlichen herauszulocken. Aber an Ben würde sie sich die Zähne ausbeißen. Und nur weil Esma mit ihr sprach, hieß das noch lange nicht, dass sie ihr demnächst einen Mord gestehen würde.

Zu Hause entließ Isa ihren Dackel in den Garten, dann schlurfte sie gähnend zur Kaffeemaschine. Als ihr Blick den Laptop streifte, der noch immer auf dem Küchentisch stand, kam ihr eine Idee.

Eilig lief sie zum Tisch und ließ sich auf einen der Stühle fallen. Mit einem Mal war sie hellwach. Sie musste die Ermittlungen heute gar nicht ruhen lassen. Wozu gab es schließlich das Internet? Es war doch durchaus möglich, dass Esma, genau wie Wonneberg, einen Instagram-Account besaß. Die Jugendlichen teilten ihr Leben doch nur allzu bereitwillig im Netz mit der ganzen Welt. Natürlich erwartete Isa nicht, dass Esma so blauäugig war, die Beziehung zu ihrem Lehrer, sofern es eine gegeben hatte, online zu dokumentieren. Aber vielleicht fand sie dennoch einen Hinweis auf eine unrühmliche Verbindung zwischen den beiden.

Sie klappte den Laptop auf und verzog den Mund zu einem selbstgefälligen Grinsen. »Bingo!«

Renate hatte sich nicht ausgeloggt, seit sie das letzte Mal zusammen recherchiert hatten. So landete sie direkt auf ihrem Instagram-Profil. Mit zusammengezogenen Augenbrauen suchte sie nach der kleinen Lupe am unteren Bildschirmrand, als ihr im selben Moment klar wurde, dass sie keine Ahnung hatte, wie Esmas Nachname lautete.

»Mist!«

Warum hatte sie sich die Klassenliste nicht genauer angesehen? Oder am besten gleich kopiert. Andererseits war nicht einmal sicher, ob das Mädchen im Internet überhaupt seinen richtigen Namen nutzte.

»Dann eben anders.« Sie würde versuchen, Esma über Wonnebergs Profil zu finden. Mit etwas Glück landete sie einen Treffer in seiner Freundesliste.

Tatsächlich landete Isa gleich mehrere Treffer. Es gab eine blond gelockte Esma, eine, die geschminkt war wie eine Zeichentrickfigur und eine Torso-Esma, die lediglich ihren Oberkörper als Profilbild eingestellt hatte. Ziemlich sicher alles ehemalige oder aktuelle Schülerinnen. Es war heutzutage nicht ungewöhnlich, dass Schüler und Lehrer sich gegenseitig folgten. Jens prahlte ständig im Lehrerzimmer damit.

Aufgeregt zupfte Isa an ihrer Lippe herum.

Die kopflose Esma konnte es nicht sein, weil ihr die weiblichen Rundungen des Originals fehlten. Die Blonde schied sowieso aus. Doch dann stieß sie auf ein bekanntes Gesicht.

Sie ging näher ran und runzelte die Stirn. Das Mädchen mit den glänzenden braunen Haaren und den vollen Lippen war eindeutig *ihre* Esma. Mit angehaltenem Atem klickte sie auf das Profil, nur um die Luft im nächsten Augenblick geräuschvoll wieder auszustoßen.

Im Gegensatz zu Wonneberg schien Esma Wert auf ihre Privatsphäre zu legen. Das Profil war nicht öffentlich. Mehr als das Konterfei des Mädchens würde Isa nicht zu Gesicht bekommen.

Sie stellte einen Fuß auf der Eckbank ab und schlang die Arme um das Schienbein. Das Kinn auf dem Knie abgelegt, starrte sie missmutig Esmas Profilbild an. Die erhofften Hinweise würde sie so nicht finden. Kurz überlegte sie, stattdessen nach Ben zu suchen. Aber was sollte das bringen? Er würde wohl kaum ein Foto von sich posten, wie er gerade dabei war, den Gasschlauch in Wonnebergs Küche zu zerschneiden.

Ob sie wollte oder nicht, sie musste bis morgen warten. Wenn sie wieder an der Hermann-Hesse-Schule war, schaffte sie es vielleicht, den Neuntklässlern mehr Informationen zu entlocken. Das hatte ja schon einmal funktioniert. Falls die Schüler die erste Stunde nicht schwänzten, wo doch heute Abend die Trauerfeier für Wonneberg stattfand.

»Moment mal.«

Isa ließ das Bein von der Bank rutschen und richtete sich auf. »Was, wenn …?« Im selben Moment schüttelte sie den Kopf. Uneingeladen bei einer privaten Zusammenkunft aufzutauchen, war schlimm genug. Wenn es sich dabei aber um ein Treffen der eigenen Schüler handelte, sprengte das die Palette der Peinlichkeiten zweifellos.

Doch noch während sie sich selbst einredete, die Idee zu verwerfen, öffnete sie eine neue Seite im Internet und rief eine Karte von Reutlingen auf. Esma hatte erwähnt, dass der Kaibach an ihrem Haus vorbeilief. Sie gab den Namen des Bachs ein und stieß ein überraschtes Schnalzen aus. So weit sie das auf der Karte einsehen konnte, war sein Verlauf nicht endlos, das Wohngebiet drum herum überschaubar.

Nachdenklich trippelte sie mit den Fingern auf die Tischplatte. Sie würde sich natürlich eine Ausrede für ihren unangekündigten Besuch einfallen lassen müssen. Vielleicht könnte sie vorgeben, Esmas Erzählung als Einladung missverstanden zu haben. Und dass sie geglaubt hätte, auch andere Lehrer seien da. Ein kratzendes Geräusch riss sie aus ihrer Überlegung. Sie blickte zur Terrassentür hinüber und entdeckte Alfons hinter der schmutzigen Glasscheibe.

»Schätze, dich nehm ich besser mit«, murmelte sie. Ihrem Dackel hatte sie es schließlich zu verdanken, dass sie mit Esma ins Gespräch gekommen war. Außerdem wurde es vielleicht ein bisschen weniger peinlich, wenn sich die Jugendlichen auf ihren Hund konzentrierten statt auf sie.

Bevor sie es sich anders überlegen konnte, sauste sie nach oben. Sie musste unbedingt noch duschen und sich etwas Frisches überziehen. Wenn sie sich schon freiwillig ins Haifischbecken begab, mit dem sich ein Haufen Pubertierender zweifellos vergleichen ließ, wollte sie so wenig Angriffsfläche wie möglich bieten.

Obwohl sie vor Aufregung keinen Hunger verspürte, schnappte sie sich noch ein paar Kekse und sah kauend dabei zu, wie Alfons in gewohnter Manier sein Trockenfutter verschlang. Dann scheuchte sie ihn aus der Küche und folgte ihm eilig in den Flur hinaus. Sie wollte in Reutlingen ankommen, solange es noch einigermaßen hell war. Das würde ihr die Suche nach Esmas Haus erheblich erleichtern. Ihr Plan war, nach einer Rauchsäule in der Nähe des Bachs Ausschau zu halten und zu hoffen, dass heute nicht noch mehr Leute auf die Idee kamen, in ihren Gärten zu zündeln.

Sie nahm Alfons auf den Arm und zog die Haustür auf. Im selben Moment entfuhr ihr ein spitzer Schrei. Bähr taumelte erschrocken zurück und presste sich eine Hand auf den Brustkorb.

»Müssen Sie mich so erschrecken?«

»Gleichfalls«, schnappte Isa. Dann zog sie die Brauen zusammen. »Sagen Sie bloß, Sie haben schon Feierabend?«

Bähr schüttelte den Kopf. »Nicht wirklich. Ich wollte eine Runde joggen, bevor es dunkel wird. Den Rest kann ich dann von hier aus erledigen. Und Sie?« Er stutzte. »Gehen Sie aus?«

Ihm war also aufgefallen, dass sie dezentes Make-up aufgelegt und sich die Haare gewaschen hatte.

»Elternabend«, log sie, ohne ihn anzusehen. Sie konnte spüren, wie sie wieder mal rot anlief. »Danach werd' ich mit Renate noch ein Bierchen trinken.« In Gedanken lobte sie sich selbst für diesen spontanen Einfall. Sie brauchte schließlich eine Erklärung, falls ihr Plan Erfolg hatte und sie länger fortblieb.

»Und den Hund nehmen Sie zum Elternabend mit?«

Isa blickte auf Alfons herab. Das hatte sie nicht bedacht. »Na, ich weiß doch, dass Sie ihn nicht ausstehen können. Als mein Gast sollen Sie sich schließlich wohlfühlen.«

»Also, das hat Sie bisher auch nicht …«, begann Bähr, aber Isa trippelte bereits an ihm vorbei die Stufen zum Hof hinunter.

»Schönen Abend noch«, flötete sie und eilte davon.

Kapitel 23

Vom Navigationssystem auf ihrem Handy hatte Isa sich in das Wohngebiet am Kaibach lotsen lassen. Während sie nun schon zum zweiten Mal im Schritttempo dieselbe Straße entlangfuhr und mit den Augen den Himmel absuchte, kamen ihr Zweifel an ihrem ach so großartigen Plan. Nirgends war eine Rauchsäule zu entdecken. Sie hatte zwischendurch sogar das Fenster heruntergekurbelt und schnuppernd die Nase in den Fahrtwind gehalten, was ihr einen irritierten Blick von Alfons eingebracht hatte.

»Was soll's«, murmelte sie nach einer weiteren erfolglosen Runde und beschloss widerwillig, ihre Mission abzubrechen. Die Dämmerung setzte bereits ein. Genau genommen war die Idee von Anfang an bescheuert gewesen. Der Kaibach ließ sich hinter den zugewachsenen Gärten und Häusern höchstens erahnen, und die Rauchsäule existierte nur in Isas Fantasie. Je länger das Ganze dauerte, desto mehr hatte sie das Gefühl, nach der berühmten Nadel im Heuhaufen zu suchen.

Eine plötzliche Bewegung von rechts ließ sie reflexartig auf die Bremse treten. Die Reifen beschwerten sich quietschend, und im selben Moment breitete sich der Geruch von verbranntem Gummi im Innenraum aus.

»Himmel!« Isa hob den Kopf und blies sich die Haare aus der Stirn, die ihr vor die Augen gefallen waren. Direkt vor ihrer Motorhaube stand ein Mädchen und glotzte dümmlich zur Windschutzscheibe herein.

Isa streckte den Kopf durchs Fenster und wollte gerade etwas Unschönes rausbrüllen, da erkannte sie das Mädchen an den dicken Brillengläsern und seinen rötlich gefärbten Haaren. Das war Mila. Ihre Schülerin, Esmas Freundin. Und garantiert auf dem Weg zur Trauerfeier.

»Alles in Ordnung?« Sie stieß die Tür auf und stieg aus.

Mila nickte nur verdattert.

»Du bist ohne zu schauen auf die Straße gelaufen«, war alles, was Isa einfiel. Na bestens. So gewann man eine verschreckte Jugendliche bestimmt im Handumdrehen für sich. Indem man sie zurechtwies.

»'tschuldigung.« Mila wandte sich ab, da ertönte ein hohes Kläffen aus dem Auto. Wie auf Kommando sprang Alfons zu ihnen auf die Straße und wedelte so heftig mit dem Schwanz, dass er kaum geradeauslaufen konnte.

»Oh, hi!« Übers ganze Gesicht strahlend, ging Mila vor dem Dackel in die Knie und kraulte ihn hinter den Öhrchen. Augenblicklich schien sie die Anwesenheit ihrer Lehrerin vergessen zu haben. Ebenso wie die Tatsache, dass sie mitten auf der Straße hockte.

Isa schob beeindruckt die Lippe vor. Timing war eigentlich nicht Alfons' Stärke.

»Bist du auf dem Weg zur Trauerfeier?«, unterbrach sie die Wiedersehensfreude.

Hinter den dicken Brillengläsern spiegelte sich Erstaunen in Milas Augen. »Sie wissen davon?«

»Esma hat es mir erzählt.«

Die Jugendliche nickte mit leicht geöffnetem Mund. Man konnte förmlich sehen, wie die Erkenntnis bei ihr einsickerte. Esma vertraute der neuen Lehrerin genug, um sie einzuweihen. Mehr noch. Um sie einzuladen. Zumindest würde Isa das so verkaufen.

»Welche Lehrer sind denn noch eingeladen?« Im Stillen gratulierte sie sich selbst zu dieser genialen Fangfrage. Jetzt würde Mila so was antworten wie: »Keine Ahnung« oder »Außer Ihnen niemand«, und die Sache war geritzt.

»Es sind eigentlich gar keine Lehrer eingeladen«, hörte sie Mila da sagen.

Sie schluckte. »Bist du sicher? Ich dachte, dass …«

»Ganz sicher.« Mila ließ Alfons los und stand abrupt auf. Ihre Körpersprache war mehr als deutlich. »Ich muss weiter.«

»Komm, ich fahr dich.« Isa zeigte hinter sich aufs Auto.

»Nicht nötig.« Demonstrativ wich die Jugendliche zurück. »Es ist nicht weit und …«

»Keine Widerrede!«, rief Isa energisch. Das war ihre einzige Chance, doch noch irgendwie auf diese verdammte Feier zu kommen.

»Okay.« Zögerlich nahm Mila Alfons auf den Arm und ging zur Beifahrerseite. Schweigend nahm sie Platz und hielt sich den Dackel wie ein Schutzschild vor den Brustkorb.

Isa schaltete in den ersten Gang und sah ihre Schülerin fragend an.

»Ein Stück geradeaus«, murmelte die leise.

Das Auto rollte an, und der Auspuff schmetterte geräuschvoll seinen grauen Atem in die laue Abendluft hinaus.

»Hier können Sie anhalten.«

»Wieso?« Isa blickte verwirrt um sich. Sie waren höchstens hundert Meter gefahren. Im Rückspiegel konnte sie noch den blühenden Kastanienbaum sehen, unter dem sie eben gestanden hatten.

»Weil wir da sind.« Das Mädchen zeigte auf die andere Straßenseite. »Da wohnt Esma.«

Wie in Zeitlupe drehte Isa den Kopf und glotzte zum Seitenfenster raus. Dann sog sie begreifend den Atem ein.

Als Mila vorher behauptet hatte, dass es nicht weit bis zu Esmas Haus sei, war das offensichtlich keine Floskel gewesen, um die aufdringliche Lehrerin loszuwerden.

»Tja, also ... danke fürs Mitnehmen.« Die Jugendliche setzte Alfons im Fußraum ab und öffnete die Beifahrertür.

»Klar doch.« Isa lächelte tapfer, während sie verkrampft darauf hoffte, dass Mila sie doch noch zum Mitkommen einlud. Aber die Jugendliche stieg aus und lächelte zum Abschied nur verhalten zum offenen Seitenfenster herein.

Mit zusammengepressten Lippen sah Isa ihr nach, wie sie durch ein angelehntes Gartentürchen ihrem Blickfeld entschwand. Dann ließ sie schnaubend den Kopf gegen die Nackenstütze fallen und starrte ins Leere.

Sie musste einen anderen Weg finden, mit den Jugendlichen ins Gespräch zu kommen. Heute Abend wurde das nichts mehr. Blieb nur zu hoffen, dass Mila nicht gleich allen groß und breit von der aufdringlichen Frau Klein erzählte, die darauf bestanden hatte, sie fünf Meter im Auto mitzunehmen.

Der Klang eines entfernten Kläffens riss sie aus ihrer Starre. Ihr Blick huschte zum Fußraum und im selben Moment zog sich ihr Magen zusammen. Alfons war weg. Er musste unbemerkt mit Mila hinausgeschlüpft sein.

»Das ist doch wirklich zum ...« Obwohl. Isa hielt nachdenklich inne. Wenn sie es recht bedachte, war das tatsächlich praktisch.

Eilig stieß sie die Autotür auf und rannte über die Straße.

Genau wie vorher bei Mila, protestierte das Gartentürchen mit leisem Quietschen, als sie es aufschob. Dann folgte sie einem ausgetretenen Pfad durchs Gras, der an der Hauswand und duftenden Rosenbüschen entlang in den hinteren Teil des Gartens führte. Dem fröhlichen Bellen nach, hielt Alfons sich dort auf.

An der Ecke blieb sie stehen, nahm einen tiefen Atemzug, legte einen peinlich berührten Gesichtsausdruck auf und gab sich einen Ruck.

Als die Jugendlichen sie bemerkten, verstummten ihre Gespräche. Sie starrten ihr mit einer Mischung aus Verwunderung und Entsetzen entgegen. Die meisten kannte Isa aus der 9b. Noch immer sagte keiner einen Ton, also setzte sie zu einem verschämten Räuspern an.

»Habt ihr meinen Hund gesehen?«

»Er ist hier.« Esma löste sich aus dem Pulk und kam auf sie zu.

»Dieser Herumtreiber.« Isa stieß ein Schnauben aus.

Als sie mit einem zerknirschten Grinsen in die Runde blickte, glaubte sie in den Blicken der Jugendlichen noch immer eine gewisse Irritation zu entdecken.

»Ich habe vorher zufällig Mila getroffen«, setzte sie zu einer Erklärung an. »Und sie ein Stück mitgenommen.«

Dass keiner in höhnisches Kichern ausbrach, konnte nur bedeuten, dass Mila noch nicht dazu gekommen war, von ihrer Anreise zu berichten.

»Dabei muss mir Alfons entwischt sein«, redete sie schnell weiter. »Tut mir leid, dass ich euch gestört habe.«

Esma winkte ab. »Tun Sie nicht. Wir wollten gerade anfangen. Wenn Sie wollen, können Sie auch was für Herrn Wonneberg schreiben.«

Und ob sie das wollte. Isa hätte ihre Schülerin küssen können.

»Ich weiß nicht«, schützte sie stattdessen Unentschlossenheit vor. »Ich habe ihn doch kaum gekannt.«

Esma hielt ihr Zettel und Stift hin. »Das ist schon in Ordnung.«

Mit einem dankbaren Lächeln nahm Isa beides entgegen und ließ sich auf einen wackligen Messingstuhl sinken. Verschämt linste sie in die Runde. Die Jugendlichen reichten Papiere und Stifte herum, dann machten sie sich ans Schreiben.

Mit einem Mal fühlte sie sich lausig. Das hier war für die Kids wichtig, es half ihnen, Abschied zu nehmen. Sie hingegen war nicht wegen Wonneberg hier. Noch nicht einmal wegen ihrer Schüler. Genau genommen war sie nur gekommen, um mehr über den Fall herauszufinden.

Zynisch gratulierte Isa sich im Stillen selbst zu ihrem neuen moralischen Tiefpunkt.

»Tut mir leid«, schrieb sie wahrheitsgemäß auf den Zettel, ohne sich selbst sicher zu sein, wen sie damit adressierte. Den Toten oder ihre Schüler. Aber eigentlich spielte es auch keine Rolle, es galt für beide.

Und jetzt? Unschlüssig blickte sie von dem Zettel auf. Mit welcher Rechtfertigung konnte sie weiter hierbleiben, inmitten der Jugendlichen, die, abgesehen von Esma, verständlicherweise ziemlich verhalten auf sie reagierten. Sie fühlte sich wie eine dritte Brustwarze. Nicht wirklich störend, aber vollkommen überflüssig.

Sie beschloss, einen Abflug zu machen, sobald ihre Botschaft verbrannt war. Was hatte sie sich nur dabei gedacht? Es erschien ihr plötzlich höchst unwahrscheinlich, dass sie heute Abend mehr über den Täter herausfand. Sie schämte sich schon fast für ihre naiven Erwartungen.

»Esma«, rief sie flüsternd, um die Konzentration der anderen nicht zu stören.

Das Mädchen sah sie an und hob fragend die Brauen.

»Ich sollte jetzt wirklich ...«

Erneutes Kläffen ließ sie abrupt verstummen. Isa warf den Kopf herum. Wo war Alfons denn schon wieder? Sein Bellen hatte verdächtig entfernt geklungen.

»Ich glaube, Ihr Hund ist ins Haus gelaufen«, bemerkte Esma und deutete zur Terrassentür.

»Himmel, das tut mir leid.«

Esma winkte ab und machte Anstalten, sich zu erheben, aber Isa kam ihr zuvor. »Ich geh ihn holen, wenn's o. k. ist.«

Ihre Schülerin nickte und wandte sich zu einem Mädchen um, das ihr auf die Schulter getippt hatte.

Sie hörte, wie die beiden leise murmelten, als sie durch die angelehnte Terrassentür ins Innere des Hauses schlüpfte.

Kapitel 24

Mit großen Schritten durchquerte Isa das Wohnzimmer und trat durch eine Tür in die Diele, wo sie einen Augenblick verharrte, damit ihre Augen sich an das Dämmerlicht gewöhnen konnten.

»Alfons?«

Die kläffende Antwort ihres Dackels ließ ihr beinahe das Blut in den Adern gefrieren. Das hatte geklungen, als sei es von oben gekommen. Isa presste die Zahnreihen aufeinander und hoffte inständig, dass ihr Hund kein Chaos angerichtet hatte.

Sie folgte der Treppe nach oben und fand sich in einem quadratischen Flur wieder, von dem mehrere Türen abgingen. Bis auf eine waren alle nur angelehnt und damit potenzielle Schlupflöcher für ihren Dackel.

»Alfons!« So verärgert wie sie klang, würde er wahrscheinlich erst recht nicht rauskommen. Wo versteckte er sich nur?

»Es gibt Leckerli«, lockte sie mit süßlicher Stimme und hielt lauschend inne, doch es blieb bedenklich still.

Mit einem genervten Seufzen steuerte Isa die nächstgelegene Tür an und schob sie vorsichtig mit den Fingerspitzen auf.

»Alfi?«

Ihr Blick fiel auf ein Waschbecken und ein buntgestreiftes

Handtuch, das daneben am Haken hing. Von ihrem Hund keine Spur. Mit zunehmender Unruhe marschierte sie auf die nächste Tür zu. Es war selten ein gutes Zeichen, wenn Alfons so still war. Das konnte nur zwei Dinge bedeuten. Entweder er schlief, was wegen seines kürzlichen Kläffens eher unwahrscheinlich war, oder er hatte was Essbares gefunden. Und in Anbetracht dessen, was bei ihrem Dackel alles als essbar durchging, wurde ihr ganz flau im Magen.

»Alfi, komm sofort her!«, zischte Isa ihre aufsteigende Panik hinaus und schob die nächste Tür auf.

Von Alfons keine Spur. Dafür war sie ziemlich sicher, in Esmas Zimmer gelandet zu sein. Das Poster einer Sängerin oder Schauspielerin in Shorts und bauchfreiem Top zierte die Wand über dem ordentlich gemachten Bett. Davor stand ein Schreibtisch, auf dem neben einer Stiftdose und mehreren Fläschchen Nagellack ein zugeklappter Laptop lag. Sein rot glänzendes Gehäuse war mit bunten Stickern beklebt.

Eine sachte Bewegung zu ihrer Rechten ließ Isa herumfahren.

Aber es waren nur die durchscheinenden, weißen Vorhänge gewesen, die sich sanft im lauen Abendwind aufbauschten, der ihr einen zarten Lavendelgeruch in die Nase wehte. Dahinter glaubte Isa einen kleinen Balkon auszumachen, um dessen Geländer Esma eine bunte Lichterkette gewickelt hatte. Sie zog den Vorhang zur Seite und spähte nach draußen. Doch Alfons war nicht da.

»Na warte.«

Sie wollte sich schon abwenden und ihre Suche nach ihrem abtrünnigen Dackel auf die anderen Zimmer ausweiten, da blieb ihr Blick an einem aufgeschlagenen Buch auf dem Nachttisch hängen. Als sie die geschwungene, gleichmäßige Handschrift auf dem pastellfarbenen Papier erkannte, erstarrte sie.

Reglos starrte Isa auf die Seiten hinab. Das war Esmas Tagebuch. Darin zu lesen, wäre in so vielerlei Hinsicht falsch.

Sie hatte selbst als Jugendliche Tagebuch geschrieben und wusste, wie intim die Gedanken sein konnten, die darin festgehalten wurden.

Bei ihr hatten sich die Einträge größtenteils um unerwiderte Schwärmereien oder Streitigkeiten mit ihrer überbehütenden Mutter gedreht. Nichtigkeiten aus Sicht eines Erwachsenen. Aber Isa wusste noch zu gut, wie intensiv sich damals alles angefühlt hatte.

Fest entschlossen, endlich Alfons zu finden und nach Hause zu fahren, machte sie auf dem Absatz kehrt, da fuhr ein Windstoß durch die Seiten und blätterte sie wie von Geisterhand um. Mehr aus Reflex blickte Isa zurück und blinzelte ungläubig, als ihr ein Name ins Auge sprang. Wonneberg!

Die Buchstaben schienen sich von der Seite zu lösen und über dem Papier zu schweben wie bei einem dieser Magic-Eye-Bilder aus den Neunzigern. Ein plötzliches Schaudern ergriff sie, und ohne dass sie es kontrollieren konnte, begannen ihre Augen über die Zeilen zu fliegen.

Ich hab's getan. Oh Mann, ich zitter immer noch. Es ist mir so schwergefallen. Aber ich hab's einfach nicht mehr ausgehalten, mit niemandem darüber sprechen zu können. Und Wonneberg hat gesagt, dass wir mit allem zu ihm kommen können. Schließlich ist er Vertrauenslehrer. Also hab ich ihn in der Pause gefragt, ob er kurz

Zeit hat. Ich hatte echt Schiss, hab superpeinlich vor mich hin gestammelt. Er hat erstmal nur zugehört, ohne mich zu unterbrechen. Bis ich irgendwann nix mehr sagen konnte, weil ich sonst angefangen hätte zu weinen. Dann hat er gesagt, dass er es schon geahnt hat. Weil ihm aufgefallen ist, wie anders ich mich in Dinas Nähe verhalte und dass es keinen Grund gibt, mich für meine Gefühle zu schämen. Er hat gesagt, dass mein Geheimnis bei ihm sicher ist, weil ich entscheiden muss, wann der richtige Zeitpunkt ist, es offen zu sagen. Da hab ich doch angefangen zu weinen. Ich wollte es nicht, aber in dem Moment ist alles aus mir rausgebrochen. Gefühle, von denen ich gar nicht wusste, dass sie da sind.

Ich habe mich nach dem Gespräch so leicht gefühlt. Und meine Angst, dass Wonneberg mich irgendwie anders sehen, anders behandeln könnte, war völlig unbegründet.

Dabei hat sich ja nix geändert. Zumindest vorerst nicht. Ich bin immer noch mit Ben zusammen und ich hab keine Ahnung, ob Dina das Gleiche für mich empfindet wie ich für sie.

Wonne hat gesagt, dass es keinen Grund gibt, mich hinter einem Aufschneider wie Ben zu verstecken. Ich muss nicht gleich der ganzen Welt erzählen, dass ich lesbisch bin. Es reicht, wenn ich erstmal allen sage, dass ich Single bin. Das hat mir echt die Augen geöffnet. Ich glaub, es ist gut, für eine Weile allein zu sein und rauszufinden, wer ich bin. Irgendwann werde ich mich trauen, den nächsten Schritt zu machen.

Aber jetzt muss ich erstmal die Sache mit Ben regeln. Ich weiß sowieso nicht, warum ich mit ihm zusammen bin. Obwohl ich spüre, dass es das Richtige ist, mit ihm Schluss zu machen, hab ich auch Angst davor. Er wird mich vor allen schlechtmachen und mich …

Ein Knarren ließ Isa zusammenzucken. Sie war so in Esmas Worte vertieft gewesen, dass sie ihre Umgebung völlig ausgeblendet hatte. Auch die Geräusche. Mit angehaltenem Atem lauschte sie in die Stille hinein. Bildete sie sich das ein, oder klang das entfernte Murmeln der Jugendlichen plötzlich anders? Aufgebracht? Traurig? Einfach nur etwas lauter als zuvor? Sie konnte es nicht einordnen.

Was sie allerdings problemlos einordnen konnte, war Alfons' Bellen, das eindeutig aus dem Garten kam. Isa hatte das Gefühl, dass ihr das Blut in den Adern stockte. Sie stand hier oben im Zimmer ihrer Schülerin, während ihre einzig plausible Erklärung für diesen Umstand, sich in Verkörperung ihres ungezogenen Dackels da unten eine nette Zeit machte.

Vor Anspannung begannen ihre Muskeln zu zittern. Sie gab sich Mühe, flach zu atmen, bloß kein Geräusch von sich zu geben. Da draußen war doch jemand im Flur.

Himmel, sie stand schon viel zu lange in Esmas Zimmer herum. Wer auch immer vor der Tür herumschlich, würde keine Sekunde daran zweifeln, dass sie herumgeschnüffelt hatte. Was ja sogar stimmte. Auch wenn es mehr oder weniger aus Versehen passiert war.

Wieder ertönte ein Knarren, diesmal näher, direkt vor der Tür. Sie musste verschwinden, und zwar schnell. Hektisch sah sie sich im Zimmer um. Als ihr Blick an den wogenden Gardinen hängen blieb, die eine Balkontür freigaben, verzog sie gequält das Gesicht.

Himmel nochmal. Sie konnte nicht glauben, dass sie das gleich tun würde. Aber sie wollte Esmas Vertrauen nicht verlieren. Oder bei der Rothardt-Knappenhauser gemeldet werden. Ihr blieb keine andere Wahl, als einen Abflug zu machen, bevor sie entdeckt wurde.

Hastig schlug sie die Vorhänge beiseite und huschte durch die halb geöffnete Balkontür nach draußen. Mit dem Rücken an die Hauswand gepresst, ging sie im Geiste ihre nächsten Schritte durch, während ihr Puls wie ein reißender Fluss durch ihren Gehörgang donnerte.

Kapitel 25

Der Balkon befand sich offenbar seitlich am Haus, links lag die Straße, und als Isa den Hals weit genug nach rechts reckte, konnte sie die Umrandung der steinernen Terrasse sehen, auf der sie vorher gestanden hatte.

Neben ihr an der Wand befand sich ein Regenrohr. Sie ließ einen bangen Blick daran hinabgleiten und sah, dass die Leitung im Boden verschwand, umrankt von dornigen Rosenbüschen. Na großartig.

Ihr Brustkorb begann, unter ihrer einsetzenden Schnappatmung zu beben. Dieses verdammte Rohr konnte doch nicht ernsthaft ihr Fluchtweg sein? Nie im Leben brachte sie es über sich, daran hinunterzuklettern.

Aber sie konnte auch nicht zurückgehen. Wer auch immer vor Esmas Zimmertür stand – sie würde der Person geradewegs in die Arme laufen. Isa konnte spüren, wie ihr die Galle hochstieg, als ihr klar wurde, dass es nur diesen einen Weg nach unten gab.

Warum war sie heute nicht einfach daheim geblieben? Mit einem Glas Eierlikör und einer Packung Kekse auf ihrem Sofa, von dem ein Sturz keine ernsten Konsequenzen hatte, wie sie aus Erfahrung wusste.

Es half nichts. Sie musste es tun. Tapfer schluckte sie gegen den Knoten in ihrem Hals an, der ihr das Atmen erschwerte, und stellte einen Fuß auf die untere Stange des

Geländers. Dann schwang sie das andere Bein über die Brüstung, sodass sie rittlings darauf saß. Mit schwitzigen Fingern griff sie zum Regenrohr an der Hauswand und klammerte sich daran fest.

In der Theorie wusste sie, dass sie nun das andere Bein über das Geländer heben und zu sich ranziehen musste. Aber sie konnte es nicht. Ihr Körper gehorchte einfach nicht. Sie zitterte so stark, dass ihre Zähne klappernd aufeinanderstießen.

Da fiel ihr Blick auf die silbernen Schellen, mit denen das Rohr in gleichmäßigen Abständen an der Hauswand fixiert war. Wenn sie es schaffte, mit den Zehenspitzen auf die Schellen zu treten, konnte sie darauf heruntersteigen wie auf den Sprossen einer Leiter.

Ganz langsam streckte sie ihr rechtes Bein nach der ersten Klammer aus und testete mit sachtem Druck, ob das Ding hielt. Es machte den Anschein.

»Jetzt oder nie.« Pfeifend stieß sie den Atem aus, verlagerte ihr Gewicht auf den rechten Fuß an der Schelle und stieß sich mit dem anderen Fuß vom Geländer ab. Sie konnte nicht verhindern, dass ihr ein unterdrücktes Jaulen entfuhr, als sie sich wie ein Klammeraffe an dem verdammten Regenrohr festkrallte.

Mit dem linken Fuß tastete sie abwärts zur nächsten Trittstelle. Der Abstand der Schellen war größer als gedacht. Sie musste einen riesigen Ausfallschritt nach unten machen.

»Ohgottohgottohgott.« Wenn sie es nur schon hinter sich hätte. Beim Tritt auf die nächste Schelle konnte sie spüren, wie sie sich durch die dünne Sohle ihres Turnschuhs drückte. Im selben Moment ging eine Erschütterung durch das Regenrohr, als hätte jemand von oben mit dem Hammer draufgeschlagen, um es tiefer in den Boden zu rammen.

Isa stieß einen spitzen Schrei aus und presste sich noch enger an das Rohr. Die Wange ans Metall gedrückt, konnte sie das Zittern ihrer Kiefermuskulatur spüren. Unter ihr gab die Schelle ein gequältes Kratzgeräusch von sich, und im selben Moment schien etwas zu zerspringen. Ihr Fuß trat ins Leere – und sie fiel japsend ins Nichts.

Tausend kleine Nadeln stachen durch ihre Kleidung, als sie unsanft in den Büschen landete. Doch das erwartete Knacken ihrer Knochen war ausgeblieben. Bedröppelt öffnete sie die Augen und blinzelte in den dämmrigen Abendhimmel hinauf. Ein stacheliger Ast verhängte ihr halb die Sicht. Sie musste in den Rosenbusch gefallen sein, der sich um das Regenrohr rankte. Erleichtert blies sie den Atem aus.

Ihr Herz klopfte noch immer wie ein Vorschlaghammer gegen ihren Brustkorb, als sie sich ächzend zur Seite rollte. Sie kam auf die Füße und zog ihr T-Shirt nach unten. Ihre Jeans war seltsam verdreht, sodass die inneren Nähte über die Kniescheiben verliefen und ihren Beinen eine unattraktive Fehlstellung andichteten.

»Frau Klein?«

Ruckartig hob Isa den Kopf. »Esma!« Sie zwang sich zu einem Lächeln.

Das Mädchen kam zögerlich auf sie zu. Im Blick der Jugendlichen spiegelte sich eine Mischung aus Erstaunen und Argwohn. »Ich hab Sie schon gesucht. Ihr Hund ist bei uns.«

Isas Magen krampfte sich zusammen. Hatte Esma sie beim Abstieg über die Regenrinne gesehen?

»Tut mir leid«, hauchte sie tonlos. »Ich hab einen wichtigen Anruf bekommen und wollte euch nicht stören. Deswegen bin ich vor die Haustür gegangen.« Sie zeigte mit dem Daumen über ihre Schulter. »Ich muss leider los.«

Esma legte die Stirn in Falten, und Isa machte sich auf das Schlimmste gefasst.

»Wollen Sie Ihre Botschaft noch ins Feuer werfen?« Die Jugendliche hielt den zusammengefalteten Zettel hoch, den Isa ihr vorhin gegeben hatte. Vor Erleichterung hätte sie beinahe ein lautes Seufzen ausgestoßen. Wie es schien, hegte Esma keinen Verdacht.

Gott, sie sollte sich wirklich schämen, die Jugendliche derartig zu belügen. Vom Lesen in ihrem Tagebuch ganz zu schweigen.

»Natürlich!«, rief Isa und nahm Esma den Zettel ab.

In ihrer Abwesenheit war das Feuer zu einer lodernden Glut zusammengeschrumpft. Die Holzkohle hatte sich am äußeren Rand der Feuerschale weiß gefärbt und aufgefächert. Beim kleinsten Windhauch würde sie zu Staub zerfallen.

Isa warf ihre Botschaft mit einer schnellen Bewegung in die flimmernde Mitte und beeilte sich, ihre Arme vor der Brust zu verschränken, um die Kratzspuren der Rosenbüsche zu verbergen. Angespannt beobachtete sie, wie das Papier den Kampf gegen die Glut verlor. Es rollte sich wie ein welkendes Blütenblatt zusammen, bevor es in zarte Flocken zerfiel. Ein weiches Stupsen an ihrem Bein ließ sie nach unten blicken.

»Alfons! Wo warst du denn?« Sie blickte schuldbewusst in die Runde. »Ich hoffe, er hat euch nicht zu sehr belästigt.«

»Überhaupt nicht.« Esma lächelte herzlich, und spätestens jetzt war Isa sicher, dass das Mädchen nichts ahnte. Ihr schlechtes Gewissen zog sich wie ein Band um ihren Brustkorb zusammen. Eilig blinzelte Isa gegen ihre brennenden Augen an. »Ich muss jetzt wirklich los. Wir sehen uns dann morgen, schätze ich.«

Die Schüler nickten, manche hoben zum Abschied die Hand. Keiner versuchte, sie zum Bleiben zu überreden. Aber Isa wollte sowieso nur noch weg. Kaum dass sie um die Hausecke gebogen war, musste sie sich zusammenreißen, dass sie nicht auf der Stelle losrannte.

Zu Hause galoppierte ihr Dackel, ohne auf sie zu warten, den Flur entlang und schlüpfte durch die offen stehende Küchentür. Im selben Moment vernahm Isa ein leises Brummen. Sie zog überrascht die Brauen hoch. Obwohl sie natürlich wusste, dass der Kommissar zu Hause war, hatte sie nicht damit gerechnet, ihn hier unten anzutreffen.

Weit weniger euphorisch folgte sie ihrem Dackel in die Küche und traf Bähr auf der Eckbank sitzend an, vor sich eine Tasse, aus der das Etikett eines Teebeutels baumelte.

»Guten Abend«, murmelte Isa und zog die Kühlschranktür auf. Sie fand, dass sie sich ein Gläschen Eierlikör verdient hatte.

»Abend.«

Sein Tonfall ließ sie aufhorchen. Über die Schulter warf sie ihm einen prüfenden Blick zu, aber wie so oft wurde sie aus seinem verschlossenen Gesichtsausdruck nicht schlau.

Augenrollend wandte sie sich ab, nahm ein altes Senfglas aus dem Schrank über der Spüle und befüllte es großzügig mit Likör. Dann setzte sie sich auf den Stuhl neben dem Kommissar und genehmigte sich einen ordentlichen Schluck.

»Wie war der Elternabend?«

Sie stutzte. Seit wann interessierte Bähr sich für ihre Arbeit? »Nicht besonders spannend.«

»Ach nein?« Sein Blick schien sie zu durchbohren.

Isa rutschte nervös auf ihrem Stuhl herum und fragte sich, ob es hier drin unnatürlich warm war, was erklären würde, weshalb sie unter plötzlichen Hitzewallungen litt.

»Waren kaum Eltern da«, sagte sie gepresst.

Bähr schnalzte mit der Zunge, und in Isas Schläfen meldete sich ein warnendes Pochen. Sie schob es auf sich anbahnende Kopfschmerzen, weil sie heute viel zu wenig getrunken hatte. Nicht nur deshalb schlürfte sie die letzten Tropfen besonders gründlich aus dem Glas. So lange sie sich aufs Trinken konzentrierte, musste sie Bähr nicht in die Augen sehen. Sie erwog sogar, die Reste mit dem Zeigefinger auszuwischen und diesen anschließend abzulecken.

»Dann ging es wohl nicht allzu lang?«, hörte sie Bähr fragen.

»Mmh«, machte sie nur und stellte das Glas vor sich ab. In ihrem Inneren braute sich ein mieses Gefühl zusammen. »Danach hab ich noch mit Renate zusammengesessen«, spulte sie sicherheitshalber ihre zweite Notlüge ab.

»Witzig«, antwortete Bähr. »Ich auch.«

Reglos starrte sie ihn an. Sekundenlang.

»Haben Sie gehört, was ich gesagt habe?«, fragte er.

Und wie sie ihn gehört hatte. Sie war nur zu keiner Regung fähig, weil sie sich darauf konzentrieren musste, seine Worte einzuordnen.

Doch Bähr ersparte ihr weiteres Kopfzerbrechen. »Sie waren weder auf dem Elternabend noch mit Frau Matuschek zusammen.«

»Ist das eine Frage?«

»Wollen Sie mir nicht einfach sagen, wo Sie stattdessen waren?«, überging er ihren Einwurf, »oder soll ich das auch für Sie übernehmen?«

Sie hob den Kopf und versuchte, in seinem Gesicht zu lesen. Wusste er etwa von ihrer Aktion bei Esma? Das konnte nicht sein. Es sei denn, er war ihr gefolgt und hatte ihre Flucht über den Balkon mitangesehen.

Himmel! Ohne den entsprechenden Kontext dürfte das ziemlich kriminell ausgesehen haben. Obwohl, wenn sie es recht bedachte, trug mehr Kontext auch nicht unbedingt zu ihrer Entlastung bei.

»Zu meiner Verteidigung«, hob sie an, »die Sache mit dem Regenrohr war nicht geplant.«

»Was?«

»… Was?« Sie stieß ein nervöses Kichern aus. Bähr hatte offensichtlich keine Ahnung, wovon sie sprach. Sie hätte sich selbst ohrfeigen können.

»Also, äh … ich denke«, sie musste sich räuspern. Ein dicker, fetter Kloß drückte auf ihre Stimmbänder. »Vielleicht lass ich doch lieber Sie reden.«

Kapitel 26

Bähr ließ sich Zeit, dem großzügigen Angebot nachzukommen. »Na schön. Ich wollte gerade losjoggen, als ich an der Haustür mit Frau Matuschek zusammengestoßen bin.«

Isa schob den Unterkiefer vor. Was um alles in der Welt hatte Renate schon wieder hier zu suchen gehabt?

»Sie hat gesagt, dass Sie verabredet seien«, beantwortete Bähr ihre unausgesprochene Frage, und Isa erstarrte. Natürlich, heute war Donnerstag. Ihr Schnulzenabend. Wie hatte sie das nur vergessen können?

»Als ich sie nach dem Elternabend fragte, wusste sie von nichts.«

Isa unterdrückte ein Stöhnen. Sie hatte sich für so unglaublich clever gehalten und war an ihrer eigenen Schlampigkeit gescheitert.

»Also hab ich einen Blick in Ihren Laptop geworfen«, übertönte Bährs Stimme ihre Gedanken.

»Sie haben *was*?«

Bähr zog die Augen zu schmalen Schlitzen zusammen. »Erstens, tun Sie so was umgekehrt ständig, und zweitens, stand er hier sehr einladend herum. Ich habe ihn lediglich aufgeklappt.« Sein Blick wurde noch eindringlicher. »Und drittens, sollten Sie das Ding mit einem Passwort versehen, wenn Sie nicht wollen, dass andere darauf zugreifen können.«

Isa verschränkte die Arme vor der Brust. Um ein Haar

hätte sie erwidert, dass sie das nicht nötig hätte, wenn gewisse Kommissare die Finger von ihrem Computer lassen würden. Aber beim Anblick von Bährs hervortretenden Kieferknochen schluckte sie den Protest lieber runter.

Insgeheim musste sie zugeben, dass sie tatsächlich kein Recht hatte, mit dem Finger auf ihn zu zeigen. Immerhin hatte sie vor wenigen Stunden im Tagebuch ihrer Schülerin geschnüffelt. Ein kurzer Blick in ihren Laptop erschien ihr im Vergleich dazu ziemlich harmlos.

»Und dann sind Sie mir gefolgt?«, fragte sie beinahe trotzig.

»Nein.«

Sie hob überrascht den Kopf. Er hatte also wirklich keinen Schimmer, was sie heute Abend in Reutlingen getrieben hatte.

»Sie brauchen nicht so erleichtert zu schauen«, sagte Bähr, und Isa zog eilig die verrutschten Mundwinkel nach unten.

»Ich bin Ihnen nicht gefolgt, weil ich davon ausgehe, dass Sie mir gleich sagen werden, was Sie in dem Wohngebiet zu suchen hatten.«

Als Isa den Unterkiefer zur Seite schob, knirschten ihre Zähne hörbar. Das könnte unschön werden. Sie würde die fiesen kleinen Details aussparen und ihre Geschichte ein wenig … verharmlosen müssen.

»Ich war auf einer privaten Trauerfeier für den verstorbenen Lehrer.«

»Wieso haben Sie das nicht …«

»Bei einer Schülerin«, unterbrach sie den Kommissar.

Er lehnte sich zurück und verschränkte die Arme vor der Brust. »Waren noch andere Kollegen eingeladen?«

Sie holte Luft, um zu antworten, überlegte es sich dann aber anders und schüttelte nur den Kopf. »Genau genommen war ich gar nicht eingeladen.«

Einen Moment blieb es still. Sie schielte mit gesenktem Kopf zu Bähr hinüber, um den Grad seiner Entgeisterung abschätzen zu können.

»Ich hatte gehofft, auf diese Weise das Vertrauen der Jugendlichen gewinnen zu können«, beeilte sie sich zu erklären. »Und tatsächlich hab ich was herausgefunden.«

Bähr sagte noch immer nichts, also redete sie einfach weiter.

»Mit großer Wahrscheinlichkeit können wir eine Person von unserer Liste der Verdächtigen streichen.«

»*Wir* haben keine Liste«, wurde sie von Bähr unterbrochen. Dass er das Personalpronomen so stark betonte, fand sie übertrieben.

»Sie haben doch gesagt, dass ich mich ein bisschen umhören soll«, protestierte sie.

»Und ich fange an, das zutiefst zu bereuen.«

Das hatte gesessen. Isa funkelte ihn an. Es gab keinen Grund, gemein zu werden. »Esma ist jedenfalls nicht Wonnebergs Mörderin«, kam sie patzig zum Ende.

»Wenn Sie das sagen.« Die Ellbogen auf der Tischplatte abgestützt, fuhr Bähr sich mit den Händen übers Gesicht.

Isa hob das Kinn. »Sie können sich Ihren zynischen Unterton sparen. Ich habe Beweise, dass zwischen Esma und Wonneberg nichts gelaufen ist.«

»Wunderbar.« Ihre Aufforderung, seinen Zynismus zu unterlassen, schien er nicht sonderlich ernst zu nehmen.

»So wie ich das sehe, können Sie dann gleich noch einen weiteren Verdächtigen von Ihrer Liste streichen«, brummte er.

Isa runzelte die Stirn. »Ach ja? Wen?«

»Ben Hilbert. Wenn Esma keine Affäre mit Wonneberg hatte, wie Sie sagen, hatte Ben auch keinen Grund, eifersüchtig zu sein.«

»Nicht so schnell, Herr Kommissar«, sie hob belehrend den Zeigefinger. »Ben weiß meines Erachtens nicht, was wirklich hinter Esmas enger Bindung zu ihrem Lehrer steckte. Niemand weiß das.«

»Außer Ihnen?«

»Ganz recht.« Endlich schien er ihren Erfolg zu würdigen. Zufrieden überlegte sie, ob sie sich darauf noch einen Eierlikör gönnen sollte.

»Frau Klein, Sie hören jetzt mal auf mit Ihrer Salamitaktik und sagen mir, was Sie wissen«, störte Bähr ihren stillen Triumph. »Und zwar alles.«

»Ich dachte, das hätte ich getan«, antwortete sie ehrlich erstaunt.

»Woher wissen Sie, dass Esma keine Affäre mit ihrem Lehrer hatte? Was ist der wahre Grund für ihre enge Bindung zu Wonneberg und …«

»Okay, okay«, stoppte sie seine Bombardierung. »Aber meine Quelle kann ich Ihnen nicht verraten.«

Insgeheim malte sie sich aus, was passieren würde, wenn sie es doch tat. Wahrscheinlich würde Bähr ihr direkt die Handschellen anlegen. In seinen Augen kam ihre Herumschnüffelei vermutlich einem Einbruch gleich. Schnell verdrängte sie diesen Gedanken.

»Esma hat sich ihrem Lehrer gegenüber geoutet. Sie ist lesbisch. Kurz nachdem sie sich Wonneberg anvertraute, hat sie sich von Ben getrennt. Ich bezweifle wie gesagt, dass Ben den wahren Grund kennt.«

»Ist das alles?«, fragte Bähr. »Oder gibt es sonst noch was, das ich wissen sollte? Dann wäre jetzt ein guter Zeitpunkt, damit rauszurücken.«

Isa hob die Hände. »Das war alles, versprochen.«

»Was haben Sie denn da für Kratzer?«

Reflexartig ließ sie die Arme unter den Tisch fallen. Die verdammten Schrammen hatte sie ganz vergessen.

»Ach nichts. Gartenarbeit. Sie wissen schon.«

»Mit dem Regenrohr?«

Isa zog ertappt den Kopf ein. Wie hatte sie auch nur für eine Sekunde vergessen können, wen sie hier vor sich hatte?

»Ich geh schlafen«, ließ er es zu ihrer Überraschung dabei bewenden und stemmte sich von der Eckbank hoch. Als er schon im Flur war, rief er ihr noch etwas zu.

»Wie bitte?« Ihr erleichtertes Schnauben hatte seine Worte übertönt.

»Sie sollten sich bei Ihrer Freundin melden«, rief er etwas lauter.

Kapitel 27

Am Freitag verzichtete Isa aufs Frühstück, weil sie schon wieder spät dran war und nicht nochmal riskieren wollte, den ganzen Tag mit einem Marmeladenfleck auf der Hose herumzulaufen. Die übertriebene Eile führte allerdings dazu, dass sie fünf Minuten zu früh im Klassenzimmer der Neuner ankam.

Jemand hatte die Rollläden heruntergelassen, sodass in dem Raum eine stickige Dämmerstimmung herrschte. Isa betätigte den Lichtschalter und löste damit allgemeines Protestgemurmel aus. Ein paar Schüler zeigten zumindest so viel Anstand, ihre Handyaktivitäten unter den Tisch zu verlegen.

Nachdem sie die Hundetasche neben dem Pult abgestellt hatte, fläzte sie sich in den Bürostuhl mit der beweglichen Rückenlehne. Sie hatte nicht vor, den Unterricht vorzeitig zu beginnen. Stattdessen würde sie sich, genau wie die Schüler, unauffällig mit ihrem Handy beschäftigen. Sie beschloss, die gewonnene Zeit zu nutzen und endlich ein paar neue Hosen zu kaufen, nachdem sie ihre alten offensichtlich zu heiß gewaschen hatte. Seit einiger Zeit zwickten sie unangenehm an der Hüfte.

Leises Klopfen an der Tür ließ sie vom Display aufblicken. Ein hagerer, blasser Mann taxierte sie mit seinem Blick, ohne sich von der Stelle zu bewegen.

»Guten Morgen«, sagte Isa und runzelte die Stirn. Sie

war sich ziemlich sicher, den Typen schon mal im Lehrerzimmer gesehen zu haben. An ihrem ersten oder zweiten Tag. Zumindest erkannte sie den Strickpullunder wieder, den es offensichtlich im Multipack zu kaufen gegeben hatte.

»Ich glaube, ich habe meine Unterlagen hier liegen gelassen«, murmelte er verhalten, als spräche er zu sich selbst.

Isa stieß sich vom Schreibtisch ab, sodass ihr Stuhl Richtung Tafel rollte und er an die Schubladen ran konnte.

Lautlos kam der Kollege in seinen Trekkingsandalen angeschlichen und beugte sich vor, um die Ablage unter dem Tisch zu inspizieren. Tatsächlich zog er ein Buch und ein ausgeleiertes Lederetui hervor. »Danke.«

Als er sich abwandte, blieb er mit seiner rechten Sandale am Lederriemen ihrer Tasche hängen. Isa hörte sich selbst scharf einatmen. Im selben Moment kippte die Tasche zur Seite und Alfons kugelte heraus.

Verschlafen zog er die Augen auf, dann strampelte er sich mit seinen kurzen Beinchen frei, schüttelte sich und machte sich unbekümmert daran, den Boden mit seinem Schnäuzchen zu bearbeiten wie ein Scheibenwischerfisch das Glas eines Aquariums.

»Ist das Ihrer?« Der Pullundermann starrte auf Alfons herab, als sei er ein giftiges Reptil.

Isa blies leise den Atem aus, den sie in ihrer Schockstarre angehalten hatte. »Er ist ein Schulhund.«

»Wieso weiß ich davon nichts?«, polterte der Kollege. »Gab es eine Abstimmung? Man muss das Kollegium doch informieren. Ich habe eine Hundehaarallergie.«

Auch das noch. Isa wurde heiß. Vor ihrem geistigen Auge sah sie den Mann schon zu Rothardt-Knappenhauser rennen und Alarm schlagen.

»Er ist auch ein Allergiehund«, platzte sie in ihrer Panik heraus.

Der Kollege stutzte und zog seine Brauen zu einem einzigen, skeptischen Strich zusammen. »Tatsächlich?«

Isa nickte, die Lippen fest zusammengepresst.

»Na, wenn das so ist.« Er klang nicht wirklich überzeugt. Schnippisch wandte er sich um und huschte zur Tür hinaus.

Isa ließ sich schlaff in die Rückenlehne fallen. Wenn das mal gut ging. Vom Gang her erschallte ein lautes Niesen.

»Der Schneider ist so ein Spießer«, hörte sie eine Schülerin flüstern. Sie blickte auf und sah gerade noch, wie ein paar andere zustimmend nickten.

»Wetten, der sorgt dafür, dass wir keinen Schulhund mehr haben dürfen?«, warf Esma ein.

»Quatsch«, sagte Isa und verzog spöttisch den Mund. Sie musste Haltung bewahren. Die Schüler brauchten nicht zu merken, wie sehr der Vorfall sie beunruhigte. Ihr Magen fühlte sich an wie ein Stein. Wenn Schneider zur Rektorin ging, war sie geliefert. Am besten legte sie sich schon mal eine Ausrede zurecht.

»Sie kennen ihn nicht so gut wie wir«, riss Mila sie aus ihren Gedanken. »Der kann einem jeden Spaß verderben.«

Auch diese Aussage erntete das kollektive Nicken der Klasse. Nur Ben beteiligte sich natürlich nicht. Er saß breitbeinig da und guckte, als wäre ihm alles völlig egal.

»Keiner mag den«, brachte sich ein pausbackiger Junge mit schwarzer Mähne ein. Die Fransen bedeckten seine Augen fast vollständig. Isa glaubte sich zu erinnern, dass er Armin hieß. Oder Ahmed?

»Nicht mal Herr Wonneberg konnte ihn leiden.«

Isa richtete sich in ihrem Stuhl auf. »Woher weißt du das?«

»Kein Plan. So halt«, nuschelte Armin-Ahmed in seine Arme, auf denen er den Kopf abgelegt hatte.

Das war ja sehr hilfreich.

»Die haben sich mal gestritten.«

Isas Blick huschte zur Seite. Auf Mila war Verlass. »Weil doch Herr Schneider immer diese komischen Ständerwände für sich genommen hat.«

Ein paar Jungs in den hinteren Reihen prusteten los. Sie freuten sich offensichtlich über die schlüpfrige Bezeichnung.

»Meinst du Stellwände?«, fragte Isa.

»Keine Ahnung.«

Armin nickte. »Jetzt gibt's deswegen jedenfalls keinen Streit mehr.« Er blies die Backen auf und imitierte ein explodierendes Geräusch, woraufhin Esma ihm einen entsetzten Blick zuwarf.

»Die beiden hatten also Streit?«, hakte Isa vorsichtig nach. Hätte sie geahnt, dass die Schüler vor dem Unterricht in einer solchen Plauderlaune waren, wäre sie jedes Mal überpünktlich erschienen.

Mila nickte. »Einmal ist er tierisch ausgetickt.«

»Wer?«

»Wonneberg. Er hat laut rumgeschrien, dass ...«

»Was laberst du?«, mischte sich Tom aus der letzten Reihe ein. Seinen Namen kannte Isa, weil er am ersten Tag an der Prügelei beteiligt gewesen war. »Der hat doch nicht rumgeschrien.«

Mila warf theatralisch die Hände hoch. »Okaaaay, dann ist er halt nur ein bisschen laut geworden.«

»Und warum?«, fragte Isa. Sie konnte den eigenen Pulsschlag in ihren Ohren hören. Instinktiv spürte sie, dass sie an etwas dran war.

»Hab ich doch gesagt. Wegen den Dingern.«

»Den Stellwänden?«

»Ja, genau. Er hat sich aufgeregt, dass der Schneider die immer für sich nimmt und wenn ein anderer sie braucht, muss er erst das ganze Schulhaus danach absuchen.«

Isa nickte langsam. Das war ja wirklich äußerst interessant. »Was unterrichtet Herr Schneider denn?«, fragte sie, einer plötzlichen Eingebung folgend, möglichst arglos.

»Schwachmatik.«

Die Klasse brach in Gelächter aus.

Isa konnte sich ein Augenrollen nicht verkneifen. »Sehr originell, Ben.«

»Chemie und Mathe«, warf Esma ein, die als Einzige ernst geblieben war.

Chemie! Isa vergrub ihre Schneidezähne in die Unterlippe. Das wurde ja immer besser. Nicht, dass man ein Chemiker sein musste, um ein Zimmer mit Propangas zu fluten. Aber es schadete bestimmt auch nicht. Vor Aufregung wurde ihr ganz kribbelig zumute. So wie sie die Sache sah, hatte sie einen neuen Verdächtigen.

»Na, du hast heute aber eine Energie«, rief Uschi lachend, als Isa zur großen Pause mit energischen Schritten ins Lehrerzimmer marschiert kam.

Sie wollte nur schnell eins der belegten Brötchen abgreifen, die der Schulbäcker netterweise nach oben lieferte, und gleich wieder abhauen. Das Brötchen zwischen die Zähne geklemmt, tastete sie die hinteren Hosentaschen nach ihrem Handy ab. Sie musste Bähr anrufen und ihm ihren neuesten Ermittlungserfolg eröffnen.

»Das Geld kommt nicht von allein in die Kasse«, krächzte

da jemand hinter ihr. Sie musste sich nicht umdrehen, um zu wissen, dass die anklagende Stimme Schneider gehörte. Vermutlich war er immer noch eingeschnappt, dass niemand ihn über den neuen Schulhund in Kenntnis gesetzt hatte. Nur gut, dass sie sich entschieden hatte, Alfons während der Pause im Klassenzimmer zu lassen.

»Ich hab meinen Geldbeutel daheim vergessen«, erklärte sie nuschelnd und warf Schneider einen beleidigten Blick zu. Sie hatte ja gar nicht vorgehabt, die Zeche zu prellen. Dem Bäcker fiel es wahrscheinlich noch nicht mal auf, wenn sie das Geld erst am Montag in die beistehende Kasse warf.

»Ich kann dir was leihen, Isa.«

Sie drehte sich zu Uschi um und schenkte ihr ein dankbares Lächeln. »Das wäre toll.«

Die Kollegin beugte sich zu ihrer Tasche runter, wühlte darin herum und ließ kurz darauf einen Lederbeutel, dick wie ein Backstein, auf die Tischplatte donnern.

Beeindruckt schob Isa die Unterlippe vor. »Was hast du da drin? Goldnuggets?«

»Schrecklich, ich weiß«, kicherte Uschi. »Ich muss ihn dringend mal ausmisten. Da stecken wahrscheinlich noch die Einkaufszettel von vor zwanzig Jahren drin.«

Sie klappte das Maul des ledrigen Ungeheuers auf, und Isa schielte unauffällig hinein. Das war eine alte Angewohnheit von ihr. Beim Blick in den Geldbeutel konnte man eine Menge über seinen Besitzer erfahren. Ihre Augen blieben an einem vergilbten Foto hängen, das hinter einer porösen Klarsichtfolie klemmte. Darauf war eine junge, auffallend dünne Frau zu sehen, die ernst in die Kamera blickte. Im Arm hielt sie ein winziges Bündel im hellblauen Strampler.

»Meine Tochter«, sagte Uschi, die Isas Blick bemerkt zu haben schien. »Und mein Enkel.« Sie tippte zärtlich auf das Baby.

Es konnte natürlich nur Einbildung sein. Aber Isa glaubte, eine gewisse Traurigkeit in Uschis Stimme mitschwingen zu hören.

»Leider haben wir wenig Kontakt«, bestätigte die Kollegin ihre Ahnung. »Sie leben im Ausland.«

Verstohlen betrachtete Isa Uschi von der Seite. Vielleicht behandelte die Kollegin deshalb alle so mütterlich. Weil sie sonst niemanden hatte, um den sie sich kümmern konnte. Es musste schwer sein, Tochter und Enkelkind kaum zu sehen. Uschi unterbrach ihre Überlegungen, als sie einen Schein aus dem Geldbeutel zog und ihn Isa hinhielt.

»Du bist meine Rettung«, sagte sie und warf den Schein mit einem demonstrativen Seitenblick auf Schneider in die Kasse. Anschließend zählte sie das Wechselgeld heraus, doch als sie es Uschi geben wollte, winkte die ab. »Behalt es. Vielleicht brauchst du heute noch was. Du kannst mir das Geld ein anderes Mal zurückgeben.«

»Danke.« Sie wandte sich zur Tür. »Ich muss noch telefonieren. Wir sehen uns nachher, ja?«

Blieb nur zu hoffen, dass sie nicht wieder auf Bährs Mailbox landete.

Als sie aufs Handy blickte, leuchtete zu ihrer Verwunderung eine Erinnerungsmeldung im Display auf. Sie entsperrte das Smartphone und erstarrte.

Ein Kollege, der offensichtlich zu dicht hinter ihr gelaufen war und nicht mit ihrem abrupten Anhalten gerechnet hatte, stieß gegen sie und entschuldigte sich eilig. Aber Isa beachtete ihn gar nicht.

In einem Anflug von Schwindel lehnte sie sich gegen die Wand des Schulflurs und starrte auf die leidige Erinnerung.

Heute war Renates nachträgliche Geburtstagsfeier. Eigentlich hatte die Freundin schon vor zwei Wochen Geburtstag gehabt, aber weil sie zu ihrem Bruder und den beiden Nichten nach Berlin gefahren war, hatten sie und Isa ausgemacht, die Feier nachzuholen.

Vor lauter Hermann-Hesse-Schule und Gasexplosion hatte Isa das völlig vergessen. Schlimmer noch, sie hatte Renate angeboten, die Feier bei sich auf dem Hof auszurichten, und natürlich bislang keinerlei Vorbereitungen getroffen. Und das, nachdem sie die Freundin gestern erst versetzt hatte.

Der Anruf bei Bähr musste warten. Ausnahmsweise gab es wichtigere Telefonate zu führen.

Kapitel 28

Lautes Hupen ließ Isa herumfahren. Gerade hatte sie die letzte Bierbank im Hof aufgestellt und mit einem feuchten Tuch von Staub und Spinnweben befreit.

Sie wischte sich mit dem Handrücken über die Stirn und stöhnte.

»Na toll!« Renates Kleinwagen kam bereits über den Hof geholpert. Wie so oft war ihre Freundin viel zu früh dran. So wurde wohl nichts aus Isas Plan, sich vor dem Eintreffen der Gäste noch umzuziehen. Sie zupfte sich den feucht klebenden Stoff ihres T-Shirts von der Haut und winkte Renate halbherzig zu.

Die legte eine geräuschvolle Bremsung im Kies hin und stieß die Autotür auf. Bei ihrem Anblick zog Isa unwillkürlich die Brauen hoch. Dass Renate auf die Idee kam, sich für eine Grillparty auf dem Hinterhof in ein Cocktailkleid zu quetschen, war eine Sache. Aber Isa war absolut schleierhaft, warum ihre Freundin sich zudem für schwindelerregend hohe Stilettos entschieden hatte.

»Die Party kann staaarten«, trällerte sie und schwenkte eine Sektflasche durch die Luft.

»Keine Ahnung, was du erwartest«, lachte Isa, »aber Bergstiefel wären wohl passender gewesen.«

»Nichts da«, rief Renate freudestrahlend, »ich feiere heute Geburtstag.«

»Erzähl das dem Türsteher.«

Renates übertriebenes Gegacker war mit hoher Wahrscheinlichkeit bis in den Grimminger Ortskern zu hören.

»Hast du schon einen gezwitschert?« Isa nahm ihr die Sektflasche aus der Hand und beäugte ihre Freundin kritisch.

»Man wird sich ja wohl noch freuen dürfen«, erwiderte die säuerlich. »Wo sind die Gäste?«

»Kommen gleich.« Und tatsächlich bog wie auf Kommando das Auto ihrer Eltern in den Hof ein. Das war auch gut so, denn ihr Vater war für die Getränkelieferung zuständig, und ihre Mutter hatte versprochen, sich um den Nachtisch zu kümmern.

Isa war nach der Schule beim Metzger vorbeigefahren, um das Grillfleisch abzuholen, das sie am Morgen telefonisch vorbestellt hatte. Und Toni brachte das Geschenk mit, das sie und Isa schon vor einer Weile für Renate ausgesucht hatten. Wie es schien, war sie nochmal mit einem blauen Auge davongekommen. Dank der Unterstützung ihrer Familie.

Renate winkte ihren ankommenden Gästen beidarmig zu, doch Isa runzelte die Stirn.

»Wo ist Toni?«, rief sie, während sie ins Wageninnere spähte.

Ihr Vater hievte sich schnaufend aus dem Fahrersitz und sah sie an. »Sie hat g'sagt, dass mir se net abhola müsset.«

»Bitte was?«, quietschte Isa. Das konnte ja wohl nur ein schlechter Witz sein. Toni hatte das Geschenk. Davon abgesehen, war ihre Schwester die Seele jeder Party. Die Stimmungskanone sozusagen. Und Isa war sich ziemlich sicher, dass dieses Fest eine gebrauchen konnte.

»Heißt das, sie kommt nicht?«, rief sie, mit einem Anflug von Panik in der Stimme.

»Ha doch. Sie hat gmoint, dass jemand aus Reutlinga se mitnimmt.«

»Sie hat eine Mitfahrgelegenheit von Reutlingen nach Grimmingen gefunden?« An einem Freitagabend? Das kam Isa doch sehr komisch vor.

Bevor sie den Gedanken zu Ende denken konnte, brachte ein lautes Schnalzen sie dazu, den Kopf zu drehen. Ihre Mutter stand neben dem Auto und betrachtete mit verschränkten Armen das Resultat von Isas Anstrengungen. Ihr Gesichtsausdruck sprach Bände. »Ein bisschen mehr Mühe hättest du dir schon geben können.«

Isa folgte ihrem Blick und presste die Lippen aufeinander. Die beiden Biertische standen schräg auf dem unebenen Untergrund und die Teelichter wirkten völlig verloren auf den kahlen Tischplatten. Aufgrund der Schieflage waren sie leicht zu einer Seite hin gerutscht. Vom Grill stieg eine beunruhigend dunkle Rauchfahne in den ausgewaschenen Himmel auf, und der festliche Leuchteffekt von Isas Lampions, die sie am Carport befestigt hatte, verpuffte gänzlich im tief stehenden Sonnenlicht.

Sie seufzte kapitulierend. Ihre Mutter hatte ausnahmsweise recht. Glücklicherweise schien die gute Renate sich nicht an dem unbeholfenen Arrangement zu stören. Sie hatte sich auf eine der Bierbänke gesetzt und strahlte über das ganze Gesicht. Blieb nur zu hoffen, dass die restlichen Gäste bald eintrafen.

Vor lauter Verzweiflung hatte Isa heute Morgen ihren Stolz heruntergeschluckt und Anna-Maria angerufen. Ihre strebsame Kollegin hatte versprochen, heimlich ein paar

Kollegen zusammenzutrommeln und zu überreden, auf der Geburtstagsfeier aufzutauchen. Renate würde Augen machen, wenn die gleich eintrudelten.

»Hilfsch du mir mit de Kischta?«, riss ihr Vater sie aus ihren Gedanken und deutete auf den Kofferraum. Sie nickte und sah sich nach einer schattigen Stelle um, an der sie Renates Sektflasche abstellen konnte, die sie noch immer in der Hand hielt. Beim Geräusch von knirschendem Kies warf sie einen Blick über die Schulter und stutzte. »Ist das …?« Sie blinzelte gegen das Sonnenlicht an.

»Kommissar Bähr!«, beendete ihre Mutter den Satz für sie. Im Gegensatz zu ihrer Tochter klang sie höchst erfreut.

Isa hob die Augenbrauen. Mit ihm hatte sie überhaupt nicht gerechnet. Bisher war er freitags immer direkt nach Esslingen gefahren, ohne einen Zwischenstopp in Grimmingen einzulegen. Sie konnte es ihm nicht verdenken. Hier wurde am Wochenende die altbekannte tote Hose quasi begraben.

»Ist er extra wegen mir gekommen?«, fragte Renate und schob gerührt die Unterlippe nach vorn.

»Klar«, rief Isa langgezogen und eilte auf das Auto zu, um ihn abzupassen.

Zu ihrer Überraschung stieg Toni an der Beifahrerseite aus und grinste sie schelmisch an. Isa glotzte verdutzt zurück.

»Ich hab heute zufällig deinen Mieter getroffen und ihn ganz dreist um eine Mitfahrgelegenheit gebeten.« Toni beugte sich zur Fahrerkabine herunter. »Vielen Dank nochmal, Herr Bähr.«

»Keine Ursache«, hörte Isa ihn gedämpft von drinnen antworten. Wie es schien, hatte er nicht vor, den Wagen zu verlassen.

Schnell marschierte sie zum offenen Seitenfenster und streckte, einer spontanen Eingebung folgend, die Sektflasche zu ihm rein. Bähr schien sie völlig falsch zu verstehen. »Nicht nötig, danke.«

»Die ist nicht für Sie.« Isa spähte über die Schulter zu Renate, um sich zu vergewissern, dass sie nichts von der Aktion mitbekam. »Das ist Renates Geburtstagsgeschenk.«

»Dann geben Sie es ihr doch«, murmelte Bähr und schob die Flasche aus seinem Gesicht.

»Nein. Die ist von Ihnen«, zischte Isa.

»Frau Klein.« Er sah sie warnend an. Sie kannte diesen Tonfall nur zu gut. Als spräche er mit einem ungezogenen Kind.

»Bitte«, flehte sie, »spielen Sie mit. Ich schwöre, ich werde mich revanchieren.«

»Ich weiß doch überhaupt nicht, wovon Sie reden.«

»Offiziell sind Sie der Überraschungsgast für Renate. Sie feiert heute ihren Geburtstag nach und würde sich riesig freuen, wenn Sie dabei sind.«

»Soll das ein Witz sein?«

Tonis einsetzendes Grunzen klang wie eine Bestätigung. Isa richtete sich auf und funkelte ihre Schwester über das Autodach hinweg böse an.

»Bitte, bitte«, sagte sie dann wieder an Bähr gewandt und schenkte ihm ihr lieblichstes Lächeln.

»Das geht nicht, ich hab in Esslingen noch einen Haufen Arbeit zu erledigen.«

»An einem Freitagabend? Wer sind Sie? Der Bundeskanzler?«

Er zog eine Braue hoch und Isa biss sich auf die Unterlippe. So würde sie ihn garantiert nicht zum Bleiben bewegen.

»Bitte! Wenigstens für eine Stunde. Essen müssen Sie doch sowieso.«

Sie konnte förmlich sehen, wie es in seinem Oberstübchen ratterte. Wahrscheinlich suchte er fieberhaft nach einer Ausrede. Doch zu ihrer Überraschung seufzte er nur resigniert. »Eine Stunde, dann bin ich weg.«

In spontaner Aufwallung von Dankbarkeit klopfte Isa ihm auf die Schulter.

»Tataaaa«, rief sie dann in Renates Richtung und zeigte auf den aussteigenden Bähr, als wäre sein Auftauchen allein ihr Verdienst. Zum wiederholten Mal an diesem Abend war sie dankbar, über die liebenswerte Naivität ihrer Freundin.

Renate strahlte über das ganze Gesicht und kam Bähr mit ausgebreiteten Armen entgegengestakst.

Isa schluckte. Wie es schien, hatte sie vor, den Kommissar zu umarmen. Das würde komisch werden. Ohne es zu merken, hielt sie die Luft an.

»Alles Gute«, murmelte Bähr und streckte Renate den Sekt entgegen, als wolle er sie damit auf Abstand halten. Renate blinzelte die Flasche kurz irritiert an, dann warf sie sich daran vorbei in Bährs Arme.

»Wie schön, Herr Kommissar«, nuschelte sie in sein Hemd, »ich fühle mich ja so geschmeichelt.«

»Okay, okay«, ging Isa dazwischen. Sie konnte nicht riskieren, dass der Gefallen, den sie Bähr schuldete, ins Unermessliche wuchs.

Kapitel 29

Gegen Abend, als die letzten goldenen Sonnenstrahlen nur noch punktuell durchs schwankende Geäst des nahe gelegenen Waldes blitzten, konnte Isa sich endlich ein wenig entspannen. Sie nahm einen Schluck von ihrer Cola und genoss das Bitzeln auf der Zunge. Es roch nach Flieder und Heu, und die Temperatur war immer noch warm genug, dass niemand fröstelte. Die Gäste machten einen satten, zufriedenen Eindruck und unterhielten sich ausgelassen miteinander.

Anna-Maria hatte Wort gehalten. Bis auf ein paar wenige Kollegen waren tatsächlich alle gekommen. Und Rektor Maier hatte, sehr zu Renates Freude, eine spontane Lobrede auf das Geburtstagskind gehalten. Sogar Jens schien den Abend zu genießen. Auch wenn er bei seinem Eintreffen demonstrativ die Nase gerümpft und Isa mit einem spöttisch mitleidigen Blick bedacht hatte. Aber weil er Renate gegenüber die Liebenswürdigkeit in Person war, hatte Isa ausnahmsweise den Mund gehalten.

»Ich werd dann mal gehen«, unterbrach Bähr ihr zufriedenes Schwelgen und wischte sich mit dem Papier einer Küchenrolle die Hände ab. Die hatte Isa kurz zuvor von drinnen holen müssen, weil sie vergessen hatte, Servietten zu kaufen.

Bähr erhob sich von der Bierbank und nickte ihr zu. »Danke fürs Essen.«

»Ich begleite Sie zum Auto«, murmelte Isa und stand ebenfalls auf. Der Kommissar hatte sich von ihr zu einem Steakwecken und einer Apfelschorle überreden lassen und sich sogar in die ein oder andere Unterhaltung eingebracht. Das war mehr, als sie zu hoffen gewagt hatte.

»Herr Bähr, Sie wollen doch nicht etwa schon gehen?«, rief Isas Mutter und bedachte ihre Tochter mit einem eindringlichen Blick. Wie immer gab sie sich keine Mühe, ihre schwiegermütterlichen Absichten etwas subtiler zu verpacken.

»Die Pflicht ruft«, erklärte Bähr und winkte zum Abschied in die Runde. Glücklicherweise war Renate mittlerweile so beschwipst, dass sie jegliches Zeitgefühl verloren zu haben schien und sich nicht über Bährs verfrühten Abgang wunderte.

»So schön, dass Sie da waren, Herr Bähr«, unterbrach sie ihr Gespräch mit Jens und schenkte dem Kommissar ein strahlendes Lächeln.

Der Kommissar erwiderte das Lächeln und sah dabei beinahe verlegen aus. Schnell wandte er sich um und lief zu seinem Auto. Isa musste sich anstrengen, mit ihm Schritt zu halten.

»Ich hab Neuigkeiten zum Mordfall«, raunte sie.

Bähr stieg wortlos ein.

»He! Haben Sie gehört?« Sie hielt die Autotür fest, die er gerade hatte zuziehen wollen, und beugte sich zu ihm runter. »Ich hab was über einen Kollegen rausgefunden.«

Der Kommissar ließ den Türgriff los und sah sie an.

»Sie werden nicht loslassen, bis Sie damit rausgerückt sind, richtig?«

»Wie gut Sie mich doch mittlerweile kennen.« Isa grinste

schelmisch. Bevor er es sich anders überlegen konnte, spurtete sie ums Auto herum und ließ sich neben ihm in den Ledersitz fallen.

»Was soll denn das werden?«

»Na, Diskretion, was sonst?«

Weil er sie noch immer irritiert anstarrte, wies sie mit dem Kinn zur Windschutzscheibe, die den Blick auf die illustre Grillgesellschaft freigab. Wie die Ölgötzen starrten die Geburtstagsgäste ungeniert zu ihnen rüber.

»Na schön. Also?« Offensichtlich wollte Bähr das Gespräch zügig hinter sich bringen.

»Die Neuntklässler haben mir erzählt, dass Wonneberg und sein Kollege Schneider sich nicht gerade grün waren. Angeblich ist es zwischen den beiden wegen ein paar Stellwänden sogar zum Streit gekommen. Sie sollten wissen, dass Schneider Chemielehrer ist, sich also mit den Eigenschaften von Propangas bestens auskennen dürfte.« Gespannt wartete sie auf Bährs Reaktion.

»Ich werd's im Hinterkopf behalten.«

Isa verzog entgeistert das Gesicht. »Ist das alles, was Sie dazu zu sagen haben?«

»Wenn Sie nicht mehr haben, ja.«

Sie verschränkte die Arme vor der Brust und blickte frustriert zum Seitenfenster raus. Dass Bähr es immer wieder schaffte, ihre Erfolge mit wenigen Worten zunichtezumachen, war zermürbend. Nur ein einziges Mal wollte sie von ihm hören, dass sie etwas gut gemacht hatte. Dass ihre Hinweise hilfreich waren.

»Also dann«, mischte sich die Stimme des Kommissars unter ihre Gedanken. Sie wandte den Kopf, und sein auffordernder Blick traf den ihren. Offensichtlich sollte sie sich jetzt trollen, damit er losfahren konnte. Aber so schnell würde sie sich nicht abwimmeln lassen.

»Haben Sie Ben Hilbert nochmal befragt?«

»Wieso?«

Sie schnalzte mit der Zunge. »Weil mein Gefühl mir sagt, dass mit dem Jungen was nicht stimmt. Dieses latent aggressive Verhalten, sein geringes Selbstwertgefühl. Typischer Fall von verwöhntem Bürschchen. Solche Typen hab ich schon tausendfach erlebt. Ich glaube, Bens Vater gehört diese bekannte Anwaltskanzlei in Reutlingen. Wie heißt sie noch gleich? Hilbert und Partner? Na, egal. Jedenfalls hab ich erlebt, wie unangenehm der Junge werden kann, wenn nicht alle nach seiner Pfeife tanzen.«

»Haben Sie mal einen Blick in seine Schulakte geworfen?«

Isa runzelte die Stirn. Die brauchte sie nicht zu lesen. Sie konnte sich auch so denken, was drinstand. Ben war ein verwöhntes Einzelkind, das vermutlich die dominante Art des Vaters imitierte, um zu bekommen, was es wollte. Gute Noten bis zur fünften oder sechsten Klasse, dann der Absturz und immer wieder Probleme mit Lehrern und Mitschülern. Ende der Geschichte. Kannte man einen, kannte man alle.

»Da wird wohl kaum drinstehen, dass er der Mörder ist«, sagte sie halb ernst.

»Nein, aber dass er von den Hilberts adoptiert wurde.«

Isa fuhr im Sitz herum und sah Bähr ungläubig an.

Der Kommissar hob nur selbstzufrieden die Augenbrauen und ließ sie wieder fallen.

Sie öffnete den Mund, um etwas zu sagen, aber ihr kamen lediglich undeutliche Laute über die Lippen. In ihrem Kopf wirbelten die Gedanken durcheinander. Wie hatte ihr das nur entgehen können? Seit einer Woche war sie nun schon an der Hermann-Hesse-Schule zugange und hatte nicht die leiseste Ahnung gehabt. Und das, obwohl es offensichtlich in Bens Schülerakte stand. Sie war noch nicht mal auf die Idee gekommen, einen Blick hineinzuwerfen.

Kurz darauf fuhr Bähr vom Hof und ließ Isa in einer Wolke aus Staub und Schmach zurück. Sie schob die Hände in die Hosentaschen und schlurfte deprimiert zu den anderen zurück.

Dass die Stimmung der Gäste in der Zwischenzeit auch gekippt war, merkte sie erst, als Renate sie vorwurfsvoll aus geröteten Augen anstarrte.

»Du hast meine Geburtstagsfeier vergessen«, sagte sie tonlos.

Isa stutzte. Wo kam das denn plötzlich her? Sie machte ein Geräusch wie ein schnaubendes Pferd. »Wie kommst du denn darauf?«

»Jens hat gesagt, dass du erst heute Morgen gefragt hast, ob sie kommen können.«

Isas Blick schoss zu Schmoll, der neben Renate saß und plötzlich so tat, als sei er sehr an seinen Fingernägeln interessiert. Dieser Mistkerl! Dass er sie nicht mochte, war eine Sache. Das beruhte immerhin auf Gegenseitigkeit. Aber, dass er der armen Renate die Feier verdarb, war eine ganz andere Nummer. Eine miese Nummer.

»Ich hab es kommen sehen«, murmelte Renate leise vor sich hin.

Isa runzelte verständnislos die Stirn. »Was meinst du denn damit?«

»Seit du an der Hermann-Hesse-Schule bist, bin ich abgeschrieben.«

»Stimmt doch gar nicht.«

»Ach nein? Was war das dann gestern?« Renate sah sie anklagend an, und Isa unterdrückte ein Stöhnen. Sie hatte den Schnulzenabend doch nicht absichtlich sausen lassen. »Dafür hab ich mich entschuldigt«, erwiderte sie.

»Per WhatsApp.«

Isa überging den Vorwurf. »Und dass wir uns in letzter Zeit nicht so oft sehen, liegt vor allem an der Hin-und-her-Fahrerei und meinem zerstückelten Stundenplan ...«

Renate unterbrach sie mit einem hörbaren Ausatmen durch die Nase. »Es geht nicht nur um die Schule. Es geht um diesen verstorbenen Lehrer. Und um deinen Polizisten.«

Warnend hob Isa die Brauen, aber Renate redete einfach weiter. »Jedes Mal, wenn er auftaucht, bist du plötzlich wie ausgewechselt und vergisst die Menschen, die dir wichtig sind.« Sie brach ab und schluckte hörbar. »Wichtig sein sollten«, fügte sie dann mit belegter Stimme hinzu.

Entgeistert starrte Isa ihre Freundin an. So hatte sie Renate noch nie erlebt. Ja, sie hatte die Feier vergessen. Und ja, sie konnte auch sonst manchmal etwas nachlässig sein, was die Pflege ihrer Freundschaft anging. Aber heute hatte sie wirklich alles gegeben, um Renate einen schönen Abend zu bescheren. Die Vorwürfe, noch dazu in aller Öffentlichkeit, hatte sie wirklich nicht verdient, fand sie.

Bevor sie etwas zu ihrer Ehrenrettung hervorbringen konnte, stand Renate auf. Sie hielt sich am Tisch fest, hob erst ein Bein über die Bank und zog dann, leicht schwankend, das andere nach.

»Anna-Maria«, sagte sie, »ich würde jetzt gerne gehen.« Offensichtlich hatten die beiden sich während Isas Abwesenheit abgesprochen, denn Anna-Maria stand ohne zu fragen auf und legte Renate tröstend einen Arm um die Schulter.

»Das ist doch wohl ein Scherz«, brach es aus Isa heraus. Nach Zustimmung suchend, sah sie sich um. Sie konnte unmöglich die Einzige sein, die Renates Reaktion überzogen fand.

Die anderen Gäste schwiegen betreten und wichen ihrem Blick aus. Die gute Stimmung war dahin. Und offensichtlich gaben sie Isa die Schuld daran. Ihr lag ein zynischer Spruch auf den Lippen, aber sie schluckte die Worte herunter wie einen ungenießbaren Bissen. Es reichte, dass sie ihre beste Freundin gegen sich aufgebracht hatte. Sie musste nicht auch noch das Kollegium und ihre Familie vergraulen.

Nachdem Renate abgerauscht war, legte sich angespanntes Schweigen über den Hof. Keiner schien sich zu trauen, das Fest als beendet zu erklären. Fast war Isa dankbar, als Rektor Maier sich schließlich doch erbarmte. Ein verschämtes Hüsteln ausstoßend, erhob er sich und gab vor, noch etwas erledigen zu müssen.

Isa glaubte ihm kein Wort, aber es war ihr auch egal. Die übrigen Gäste folgten seinem Beispiel sichtlich erleichtert. Plötzlich wollte jeder noch etwas Wichtiges zu tun haben, bis am Schluss nur Toni und ihre Eltern übrig blieben.

»Bin ich es …«, Isa sah kopfschüttelnd in die geschrumpfte Runde, »oder dramatisiert Renate mal wieder?« Mit dem Zeigefinger zeichnete sie Kreise auf Höhe ihrer Schläfe in die Luft.

Toni starrte mit zusammengepressten Lippen auf die Tischplatte und hob nur kurz die Brauen. Ihre Eltern tauschten einen vielsagenden Blick.

»Ihr seid auf ihrer Seite?«, quietschte Isa ungläubig.

»Na ja …«, murmelte Toni, »ganz unrecht hat sie nicht. Du neigst dazu, dich in diese Detektivnummer reinzusteigern. Das hätte dich vor nicht allzu langer Zeit fast das Leben gekostet.«

Isa stöhnte auf. Wie praktisch es doch war, diese unschöne Episode immer dann aus der Schublade zu ziehen, wenn sie sich nicht so benahm, wie man es von ihr erwartete. Nur weil sie durch ihre eigene Unbedachtheit in die Hände eines Mörders geraten war, schienen offensichtlich alle von ihr zu erwarten, dass sie von nun an mit Scheuklappen durchs Leben ging.

»Was hat das denn mit einer vergessenen Geburtstagsfeier zu tun?«, patzte sie ihre Schwester an.

Toni knuffte ihr versöhnlich mit dem Ellbogen in die Seite. »Du weißt, dass es eigentlich gar nicht um die Feier geht.«

Isa reckte trotzig das Kinn. »Worum denn dann?«

»Darum, dass du nicht die Einzige bist, die noch immer Albträume wegen des Grimminger Mordfalls hat. Deine Einmischung hätte dich beinahe Kopf und Kragen gekostet. Renate war damals ganz schön mitgenommen. Wir alle. Und vielleicht hat sie Angst, dass du wieder in so eine Lage geraten könntest.«

»Die Gefahr besteht wohl kaum«, brummte Isa frustriert, »Bähr hält mich auf Abstand.«

»Isch vielleicht au besser so«, mischte ihr Vater sich plötzlich ein. Seine Stimme klang ungewohnt ernst.

Isa blickte ihn stirnrunzelnd an. Sie hatte erwartet, dass wenigstens ihre Familie zu ihr hielt. Aber nicht einmal ihre Mutter stellte sich hinter sie. Dabei war sie es gewesen, die beim Maifest überhaupt erst den Anstoß dazu gegeben hatte, dass Bähr vorübergehend wieder bei ihr einzog.

»Du solltest wirklich ein bisschen mehr Rücksicht auf deine Mitmenschen nehmen«, sagte sie prompt.

»Und sie nicht vergraulen«, ergänzte Toni, bevor Isa etwas erwidern konnte. »Der Kommissar geht nach dem Fall nach Esslingen zurück. Wir sind immer hier.«

Tonis Worte versetzten Isa einen Stich. Sie gab sich alle Mühe, das bittere Gefühl zu ignorieren, das bei der Erwähnung von Bährs Abgang in ihr hochgestiegen war. Ihr Brustkorb fühlte sich eng an. Bevor die anderen ihre Beklemmung bemerken konnten, schoss sie von der Bank hoch und blickte sich mit gespieltem Tatendrang um. »Ich fang besser mal mit dem Aufräumen an.«

Mit lautem Geklapper stapelte sie die schmutzigen Teller aufeinander und vermied es, jemanden anzusehen. Irgendwie lief gerade nichts, wie es sollte. Sie hatte keine Erfolge vorzuweisen, was die Ermittlungen anging, und nach ihrer Elternabendlüge bezog Bähr sie nicht länger ein. Zu allem Überfluss hatte sie als Freundin offensichtlich versagt.

Nicht gerade, was ihr vorgeschwebt hatte, als sie sich freiwillig für die Abordnung gemeldet hatte.

Kapitel 30

Am Sonntagmorgen zog Isa den Rollladen hoch und starrte grimmig zum wolkenverhangenen Himmel hinauf. Es sah nach Regen aus. Wie passend. Der heitere Sonnenschein der letzten Tage hätte sich ohnehin wie blanker Hohn angefühlt. Dieses Wetter passte viel besser zu ihrer Stimmung, und vielleicht brachte der Regen endlich etwas Abkühlung.

Nachdem Isa am Freitagabend in Ungnade gefallen war, hatte der Samstag sich hingezogen wie alter Kaugummi. Offensichtlich meinte Renate es dieses Mal wirklich ernst, denn sie hatte nicht einen Pieps von sich gegeben. Isa konnte sich nicht erinnern, dass zwischen ihnen je so lange Funkstille geherrscht hatte.

Einzig ein Anruf ihrer Eltern und mehrere tröstende Nachrichten von Toni hatten ihr einsiedlerisches Dasein unterbrochen. Wobei das Telefonat mit ihren Eltern eher ein Monolog mütterlicherseits gewesen war und sich schnell als eine von Margret Kleins berühmten Moralpredigten entpuppt hatte. Wenigstens schien sie angesichts des unsensiblen Verhaltens ihrer Tochter den Kommissar vorübergehend vergessen zu haben.

Mit leerem Blick starrte Isa auf den buckeligen Hof hinaus. Wenn sie wenigstens im Mordfall weitergekommen wäre. Dann würde ihr der Streit mit Renate vielleicht nicht ganz so schwer im Magen liegen.

Am liebsten hätte sie direkt zum Hörer gegriffen und Bähr alle möglichen Vorhaltungen gemacht. Sie tat das immerhin für ihn. Um ihm zu helfen. Gut … auch, weil sie nicht gegen ihren inneren Zwang ankam, ungelöste Fälle aufklären zu wollen.

Vermutlich hatte ihr Vater recht mit seiner Vermutung, dass Isas Zwang mit Tonis Unfall zusammenhing. Vor ein paar Jahren war sie auf dem Heimweg angefahren und liegen gelassen worden. Die Ärzte hatten die ganze Zeit davon gesprochen, wie viel Glück Toni gehabt hatte, weil sie nur ihr Bein verloren hatte. Es hätte viel schlimmer ausgehen können. Sie konnte froh sein, dass sie lebte, blablabla. Toni hatte an diesem Abend so viel mehr verloren als ihr Bein.

Und dass der Täter nie gefunden worden war, hatte Isas Vertrauen in die Behörden erschüttert. Es konnte, nein, es durfte nicht sein, dass Menschen mit ihren Taten ungestraft davonkamen, während Unschuldige litten.

Sie konnte spüren, wie heißer Trotz die bittere Stimmung in ihrem Inneren verdrängte. Hier ging es um mehr als um ihren Stolz. Es ging um Gerechtigkeit.

Bisher mochte sie im Dunkeln tappen, aber Bähr schien mit seinen Ermittlungen nicht viel weiter zu sein. Noch hatte sie die Chance, den Kommissar und ihre Familie davon zu überzeugen, dass sie das Richtige tat. Wenn ihr Einsatz dazu beitrug, einen Mörder zu fassen, konnte keiner mehr behaupten, dass sie sich mit ihrem übertriebenen Eifer verrannte.

Entschlossen ballte sie die Hände zu Fäusten. Egal ob Schüler oder Lehrer – wenn der Täter ein Teil der Schulgemeinschaft war, würde sie ihn finden. Und sie hatte auch schon eine Idee, wo sie ansetzen konnte.

Eilig griff sie nach einer Jeans, die verknüllt am Boden lag, und holte dazu ein graues Shirt aus dem Schrank. Statt den ganzen Tag untätig herumzusitzen und Trübsal zu blasen, würde sie nach Reutlingen fahren.

Dampf stieg im einsetzenden Regen vom heißen Asphalt des Lehrerparkplatzes auf, als sie mit ihrem Mazda darauf zufuhr. Sie stellte das Auto auf dem Stammplatz der Rothardt-Knappenhauser ab und blickte zum Haupteingang hinüber.

Vermutlich wegen der vorhergesagten Regenschauer, hielt sich niemand bei den Tischtennisplatten vor dem Schulgebäude auf. Das war auch besser so. Isa legte keinen Wert darauf, Schülern oder Eltern über den Weg zu laufen. Auch wenn Letztere es sicher löblich fänden, dass sie sonntags arbeitete. Und genauso würde sie es verkaufen, sollte sie doch jemandem begegnen und gezwungen sein, Rechenschaft abzulegen.

Sie staunte, wie verändert das Schulhaus wirkte, wenn kein Unterricht war. Das Ticken der großen Uhr im Foyer hallte ungewöhnlich laut von den Wänden wider. Sogar der vertraute Geruch nach alten Turnschuhen und Kreide wirkte irgendwie intensiver.

Isa durchschritt mit quietschenden Sohlen die große Eingangshalle und lief die Treppe zum Lehrerzimmer hinauf. In Gedanken war sie schon weiter. Nur, weil der Kommissar den Kollegen Schneider als Verdächtigen nicht wirklich ernst nehmen wollte, hieß das noch lange nicht, dass sie ihn vorschnell von der Liste streichen würde. Ebenso wenig wie Ben Hilbert.

Sie wagte zu bezweifeln, dass Schneider genauso ein wasserdichtes Alibi hatte wie die Rothardt-Knappenhauser, die den ganzen Nachmittag in Konferenzen gesessen hatte. Im Gegensatz zur Rektorin mussten die Lehrer nämlich nicht an jeder Sitzung teilnehmen. Die meisten Schulen handhabten es so, dass die Kollegen im Lehrerzimmer warteten, bis das Fach an der Reihe war, in dem sie unterrichteten. Da jeder Kollege mehr als einer Fachschaft angehörte, konnte man die Konferenzen nicht parallel stattfinden lassen. Zumindest nicht, wenn man es korrekt handhaben wollte. Es gab also theoretisch gewisse Zeitfenster, in denen sich eine Lehrkraft fortschleichen und einen Mordanschlag vorbereiten konnte …

Gedankenverloren schloss Isa die Tür zum Lehrerzimmer auf und zuckte im selben Moment zusammen. Der Kopierer spuckte unter mechanischem Summen Blätter aus, und es roch nach frisch gebrühtem Kaffee. Hinten am Lehrmittelregal entdeckte Isa eine Person, die mit dem Rücken zu ihr stand und den Arm zu einem Buch im obersten Fach ausstreckte. Wie es schien, hatte sie Isas Anwesenheit noch nicht bemerkt.

Kurz überlegte sie, ob sie einfach wieder rückwärts rausschleichen und die Tür leise hinter sich zuziehen sollte. Aber dann schüttelte sie unmerklich den Kopf. Sie tat nichts Verbotenes. Sie durfte hier sein. Und vielleicht war es gar nicht schlecht, jemanden zum Reden zu haben.

»Nicht erschrecken«, warnte sie vorsichtig und erreichte damit natürlich das genaue Gegenteil. Die Kollegin stieß einen Schrei aus, und das Buch fiel polternd zu Boden. Die Hand aufs Herz gepresst, drehte sie sich um und starrte Isa aus aufgerissenen Augen an.

»Tut mir leid.« Isa hob entschuldigend die Hände,

redlich bemüht, ihre Erleichterung zu verbergen. Sandra war eine von den Guten. Obwohl Isa diese Einschätzung vielleicht noch einmal überdenken musste, wenn die Frau ernsthaft sonntags zum Arbeiten herkam. Bisher hatte sie den Eindruck gehabt, dass die Kollegin sich selbst und ihre Arbeit nicht übertrieben wichtig nahm. Einmal waren sie sich während der Unterrichtszeit auf dem Lehrerklo begegnet. Sie hatten sich angegrinst und kurz über Belangloses gequatscht. Es hatte sich angefühlt wie eine kleine Rebellion gegen Knappenhausers strenges Regime.

»Mann, hast du mich erschreckt«, rief Sandra lachend und tat, als würde sie sich mit dem Handrücken den Schweiß von der Stirn wischen.

»Tut mir leid«, wiederholte Isa. »Musst du auch noch was vorbereiten?«

Sandra nickte seufzend. »Nach dem Kopiererfiasko letzte Woche, hab ich beschlossen, mein Zeug heute in Ruhe zu erledigen, sonst komm ich morgen früh noch vor der ersten Stunde ins Rudern.«

Isa nickte. Dabei war ihr das angesprochene Problem mit den Kopierern gar nicht aufgefallen. Vermutlich, weil sie bisher nicht ein einziges Arbeitsblatt im Unterricht verwendet hatte.

»Von dir hätte ich das ja nicht erwartet.« Sandra fixierte sie aus schmalen Augen.

»Hm?« Isa spürte, wie sich ihr Nacken versteifte. Sie war sich nicht sicher, worauf ihre Kollegin anspielte. Doch Sandra schenkte ihr ein entwaffnendes Grinsen. »Dass du sonntags herkommst.«

»Ach so.« Sie stieß ein erleichtertes Lachen aus. »Tja, gleiches Problem. Ich hab noch nichts für kommende Woche kopiert und keine Lust, deswegen morgen früher anzutanzen.«

Sandra nickte und bückte sich zu dem Buch, das ihr vorher aus der Hand gefallen war. »Zu zweit lässt sich die Extraschicht doch gleich viel leichter ertragen.«

»Auf jeden Fall.«

Die Kollegin wandte sich wieder zum Bücherregal um, und Isa beschloss, ihr Vorhaben ganz unverblümt in die Tat umzusetzen.

»Die Rektorin hat gesagt, dass ich mir die Protokolle der letzten Fachkonferenzen durchlesen soll. Weißt du, wo ich die finde?«

Im Geiste klopfte sie sich für diese geniale Notlüge auf die Schulter. Niemand würde bezweifeln, dass die Rektorin einer neuen Kollegin Hausaufgaben auftrug. Wenn sie es recht bedachte, war es sogar sehr gut möglich, dass die Rothardt-Knappenhauser etwas in der Art tatsächlich gesagt und Isa es einfach nur überhört hatte.

»Die werden in Ordnern abgeheftet«, murmelte Sandra und ließ ihren Blick über die Regalwände streifen. »Schau mal in diesen nach.«

Isa folgte ihrem Fingerzeig und entdeckte eine Reihe von Aktenordnern. Alle mit sauber beschrifteten Etiketten, wenn manche auch so vergilbt waren, dass sie durchaus aus einer Zeit stammen könnten, in der Isa selbst noch Schülerin gewesen war.

Suchend schritt sie das Regal ab. Für jedes Schulfach gab es einen extra Ordner. Das hieß vermutlich, dass die Protokolle separat abgeheftet wurden. Es gab einen Ordner für Deutsch, einen für Englisch, einen für Mathe …

Isa stöhnte innerlich auf. Sie würde alle Ordner durchgehen müssen, um herauszufinden, wann Schneider in welcher Konferenz gesessen hatte. Oder anders gesagt, wann er Zeit gehabt haben könnte, das Schulhaus zu verlassen, Wonnebergs Wohnung zu präparieren und rechtzeitig wieder hier zu sein, bevor jemandem seine Abwesenheit auffiel.

Kapitel 31

Laut der Aussage ihrer Schüler unterrichtete Schneider unter anderem Chemie. So konnte sie ihre Suche zumindest etwas eingrenzen. Sie griff nach dem entsprechenden Ordner und schlug ihn auf. Als sie erkannte, was auf dem zuoberst liegenden Blatt abgedruckt war, hätte sie beinahe ein freudiges Juchzen ausgestoßen. Wie es schien, hatte sich jemand die Mühe gemacht, einen allgemeinen Zeitplan für den Konferenznachmittag zu erstellen. Neben jedem Fach war eine Uhrzeit eingetragen, wann die entsprechende Sitzung starten und enden sollte.

An erster Stelle stand die Deutschkonferenz, die auf 12:45 Uhr angesetzt gewesen war. Für jede Konferenz waren exakt zwanzig Minuten eingeplant. Die Chemiekonferenz stand an vierter Stelle. In der Spalte daneben hatte jemand die Kürzel der Kollegen vermerkt, die zur Teilnahme verpflichtet waren. Isa musste sich ein freudiges Grinsen verkneifen. Das war perfekt.

Neben die Uhrzeit für die Chemiekonferenz hatte jemand, vermutlich der Fachschaftsvorsitzende, mit Füller eine Notiz geschrieben. Sie beugte sich herunter und entzifferte eine weitere Uhrzeit. Wie es schien, hatte die Sitzung verspätet begonnen. Statt um 13:45 Uhr erst fünfzehn Minuten später. Isa runzelte die Stirn. In ihrem Bauch meldete sich ein verheißungsvolles Kribbeln.

»Haben sich die Konferenzen verschoben?« Sie drehte sich zu Sandra um und deutete auf die Tabelle.

Sandra sah sie einen Moment verständnislos an und rollte dann mit den Augen. »Jedes Mal dasselbe. Frau Rothardt-Knappenhauser plant den Ablauf so stramm, als würde sie in den Krieg ziehen.«

»Ha!« Isa war also nicht die Einzige, die fand, dass die Rektorin eine Tendenz zum Militärischen hatte.

»Und dann regt sie sich immer tierisch auf, wenn ihr ach so großartiger Plan mit Füßen getreten wird. Dabei ist doch von vornherein klar, dass das nicht funktionieren kann. Allein für den Wechsel bräuchte man mindestens fünf Minuten. Die einen Kollegen müssen das Konferenzzimmer verlassen, die anderen brauchen eine Weile, um vom Lehrerzimmer zum Konferenzraum zu gelangen. Aber wenn es nach ihr ginge, würden wir natürlich wie die Soldaten vor der Tür bereitstehen.«

Ihre Blicke trafen sich und Isa schüttelte verächtlich den Kopf, während sie innerlich regelrecht frohlockte. Wenn die Verspätung etwas zu bedeuten hatte, dann wäre sie ohne Rothardt-Knappenhausers akribische Dokumentation nie darauf gestoßen.

»Ist überall das Gleiche«, warf sie möglichst beiläufig ein. »Woran lag es diesmal? Kam jemand zu spät?« Sie verbat sich, direkt nach Schneider zu fragen.

»Ich glaube, das war ein Rattenschwanz, der sich von Anfang an durchgezogen hat. Wenn die erste Konferenz zu spät beginnt, wirkt sich das auf alle anderen aus, du weißt schon.«

»Allerdings«, murmelte Isa und schnaubte. »Für manche Leute scheint der Begriff Pünktlichkeit dehnbar zu sein.« Sie schämte sich ein kleines bisschen für ihre Heuchelei.

»Ehrlich gesagt, lag es an Wonneberg.«

Isa klammerte sich an der Tischplatte fest, um vor Aufregung nicht nach hinten zu kippen. Hatte sie gerade richtig gehört?

»Das ist doch der …«

»Ja.« Sandra nickte ernst. »Man soll ja nicht schlecht über die Toten reden, aber …«

Isa merkte, wie sie eine Gänsehaut bekam. Am liebsten hätte sie die Kollegin bei den Schultern gepackt und geschüttelt. Wonneberg war tot. Seine Ehre nicht beschmutzen zu wollen, war löblich, aber es war der Suche nach seinem Mörder nicht zuträglich.

Stattdessen zwinkerte sie Sandra kameradschaftlich zu. »Beschönigen muss man aber auch nichts.«

Die Kollegin machte einen Gesichtsausdruck, als sei sie erleichtert, endlich jemanden gefunden zu haben, mit dem sie offen sprechen konnte.

»Eben. Ich meine, ich will ihn ja gar nicht schlechtmachen. Aber, dass ihn jetzt alle wie einen Heiligen darstellen, ist doch auch übertrieben. Plötzlich wollen sich alle gut mit ihm verstanden haben und keiner je genervt gewesen sein von seiner Herumschnüffelei und den ständigen Einmischungen.«

Fast hätte Isa sich an ihrer eigenen Spucke verschluckt. Sie hoffte, dass ihr Gesicht vor lauter Aufregung nicht rot anlief.

»Und ständig hat er die Rektorin vollgelabert und sich wichtig gemacht. Wenn du mich fragst, hatte er Ambitionen.«

Isa sah Sandra fragend an. Bestimmt spielte sie auf die Affäre an, von der Uschi ihr erzählt hatte.

»Was meinst du?«, stellte sie sich dumm.

»Die Stelle des Konrektors ist seit Monaten unbesetzt. Ich glaube, auf die hatte er es abgesehen.«

Davon hörte Isa zum ersten Mal. Ihr war nicht einmal aufgefallen, dass der Posten des Konrektors vakant war.

»Gab es denn noch weitere Bewerber?« Und damit weitere Menschen, die ein Mordmotiv gehabt haben könnten?, dachte sie den Satz im Stillen zu Ende.

Sandra schnaubte verächtlich und winkte ab. »Kann ich mir nicht vorstellen. Der Posten bedeutet einen Haufen Mehrarbeit ohne finanzielle Vorzüge. So was schreckt doch die meisten ab.«

»Offensichtlich nicht Wonneberg«, murmelte Isa nachdenklich.

Sandra zuckte mit den Schultern. »Scheint so.«

»Und hat die Rothardt-Knappenhauser ihn in Betracht gezogen?«

»Als Konrektor?« Sandra schien darüber nachzudenken. »Keine Ahnung, ehrlich gesagt. Schon möglich. Ich glaube aber, dass sie manchmal ziemlich genervt von seinen ständigen Beschwerden und Anregungen war. Vielleicht hat sie die Entscheidung deshalb auf die lange Bank geschoben.«

»Ich hab gehört«, wagte Isa einen Vorstoß, »dass die beiden was miteinander gehabt haben sollen.« Sie hielt den Atem an und betete innerlich, dass sie nicht zu weit gegangen war.

»Was?« Sandra lachte schallend. Sie schüttelte den Kopf. »Wer hat dir das denn erzählt?«

Isa zögerte. Sie war sich nicht sicher, ob Uschi ihr das im Vertrauen erzählt hatte. Andererseits hatte die Kollegin ja selbst gesagt, dass es nur ein Gerücht war.

»Uschi«, verriet sie deshalb.

Sandra schüttelte immer noch den Kopf. »Ich glaube, die sieht Gespenster. Vielleicht, weil ihr Ehemann ein ziemlicher Hallodri war.«

Isa hob die Brauen. »Woher weißt du das?«

Sandra zuckte die Schultern. »Das ist letztlich auch nur ein Gerücht. Aber eine Frau zieht doch nicht grundlos in eine andere Stadt, nimmt ihren Mädchennamen an und kappt jede Verbindung zu ihrer Vergangenheit.«

Isa musste an das Bild in Uschis Geldbeutel denken, und an ihr Bedauern darüber, dass sie die Tochter so selten sah. Sie fragte sich, ob Sandra davon wusste. Auf sie wirkte es jedenfalls nicht so, als hätte Uschi jede Verbindung abgebrochen.

»Du denkst also«, kam sie zum eigentlichen Thema zurück, »dass nichts an dem Affärengerücht dran ist?«

»Nie im Leben«, rief Sandra. »Die Rothardt-Knappenhauser war Wonneberg gegenüber manchmal total gereizt. Sie hat ihn auch mehr als einmal vor versammelter Mannschaft rundgemacht.«

Isa verkniff sich die Anmerkung, dass das ja durchaus eine Taktik gewesen sein könnte, um über jeden Verdacht erhaben zu sein. Oder eine Art schräges Vorspiel.

»Auch am Tag, bevor er starb«, sagte Sandra plötzlich. Ihre Stimme klang unsicher, als sei ihr das gerade erst wieder eingefallen.

»Wirklich? Weißt du, worum es ging?«, platze Isa raus.

Nachdenklich nagte Sandra an ihrer Unterlippe. »So viel ich mitbekommen habe, wollte er ein Gespräch unter vier Augen mit ihr. Die Rektorin hat ihm zu verstehen gegeben, dass sie pünktlich mit den Konferenzen beginnen wolle, aber er war unglaublich hartnäckig. Sie standen vor der Tür, und wir Kollegen saßen schon im Konferenzraum und haben darauf gewartet, dass es losgeht. Irgendwann ist sie laut geworden und hat ihn in seine Schranken verwiesen.«

Isa wagte nicht, Sandra zu unterbrechen. Sie merkte gar nicht, dass ihr vor lauter Aufregung der Mund nach unten aufklappte.

»Sie hat dann gesagt«, erzählte Sandra weiter, »dass er gerne für den nächsten Tag einen Termin bei ihr ausmachen könne, aber sie heute den ganzen Tag in den Konferenzen säße und keine Zeit habe. Da ist er beleidigt abgezogen.« Sie sah auf und verzog das Gesicht zu einer zerknirschten Miene. »Zu dem Gespräch kam es dann nicht mehr.«

Sie starrten sich an, und bevor Isa nachfragen konnte, dämmerte ihr, worauf Sandra anspielte. Am Abend desselben Tages war Wonneberg gestorben.

Zur Sicherheit legte Isa später noch ein paar Bücher auf den Kopierer und vervielfältigte wahllos irgendwelche Seiten. Immerhin hatte sie Sandra gegenüber behauptet, deshalb hier zu sein.

Sie hatten sich noch eine Weile über belanglose Themen unterhalten, die Isa angestoßen hatte, um von ihrem Interesse an Wonneberg abzulenken. Irgendwann waren sie in einträchtiges Schweigen verfallen und jeder war seiner Arbeit nachgegangen. Während Isa Geschäftigkeit vortäuschte, hatte sie endlich Gelegenheit, das Gehörte in ihrem Kopf zu sortieren.

Was hatte Wonneberg mit der Rektorin besprechen wollen? Es musste etwas Wichtiges gewesen sein, wenn es nicht hatte warten können. Sie fragte sich, ob Bähr von dem geplanten, aber nie geführten Gespräch mit der Rektorin wusste. Oder davon, dass sich die Konferenzpläne verschoben hatten. Grübelnd starrte sie zum Fenster hinaus.

Was Rothardt-Knappenhauser anging, machte die zeitliche Verschiebung der Konferenzen trotzdem keinen Unterschied. Sie hatte in allen Fächern den Vorsitz gehabt und war den ganzen Nachmittag nicht aus dem Schulhaus gekommen.

Schneider hingegen war nicht … nun ja, aus dem Schneider. Ebenso wenig das restliche Kollegium. Die meisten unterrichteten zwei oder drei Fächer. Im Grunde hätte also fast jeder von ihnen zwischendurch die Zeit gehabt, zu Wonnebergs Haus zu laufen und den Anschlag vorzubereiten.

Isa stieß ein tiefes Seufzen aus. Wie es schien, brachten sie die Protokolle nicht wirklich weiter. Sie konnte Schneider zwar weiterhin durchaus als Verdächtigen einstufen, aber leider auch so gut wie jeden anderen Kollegen.

»Alles in Ordnung?«

Isa drehte sich um und begegnete Sandras fragendem Blick. Sie hatte ihren Frust wohl lauter herausgeseufzt als beabsichtigt.

»Ich finde es nur so schrecklich«, sagte sie schnell, »dass ein junger Mensch auf so grausame Weise sterben musste.«

»So was passiert sonst nur woanders oder im Film«, stimmte Sandra ihr zu. »Ich hab natürlich noch am Abend aus den Nachrichten davon erfahren, aber dass es einen von uns getroffen hat, war mir da noch nicht klar. Und anfangs war ja auch noch von einem Unfall die Rede.«

»Ja«, sagte Isa einfältig, weil ihr nichts anderes einfiel.

»Aber spätestens als die Polizei hier aufgetaucht ist und mit uns reden wollte, war uns allen klar, was Sache ist.«

Isa presste die Lippen zusammen und nickte.

»Muss schlimm sein, so eine polizeiliche Befragung, wenn man seine Trauer noch gar nicht verarbeitet hat.«

»Mmh«, machte Sandra und wandte sich zum Gehen. Die Hand auf dem Türgriff, drehte sie sich noch einmal um.

»Obwohl ich sagen muss, dass ich das Gespräch mit dem gut aussehenden Kommissar recht angenehm fand. Der hätte bei mir gern auch noch eine Leibesvisitation durchführen dürfen.« Sie lachte grunzend und winkte zum Abschied.

Isa blieb stocksteif am Kopierer stehen und wartete, bis die Tür hinter Sandra ins Schloss gefallen war. Dann stieß sie sich von dem Gerät ab, das plötzlich eine unangenehme Hitze ausstrahlte. Überhaupt erschien ihr dieser Raum mit einem Mal unerträglich stickig.

Es dauerte einen Moment, bis sie kapierte, was diesen schlagartigen Ausbruch von Gereiztheit verursacht hatte. Und das ärgerte sie fast noch mehr.

Kapitel 32

Isas Gereiztheit hielt die ganze Heimfahrt über an und wuchs sich allmählich zu einer handfesten Magenverstimmung aus. Obwohl der Regenschauer nur von kurzer Dauer gewesen war, hatte sich der Boden ihres Hofs in eine schlammige Piste verwandelt, sodass sie höllisch aufpassen musste, nicht auszurutschen. Während sie sich im Hausflur die matschigen Schuhe abstreifte, überlegte sie, einen Schnaps gegen den grummelnden Magen zu trinken. Aber wahrscheinlich wäre eine Tasse Kräutertee die bessere Medizin.

Erst als sie die Küche betrat, wurde ihr bewusst, dass Alfons sie nicht wie üblich an der Haustür begrüßt hatte. Er saß vor der Terrassentür und blickte leise wimmernd nach draußen.

»Alfi, was ist denn?«

Der Hund blickte sie nur kurz an, bevor er seine Schnauze wieder gegen die Glasscheibe drückte. Isa vermutete, dass er schon eine Weile hier saß. Überall waren kleine, feuchte Abdrücke auf der Scheibe. Sie blickte hinaus und entdeckte die Quelle seines Kummers. Vor dem Fenster lag eine Meise mit seltsam verdrehtem Kopf und blutigem Schnabel.

»Oh nein.« Sie schob den Hund sanft zur Seite und zog die Tür auf. Vorsichtig ging sie neben dem Vogel in die Hocke und starrte auf seinen winzigen Brustkorb. Leichter

Wind hob und senkte den zarten Flaum seines Gefieders. Aber nach längerer Beobachtung war sich Isa sicher, dass das Tierchen nicht mehr atmete.

»Nicht Alfons, pfui!« Ihr Dackel war unbemerkt nach draußen gekommen und hatte das Vögelchen mit der Schnauze angestupst. Sie scheuchte ihn ins Haus zurück und zog die Tür zu.

Missmutig schlurfte sie dann zu einer großen Kiste neben den Terrassenmöbeln und kramte Handschuhe und einen Spaten hervor.

Das hatte ihr gerade noch gefehlt. Sie war sowieso schon mies drauf. Renate hatte immer noch nicht auf ihre Nachrichten reagiert, und Isas Familie schlug sich auf die Seite ihrer Freundin, statt ihr beizustehen. Was die lieben Kollegen hinter ihrem Rücken redeten, wollte sie lieber gar nicht erst wissen.

Sie seufzte leise. Wenn wenigstens ihre heutige Fahrt nach Reutlingen den erhofften Erfolg gebracht hätte. Aber auch der Konferenzplan war nicht wirklich aufschlussreich gewesen.

Sie schlüpfte in ihre grünen Gartenschlappen und schob die Meise vorsichtig mit der Innenkante des Schuhs auf die Schaufel. Dann transportierte sie den winzigen Körper durchs nasse Gras zur Hecke, die den Garten säumte. Dort ließ sie ihn vorsichtig vom Schaufelblatt rutschen und setzte die Kante auf, um ein quadratisches Loch vor ihrem Zwergmispelstrauch auszuheben.

»Vergraben Sie eine Leiche?«

Sie fuhr herum. Bähr stand in der Terrassentür. Mit seiner großen Statur füllte er den Rahmen fast vollständig aus.

»Volltreffer.«

Damit schien sie den Kommissar nicht schockieren zu können. Er steckte die Hände in die Hosentaschen und ließ seinen Blick über die Terrasse und den Garten streifen.

Die dezent erhobene Augenbraue konnte er sich sparen. Sie wusste selbst, dass ihr Garten eine Katastrophe war. Das Gras reichte bis zu ihren Fußknöcheln, die Blumen im Beet rund um die Terrasse waren zu braunen Nestern zerfallen, und die Möbel trugen einen gelben Schimmer vom Blütenstaub. Dort, wo die Überdachung nicht hinreichte, hatten Regentropfen hässliche Schlieren durch den gelben Staub gezogen. Dass sie erst kürzlich behauptet hatte, sich die Kratzer auf ihren Armen bei der Gartenarbeit zugezogen zu haben, hatte Bähr hoffentlich wieder vergessen. Sie war nicht in der Verfassung, sich eine neue Ausrede einfallen zu lassen.

Seufzend wandte sie sich um und platzierte einen Fuß auf dem Spaten. Doch der Regen war kaum in den trockenen Boden eingedrungen, das Schaufelblatt sank höchstens einen Zentimeter ein.

Aus dem Augenwinkel sah sie, wie Bähr wieder nach drinnen verschwand und kurz darauf zurückkehrte. Offensichtlich hatte er sich seine Schuhe geholt. Jetzt kam er über den Rasen gelaufen und stellte sich neben sie. »Armes Ding.«

Sie hob den Kopf und sah ihn mit einer Mischung aus Empörung und Erstaunen an, bis ihr klar wurde, dass er nicht sie gemeint hatte. Natürlich nicht.

»Ist gegen die Scheibe geflogen.«

Der Kommissar nickte stumm.

Isa stellte sich wieder auf den Spaten, dieses Mal mit beiden Füßen, um ihn mit ihrem ganzen Gewicht in den Boden zu rammen.

»Sie sind früh dran«, presste sie unter Anstrengung hervor. Normalerweise trudelte Bähr erst spät am Sonntagabend ein oder kam erst montags nach der Arbeit hier an.

»Ich hatte noch was in Reutlingen zu erledigen.«

»Haben Sie eigentlich jemals frei?« Sie merkte, wie gereizt das geklungen hatte, und räusperte sich leise. Bähr konnte nun wirklich nichts dafür, dass bei ihr gerade alles drunter und drüber ging.

»Nicht während einer laufenden Ermittlung. Wie lange ging's denn noch am Freitag?«

Verständnislos blickte Isa zu ihm hoch.

»Die Geburtstagsfeier Ihrer Freundin«, half Bähr ihr auf die Sprünge.

»Richtig.« Sie schnaubte. »Müssen Sie mich daran erinnern?«

Wütend sprang sie mit beiden Füßen auf die Schaufel und schaffte es endlich, sie ein Stück im Boden zu versenken.

»Ich versteh nicht ganz.«

Isa winkte ab. »Ich will nicht drüber reden.«

»Aha«, machte Bähr nur.

»Renate ist beleidigt«, brach es plötzlich aus Isa heraus. Bähr hatte sich bereits zum Gehen umgewandt, doch jetzt blieb er stehen und sah sie überrascht an.

Isa wich seinem Blick aus. Sie hatte selbst keine Ahnung, warum sie das gesagt hatte. Schwitzend und mit rotem Kopf stützte sie sich auf die Schaufel. Am besten sprang sie selbst in das verdammte Loch, sobald sie den Kampf gegen den Boden gewonnen hatte.

»Weil ich die Feier vergessen und sie recht … na ja … spontan auf die Beine gestellt habe«, erklärte sie schließlich widerwillig. Jetzt hatte sie schon damit angefangen, also konnte sie genauso gut weiterreden. »So langsam hab ich hier in Grimmingen wirklich alle gegen mich.« Sie nickte ihm mit dem Kinn zu. »Seien Sie froh, dass Sie in der Stadt wohnen. Dieses Dorfleben kann einen echt fertigmachen.«

Kapitulierend ließ sie die Schaufel los und stemmte die Hände in die Hüften. Sie hatte keine Lust mehr auf diese aussichtslose Grabung.

»Kann ich mir vorstellen«, brummte Bähr.

Isa wischte sich mit dem Handrücken über die Stirn und sah ihn forschend an. Sie war sich nicht sicher, ob er das ernst gemeint hatte.

»Darf ich Sie mal was fragen?«, sagte er plötzlich.

Sie zog unsicher die Augenbrauen zusammen. »Denke schon.«

Sich räuspernd kam er näher. »Sie lassen keine Gelegenheit aus, sich über das Dorfleben zu beschweren. Da drängt sich mir schon seit einer Weile die Frage auf, warum Sie nicht einfach wegziehen.«

Sie verzog den Mund zu einem bitteren Lächeln. Die Antwort darauf hatte ihr in den vergangenen zwei Jahren viele schlaflose Nächte bereitet.

»Das wäre zu schön. Einfach in irgendeiner anonymen Stadt ganz neu anfangen. So wie Uschi.«

Bähr schob irritiert die Brauen zusammen. »Wer?«

»Meine Kollegin, Uschi Kauer.« Isa hoffte, dass Bähr ihren plumpen Versuch, das Thema zu wechseln, nicht bemerkte. Es fühlte sich seltsam an, mit ihm über diese schmerzliche Episode ihrer Vergangenheit zu sprechen. »Angeblich hatte sie kein Glück mit ihrem Mann. Hat ihren Namen geändert und ist nach Reutlingen gezogen.«

Obwohl Bähr sie anblickte, war Isa sich sicher, dass er sie

nicht wirklich sah. Wahrscheinlich ging er in Gedanken gerade das Kollegium der Hermann-Hesse-Schule durch und fragte sich, wer Uschi Kauer war.

»Sie haben meine Frage nicht beantwortet.«

Isa blinzelte. Sie war auf geradezu verlässliche Weise schlecht darin, den Kommissar zu durchschauen. Er hingegen hatte ihr Ablenkungsmanöver offensichtlich sofort als solches erkannt.

Mit einem Seufzen gab sie sich geschlagen. »Warum ich hier wohnen bleibe und nicht wegziehe, meinen Sie?«

Er nickte.

Sie versuchte sich an einem Lachen, das zu ihrem Ärger fast wie ein Schluchzen klang. »Bestimmt nicht, weil ich Grimmingen so großartig finde. Mein damaliger Freund wollte unbedingt herziehen. Ich nicht. Schließlich musste ich meine Kindheit und Jugend ganz in der Nähe verbringen. Aber dann hat er dieses Haus gefunden und mir unentwegt von unserer gemeinsamen Zukunft auf dem Land vorgeschwärmt.« Sie schnalzte mit der Zunge. »Das volle Programm. Haus, Hund, Kinder … Sie wissen schon.«

Bähr presste die Lippen aufeinander und deutete ein Nicken an.

»Als ich endlich eingewilligt habe, ging alles ganz schnell. Ich stellte einen Versetzungsantrag, wir kündigten unsere Mietwohnung …« Bei der Erinnerung daran drohte ihr die Stimme wegzubrechen. Sie kratzte sich an der Stirn, um sich vor Bährs Blick abzuschirmen.

»Und dann haben Sie sich getrennt?«, fragte er vorsichtig.

Sie schnaubte durch die Nase. »Er hat sich getrennt. Weil er sich in seine Fitnesstrainerin verliebt hat, die er seit gefühlt zwei Wochen kannte. Hat irgendwas von Schicksal und der großen Liebe gefaselt.«

Ihre Blicke trafen sich und zum ersten Mal fiel ihr der goldene Schimmer in Bährs braunen Augen auf. Schnell guckte sie weg und zwang sich, ruhig zu atmen.

»Wie dem auch sei«, sagte sie dann, mit gespielt gleichgültigem Tonfall. »Ich musste ihn auszahlen, um das Haus behalten zu können. Ende der Geschichte.«

»Wieso haben Sie das Haus nicht verkauft und sind zurück in die Stadt gezogen?«, stellte Bähr die einzig logische Frage.

Isa schüttelte unmerklich den Kopf. »Ich hatte eben erst einen Versetzungsantrag gestellt. Als Polizeibeamter wissen Sie sicher, wie das ist. Man kann nicht so einfach wechseln. Wenn ich zurückgezogen wäre, hätte ich jeden Tag die lange Pendelei auf mich nehmen müssen.« Sie hob die Schultern und ließ sie wieder fallen. »Und beim Verkauf des Hauses hätte ich die Hälfte der Vorfälligkeitsentschädigung an die Bank zahlen müssen.« Dass sie die Kohle nicht im Keller rumliegen hatte, musste sie ihm wohl kaum erklären.

Bähr sah sie mit einem Blick an, den sie nicht deuten konnte und von dem ihr aus irgendeinem Grund noch wärmer wurde als ohnehin schon. Eilig griff sie nach der Schaufel.

»Lassen Sie mich das machen«, hörte sie ihn da sagen.

Ehe sie protestieren konnte, hatte er ihr den Spaten aus der Hand genommen. Sie trat zur Seite und sah zu, wie er seinen Schuh auf die obere Kante setzte. Augenblicklich schien der Boden zu kapitulieren. Das Schaufelblatt verschwand bis zur Hälfte im Grund.

»Danke«, murmelte sie leise und merkte im selben Moment, wie sich der Knoten in ihrem Magen löste.

Kapitel 33

Am Montagmorgen schlurfte Isa gähnend zum Carport, schloss den Mazda auf und warf ihre Schultasche auf den Beifahrersitz. Alfons sprang hechelnd hinterher. Sie hatte überlegt, ihn zu Hause zu lassen, sich aber dagegen entschieden. Bisher hatte er sich als erfolgreicher Eisbrecher erwiesen, und den konnte sie auch weiterhin gebrauchen, wenn sie mit den Jugendlichen reden wollte. Schließlich war sie nicht zum Spaß an der Hermann-Hesse-Schule.

Nach einem eher mittelprächtigen Wochenende und ihren bisherigen Fehlschlägen, was die Ermittlungen anging, hatte sie damit gerechnet, dass ihr chronischer Montagsblues heute einen historischen Tiefpunkt erreichen würde. Doch seltsamerweise spürte sie stattdessen leichte Zuversicht in sich aufkeimen.

Sie ließ sich in den Fahrersitz fallen und steckte den Schlüssel ins Zündschloss. Das Gespräch mit Bähr schwirrte ihr noch immer durch den Kopf. Sie würde es natürlich niemals zugeben, aber nach ihrer Unterhaltung mit dem Kommissar hatte sie sich besser gefühlt. Dabei war es noch nicht mal um den Fall gegangen. Sie ertappte sich bei dem Gedanken, dass es verdammt lange her war, seit sie mit jemandem über ihre Trennung gesprochen hatte. Inzwischen war es ihr fast ein bisschen peinlich, dass ausgerechnet der Kommissar als ihr persönliches Frustventil hatte herhalten müssen.

Sie holperte vom Hof auf die Landstraße und kurbelte die Scheibe runter. Dass es gestern geregnet hatte, ließ sich höchstens noch erahnen. Der Himmel trug ein kräftiges, wolkenloses Blau, die Vögel sangen um die Wette und die Sonne war bereits warm genug, um die nächtliche Feuchtigkeit in zarten Dunstschlieren über den angrenzenden Feldern schweben zu lassen.

Als sie wenig später vom Lehrerparkplatz zum Haupteingang der Hermann-Hesse-Schule lief, sah sie beiläufig auf ihr Handy und runzelte verwundert die Stirn. Der Kommissar hatte mehrfach versucht, sie anzurufen. Das war ungewöhnlich. Sie überlegte zurückzurufen, doch beim Blick auf die Uhr schob sie das Handy schnell in die hintere Hosentasche zurück. Bähr würde warten müssen. Sie war mal wieder spät dran.

Glücklicherweise lauerte die Rothardt-Knappenhauser heute nicht im Foyer den Zuspätkommern auf. Isa eilte erleichtert die Treppe hoch und lief Richtung Lehrerzimmer. Dort würde sie sich nur schnell einen Kaffee holen und ihn zum Klassenzimmer der Neuner mitnehmen. Saß sie erstmal hinter dem Pult, kam es nicht mehr auf die Minute an. Dann konnte sie sich und den Schülern noch eine kurze Verschnaufpause gönnen, bevor sie mit dem Unterricht begann.

Sie zog die Tür zum Lehrerzimmer auf und wich unwillkürlich zurück. Statt der gewohnten Ausgestorbenheit, die man sonst um diese Zeit hier vorfand, herrschte aufgeregtes Gedränge. Bei ihrem Eintreten wandten sich die Köpfe der Kollegen in vollendeter Synchronität zu ihr um, und das allgemeine Gemurmel verstummte schlagartig.

»Morgen«, murmelte sie verunsichert.

Niemand grüßte zurück. Unwillkürlich spannte sich ihre Nackenmuskulatur an. Irgendetwas stimmte hier nicht. Vielleicht hatte es noch einen Toten gegeben. Oder übers Wochenende war jemand verhaftet worden.

Doch die Art, wie die Kollegen sie anblickten, weckte in Isa die ungute Ahnung, dass diese Versammlung mit ihr zu tun haben könnte.

Prompt löste sich die Rektorin aus der gaffenden Schar und kam mit grimmiger Miene auf sie zu. Isa räusperte vergeblich gegen den Kloß an, der sich in ihrem Hals ausweitete. Sie hatte da ein ganz mieses Gefühl.

»Können Sie uns das erklären?« Rothardt-Knappenhauser ließ eine zusammengerollte Zeitung neben Isa auf den Tisch fallen. Die Rolle klappte auf und präsentierte das Bild einer Straße, die durch ein Wohngebiet zu führen schien. Parkende Autos standen halb auf dem Gehweg. Ihr Blick schnellte zur Rektorin hoch, dann wieder zurück zur Titelseite. »Ich versteh nicht ganz«, murmelte sie.

»Da!« Rothardt-Knappenhausers Finger hackte wie eine Nähmaschinennadel auf das Bild ein. Isa beugte sich runter und bemühte sich, die Personen zu erkennen, die neben den Autos standen, einem weißen alten Mazda und einem schwarz glänzenden Audi.

Himmel! Ihr Magen zog sich zusammen.

Bährs schlanke Silhouette verdeckte halb die ihre, doch die Person im Hintergrund war unverkennbar sie. Und nicht gerade sonderlich vorteilhaft getroffen. Aber das war momentan ihr kleinstes Problem. Viel brennender stellte sich die Frage, was zur Hölle sie auf dem Titelbild des *Schwäbischen Wochenblatts* machte.

Sie stutzte und las den Namen der Zeitung noch einmal.

Weit hinten in ihrem Kopf klingelte etwas und wuchs sich in rasender Geschwindigkeit zu einem irritierenden Pfeifen aus. Das war nicht gut. Ganz und gar nicht gut.

»Da steht, dass Sie behaupten, der Täter im Fall Wonneberg gehöre der Schule an.«

»Was?« Isa ließ ihre Tasche zu Boden sinken und schob sie mit der Schuhspitze vorsichtig unter den Tisch. Das Letzte, was sie jetzt gebrauchen konnte, war ein erwachender Alfons, der Rothardt-Knappenhausers lackierte Zehennägel ableckte.

Mit zitternden Fingern griff sie nach der Zeitung. Das konnte ja wohl nur ein Witz sein. Sie hatte nichts Derartiges zu der Reporterin gesagt.

»Da steht außerdem«, keifte die Rektorin weiter, »dass Sie mit der Polizei zusammenarbeiten. Wissen Sie, was hier los ist, wenn die Eltern das lesen?«

»Äh, also ich kann mir vorstellen ...«

»Wissen Sie nicht!«, schmetterte die Rektorin so energisch, dass Isa zusammenzuckte. Sie presste die Lippen aufeinander und wich Rothardt-Knappenhausers rasendem Blick aus.

Die Rektorin blätterte durch die Seiten, als wollte sie die verdammte Zeitung entzweireißen und ausweiden. Dann hielt sie plötzlich inne und sah Isa anklagend an. Offensichtlich hatte sie den fraglichen Artikel gefunden.

Isa folgte ihrem ausgestreckten Zeigefinger und schluckte abermals, viel zu laut. Sie wagte kaum aufzusehen. Als sie es doch tat, blickte sie in versteinerte Mienen.

»Ich hab nicht mit der Presse geredet.« Laut ausgesprochen klang es viel weniger überzeugend als gerade noch in ihrem Kopf. Und so ganz stimmte es ja auch nicht.

»Haben Sie sich deshalb für diese Abordnung gemeldet?«, überging die Rektorin ihren dünnen Rechtfertigungsversuch. »Damit Sie hier einen auf Miss Marple machen können?«

»Natürlich nicht.« Isa räusperte sich verschämt. Die Rektorin hatte voll ins Schwarze getroffen. Aber genau genommen konnte sie Isa keinen Vorwurf machen. Sie hatte ihren Dienst vorschriftsmäßig erledigt. Was sie in ihrer Freizeit trieb, ging niemanden etwas an. Und dass sie Bähr ein paar Hinweise gesteckt hatte, war sowieso irrelevant, weil die sich bislang als ziemlich nutzlos erwiesen hatten.

Bei dem Gedanken an Bähr hätte sich Isas anhaltender Brechreiz beinah Bahn gebrochen, und zwar direkt vor die Plateausandalen der Rektorin. Stoßweise versuchte sie, dagegen anzuatmen. Bestimmt kochte Bähr vor Wut. Deshalb hatte er heute Morgen mehrfach versucht, sie zu erreichen. Er glaubte offensichtlich, genau wie alle anderen hier, dass sie gegenüber der Presse gezwitschert hatte. Sie musste das schleunigst richtigstellen. Diese verdammte Reporterin log wie gedruckt.

»Das wird Konsequenzen haben«, holte die Stimme der Rektorin sie unsanft ins Lehrerzimmer zurück. »Ich habe das Schulamt bereits informiert.«

Isas Mund fühlte sich mit einem Mal staubtrocken an, die Zunge klebte ihr am Gaumen fest. Sie steckte ohne Zweifel bis zum Hals in Schwierigkeiten. Dafür konnte sie suspendiert werden. Oder schlimmer noch, ihren Job verlieren. Himmel, sie würde das Haus doch noch verkaufen und bei ihren Eltern einziehen müssen.

»Für Ihre ersten beiden Stunden habe ich auf die Schnelle keinen Ersatz gefunden. Sie werden Ihren Unterricht bei den Neuntklässlern also abhalten wie geplant«, bellte Rothardt-Knappenhauser weiter auf sie ein. »Und wagen Sie es ja nicht«, sie riss ihren Zeigefinger vor Isas Nase in die Höhe, »mit den Schülern über diese Sache zu reden. Oder mit sonst wem.« Sie nahm den Finger wieder runter. »Für die dritte und vierte Stunde hat Herr Schindler sich bereit erklärt, die Aufsicht Ihrer Klassen zu übernehmen.«

»Der Hausmeister?«, brach es aus Isa heraus.

Die Augen der Rektorin wurden ganz schmal. »Unter den gegebenen Umständen würde ich sogar die Reinigungskraft Ihnen vorziehen.«

Isa klappte die Kinnlade nach unten. Das hatte gesessen.

»Ich hoffe, ich habe mich klar ausgedrückt!« Ohne eine Antwort abzuwarten, rauschte die Rothardt-Knappenhauser an ihr vorbei zum Lehrerzimmer hinaus. Der Luftzug wehte Isa ein paar lose Haarsträhnen ins Gesicht.

Kaum war die Rektorin verschwunden, erwachten die Kollegen aus ihrer Schockstarre. Nacheinander liefen sie aus dem Lehrerzimmer, bis nur noch Sandra und Uschi übrig waren.

An der Tür blieb die junge Kollegin stehen und drehte sich zu ihr um. Sie öffnete den Mund, und Isa sah sie erwartungsvoll an, doch dann schien Sandra es sich anders zu überlegen und beließ es bei einem ungläubigen Kopfschütteln.

Ermattet sank Isa auf den nächstbesten Stuhl und kämpfte gegen das plötzliche Frösteln an, das sie durchzuschütteln drohte. Sie schlang die Arme um ihren Körper und kniff die brennenden Augen zusammen. So hatte sie sich das letzte Mal gefühlt, als sie aus Versehen ihre Liste der Verdächtigen in ganz Grimmingen öffentlich gemacht hatte. Nur, dass sie damals tatsächlich schuld gewesen war. Dieses Mal konnte sie nicht das Geringste für diesen Eklat. Kein Sterbenswörtchen hatte sie Martinez über den Mordfall verraten. Nichts. Nada.

»Das wird schon wieder«, hörte sie Uschis Stimme wie aus weiter Ferne. Sie spürte eine Hand auf ihrer Schulter, aber schaffte es nicht, den Kopf zu heben und dem Blick ihrer Kollegin zu begegnen.

»Da bin ich mir nicht so sicher«, presste sie irgendwann mit letzter Kraft hervor. Als sie endlich doch den Kopf hob, stellte sie fest, dass sie allein war. Sie hatte keine Ahnung, wie lange sie so in sich zusammengesunken dagesessen hatte. Wie es schien, war Uschi schon vor einer Weile gegangen.

Mit dem Gefühl einer sich anbahnenden Erkältung schlurfte sie aus dem Lehrerzimmer und trottete wie betäubt den Flur entlang. Im Geiste ging sie immer wieder das Gespräch mit der Reporterin durch. Ihr wollte beim besten Willen kein Grund einfallen, weshalb diese Frau in ihrem Artikel eine derartige Behauptung aufstellte.

Kapitel 34

Fast war Isa überrascht, die Neuntklässler in ihrem Klassenzimmer vorzufinden. Normalerweise war es hier nicht so still. Die Schüler saßen in Grüppchen beisammen und tuschelten miteinander. Keiner von ihnen schien Isas Eintreten zu bemerken. Als sie sich künstlich räusperte, drehten die Jugendlichen nur die Köpfe und starrten sie an.

»Oh Mann.« Kraftlos ließ Isa sich in ihren Stuhl fallen. »Ihr habt es also auch schon mitbekommen?«

Was für eine Frage. Die Schüler besaßen alle ein Smartphone. Solche Neuigkeiten schlugen um sich wie ein Feuer im australischen Busch. Rothardt-Knappenhausers Befürchtungen waren vermutlich nicht ganz unbegründet. Es war nur eine Frage der Zeit, bis die ersten empörten Eltern hier aufkreuzten. Mittlerweile war ihr so übel, dass sie Schwierigkeiten hatte, aufrecht zu sitzen.

»Wusste gar nicht, dass Sie so eine sind«, rief Mustafa.

Isa zog perplex das Kinn an den Hals ran. »Wie bitte?«

»Dass Sie für die Bullen spionieren.«

»Und auch noch den Praktikanten mit reinziehen«, warf Mila ein.

»Hä?« Jetzt verstand sie gar nichts mehr.

»Oh mein Gott, Mila.« Esma warf gereizt die Hände in die Höhe. »Er war nie Frau Kleins Praktikant. Der Typ ist Polizist.«

Milas Gesichtsausdruck veränderte sich, man konnte dabei zusehen, wie das Begreifen einsetzte. Und Isa verstand dank Esmas Bemerkung auch, was das Mädchen gemeint hatte. Bähr, den sie vor den Schülern als Praktikant ausgegeben hatte, war mit ihr auf dem verdammten Foto der Titelseite.

»Haben Sie uns ausgehorcht?« Mila blinzelte ungläubig.

Isa öffnete den Mund, um etwas zu ihrer Verteidigung hervorzubringen, doch Esma war schneller. »Klar hat sie.« Die Jugendliche schüttelte verächtlich den Kopf. »Wir haben Ihnen vertraut.«

In Esmas Blick konnte Isa lesen, was sie eigentlich meinte. »*Ich* habe Ihnen vertraut.«

»Ich hab euch nicht ausgehorcht«, widersprach sie schnell, bevor die Stimmung endgültig kippte.

Die Schüler schüttelten ungläubig die Köpfe und warfen sich vielsagende Blicke zu.

»Wisst ihr was«, sagte Isa und hob die Hände. »Glaubt, was ihr wollt. Das tut ihr sowieso.«

Schon wieder krampfte sich ihr der Magen zusammen. Von denen würde sie nichts mehr erfahren. Weder über Wonneberg noch sonst jemanden an der Schule. Sie konnte sagen oder tun, was sie wollte, das Vertrauen der Kids hatte sie ein für alle Mal verspielt.

»Stimmt es, was die schreiben? Dass der Mörder zu unserer Schule gehört?« Milas fragende Augen wirkten durch die dicken Brillengläser riesig.

Unschlüssig kaute Isa auf der Innenseite ihrer Wange herum. Die Rothardt-Knappenhauser hatte ihr unmissverständlich klargemacht, dass sie nicht mit den Schülern über den Zeitungsartikel sprechen durfte. Andererseits war die Behauptung ja ohnehin schon raus.

»Ausschließen kann man gar nichts«, antwortete sie deshalb ausweichend.

»Und Sie haben es nicht für nötig gehalten, uns das mal zu sagen?« Esma sprang auf und sah sie fassungslos an.

»Für euch besteht keine Gefahr«, rief Isa.

Doch die Jugendliche griff nach ihrem Rucksack und warf ihn sich über die Schulter. »Ich bleib keine Sekunde länger hier.« Mit großen Schritten marschierte sie am Lehrerpult vorbei, auf die Tür zu.

Isa schnellte von ihrem Stuhl hoch. »Esma!«

Ohne sich noch einmal umzudrehen, lief das Mädchen aus dem Klassenzimmer. Die anderen sahen sich verunsichert an, und Isa wappnete sich innerlich für die Aufbruchswelle, die gleich folgen würde.

»Ich verzieh mich auch«, sagte Tom prompt. Mit ihm standen drei weitere Schüler auf und verließen das Klassenzimmer.

Isas Schläfen begannen zu pochen. Hilflos musste sie dabei zusehen, wie ihre Klasse auseinanderbröselte. Wenn die Rothardt-Knappenhauser davon Wind bekam, war sie endgültig geliefert.

Am Ende waren nur noch Mila und Armin übrig. Verschreckt glotzten sie Isa an.

»Ihr könnt auch gehen, wenn ihr wollt«, murmelte sie kraftlos und wischte sich mit den Fingerspitzen den Schweißfilm vom Haaransatz.

Mila blickte sich unschlüssig nach Armin um, der in seinem weiten Pullover wirkte wie geschrumpft.

»Wirklich. Geht ruhig.« Ich bin sowieso erledigt, fügte sie in Gedanken hinzu.

Tatsächlich erhob sich Mila zögerlich von ihrem Stuhl

und ging zur Tür. Dort drehte sie sich noch einmal um. Isa nickte ihr zu, aber sie erhielt keine Reaktion. Lautlos entschwand das Mädchen ihrem Blickfeld.

Himmel, das hatte sie verkackt. Sie hatte keine Ahnung, wie es so weit hatte kommen können, aber sie steckte metertief in der …

»Ben war heute nicht hier«, unterbrach Armin ihre düsteren Gedanken.

Ohne den Kopf zu bewegen, sah sie ihn an. »Ist mir aufgefallen.«

»Ich glaub …«, der Junge blickte auf seine Hände, die er so fest knetete, dass sie schon ganz rot waren. Irgendetwas schien ihm auf dem Herzen zu liegen. Vielleicht hatte er deswegen nicht mit allen anderen das Klassenzimmer verlassen.

»Willst du mir was sagen?« Sie stemmte sich an den Armlehnen des Stuhls in eine aufrechte Position.

Der Junge wich ihrem Blick aus und zuckte verkrampft mit den Schultern. »Ich glaub, ich bin schuld, dass er heute nicht hier ist.«

»Ach ja?«

Er nickte nur.

Abrupt stand Isa auf und zog die offen stehende Klassenzimmertür zu. Dann ging sie zurück zum Pult und lehnte sich mit der Hüfte dagegen. »Armin, wenn du etwas weißt, musst du es mir sagen«, sprach sie sanft auf den Jungen ein.

Sie konnte sehen, wie seine Schultern nach vorn sackten. Er seufzte kapitulierend. »Ich hab ihm heute Morgen ’ne Nachricht geschrieben – und ich glaube, deshalb ist er nicht da.«

»Okay«, es kostete Isa eine Menge Selbstbeherrschung, ihre Stimme ruhig klingen zu lassen. »Was stand denn in der Nachricht?«

»Ich hab ihn gefragt, ob er was mit Wonnes Ermordung zu tun hat.«

»Wie jetzt?«

»Na ja, ich so: Hey Alter, hast du was mit der Scheiße zu tun? In der Zeitung steht, dass Wonne umgebracht wurde.«

»Ja, ja, schon klar.« Isa winkte ab. »Aber warum fragst du ihn so was?«

Armin wand sich sichtlich. Sie durfte ihn nicht zu sehr drängen, sonst machte er die Schotten dicht. Andererseits bestand die Gefahr, dass jeden Moment die Rothardt-Knappenhauser in der Tür stand, und dann wäre die Unterhaltung in jedem Fall beendet.

»Du kannst mir vertrauen«, beteuerte sie.

»Wonne hat Ben beim Dealen erwischt.«

Isa erstarrte. »Wann?«

»Am Tag vor der Explosion.«

»Einen Tag, bevor er starb?«, wiederholte sie einfältig. Ihre Stimme klang unbeabsichtigt schrill.

Der Junge nickte. »Abends ist Wonne dann bei Bens Eltern aufgekreuzt.«

Isa musste gegen den Reflex ankämpfen, mit der Faust auf den Tisch zu schlagen.

Armin zog die Nase hoch. »Anscheinend hat er Ben aber nicht verraten.«

»Ach nein?«

Armin schüttelte den Kopf. »Zumindest wissen Bens Eltern nichts von seiner Dealerei. Ich hab Ben gesagt, dass Wonne ihn nie verraten würde. Der ist cool … also war es«, verbesserte er sich. »Er hat öfter mal mit Eltern gequatscht, wenn's in der Schule Probleme gab.«

Isa nickte geistesabwesend. Ein Gefühl der Genugtuung

stieg in ihr auf. Sie hatte Ben von Anfang an im Visier gehabt. Aber Bähr hatte sie nicht ernst genommen. Hätte er es getan, wäre der Junge längst gefasst, und den schmählichen Zeitungsartikel hätte es so vielleicht nie gegeben. Genau genommen trug der Kommissar also eine Mitschuld an diesem Desaster.

Ben musste sich von Wonnebergs Besuch bei seinen Eltern bedroht gefühlt haben. Vermutlich hatte er seinen Plan, den Lehrer zu ermorden, noch am selben Abend gefasst und sich am nächsten Tag nach dem Unterricht Zugang zu Wonnebergs Haus verschafft. Jedem war bekannt, dass es in der gleichen Straße wie die Hermann-Hesse-Schule lag. Und offensichtlich wusste Ben auch, wo es Klebeband zu klauen gab. Die Gefahr, von den Lehrern beim Stehlen erwischt zu werden, dürfte ziemlich gering gewesen sein. Entweder hatten sie im Klassenzimmer der Zehner an der Fachkonferenz teilgenommen oder im Lehrerzimmer gewartet, bis sie an der Reihe waren.

Mit einem Mal löste sich in Isas Kopf noch ein anderer Knoten.

Nun war ihr auch klar, warum Wonneberg so eindringlich auf ein Gespräch mit der Rektorin gepocht hatte. Er war offensichtlich nicht so verschwiegen gewesen, wie Armin glaubte. Wonneberg mochte Ben nicht bei seinen Eltern verpfiffen haben, aber vermutlich hatte er die Rektorin informieren wollen.

»Das hab ich in Bens Fach gefunden«, hörte sie Armin sagen. Wonneberg und die Rektorin verblassten vor ihrem inneren Auge und Armins Gesicht nahm wieder Kontur an. Er hatte ein Papierknäuel aus seiner Tasche gezogen und strich es vor sich auf dem Tisch glatt.

Als Isa das verkritzelte Gesicht erkannte, stieß sie sich vom Pult ab. Hektisch beugte sie sich über das Bild von Wonneberg. Es musste ein Screenshot aus dem Internet sein, den Ben sich ausgedruckt hatte. Sie glaubte sich zu erinnern, dieses Bild auf seinem Instagram-Profil gesehen zu haben. Dort, wo Wonnebergs Augen sein sollten, klafften zwei ausgefranste Löcher. Quer über sein Gesicht stand etwas geschrieben. Isa legte den Kopf schief, um das Wort zu entziffern.

»Stirb«, las sie flüsternd. Die Miene des Kugelschreibers war so kraftvoll aufgesetzt worden, dass sie an manchen Stellen das Papier zerrissen hatte.

»Ich hätte das melden müssen«, murmelte Armin und blickte von dem Blatt auf.

»Vermutlich«, antwortete Isa gedankenlos. Sie hatte gar nicht richtig hingehört. Mit gerunzelter Stirn beugte sie sich über das zerknitterte Papier und versuchte, ihre Gedanken zu ordnen.

War das einfach nur ein stiller Wutausbruch gewesen? Oder Bens verzweifelter Versuch, seinem Lehrer Angst einzujagen und ihn damit zum Schweigen zu bringen? Aber warum hatte er das Blatt dann zusammengeknüllt in seinem Fach aufbewahrt, statt es seinem Lehrer unbemerkt zukommen zu lassen? Vielleicht hatte er während der Kritzelei beschlossen, Wonneberg nicht nur in seiner Fantasie aus dem Weg zu räumen.

»Wenn Ben was mit Herrn Wonnebergs Tod zu tun hat, bin ich auch schuld, weil ich nichts gesagt habe«, flüsterte Armin.

Isa löste ihren Blick von den Buchstaben und sah den Jungen an. Er blinzelte, seine Augen glitzerten verdächtig.

»Du konntest doch nicht wissen, dass Ben vorhat, seinen Lehrer umzubringen«, sagte sie.

»Aber …«, er schniefte und tippte auf das Bild.

Isa schüttelte energisch den Kopf. »Dass ein Schüler seinen Lehrer nicht mag, ist nichts Außergewöhnliches. Du konntest nicht ahnen, dass Ben das tatsächlich ernst meint.«

Armin ließ den Kopf hängen. Ihre Worte schienen ihn nicht zu trösten.

»Außerdem ist doch gar nicht sicher, ob Ben wirklich etwas mit Wonnebergs Tod zu tun hat«, fügte sie hinzu und strich dem Jungen über die Schulter.

Natürlich glaubte sie selbst keine Sekunde an diese These. Armin tat ihr einfach leid. Es war schrecklich, dass er glaubte, eine Mitschuld an Wonnebergs Tod zu haben. Sie wollte sich gar nicht ausmalen, was der Junge in den letzten Stunden durchgestanden hatte.

»Ich geh besser mal.« Er wischte sich über die Nase und erhob sich abrupt von seinem Stuhl, ohne sie anzusehen, als sei ihm der Gefühlsausbruch vor seiner Lehrerin plötzlich peinlich.

»Du solltest jetzt nicht allein sein«, sagte sie und stellte sich ihm in den Weg. »Hast du jemanden, mit dem du reden kannst?«

Er machte eine Bewegung, als könne er sich nicht zwischen Nicken und Kopfschütteln entscheiden. »Ich komm schon klar.«

»Hör mal«, sagte sie, einer plötzlichen Eingebung folgend. »Könntest du vielleicht noch kurz auf meinen Hund aufpassen?« Sie sah sich um und stutzte. »Wo ist …?« Perplex zog sie die Augenbrauen zusammen. »… Meine Tasche?«

Im selben Moment durchfuhr es sie siedend heiß. Sie schnappte nach Luft. Schlagartig fiel ihr wieder ein, wo ihre Tasche war. Im Lehrerzimmer. Dort hatte Isa sie zurückgelassen, nachdem die Rektorin ihre Zornesrede abgehalten hatte. Isa war so durch den Wind gewesen, dass sie ihren armen Alfons völlig vergessen hatte.

»Armin, ich …« Sie brach ab, als sie merkte, dass der Junge längst verschwunden war. Sie sah wohl auch besser zu, dass sie aus dem Klassenzimmer kam und Alfons einsammelte, bevor er gesichtet wurde.

Kopflos rannte sie auf den Gang hinaus. Sie hatte ein solches Tempo drauf, dass sie auf dem glatten Boden ein Stück an der Lehrerzimmertür vorbeischlitterte, ehe sie zum Stehen kam. Eilig machte sie kehrt und zog ihren Schlüssel aus der Hosentasche, da bemerkte sie, dass die Tür einen Spaltbreit offen stand. Ihr Herzschlag donnerte wie ein Vorschlaghammer gegen ihren Brustkorb. Sie musste vergessen haben, die Tür zu schließen, als sie vorher wie in Trance aus dem Zimmer gelaufen war.

Keuchend rannte Isa zum Tisch hin, auf dem noch immer die leidige Zeitung lag. Sie bückte sich und zog am Lederband der Tasche, nur um im selben Moment ein verzweifeltes Wimmern auszustoßen.

Ihre Tasche war leer. Alfons war verschwunden.

Kapitel 35

Als hätte er über seinem Handy gelauert, ging Bähr schon nach dem ersten Klingeln ran und raunte ein grimmiges »Ja?« in die Leitung.

Instinktiv zog Isa den Kopf ein. Eigentlich hatte sie direkt losfeuern wollen. Dass ihr Dackel verschwunden war. Dass Ben die Schule schwänzte. Dass er mit hoher Wahrscheinlichkeit der gesuchte Mörder war. Doch beim schneidenden Klang von Bährs Stimme blieben ihr die Worte im Hals stecken. Er würde nichts davon hören wollen.

»Sie haben es also gelesen«, stellte sie fest.

»Allerdings.«

Dass er nicht direkt mit wüsten Beschimpfungen auf sie losging, war weder sonderlich überraschend noch erleichternd. Mittlerweile kannte sie Bähr gut genug, um zu wissen: Je wütender er war, desto ruhiger wirkte er nach außen. Sie hatte das schon einmal erlebt. Und wie damals war sein Schweigen schlimmer als jede Moralpredigt oder gar lautes Gebrüll.

»Ich weiß nicht, was ich sagen soll«, murmelte sie.

»Tatsächlich? Scheint sonst nicht Ihr Problem zu sein.«

Isa schnaubte. »Die Reporterin lügt. Sie wissen doch, wie diese Frau sein kann.«

»Haben Sie den Artikel überhaupt gelesen?«, fuhr Bähr sie an.

»Bin noch nicht dazu gekommen. Hier war die Hölle los. Mein Hund …«

»Sie werden zitiert«, unterbrach Bähr ihren Redeschwall.

Ihr blieb der Mund offen stehen. Sie brauchte einen Moment, um seine Worte zu verarbeiten. »Zitiert?«, wiederholte sie krächzend.

Im Hintergrund hörte sie das Rascheln von Papier und sah förmlich vor sich, wie Bähr mit steinerner Miene die Zeitung aufschlug.

»Soll ich es vorlesen?«

Isa schüttelte den Kopf. Sie war sich nicht sicher, ob sie es hören wollte.

»Okay«, presste sie trotzdem hervor. Jede Faser ihres Körpers war zum Zerreißen gespannt.

»Zitat Anfang, jeder kommt als Täter infrage, Zitat Ende.«

Wäre das Telefonat ein Videoanruf, würde Bähr jetzt wahrscheinlich denken, dass Isas Bild eingefroren war. Kein Zucken ging über ihr Gesicht, kein Blinzeln durchbrach ihre Schockstarre. Unfähig sich zu rühren, saß sie einfach nur da und stierte ins Leere. Zu erwähnen, dass die Reporterin ihren Satz verfälscht hatte, konnte sie sich wahrscheinlich sparen. Es machte die Sache nicht besser. Denn letztlich hatte sie in ihrer Unbedachtheit etwas ganz Ähnliches von sich gegeben. Gütiger Himmel, wie hatte sie nur so bescheuert sein können?

»Sind Sie noch dran?«

»Ähm …«, es klang wie ein Stöhnen.

Doch Bähr schien kein Mitleid zu haben. »Können Sie sich vorstellen, was hier gerade los ist?«, polterte er.

»Ehrlich gesagt …«

»Können Sie nicht«, unterbrach er sie jäh.

Isa zog die Mundwinkel nach unten. Was hatten heute nur alle mit ihren rhetorischen Fragen? Erst die Rektorin, jetzt Bähr.

»Ich hab Ihnen was Wichtiges mitzuteilen«, rief sie mit heiserer Stimme gegen die aufsteigende Verzweiflung an.

»Nein!«

»Aber ...«, stammelte sie hilflos.

»Was es auch ist, ich will es nicht wissen«, blaffte Bähr. »Jedes Mal, wenn Sie sich in meine Arbeit einmischen, bekomme ich Schwierigkeiten. Sie halten sich ab jetzt raus, klar?«

Isa atmete flach gegen das Stechen in ihrem Brustkorb an.

»Aber ich weiß, wer der Mörder ist«, hauchte sie kraftlos. »Ich hab mit einem Schüler ...«

Ein leises Piepen in der Leitung brachte sie zum Schweigen. Die geschäftigen Hintergrundgeräusche aus Bährs Büro waren einer unseligen Stille gewichen. In böser Vorahnung nahm sie das Telefon vom Ohr und schaute aufs Display. Sie hatte sich nicht getäuscht. Der Kommissar hatte aufgelegt.

Sie ließ das Handy sinken und konzentrierte sich auf ihren stockenden Atem, der sich jeden Augenblick in unschönen Schluchzern manifestieren würde, wenn sie nicht aufpasste. Mit zitternden Fingern steckte sie das Handy in ihre hintere Hosentasche und kniff sich mit Daumen und Zeigefinger in den Nasenrücken.

»Einatmen, ausatmen«, wies sie sich selbst an. Sie durfte jetzt nicht die Nerven verlieren. Auch wenn sie keine Ahnung hatte, was sie als Nächstes tun sollte. Wie es schien, ging gerade alles schief. Und jeder Versuch, die Dinge zu regeln, machte es nur schlimmer. Als steckte sie in Treibsand fest, und mit jeder Bewegung, jedem noch so kleinen Zucken, sank sie tiefer hinein.

Das Läuten der Pausenglocke riss sie aus ihrer Betäubung. Sie musste hier weg, und zwar schnell. Einem weiteren Aufeinandertreffen mit der erbosten Rektorin oder den Kollegen hielten ihre Nerven nicht stand.

Sie schnappte sich ihre leere Tasche und eilte aus dem Lehrerzimmer. Nach Alfons würde sie später suchen müssen. Dass der Dackel aber auch ausgerechnet heute aus seinem komatösen Dornröschenschlaf erwachen und weglaufen musste. Vermutlich streunte er gerade fröhlich auf der Suche nach Essbarem durchs Schulhaus.

Bei dem Gedanken an sein mögliches Entdecktwerden presste Isa die Kiefer so fest aufeinander, dass ihre Gelenke knackten. Aber im Moment konnte sie nichts tun. Schon sprangen die Klassenzimmertüren auf, und die Schüler schwärmten auf den Gang aus.

Mit gesenktem Kopf lief Isa die Treppe runter, hastete durchs Foyer und stieß die Haupttür auf. Das grelle Sonnenlicht stach schmerzhaft in ihren Augen und ließ die Umgebung zu hellen Tupfen verschwimmen. Sie kniff die Augen zusammen und eilte über den Kiesweg zu ihrem Auto. Wenn sie erst vom Parkplatz gefahren und aus der Schusslinie war, konnte sie sich in Ruhe ihre nächsten Schritte überlegen.

Vielleicht war es das Beste, ihre Schwester anzurufen und sie zu bitten, sich unauffällig nach Alfons umzusehen. Der kleine Ausreißer liebte Toni und würde ohne zu zögern mit ihr mitgehen, falls sie ihn fand. Obwohl das beunruhigenderweise auf so ziemlich jedes zweibeinige Wesen zutraf, das ihm auch nur minimale Zuwendung schenkte. Oder, wie in Bährs Fall, gar keine.

Zum Glück war der Lehrerparkplatz menschenleer. Die dunklen Autos glänzten wie gestrandete Wale in der Sonne, und ihre benzingeschwängerte Wärme strahlte auf die Umgebung ab.

Obwohl Isa sich bewusst war, dass sie völlig lächerlich aussehen musste, huschte sie geduckt zwischen den Fahrzeugen hindurch.

Bei ihrem Mazda angelangt, steckte sie den Autoschlüssel ins Schloss und drehte ihn herum. Der übliche klapprige Klicklaut ertönte und innen schnellte der Türknopf hoch.

Sie wollte schon einsteigen, da nahm sie aus dem Augenwinkel eine Bewegung wahr. Ruckartig drehte sie den Kopf, und im selben Moment setzte ihr Herzschlag aus. Hinter dem einzigen Baum auf dem Parkplatz stand eine gedrungene Person und starrte zu ihr herüber, die Kapuze seines weiten Pullovers tief in die Stirn gezogen, sodass Isa das Gesicht nicht erkennen konnte. Sie richtete sich langsam auf und hob eine Hand über die Augen. Als ihre Blicke sich trafen, wandte der Fremde sich ruckartig ab und rannte aufs Schulhaus zu.

»Hey!«, brüllte Isa ihre Anspannung hinaus. Mit schwitzigen Fingern stützte sie sich an ihrem Mazda ab. Ihre Knie fühlten sich an wie Gummi.

Aber wer auch immer dieser Typ gewesen war, hatte offensichtlich nicht vorgehabt, sie anzugreifen. Vielleicht wollte er ihr nur Angst machen. Sie konnte ihre Zähne knirschen hören, als sie merkte, dass ihm das gelungen war. Dabei war es wahrscheinlich nur ein Jugendlicher gewesen, der hier auf die Schule ging und von ihrer vermeintlichen Zusammenarbeit mit der Polizei erfahren hatte.

Entschlossen zog Isa die Autotür auf, da fiel ihr Blick auf das linke Vorderrad. Der leere Gummireifen quoll wie eine riesige platt gedrückte Nacktschnecke unter der Felge hervor.

»Scheiße!« Sie blies prustend den Atem aus, bis ihre Lunge so leer war wie der Reifen. Das hatte ihr gerade noch gefehlt. Wie sollte sie jetzt von hier wegkommen?

Fluchend wandte sie sich ab und wollte zum Kofferraum gehen, um zu prüfen, ob sich darin ein Ersatzreifen befand, doch sie erstarrte in der Bewegung. Entsetzt blickte sie nach unten. Das Hinterrad bot exakt den gleichen Anblick wie ihr platter Vorderreifen.

Langsam, ihrem unguten Bauchgefühl folgend, umrundete sie das Heck und blieb nach Luft japsend stehen. »Nein!«

Jemand hatte ihr die Luft aus allen vier Reifen gelassen.

Kapitel 36

Isa kaute auf ihrem Daumennagel herum, während sie versuchte, gegen das laute Schrillen in ihrem Kopf anzudenken. Irgendjemand hatte es auf sie abgesehen, so viel war sicher. Sie verdächtigte ihre Schüler, die sich an ihr rächen wollten, weil sie glaubten, von ihr ausspioniert worden zu sein. Isa musste sich eingestehen, dass sie damit ja nicht mal falschlagen. Sie wollte sich lieber nicht vorstellen, wie diese pubertierenden Racheengel reagierten, wenn sie erführen, dass sie sogar im Tagebuch von Esma gelesen hatte.

»Oh Gott«, entfuhr es ihr plötzlich. Sie ließ die Hand sinken und starrte mit aufgerissenen Augen ins Leere.

»Alfons!«

Was, wenn er gar nicht weggelaufen war? Wenn er stattdessen entführt worden war?

Hektisch fummelte Isa ihr Handy aus der Hosentasche und suchte nach Bährs Nummer. Er musste ihr helfen. Die Sache begann, ihr über den Kopf zu wachsen. Aber im selben Moment zögerte sie.

Der Kommissar würde sie auslachen, wenn sie sich nach dem Zeitungsschlamassel jetzt auch noch erdreistete, ihn um Hilfe bei der Suche nach ihrem Dackel zu bitten. Zumal er nicht gerade ein Geheimnis daraus machte, dass er kein Fan von Alfons war.

Sie überlegte, ins Schulhaus zurückzulaufen, um nach

ihm zu suchen. Aber allein bei der Vorstellung, der Rektorin zu begegnen, wurde ihr übel.

Außerdem, spann sie den Gedanken weiter, wären die Schüler, sofern Alfons bei ihnen war, wohl kaum so doof, ihn in der Schule festzuhalten. Das würde nicht lange unbemerkt bleiben.

Sie spürte eine leise Verzweiflung in sich aufsteigen, als ihr klar wurde, dass sie momentan nichts für ihren armen Alfi tun konnte.

Wenn doch nur Bähr mit ihr reden würde. Wieder zuckte ihr Daumen zum Display, und wieder hielt sie inne. Der Kommissar würde nicht abheben, wenn er ihre Nummer sah. Und wenn sie mit unterdrückter Nummer anrief, würde er sie wegdrücken, sobald er ihre Stimme hörte. Sie war ja nicht mal dazu gekommen, ihm mitzuteilen, dass sie Ben für den Mörder hielt.

Unschlüssig trat sie von einem Bein aufs andere und überlegte, was sie tun sollte. Es brachte nichts, neben ihrem lahmenden Mazda herumzustehen und auf Rettung zu hoffen. Sie musste jemanden um einen Fahrdienst bitten.

Kurzentschlossen wählte sie Tonis Nummer. Ihre Schwester würde sie ohne zu zögern und mit etwas Glück auch ohne Fragen zu stellen abholen. Bei dieser Gelegenheit konnte sie Toni auch gleich um Hilfe bei der Suche nach Alfons bitten.

Doch das Wählzeichen verhallte ungehört in der Leitung. Toni hob nicht ab.

Seufzend ließ Isa das Handy sinken. Blieben eigentlich nur noch ihre Eltern. Renate konnte sie momentan bestimmt nicht um einen Gefallen bitten.

Beim Gedanken an ihre zeternde Mutter kräuselte Isa die

Lippen. Vielleicht nahm sie doch lieber den Bus. Aber was dann? Sollte sie untätig daheim rumzusitzen und Däumchen drehen, während hier ein Mörder frei herumlief, den außer ihr offensichtlich keiner in Betracht zog? Sie spürte einen dumpfen Druck auf dem Brustkorb. Das fühlte sich einfach nicht richtig an. Nur weil Bähr nicht auf sie hören wollte, hieß das noch lange nicht, dass sie tatenlos herumsitzen musste.

Mit geballten Fäusten blickte sie zum Schulgebäude hinüber. Sie würde Ben finden und ihn überzeugen, sich zu stellen. Jawohl!

Als wollte das Schicksal seine Zustimmung kundtun, stach ihr neben dem Haupteingang ein helles Blitzen ins Auge.

»Der Fahrradschuppen!«

Mindestens eins der Fahrräder schien die Sonnenstrahlen zurückzuwerfen, genau in ihre Richtung, als wollte es ihr zuwinken.

Wie von der Tarantel gestochen rannte Isa los. Der Kies knirschte rhythmisch unter ihren Schuhsohlen und ging kurz darauf in gedämpftes Trommeln über, als sie, ohne ihr Tempo zu drosseln, die Rasenfläche überquerte, die an den Tischtennisplatten vorbei zum Fahrradschuppen führte.

Hektisch ließ sie ihren Blick über die Fahrräder fliegen, auf der Suche nach einem, das nicht abgeschlossen war. Sie besaß weder die Fähigkeit noch die Skrupellosigkeit, ein Fahrradschloss zu knacken.

Als sie schließlich fündig wurde, zog sie unwillig die Mundwinkel nach unten. Warum musste es ausgerechnet ein pinkes Kinderfahrrad, mit schillernden Puscheln am Lenker sein?

Aber in Anbetracht der Umstände konnte sie es sich nicht leisten, wählerisch zu sein. Entschlossen griff sie nach dem sternchenbedruckten Sattel und zog den Vorderreifen aus dem Stahlgestell, das am Boden festgeschraubt war.

Doch im selben Moment kamen ihr Zweifel. Wollte sie wirklich ein Fahrrad klauen? Was, wenn die Schülerin, der es gehörte, nach Hause fahren wollte und feststellte, dass es nicht mehr da war? Sie warf einen Blick auf die Uhr. Wenn sie sich beeilte, konnte sie es schaffen, das Fahrrad vor Unterrichtsende zurückzubringen. Dann lieh sie es sich genau genommen nur mal kurz aus.

Der Sattel war natürlich zu niedrig eingestellt, aber Isa hatte keine Zeit, das Ding zu justieren. Sie schwang das Bein darüber und trat stehend in die Pedale. Mit wehenden Haaren raste sie vom Kiesweg auf den Parkplatz und manövrierte das Rad durch die Reihen der Autos hindurch.

Erst als sie außer Sichtweite war, legte sie eine Vollbremsung hin und zog ihr Handy aus der hinteren Hosentasche.

Sie hatte keine Ahnung, wo Ben sich aufhielt, aber als Erstes würde sie es bei ihm zu Hause versuchen. Das war das Naheliegendste. Sie hatte bereits eine Idee, wie sie an seine Adresse kam. Der einfachste Weg wäre sicherlich, in seiner Schülerakte nachzusehen. Aber da es ausgeschlossen war, das Schulgebäude noch einmal zu betreten, musste sie es anders versuchen.

Sie zog die von der Anstrengung laufende Nase hoch und wählte die Nummer des Schulsekretariats. Es dauerte nicht lang, bis sich eine der Sekretärinnen meldete.

»Hilbert hier«, sagte Isa mit verstellter Stimme. Ihr Herzschlag polterte so laut in ihrem Brustkorb, dass sie befürchtete, die Sekretärin könnte es auch hören.

»Ich möchte meinen Sohn krankmelden.« Sie hielt den Atem an und wappnete sich, die Vergessliche zu spielen, falls seine Mutter ihn bereits krankgemeldet hatte. Aber das war nicht nötig.

Mit desinteressierter Stimme fragte die Sekretärin, in welche Klasse der Junge ginge und wie lange er voraussichtlich fehlen werde.

Isa hörte sich antworten und war überrascht, wie fest ihre Stimme klang. Vor lauter Aufregung hatte ihr Hirn auf Automatik geschaltet.

»Ich geb es weiter«, sagte die Sekretärin lustlos.

»Eine Sache noch«, rief Isa schnell, bevor die Frau auflegen konnte. Am anderen Ende blieb es still, was Isa als Aufforderung zum Weiterreden verstand. »Mein Sohn möchte sich für ein Praktikum bewerben, aber wir können sein Zeugnis nicht finden. Könnten Sie uns per Post eine Kopie zuschicken? Wir müssen die Bewerbung noch diese Woche absenden.« Erst als sie aufhörte zu reden, merkte Isa, dass sie ihr Gesicht zu einer angespannten Grimasse verzogen hatte. Sie sandte ein stummes Stoßgebet zum Himmel, dass die Sekretärin ihr jetzt keinen Strich durch die Rechnung machte.

»Das ist aber nicht kostenlos, Sie müssten …«

»Kein Problem«, unterbrach Isa sie schnell. Mit so etwas hatte sie gerechnet. »Sobald mein Sohn wieder gesund ist, gebe ich ihm das Geld mit.« Sie hörte das Klappern einer Tastatur im Hintergrund und erlaubte sich ein leises Aufatmen. Wie es schien, hatte die Sekretärin den Schwindel geschluckt.

»Das letzte aktuelle Zeugnis?«, fragte sie gerade. Ihrem Tonfall nach, war es ihr lästig, dem Wunsch der vermeintlichen Mutter nachzukommen. Wahrscheinlich war sie der Meinung, viel wichtigere Dinge zu tun zu haben.

»Richtig«, sagte Isa übertrieben freundlich. »Könnten Sie mir kurz sagen, welche Adresse bei Ihnen hinterlegt ist? Nicht, dass es an die alte geschickt wird.«

Ein betontes Seufzen, dann das Klicken einer Maus. Isa hielt sich die Faust vor den Mund und biss in den Zeigefinger.

»Wir haben hier die Berggasse hinterlegt«, murmelte die Sekretärin und nannte ihr die Hausnummer. »Ist das die richtige Adresse?«

Isa grinste. »Ja, vielen Dank.«

Nach einer anstrengenden, gefühlt nicht enden wollenden Fahrt, kam Isa endlich keuchend und schwitzend beim Haus der Hilberts an. Sie hatte das Gefühl, die ganze Zeit nur bergauf gefahren zu sein, und da sich die Berggasse an den Georgenberg schmiegte, trog dieser Eindruck vermutlich nicht.

Noch immer außer Atem lehnte sie das Fahrrad an einen Laternenpfahl und wandte sich zum Haus um, das erhöht zur Straße lag und sich erstaunlich gut ins buschige Grün der Umgebung einfügte. Die Hände in die Hüften gestemmt, versuchte sie, gegen das Seitenstechen anzuatmen, das sie plagte. Sie wusste schon, weswegen sie jede Art von Sport verabscheute.

Eine alte Dame mit einem Rollator kam den Gehsteig entlanggewackelt und blickte sie mit einer Mischung aus unverhohlener Neugierde und Argwohn an. Da erst wurde Isa bewusst, wie es wirken musste, wenn sie nur dastand und das Anwesen der Hilberts anstarrte. Sie gab sich einen

Ruck und lief über den gepflasterten Hof auf eine schmale Treppe zu, die sich durch dichtes Grün zur Haustür nach oben schlängelte.

Hilberts Kanzlei schien gut zu laufen. Allein die matt gläserne Eingangstür musste so viel wert sein wie Isas Auto. Obwohl, wenn sie es recht bedachte, wahrscheinlich eher mehr.

Sie drückte den kleinen Klingelknopf, der in eine elegante Schiefertafel eingelassen war und im Inneren des Hauses ein diskretes Summen auslöste. Kurz darauf machte sie eine schmale Silhouette hinter der milchigen Glasscheibe aus. Die Tür wurde aufgezogen, und eine Frau mittleren Alters blickte ihr fragend entgegen. Ihr Haar war zu einem strengen Knoten im Nacken zusammengesteckt. Sie hatte ein hübsches, dezent geschminktes Gesicht.

»Sind Sie Bens Mutter?« Isa versuchte sich an einem Lächeln und hoffte, dass die Frau das nervöse Zittern in ihrer Stimme nicht bemerkte.

Ihr Gegenüber runzelte die Stirn, nickte dann aber.

»Und Sie sind?«

»Entschuldigung.« Isa machte einen Schritt nach vorn und streckte ihr die Hand entgegen. »Ich bin Bens Lehrerin.«

Frau Hilbert hob das Kinn und musterte Isa skeptisch, während sie ihren Händedruck erwiderte.

»Was hat er jetzt schon wieder angestellt?« Sie wartete Isas Antwort nicht ab, sondern trat zur Seite.

Isa blinzelte perplex. Offensichtlich lud Bens Mutter sie ein hereinzukommen. Damit hatte sie nicht gerechnet. Im selben Moment wurde ihr bewusst, dass sie nur bis zur Haustür der Hilberts gedacht hatte und keinen Schritt weiter. Was würde sie tun, wenn sie Ben tatsächlich gegenüberstand? Ihn in seinem Kinderzimmer einsperren, bis die Polizei kam?

Das war wieder mal typisch für sie. Erst zu handeln und dann die Konsequenzen zu bedenken.

Frau Hilbert stieß ein leises Räuspern aus, und ihr wurde bewusst, dass sie noch immer vor der Haustür stand. Sie schluckte, dann trat sie über die Schwelle.

»Danke.« Hätte sie mehr als dieses eine Wort gesagt, wäre ihr die Stimme ganz sicher weggebrochen.

Hinter ihr fiel die Tür donnernd ins Schloss, und Isa musste sich beherrschen, nicht zusammenzuzucken. Unauffällig warf sie einen Blick über die Schulter. Ein beunruhigender Gedanke zuckte durch ihren Kopf. Niemand wusste, dass sie hier war. Niemand würde auf die Idee kommen, bei den Hilberts nach ihr zu suchen, falls …

»Hier entlang«, riss die Stimme von Bens Mutter sie aus ihren düsteren Gedanken.

Stockend setzte sie sich in Bewegung. Nun gab es ohnehin kein Zurück mehr.

Kapitel 37

Isa folgte Bens Mutter durch eine beeindruckende, lichtdurchflutete Eingangshalle. Sie konnte von hier unten bis in den zweiten Stock hinaufschauen. Die Galerie war rundum mit Glas eingefasst, und riesige Dachfenster im weiß gestrichenen Gebälk gaben den Blick auf einen wolkenlosen, blassblauen Himmel frei. Selbst im Winter war es hier drin bestimmt nie düster.

Isa schob beeindruckt die Unterlippe vor. Wie es schien, führte der kiffende, aufsässige Ben ein recht feudales Leben. Geld schien bei den Hilberts keine Rolle zu spielen. Weshalb der Junge dealte, war ihr ein Rätsel. Doch sicher nicht, um sein Taschengeld aufzubessern.

»In letzter Zeit stehen ständig Lehrer bei uns vor der Tür«, hallte die Stimme von Bens Mutter vom anderen Ende des Foyers zu ihr rüber. Isa beeilte sich, sie einzuholen. Frau Hilbert schob eine weiße Tür zur Seite, die geräuschlos in der Wand verschwand, und bedeutete ihr mit ausgestrecktem Arm einzutreten.

Regelrecht eingeschüchtert ließ Isa den Blick schweifen. Zu einem ausladenden weißen Sofa mit bunt gemusterten Kissen und einem gebogenen, riesigen Fernseher über dem offenen Kamin. Schräg hinter dem Sofa entdeckte sie eine Bar, die in die Wand eingelassen war. Das Licht der indirekten Beleuchtung brach sich im Schliffdekor der Glaskaraffen.

Frau Hilbert lief an ihr vorbei zur rahmenlosen Fensterfront und drückte auf einen Knopf an der rechten Seite. Die Scheiben teilten sich in der Mitte und glitten leise auseinander.

Isa musste aufpassen, dass ihr nicht die Kinnlade herunterfiel.

»Setzen Sie sich doch.«

Zögernd sah sie sich um und ließ sich schließlich auf der äußersten Kante des Sofas nieder. Der reinweiße Stoff war ihr nicht geheuer. Sie würde sich die Reinigung des edlen Polsters bestimmt nicht leisten können.

»Ein schönes Haus«, murmelte sie, nur um ihr anhaltendes Schweigen endlich zu brechen.

Hilbert hatte in einem wuchtigen Sessel schräg gegenüber Platz genommen und ihre Beine angezogen. Isa musste sich zusammenreißen, nicht zu offensichtlich auf die Plüschsandalen zu glotzen, die Bens Mutter unbekümmert auf dem hellen Stoff abgelegt hatte. Sie wusste nicht, was sie mehr irritierte. Die ausgefallene Optik der Schuhe oder die Tatsache, dass Frau Hilbert sie sorglos ins weiße Polster drückte.

»Wie war noch gleich Ihr Name?«

Ruckartig hob Isa den Kopf. Ihr anhaltendes Starren wurde langsam peinlich.

»Himmel!« Sie lachte künstlich. »Ich hab mich gar nicht vorgestellt. Mein Name ist …« Sie stockte. Schlagartig fiel ihr der Zeitungsartikel wieder ein. Was, wenn Frau Hilbert ihn gelesen hatte? Das Bild mochte zu klein sein, um Isa wiederzuerkennen. Aber die verdammte Reporterin hatte sie namentlich genannt.

»Stein«, presste sie hervor und hielt den Atem an.

Frau Hilbert nickte teilnahmslos, und Isa atmete erleichtert aus.

»Sie sagten, dass in letzter Zeit ständig Lehrer vor der Tür stehen«, wagte sie einen Vorstoß.

Bens Mutter stieß ein resigniertes Seufzen aus. »Erst neulich war dieser junge Lehrer hier. Der gestorben ist. Schreckliche Sache. Wie hieß er noch gleich?«

»Wonneberg.«

Frau Hilbert nickte und zog betroffen die Mundwinkel nach unten.

»Wissen Sie noch, weswegen er hier war?«, fragte Isa.

Unter dem taxierenden Blick, den Bens Mutter ihr plötzlich zuwarf, wurde ihr schlagartig heiß. Um ihre Nervosität zu überspielen, tat sie, als würde sie in eine andere Sitzposition rutschen.

»Es geht immer ums Gleiche«, hörte sie Hilbert endlich antworten. Die Frau zuckte kapitulierend mit den Schultern. »Bens Verhalten und seine nachlassenden Leistungen.«

Isa nickte. Wonneberg hatte also wirklich dichtgehalten und Bens Dealerei nicht erwähnt. Die Frage war nur, warum. Hatte er gehofft, Ben zur Vernunft bringen zu können, indem er gönnerhaft dichthielt und das von Mann zu Mann mit ihm klärte? Sie biss sich nachdenklich in die Wange. Das hatte ja bestens funktioniert. Zum Dank hatte Ben ihn aus dem Weg geräumt.

»Mein Mann und ich haben schon alles versucht«, riss Hilberts Stimme Isa aus ihrer Grübelei. »Hausarrest, Nachhilfe, zuletzt hat er Ben das Taschengeld gestrichen. Aber das scheint unseren Sohn nicht davon abzuhalten, weiter negativ aufzufallen und schlechte Noten zu schreiben.«

Beinahe hätte Isa mit der Zunge geschnalzt. Da lag also

der Hund begraben. Bens Eltern hatten ihm den Geldhahn zugedreht. Wahrscheinlich hatte er deshalb angefangen, Gras zu verkaufen. Damit ließ sich an einer Schule wie der Hermann-Hesse bestimmt gut Knete machen.

Sie beobachtete, wie Hilbert ein goldenes Etui aus der Spalte zwischen Armlehne und Sitzpolster zog und den Deckel aufspringen ließ. Darin lagen Zigaretten, gleichmäßig nebeneinander aufgereiht. Der feine Stoff ihrer Bluse raschelte sanft, als sie sich aus dem Sessel erhob und zum Fenster ging.

Isa blieb erst unschlüssig sitzen, dann stand sie ebenfalls auf und trat neben Hilbert auf die Terrasse hinaus. Das Feuerzeug klickte mehrmals, kurz darauf vernahm sie das leise Knistern der Zigarette und ein darauffolgendes befreites Ausatmen.

»Wissen Sie, man hat uns gewarnt, dass so etwas passieren könnte«, murmelte Hilbert. Sie schnippte die Asche der Zigarette in einen gläsernen Aschenbecher, den sie vom Terrassentisch genommen hatte und jetzt in der Hand hielt wie ein Tablett.

Verwirrt blickte Isa sie von der Seite an. Sie verstand nicht ganz, worauf Hilbert hinauswollte.

»Uns wurde gesagt, dass die Adoption in der Pubertät zu Problemen führen könnte«, lieferte Hilbert die Erklärung nach.

Isa nickte langsam.

»Herr Wonneberg meinte, dass wir mit ihm zum Psychologen gehen sollten. Und ehrlich gesagt, hab ich selbst auch schon daran gedacht. Aber mit meinem Mann kann man über so was nicht reden.« Sie stieß ein bitteres Lachen aus.

»Tut mir leid«, murmelte Isa, der keine bessere Antwort einfiel.

Hilbert hielt die Zigarette vor den Mund, ohne daran zu ziehen. »Ich glaube, mein Mann hat nur Angst, dass sich beim Psychologen vielleicht herausstellen könnte, dass wir Fehler gemacht haben. Dass wir es versäumt haben, unserem Sohn die nötige Unterstützung zukommen zu lassen, die er gebraucht hätte.« Endlich zog sie doch an der Zigarette und blickte abwesend auf den Garten hinaus.

Isa bemerkte, dass sie keinen bestimmten Punkt fixierte. Ihre Augen starrten ins Leere.

Weil sie noch immer nicht so recht wusste, was sie sagen sollte, ließ sie ihren Blick über den perfekt gestutzten Rasen und die gepflegten Blumenbeete ringsherum schweifen. Wie trügerisch diese Idylle doch war. Eine dicke Bude und ein volles Bankkonto bewahrten einen offensichtlich nicht vor den ganz normalen Problemen des Alltags. Es machte sie höchstens erträglicher.

Mit einem Mal empfand Isa Mitleid mit der zierlichen Frau. Für sie und ihren Mann würde eine Welt zusammenbrechen, wenn sie erfuhren, dass ihr Sohn ein Mörder war.

»Und worüber wollten Sie mit mir reden?«, fragte Hilbert unvermittelt und sah sie von der Seite an.

Isa räusperte sich. Immerhin hatte sie sich auf dem Weg ins Wohnzimmer grob zurechtgelegt, was sie sagen wollte. Noch mehr einfältiges Herumstammeln konnte sie sich nicht leisten.

»Wir hatten gestern eine kleine Meinungsverschiedenheit«, spulte sie die Worte ab. »Ich bin laut geworden. Das war nicht meine Absicht, aber wir Lehrer sind schließlich auch nur Menschen. Jedenfalls wollte ich mich bei Ben entschuldigen.« Ihr Lächeln fühlte sich verkrampft an. »Ist er hier?«

Frau Hilbert zog die Augen zu schmalen Schlitzen zusammen. »Ich dachte, er ist in der Schule.«

Mist! Isa presste die Lippen aufeinander. Damit hätte sie rechnen müssen. Natürlich versteckte Ben sich nicht zu Hause wo man ihn als Erstes suchen würde. Schon gar nicht, wenn seine Mutter daheim war.

Frau Hilbert stieß ein gereiztes Schnalzen aus und drückte die Zigarette so fest im Aschenbecher aus, dass sie entzweibrach. »Er schwänzt also wieder mal.«

»Tut mir leid«, wiederholte Isa einfallslos. »Ich dachte, er wäre krank.«

Hilberts Gesichtsausdruck hatte sich verhärtet. »Wahrscheinlich hängt er wieder mit seinen primitiven Freunden in den Schrebergärten rum.«

Isa hob die Brauen. »Welche Schrebergärten?«

Frau Hilbert schien sie gar nicht gehört zu haben. Sie redete einfach weiter. »Ich bin mit meinem Latein so langsam wirklich am Ende. Der Junge macht, was er will.«

»Können Sie mir sagen, wo das ist?«, fragte Isa dazwischen. »Ich könnte versuchen, ihm ins Gewissen zu reden.«

Hilbert bedachte sie mit einem mitleidigen Lächeln. »Sosehr ich mir wünsche, dass Ihnen das gelingt, sosehr bezweifle ich es auch.«

Ihren Worten zum Trotz wies sie mit einer ausholenden Geste über das verglaste Hausdach hinter sich. »Aber Sie können es gern versuchen. Wenn Sie den Wanderweg zum Georgenberg nehmen, können Sie die Schrebergärten nicht verfehlen. Allerdings kann ich nicht garantieren, dass er überhaupt da oben ist. Es ist nur eine Vermutung, weil mein Mann ihn letztes Mal dort aufgegabelt hat. Ihn und seine verblödeten Freunde …« Sie unterbrach sich mit einem müden Kopfschütteln selbst, obwohl ihr noch mehr auf der Zunge zu liegen schien.

Bei der Erwähnung des Georgenbergs, bildete Isa sich ein, das verdammte Seitenstechen wieder zu spüren. Allein die Vorstellung, mit dem Minifahrrad und in der Mittagshitze die Steigung raufstrampeln zu müssen, trieb ihr den Schweiß aus den Poren.

»Dann fahr ich mal lieber gleich los«, gab sie sich entschlossener, als sie sich fühlte. Sie folgte Bens Mutter durch die große Eingangshalle und bekam sogar ein Lächeln zustande, als sie vor der Tür stehen blieben.

»Danke für Ihren Besuch«, sagte Frau Hilbert und streckte die Hand nach dem Türgriff aus.

»Ich danke Ihnen«, sagte Isa und wollte sich schon abwenden, da blieb ihr Blick an einer Fotosammlung hängen, die über einer glänzend weißen Kommode an der Wand hing. Die meisten Bilder zeigten Ben als niedlichen kleinen Jungen, lachend, mit roten Pausbacken und verstrubbelten Haaren. Auf einem Foto war eine jüngere Version von Frau Hilbert zu sehen, die ein Baby auf dem Arm hielt. Sie sah gut aus. Weniger dünn als jetzt und über das ganze Gesicht strahlend. Auf ihren Wangen zeichneten sich sympathische Grübchen ab, das Haar hatte sie zu einem kecken Pferdeschwanz nach oben gebunden.

»Ist das auch Ben?« Isa beugte sich näher ran.

Die Frau folgte ihrem Blick und nickte. Augenblicklich wurden ihre Gesichtszüge weich. »Das war am Tag der Adoption. Da haben wir ihn gerade bekommen.«

Ben sah winzig aus. Als habe er erst vor wenigen Minuten das Licht der Welt erblickt. Er versank regelrecht in seinem blauen Strampler. Aus verquollenen Augen schielte er am Fotografen vorbei. Unvermittelt spürte Isa eine seltsame Unruhe in sich aufsteigen. Sie runzelte irritiert die Stirn. Ein diffuses Gefühl breitete sich in ihrer Magengegend aus wie ein flatternder Schmetterling. Ehe sie danach greifen konnte, war es schon wieder weggeglitten.

Leises Klimpern riss sie aus ihrer Starre. Ihr Blick huschte zu Frau Hilberts beringten Fingern, mit denen sie noch immer den Türgriff umschlossen hielt. Eilig wich Isa von den Bildern zurück.

»Na dann, auf Wiedersehen.«

Auf dem Hof blieb sie stehen und scharrte nachdenklich mit dem Fuß über die Steinplatten. Irgendwas an diesem Treffen war seltsam gewesen. Abgesehen von der Tatsache, dass Isa sich als eine andere ausgegeben und zweifelhafte Nachforschungen angestellt hatte, natürlich. Vielleicht war es die Art gewesen, wie Frau Hilbert mit ihr gesprochen hatte? Oder wie sie Isa angesehen hatte? Sie kam nicht drauf, was diese Unruhe in ihrem Inneren auslöste, und das ärgerte sie. Es war wie ein Jucken am Rücken, an das der Arm nicht heranreichte.

Kopfschüttelnd setzte sie sich in Bewegung. Sie konnte nicht ewig hier stehen und Löcher in die Luft starren. Vor allem nicht, da sie jetzt wusste, wo Ben zu finden war. Doch dieses Mal würde sie nicht denselben Fehler begehen und niemandem von ihrem Vorhaben erzählen. Sie zog ihr Handy aus der Hosentasche und wählte Bährs Nummer.

Natürlich hob er nicht ab. Damit hatte sie auch nicht gerechnet. Er war immer noch sauer, und daran würde sich so schnell auch nichts ändern.

Nach mehrmaligem Klingeln meldete sich die Roboterstimme seiner Mailbox. Ungeduldig wartete sie auf das Tonsignal, dann schoss sie los. »Ben war heute nicht in der Schule. Zu Hause ist er auch nicht. Einer seiner Mitschüler hat in seinen Sachen ein verschandeltes Bild von Wonneberg gefunden, das als Drohung aufgefasst werden kann. Ich bin mir sicher, dass Ben der Mörder ist und der Zeitungsartikel ihn aufgeschreckt hat. Er versteckt sich irgendwo in den Schrebergärten, hier am Georgenberg. Ich fahr da jetzt hin.«

Sie legte auf und schickte gleich noch eine schriftliche Aufforderung hinterher, unbedingt die Mailbox abzuhören. Um die Dringlichkeit ihrer Nachricht zu verdeutlichen, fügte sie einen Haufen Ausrufezeichen hinzu.

Mehr konnte sie im Moment nicht tun. Sie starrte auf das Fahrrad hinab, dessen Puschel im Wind wehten und ein dezentes Rascheln von sich gaben. Wenn sie Ben nicht verpassen wollte, schwang sie sich besser in den Sattel.

Kapitel 38

Der Weg hinauf zum Georgenberg war zwar geteert, aber so schmal, dass ein ungeübter Fahrer mit einem etwas breiteren Auto in Schwierigkeiten kommen konnte.

Als Isa beim Raufstrampeln ein Fahrzeug entgegenkam, musste sie sich mitsamt dem Rad in die Hecken am Wegesrand pressen, damit es vorbeikam. Dabei konnte sie hören, wie die Zweige auf der anderen Seite am Autolack entlangschrammten.

Glücklicherweise blieb es bei diesem einen Auto als Gegenverkehr. Vermutlich, weil die Durchfahrt eigentlich verboten war. Nur Anlieger durften die Straße nutzen. Für Bähr würde das Verbot selbstverständlich nicht gelten. Schließlich war er die Polizei.

Nachdem Isa sich wieder aus der Hecke geschält und ein paar Blätter aus ihren Haaren gezupft hatte, verzichtete sie darauf, nochmal aufs Fahrrad zu steigen. Sie schwitzte jetzt schon wie ein ungeschorenes Schaf im Hochsommer.

Mit hochgekrempelten Ärmeln stapfte sie zu Fuß weiter und schob das Rad neben sich her. Hätte sie nicht plötzlich einen unverwechselbaren Geruch wahrgenommen, wäre ihr das zugewachsene Grundstück hinter einer scharfen Linkskurve vermutlich gar nicht aufgefallen.

Abrupt blieb sie stehen und schnupperte. Da war es wieder. Unter den pudrigen Duft von Flieder und Ginster mischte sich eine andere Note. Süßlich und zugleich vergoren. Sie war bestimmt keine Expertin, aber den charakteristischen Geruch von Gras erkannte sogar sie.

Sie legte ihr Fahrrad im hochschießenden Unkraut am Wegesrand ab und schlich auf ein Gatter aus Maschendraht zu, das nur angelehnt war. Dahinter erstreckte sich ein schmaler Grünstreifen, dessen Gras ungemäht war und ihr locker bis zu den Knien reichte. Auch die angrenzenden Hecken schienen länger nicht gestutzt worden zu sein und wucherten so stark, dass das kleine Grundstück schmaler wirkte, als es eigentlich war. Vorsichtig zog sie das Tor ein Stück auf. Dabei blieb sie mit dem Arm an etwas hängen. Sie blickte nach unten und betrachtete ein zerfurchtes Holzbrett, das jemand mit abgeschnittenen Kabeln laienhaft am Maschendraht festgezurrt hatte. Ins Holz waren zwei Wörter eingeritzt, und Isa folgerte daraus, dass das Grundstück einer gewissen Familie Simon gehörte.

Sie spähte die Wiese hinauf und entdeckte einen verwitterten Schuppen, vor dem ein paar Jugendliche herumlungerten. Die Jungs redeten leise miteinander und ließen einen Glimmstängel herumgehen. Sie konnte sich natürlich täuschen, aber ziemlich sicher war das nicht Familie Simon.

Unschlüssig trat Isa auf der Stelle. Vielleicht sollte sie nochmal bei Bähr anrufen. Aber der war vermutlich schon unterwegs. Und wenn nicht, würde ihr Anruf auch nichts ändern, weil er sowieso nicht abhob.

Ein Rascheln zu ihrer Rechten ließ sie zusammenfahren, und ehe sie in Deckung gehen konnte, brach ein Jugendlicher durchs Gebüsch.

Als er sie bemerkte, erstarrte er. Für einen Augenblick sahen sie sich nur verdutzt an. Flüchtig nahm sie wahr, dass er die Hände am Hosenbund hatte und wohl gerade im Begriff gewesen war, den obersten Knopf zu schließen. Wahrscheinlich war er mal für kleine Kiffer gewesen.

»Äh, was ... äh«, stammelte er. Dann erst schien er die Fakten in seinem Kopf zu einer logischen Schlussfolgerung zusammenzusetzen. Eine Frau, die hinter einer Hecke lungerte und seine Kumpels dabei beobachtete, wie sie einen Joint kreisen ließen, verhieß sicher nichts Gutes.

»Hey!«, brüllte er und machte einen Satz auf sie zu. Isa zuckte zusammen und wich unwillkürlich zurück. Er stieß sie unsanft zur Seite, als er das Tor aufriss. Aus dem Augenwinkel konnte Isa sehen, wie seine Kumpels aufsprangen und alarmiert zu ihnen herübersahen. Schließlich hob einer von ihnen den Arm und zeigte auf Isa. Seine Lippen bewegten sich, aber sie konnte nicht verstehen, was er sagte. Dafür verriet seine Gestik, dass er sie offensichtlich erkannt hatte.

Mit aufeinandergepressten Kiefern beobachtete Isa, wie die Bande sich in Bewegung setzte und auf sie zugelaufen kam.

Sie überlegte, ins Dickicht zu flüchten. Aber jeden Moment würde Bähr mit Verstärkung auftauchen, und sie konnte nicht zulassen, dass er die ganzen Lorbeeren einheimste.

»Keine Sorge«, rief sie versöhnlich und winkte den Jugendlichen möglichst lässig zu. »Mich interessiert nicht, was ihr hier treibt.«

Der Junge neben ihr beäugte sie misstrauisch. Er wirkte mindestens so nervös wie sie selbst.

Inzwischen waren die anderen bei ihnen angekommen, und Isa rutschte schlagartig das Herz in die Hose. Ben war nicht unter ihnen. Unter den Kapuzen und Cappys sprießte kein einziges blondes Haar hervor.

»Sie sind doch 'ne Lehrerin«, murmelte ein großer, speckgesichtiger Junge und blickte sie mit unverhohlener Feindseligkeit an. Seine Bubivisage kam ihr bekannt vor. Ebenso die Gesichter der anderen. Sie war sich ziemlich sicher, die Jungs schon mal an der Hermann-Hesse-Schule gesehen zu haben. Isa hatte sie zwar nicht persönlich unterrichtet, aber mit ihrem großspurigen Gehabe und den lächerlichen Topffrisuren, mit denen sie aussahen, als gehörten sie einer Boyband an, waren sie ihr trotzdem aufgefallen.

»Stimmt«, sagte sie möglichst ruhig. »Aber ich bin als Privatperson hier.« Sie musste Zeit schinden, bis Bähr endlich kam.

Die Jungs warfen sich vielsagende Blicke zu. »Spionieren Sie uns nach?«

Isa verzog das Gesicht zu einer, wie sie hoffte, amüsierten Miene. »Sicher nicht.« Sie schickte noch ein spöttisches Prusten hinterher. »Ich bin auf der Suche nach Ben. Muss was mit ihm besprechen. Wisst ihr, wo er ist?«

Wieder machten bedeutungsvolle Blicke die Runde.

»Bullenfreunden sagen wir gar nix«, zischte der Große und spuckte ihr wie zum Beweis vor die Füße.

Isa schluckte. Offensichtlich hatten die Jungs den Zeitungsartikel gelesen, oder zumindest wussten sie über seinen Inhalt Bescheid. Ein Hoch auf das verdammte Internet.

Sie wich unmerklich zurück und stieß mit der Schulter gegen einen der Jungs. Sie hatte gar nicht gemerkt, dass sie einen Kreis um sie gebildet hatten. Der Jugendliche verpasste ihr einen Stoß, nur einen leichten, aber der genügte, um ihren Puls in die Höhe schnellen zu lassen. Ihr Atem beschleunigte sich. Der große ihr gegenüber verzog seinen Mund zu einem diabolischen Grinsen, und Isa krampfte sich der Magen zusammen.

Reiß dich zusammen, befahl sie sich in Gedanken. Die Jungen würden doch einer Lehrerin ihrer Schule nichts antun.

Andererseits hatte Wonneberg das bestimmt auch geglaubt, bevor seine Küche mit ihm in die Luft geflogen war. Ein neuer beunruhigender Gedanke ließ ihren Herzschlag stolpern. Wieso war sie eigentlich die ganze Zeit davon ausgegangen, dass Ben alleine gehandelt hatte? Vor ihren Augen drohte mit einem Mal alles zu verschwimmen.

»Wo ist denn Ihr Auto?«, hörte sie einen der Jungen wie aus weiter Ferne feixen. Sie fuhr herum und blickte in zwei kleine, dunkle Augen in einem pickeligen Gesicht.

»Habt ihr die Luft aus meinen Reifen gelassen?«, platzte sie heraus.

Der Jugendliche hielt die geöffneten Handflächen neben sich in die Höhe, um seine Unschuld zu signalisieren. »Wir doch nicht.« Sein höhnischer Tonfall strafte ihn Lügen.

Jetzt erst bemerkte Isa, dass er denselben schwarzen Hoodie trug wie der Kerl, der ihr auf dem Lehrerparkplatz aufgefallen war. Alfons kam ihr in den Sinn, und um ein Haar wären ihr die Beine weggesackt.

»Habt ihr auch meinen Hund entführt?« Ihre Stimme war nicht mehr als ein Wispern.

Keiner sagte etwas, und Isa blinzelte gegen die Tränen an, die ihr brennend in die Augen schossen. Oh, ihr armer kleiner Alfons. Was hatten sie mit ihm gemacht? Was würden sie mit ihr machen, wenn …

Das Geräusch von knirschenden Autoreifen ließ sie aufhorchen. Sie wandte den Kopf und sah, wie sich die breite schwarze Schnauze eines Autos um die Kurve schob. Bährs Audi!

Vor Erleichterung hätte sie beinahe laut aufgeschluchzt. Im selben Moment ging ein Ruck durch die Bande. »Das ist der Bulle!«, rief jemand, und ehe Isa zu einer Reaktion fähig war, stoben die Jungen auseinander und rannten in alle Himmelsrichtungen davon. Sie konnte das entfernte Krachen im Dickicht noch hören, als Bähr den Motor längst abgestellt hatte und ausgestiegen war.

Verschämt drehte sie sich weg und rieb sich mit dem Handballen die Augenwinkel trocken.

»Alles in Ordnung?«

Sie atmete ein, zupfte ihre Bluse zurecht und zwang ihre Gesichtsmuskeln zu einer unbedarften Miene, bevor sie sich wieder umdrehte. Weil sie befürchtete, dass ihr die Stimme wegbrechen könnte, wenn sie jetzt etwas sagte, hob sie nur den Daumen.

Bähr stand noch immer in der offenen Fahrertür und sah sie forschend mit seinen dunklen Augen an. Aus seinem Blick wurde Isa nicht schlau. Unmöglich zu sagen, ob Besorgnis oder doch eher Wut darin lag. Aber das spielte auch keine Rolle. Sie war einfach nur froh, ihn zu sehen. Die Nase hochziehend lief sie zu ihm rüber. »Danke.«

»Wofür?«

Beim kühlen Klang seiner Stimme geriet sie ins Stocken. »Dass Sie auf mich gehört haben und hergekommen sind.« Sie wagte nicht, ihn anzusehen. »Leider ist Ben nicht hier.«

Bähr stieß ein Schnauben aus. »Ich bin nicht hergekommen, weil Sie mich dazu aufgefordert haben.«

Isa hatte gerade auf der Beifahrerseite einsteigen wollen.

Jetzt richtete sie sich auf und blickte den Kommissar übers Autodach hinweg an. »Weshalb dann?«

Bähr zog nur vielsagend eine Braue hoch. Mehr war auch gar nicht nötig. Ihr war mit einem Mal glasklar, was der Kommissar meinte. Er war hergekommen, um sie davon abzuhalten, sich weiter in den Fall einzumischen.

Kapitel 39

»Warten Sie!«, rief Isa, als Bähr das Auto schon gewendet hatte und gerade losfahren wollte. Er trat so heftig auf die Bremse, dass sie in den Gurt geworfen wurde und dabei ein lautes »Uff« ausstieß.

»Was ist?« Seinem gereizten Tonfall nach, war er kurz davor, die Geduld zu verlieren.

»Ich bin mit dem Rad hier.«

Es kostete sie all ihre Selbstbeherrschung, seinem ungläubigen Blick standzuhalten. Immerhin verkniff er sich einen fiesen Kommentar.

»Können wir das Ding ins Auto laden?«, fragte sie.

Statt einer Antwort betätigte er nur einen Knopf und hinten sprang die Kofferraumklappe auf.

Isa stieg aus und lief zurück zu der Stelle, an der sie das Fahrrad abgelegt hatte. Einer der Lenkerpuschel hatte sich in einer Klette verfangen, und sie musste kräftig ziehen, um ihn freizubekommen. Dann wuchtete sie das Rad herum und hob den Kopf.

»Oh Mann.« Frustriert blinzelte sie durch den Schleier loser Haarsträhnen zum Kommissar hinüber. Sie hatte gehofft, dass er im Auto sitzen bleiben und das verdammte Prinzessinnenfahrrad nicht weiter beachten würde. Dann hätte sie es ungesehen im Kofferraum verschwinden lassen können. Stattdessen hatte er offensichtlich die Rücksitze umgeklappt und wartete nun mit irritiertem Blick neben dem Auto.

»Sagen Sie nichts«, warnte sie, als sie auf ihn zulief.

»Waren die Erwachsenenräder ausverkauft?«, fragte Bähr trotzdem. Es war ihm anzuhören, wie sehr er das genoss.

»Haha!«, patzte sie und versuchte, das Rad anzuheben, was ihr ein erstauntes Prusten entlockte. Das Teil war viel schwerer, als es aussah.

Immerhin ließ der Kommissar sich dazu herab, nach dem pinken Rahmen zu greifen und ihr dabei zu helfen, es in seinen Kombi zu wuchten.

Während die Klappe automatisch zuglitt, wischte Isa sich den Pony aus der verschwitzten Stirn. Den Blick des Kommissars bemerkte sie erst, als sie zur Beifahrertür lief und er auf der anderen Seite nicht folgte. Verwundert drehte sie sich um und zog im selben Augenblick die Brauen zu einer Zornesfalte zusammen.

»Amüsieren Sie sich, ja?«

Der Kommissar gab sich beim bestätigenden Nicken keine Mühe, sein Grinsen zu verbergen.

Da war er ihr ja wütend noch lieber.

»Sie können mich an der Schule absetzen«, brummte Isa, als sie die zugewachsene Straße zum Georgenberg verlassen hatten und in gemäßigtem Tempo durchs Wohngebiet fuhren.

»Auf keinen Fall.«

Sie wandte den Kopf und sah ihn empört an. »Wie bitte?«

»Ich werde Sie nach Hause fahren. Da können Sie am wenigsten Schaden anrichten.«

Unversehens klappte ihr der Mund auf. Das war doch

wohl die Höhe. Sie hatte versucht, ihm zu helfen, und er unterstellte ihr das genaue Gegenteil. Sollte er doch zusehen, wo er ohne sie blieb. Sie verschränkte die Arme vor der Brust und starrte grimmig zum Seitenfenster hinaus. Den Rest der Fahrt würde sie kein einziges Wort mehr mit ihm reden.

Doch plötzlich fiel ihr die Fracht im Kofferraum wieder ein.

»Ich muss das Fahrrad zurückbringen. Es gehört einer Schülerin«, sie räusperte sich verschämt. »Sie hat es mir … geliehen.«

Bähr atmete hörbar aus. Doch am Ende der Straße setzte er tatsächlich den Blinker und bog nach links ab.

Jetzt, wo sie ihr Schweigegelübde gebrochen hatte, konnte sie sich eigentlich auch gleich den Rest von der Seele reden, fand Isa.

»Die haben die Luft aus meinen Reifen gelassen.«

Bähr löste den Blick von der Straße und sah sie an. »Wer sind die?«

»Diese Jungs von vorhin. Schüler von der Hermann-Hesse und offensichtlich Kumpels von Ben. Scheint so ’ne Art Loyalitätsakt gewesen zu sein.«

»Was haben die gegen Sie?«

Sie blickte ihn aus schmalen Augen an. Aber wie es schien, hatte er die Frage tatsächlich nicht ironisch gemeint.

»Ich schätze, die haben den Zeitungsartikel gelesen und sind nicht unbedingt die größten Fans von unserem Freund und Helfer.«

Bähr heftete seinen Blick wieder auf die Straße.

»Damit sind Sie gemeint«, fügte Isa unnötigerweise an. Sie verlagerte ihr Gewicht auf die linke Pobacke und drehte sich im Sitz so, dass sie ihn besser ansehen konnte. »Die haben auch meinen Dackel entführt.«

»Was?« Bährs Kopf fuhr herum. Sein entsetzter Gesichtsausdruck überraschte sie.

»Na ja«, murmelte Isa, »zumindest glaube ich das. Er ist verschwunden.«

»Finden Sie das nicht ein bisschen weit hergeholt? Das wäre doch mit einem enormen Aufwand verbunden. Die Jungs müssten herausgefunden haben, wo Sie wohnen, dann eine Fahrt nach Grimmingen organisiert haben und …«

»Ich hatte Alfons in der Schule dabei«, unterbrach sie ihn. Sie konnte ohnehin nicht tiefer in seinem Ansehen sinken.

»Das ist doch kein Ort für einen Hund«, sagte er prompt, und wenn sie es nicht besser wüsste, würde sie glauben, einen vorwurfsvollen Unterton herauszuhören.

»Das ist mir auch klar«, gab sie patzig zurück. »Ich hatte nie vor, ihn mitzunehmen.«

»Will ich wissen, weshalb Sie es doch getan haben?«

Isa überlegte, ob sie ihm die ganze Story von ihrer Verspätung, der Hitze im Auto und der Erkenntnis, dass Alfons ein wahrer Eisbrecher war, erzählen sollte. Aber Bähr würde nichts davon gelten lassen. Deshalb schüttelte sie nur den Kopf. Die nächsten Worte fielen ihr besonders schwer. Sie musste kräftig schlucken, um ihren Stolz, der wie ein dicker Kloß in ihrem Hals saß, herunterzuwürgen.

»Helfen Sie mir?« Himmel, das war hart gewesen. Es fühlte sich an, als hätte sie eine Hundertkilohantel in die Luft gestemmt.

»Ist es nicht möglich, dass Ihr Hund einfach abgehauen ist?«

Isa seufzte. Und wie das möglich war. Immerhin hatte sie ihn im Lehrerzimmer vergessen. Aber das würde sie Bähr lieber mal vorenthalten.

»Ausgerechnet an dem Tag, an dem der Zeitungsartikel erscheint und jemand mein Auto lahmlegt? Ein komischer Zufall, finden Sie nicht?«, sagte sie stattdessen.

»Was sollte es diesen Jungs bringen, Ihren Hund zu entführen?«, gab Bähr zu bedenken.

»Rache?«

Er zog eine Augenbraue hoch und setzte den Blinker.

Immerhin widersprach er dieses Mal nicht. Ein schwacher Hoffnungsschimmer flackerte in ihr auf. »Wir könnten vielleicht …«, begann sie, da unterbrach der Kommissar sie jäh.

» *Wir* machen gar nichts. Sie liefern jetzt das Rad ab, und danach fahre ich Sie auf direktem Weg nach Hause. Und bis der Fall geklärt ist, setzen Sie keinen einzigen Fuß mehr nach Reutlingen, verstanden?«

»Wie soll das gehen? Ich arbeite hier.« Dass die Rothardt-Knappenhauser sie aus dem Schulhaus verbannt hatte, brauchte der Kommissar nicht zu wissen.

»Ist mir egal. Melden Sie sich krank oder lassen Sie sich was anderes einfallen. Hauptsache, Sie halten sich aus dem Fall raus.«

Isa schob trotzig das Kinn vor. Aber sie widerstand dem Reiz, ihrem Ärger Luft zu machen. Wenn sie Bähr noch mehr gegen sich aufbrachte, half er ihr sicher nicht dabei, Alfons zu finden.

Erstaunlich leichthändig hob er kurz darauf das Fahrrad aus dem Kofferraum und stellte es neben Isa auf dem Lehrerparkplatz ab. Glücklicherweise hatten sie es tatsächlich noch vor Unterrichtsende zurückgeschafft. Und angesichts der trügerischen Stille rund ums Schulhaus, war der befürchtete Elternansturm bislang wohl auch ausgeblieben. Vermutlich hatte die Rektorin den ganzen Vormittag damit zu tun gehabt, nervöse Mütter und Väter zu beruhigen.

»Den Rest schaff ich allein«, murmelte Isa und griff schnell nach dem Lenker. Sie konnte dem Kommissar nicht auch noch zumuten, als Mittäter bei einem Fahrraddiebstahl gesichtet zu werden.

Vermutlich gab sie ein ziemlich bescheuertes Bild ab, wie sie bucklig auf den Lenker gestützt den Kiesweg entlangeilte. Aber immer noch besser, als wie ein zu groß geratener Clown auf dem Rad zu fahren.

Schwitzend und außer Atem kehrte sie wenig später zum Parkplatz zurück. Der Kommissar lehnte an der Motorhaube, die Hände in den Hosentaschen vergraben.

»Ich könnte hier warten«, sagte sie atemlos, »während Sie sich im Schulhaus noch kurz nach Alfons umsehen.«

Bähr stieß sich vom Auto ab und ging zur Fahrertür.

»Sollte Ihr Hund im Gebäude herumgeistern, wird ihn früher oder später jemand finden und sich bei Ihnen melden.«

Isa biss sich auf die Unterlippe. Genau das wollte sie vermeiden. Bis auf Kollege Schneider wusste keiner von Alfons' steiler Karriere als Schulhund.

Bähr schien ihr Zaudern nicht zu bemerken. »Und wenn ihn tatsächlich jemand entführt haben sollte«, redete er weiter, »wird er ihn wohl kaum im Schulhaus verstecken.«

Mit hängendem Kopf stieg Isa zu ihm ins Auto. Als sie an ihrem Mazda vorbeifuhren, musste sie schlucken. Mit seinen vier platten Reifen bot er einen kläglichen Anblick. Fast wie ein Sinnbild für all ihre Fehlschläge in den letzten

Tagen. Wieso musste nur immer alles so schrecklich schiefgehen?

Bens erhoffte Festnahme war ein Reinfall gewesen, sie würde sich nach einem neuen Job umgucken müssen, und zu allem Überfluss hatte Isa ihren armen kleinen Alfons verloren. Vom Vertrauen des Kommissars ganz zu schweigen.

Stumm saßen sie nebeneinander, nur das Radio dudelte unbeachtet vor sich hin. Isa blickte zum Seitenfenster hinaus, ohne die vorbeiziehenden Häuser wirklich zu sehen.

Als Bähr das Auto plötzlich verlangsamte und den Blinker setzte, drehte sie überrascht den Kopf. Sie hielten an der Zapfsäule einer Tankstelle. Wortlos stieß Bähr die Tür auf, und ein Schwall Benzingeruch drang zu ihnen herein.

Isa wartete, bis er die Tür zugeschlagen hatte, dann schaltete sie das Radio wieder an, das beim Abziehen des Zündschlüssels ausgegangen war. Zum melodischen Klang eines Liebeslieds ließ sie ihren Kopf gegen die Nackenstütze fallen und hing weiter ihren bitteren Gedanken nach.

Sie hatte es überhaupt nicht eilig, nach Hause zu kommen. Dort würde sie sich noch nutzloser fühlen als hier. In Grimmingen gab es nichts, was sie tun konnte. Niemanden, mit dem sie reden konnte. Renate war ja immer noch beleidigt. Und was den Mordfall anging, erfuhr Isa höchstens irgendwann aus den Nachrichten, wie er ausgegangen war. Auf mehr durfte sie wohl nicht hoffen. Sie stieß ein verzweifeltes Seufzen aus. Wenn sie wenigstens wüsste, dass es Alfons gut ging. Beim Gedanken an ihren Dackel wurde ihr schon wieder der Brustkorb eng. Sie zwang sich, dagegen anzuatmen. Das Letzte, was sie wollte, war heulend in Bährs Auto zu sitzen, wenn er zurückkam.

Ein lautes Schrillen ließ sie so heftig zusammenfahren, dass sie mit dem Knie gegen das Armaturenbrett stieß.

»Autsch!« Sie rieb mit der Hand über die schmerzende Stelle und sah sich verwirrt um. Hatte Bähr sein Handy im Auto gelassen? Ihres war es jedenfalls nicht, das da so unangenehm auf sich aufmerksam machte. Sie spähte zum Tankstellengebäude hinüber und entdeckte Bähr hinter der Glasscheibe. Er blickte auf sein Handy, dann hielt er es sich ans Ohr.

Isa runzelte die Stirn. Wieso klingelte es denn im Auto, wenn er es …

»Oh!«, entfuhr es ihr, als ihr die Erleuchtung kam. Sein Handy musste über Bluetooth noch mit dem Auto verbunden sein.

Kapitel 40

»Götz, Thorsten hier«, plapperte eine männliche Stimme drauflos, kaum dass das Klingeln verstummt war.

Isa presste sich vor Aufregung eine Faust vor den Mund. Sie konnte Bährs Gesprächspartner über die Freisprechanlage reden hören, während der Kommissar an der Kasse stand und sich vermutlich fragte, was mit seinem Handy nicht stimmte.

»Ich hab grade mit der Spusi gesprochen. Wir können mit großer Sicherheit davon ausgehen, dass sich der Täter keinen gewaltsamen Zutritt zum Haus verschafft hat. Er muss einen Schlüssel gehabt haben. Die herausgebrochenen Türangeln sind zweifelsfrei auf die Explosion zurückzuführen. Keine Einbruchsspuren am Rahmen oder Schloss.«

Isa riss die Augen auf. Endlich schien der Mann am anderen Ende Bährs anhaltendes Schweigen zu bemerken. »Götz? Hörst du mich?«

Einen Moment blieb es still. »Götz?«, fragte er dann noch einmal. »Du scheinst schlechten Empfang zu haben. Falls du mich hörst, ruf mich doch bitte mal zurück.«

Kaum hatte der Anrufer aufgelegt, kam Bähr schon aus dem Tankstellengebäude geschossen. Seinem Gesichtsausdruck nach zu urteilen, hatte er seinen Fehler erkannt. Er riss die Fahrertür auf und beugte sich zu ihr ins Fahrzeuginnere.

»Haben Sie irgendwas gehört?«

Kurz überlegte Isa, die Ahnungslose zu spielen. Aber das würde Bähr ihr niemals abnehmen, und es wäre ihrem ohnehin schon angekratzten Vertrauensverhältnis bestimmt nicht zuträglich.

»War nur Thorsten«, sagte sie flapsig, um die angespannte Stimmung aufzulockern.

»Oh Mann!«

Sie hätte es besser wissen müssen. Abwehrend hob sie die Hände. »Ich kann nichts dafür. Er hat einfach drauflosgeredet.«

Bähr ließ sich auf den Fahrersitz fallen und knallte die Tür so heftig zu, dass das ganze Auto wackelte.

Unwillkürlich zog Isa den Kopf ein. Der Kommissar nahm einen tiefen Atemzug, bevor er sie ansah. »Was hat er gesagt?«

Isa nahm sich Zeit für ein Räuspern, bevor sie die Worte seines Kollegen wiederholte. Kaum hatte sie zu Ende gesprochen, ließ Bähr den Motor an und fuhr ungewöhnlich energisch zwischen den Zapfsäulen hindurch. Isa tastete verschämt nach dem Griff an der Tür, um sich daran festzuklammern.

»Vielleicht sollten Sie lieber Ihr Blaulicht aufs Autodach pappen, wenn Sie so rasen«, presste sie hervor.

Zu ihrer Überraschung ging Bähr tatsächlich vom Gas. Danach fuhren sie eine ganze Weile stumm die Straße entlang. Bähr brach das Schweigen als Erster. »Sie werden mit niemandem darüber sprechen, klar?«

Isa stieß ein Grummeln aus. Der Kommissar brauchte sie nicht so anzufahren. Dieses Mal traf sie wirklich keine Schuld. Sie hatte es nicht darauf angelegt, von Thorsten vertrauliche Informationen zu erhalten.

»Klar«, gab sie trotzig zurück.

Aus dem Augenwinkel nahm sie wahr, dass Bähr ihr einen Seitenblick zuwarf. Sie glaubte, ihn leise seufzen zu hören. »Das ist Täterwissen«, sagte er in gemäßigterem Tonfall. Fast könnte man meinen, dass ihm seine barsche Art von eben leidtat.

»Ich hab's verstanden«, gab sie sich noch immer patzig. Aber bei all den Fragen, die ihr unter den Nägeln brannten, schluckte sie ihren Trotz schließlich herunter.

»Darf ich was dazu sagen?«

Bähr widersprach zumindest nicht, weshalb sie beschloss, dass es einen Versuch wert war. »Wie soll Ben an Wonnebergs Schlüssel gekommen sein?«

»Gar nicht.«

»Äh …«, sie warf ihm einen ungläubigen Blick zu. »Haben Sie nicht gehört, was Ihr Kollege gesagt hat?«

»Ist das Ihr Ernst?« Bährs Augen hatten wieder das verärgerte Funkeln angenommen, und Isa biss sich auf die Zunge. Zugegeben, das hatte sie etwas unglücklich formuliert.

»Sie wissen, was ich meine«, murmelte sie schnell. »Die meisten Lehrer lassen ihre Wertsachen im Lehrerzimmer. Und die Tür ist immer abgeschlossen.« Außer, wenn jemand vor lauter Aufregung vergaß, sie zu verriegeln – so wie sie heute, fügte sie in Gedanken hinzu. Aber das tat jetzt nichts zur Sache.

»Oder sie verwahren ihre privaten Schlüssel in der Schultasche«, fuhr sie fort. »Denken Sie, Ben hat den Schlüssel aus Wonnebergs Tasche genommen? Dann gäbe es doch sicher Zeugen. Der Junge hat sich in den letzten Tagen bei einigen Mitschülern nicht gerade beliebt gemacht.

Irgendjemand hätte ihn bestimmt verpfiffen.« Sie machte eine Pause, um Luft zu holen, und kratzte sich nachdenklich am Kopf.

»Wonneberg hat seine privaten Gegenstände im Lehrerzimmer gelassen«, sagte Bähr, ohne sie anzusehen. »Zumindest haben mir das mehrere seiner Kollegen bestätigt. Wonnebergs Handy, der Geldbeutel und auch sein Hausschlüssel lagen immer auf seinem Platz. Sie müssten eigentlich wissen, dass das die Vorgabe der Schulleitung ist, nachdem vor ein paar Jahren ein Lehrer behauptet hat, von einem Schüler bestohlen worden zu sein.«

Isa sah den Kommissar erstaunt an. Bährs Unterton war ihr nicht entgangen. Seit wann klärte er sie so bereitwillig auf?

Vor ihrem inneren Auge blitzten die Bilder des heutigen Tages auf und fügten sich zu einem Mosaik zusammen. Das unaufgeregte, regelrecht desinteressierte Auftauchen des Kommissars in den Schrebergärten. Die Abwesenheit jeglicher Verstärkung, und die Tatsache, dass er sie jetzt heimfuhr, statt unter Hochdruck nach Ben zu suchen. Die Erkenntnis traf sie wie ein Schlag. Der Kommissar glaubte noch immer nicht, dass Ben Hilbert der Mörder war.

»Aber wieso?«, stieß sie hervor, ohne sich darum zu scheren, dass Bähr ihre vorausgehenden Gedanken nicht gehört hatte. »Alles, wirklich alles deutet auf Ben hin.«

»Der Junge mag schwierig sein«, entgegnete Bähr ruhig, »aber das macht ihn nicht gleich zu einem Mörder.«

Isa lachte schrill auf. »Das Beste wissen Sie ja noch gar nicht. Wonneberg hat Ben beim Dealen erwischt. Am darauffolgenden Tag hat er die Rothardt-Knappenhauser um ein Gespräch gebeten«, sie machte eine Pause, um dem

Kommissar die Gelegenheit zu geben, angemessen schockiert zu reagieren.

Doch Bähr sagte nichts. Fassungslos sah Isa ihn an. Was verschwieg der Kommissar ihr? Kurz überlegte sie, ob er Ben nur deshalb nicht in Betracht ziehen wollte, weil sie es tat. Aber sie verwarf den Gedanken gleich wieder. Bähr war der korrekteste Mensch, den sie kannte. Von falschem Stolz würde er sich niemals verleiten lassen.

Trotzdem, sein beharrliches Schweigen machte sie ganz kirre. Sie konnte gar nicht anders, als dagegen anzureden.

»Dann wäre da noch das Bild von Wonneberg, das ein Klassenkamerad in Bens Sachen gefunden hat. Ben hat die Aufforderung zu sterben quer über Wonnebergs Gesicht gekritzelt.« Sie könnte sich in den Hintern beißen, dass sie das verdammte Bild vor lauter Angst um Alfons nicht mitgenommen hatte. Immerhin war es ein Beweisstück.

Weil Bähr noch immer nicht auf ihre Äußerungen reagierte, redete sie einfach weiter. »Ich habe mit Bens Mutter gesprochen, und Sie werden nicht glauben, was die mir erzählt hat. Wonneberg hat ihnen empfohlen, mit Ben zum Psychologen zu gehen.« Sie warf die Hände hoch. »Wie können Sie all diese Fakten ignorieren?«

»Tu ich nicht, keine Sorge. Aber im Moment sind das höchstens Indizien. Was wir brauchen, sind stichhaltige Beweise.«

Isa stieß ein Zischen aus. »Und das Foto reicht nicht? Oder die Tatsache, dass er von seinem Lehrer dabei erwischt wurde, wie er Drogen auf dem Schulhof vertickt hat. Und dass er heute fehlt, just in dem Moment, als herauskommt, dass der Mörder ein Schüler oder Lehrer der Hermann-Hesse-Schule sein könnte …« Sie unterbrach sich selbst mit einem höhnischen Lachen. »Das alles soll nicht genug sein?«

Natürlich erhielt sie auch darauf keine Antwort. Mit mahlenden Kiefern suchte sie in ihrem Kopf nach einer Erklärung für Bährs anhaltende Ignoranz. Hatte der Kommissar nicht mal erwähnt, dass er und seine Schwester bei ihren Großeltern aufgewachsen waren? Forschend schielte sie zu ihm rüber.

»Haben Sie Mitleid mit dem Jungen, weil sie beide eine ähnliche Vergangenheit verbindet?«, platzte sie heraus.

Bährs Kopf fuhr herum, und in seinen Augen spiegelte sich ehrliche Überraschung.

»Ich bin eine gute Zuhörerin, wissen Sie. Ich merke mir solche Details. Sie haben etwas in der Art mal erwähnt.«

Er stieß seinen Atem durch die Nase aus. Ein überheblicher Zug umspielte seinen Mund. Aber Isa glaubte, in seinem Blick eine gewisse Unsicherheit aufflackern zu sehen.

»Ich bin nicht adoptiert«, sagte er. Seine Stimme klang rauer als sonst. »Mein Vater hat unsere Familie verlassen.« Er rieb sich über das Kinn, und sie konnte das Kratzen seiner Bartstoppeln hören. »Kurz darauf wurde meine Mutter krank. Lymphdrüsenkrebs.«

Augenblicklich tat Isa ihre Taktlosigkeit leid. »Es geht mich wirklich nichts an«, murmelte sie kleinlaut. Sie starrte auf ihre Hände, die verkrampft in ihrem Schoss lagen, und wagte nicht, weiter auf Bähr einzureden. Auch wenn er eine Menge Fragen unbeantwortet gelassen hatte.

Kapitel 41

»Vielleicht soddsch mol ebbes essa. Des hilft doch koim, wenn de hongersch«, sagte Herbert Klein mit einem Anflug von Besorgnis in der Stimme.

»Es schadet ihr aber auch nicht direkt«, antwortete Margret Klein spitz, anstelle ihrer Tochter.

»Nett, danke«, murmelte Isa kraftlos. Insgeheim musste sie ihrer Mutter sogar recht geben. Wenn dieses Gefühlschaos zur Folge hatte, dass sie ein oder zwei Kilo verlor, war es wenigstens für etwas gut.

Zum wiederholten Mal stierte sie auf ihr Handy, das genauso gut ausgeschaltet sein könnte. Es hatte den ganzen Morgen keinen Pieps von sich gegeben. Sie wischte sich eine störende Strähne aus dem Gesicht und ließ das Smartphone achtlos neben sich auf die Eckbank fallen.

Irgendjemand, vermutlich Toni, musste ihren Eltern von dem diffamierenden Zeitungsartikel und ihrer Freistellung erzählt haben, denn kaum dass Isa ihren ersten Kaffee getrunken hatte, war die ganze Bagage hier aufgekreuzt. Sich treu bleibend, hatte Margret Klein die Türklingel wie immer ignoriert. Wozu läuten, wenn man einen Schlüssel hatte? Wenigstens zeigte Toni, die heute rein zufällig freihatte, so viel Anstand, an die Küchentür zu klopfen, bevor sie eintraten.

»Ich versteh immer noch nicht, warum du nicht bei der

Arbeit bist«, fing ihre Mutter schon wieder an. Seit sie hier eingefallen waren, ging das so.

Isa verdrehte demonstrativ die Augen. »Weil ich freigestellt bin, wie oft denn noch?« Sie überlegte, das Wort auf einen Zettel zu schreiben und sich diesen an die Stirn zu kleben. Vielleicht gab ihre Mutter dann endlich Ruhe.

»Ja, aber doch nur von der Hermann-Hesse-Schule.«

Isa sah flehend zu ihrer Schwester, doch Toni schien den stummen Hilferuf nicht wahrzunehmen. Sie betrachtete schon eine Weile mit gerunzelter Stirn Alfons' leeres Körbchen.

Als Isas Blick auf die verknüllte Kuscheldecke und sein angenagtes Gummischweinchen fiel, verengte sich ihre Kehle. Hauptsächlich, weil sie sich um Alfons sorgte, aber auch, weil sie wusste, dass es Zeter und Mordio geben würde, wenn ihre Familie herausfand, dass sie ihn *verloren* hatte.

»Hier in Grimmingen kannst du doch trotzdem weiter an deiner Schule arbeiten«, quengelte ihre Mutter erbarmungslos weiter.

»Freigestellt heißt, ich kriege keine Kohle.« Isa rieb Daumen und Zeigefinger aneinander, um das Ganze für ihre Mutter anschaulicher zu gestalten. »Und umsonst arbeite ich garantiert nicht.«

»Na, mit so einer Arbeitsmoral brauchst du dich nicht zu wundern, dass du freigestellt bist.«

Isa stieß ein tiefes Stöhnen aus. Es reichte scheinbar nicht, dass sich Bähr, seit er sie gestern zu Hause abgesetzt hatte, nicht mehr hatte blicken lassen. Geschweige denn, von sich hatte hören lassen. Zu allem Übel war dann am Abend auch noch eine ziemlich unmissverständliche Mail von Rothardt-Knappenhauser bei ihr eingegangen, in der Isa über ihre

Freistellung unterrichtet wurde. Erst beim zweiten Durchlesen hatte sie gemerkt, dass eine Kopie der Mail ans Schulamt und an Rektor Maier gegangen war. Heute Morgen hatte Maier sie angerufen und ihr seine Meinung zu dem Desaster kundgetan. Sie hatte ihren Rektor selten so wütend erlebt.

Erstaunlicherweise war für Isa aber gerade die größte Strafe, dass sie ihrer Mutter Rede und Antwort stehen musste. Als wären ihre Nerven nicht schon aufgerieben genug.

»Habt ihr was von Renate gehört?«, versuchte sie vom Schulthema abzulenken.

»Ich hab gestern mit ihr telefoniert«, sagte Toni und wandte endlich den Blick von Alfis Körbchen ab.

Isa presste die Lippen aufeinander. Jetzt schloss sich der Kreis. Renate hatte bestimmt über Rektor Maier von Isas Eklat an der Hermann-Hesse-Schule erfahren und es natürlich direkt an Toni weitergetratscht.

»Die ist mir eine schöne Freundin«, brummte sie. Im selben Moment wurde ihr bewusst, dass sie sich dessen nicht mehr allzu sicher sein konnte und sie, davon abgesehen, die Letzte war, die sich über mangelnde Loyalität beschweren durfte. Noch nie, seit sie sich kannten, hatte so lange Schweigen zwischen ihnen geherrscht.

»Wo ischn dr Alfi?«, störte ihr Vater plötzlich die nachdenkliche Stille. Isas hatte das Gefühl, dass der letzte Kaffee den Weg zurück nach oben suchte.

»Der schnüffelt irgendwo im Haus rum«, presste sie hervor. »Ihr wisst doch, wie er ist.«

Der Blick, den Toni und ihr Vater miteinander tauschten, blieb Isa nicht verborgen. Ihre Mutter schien zum

Glück keinen Verdacht zu hegen. Wenn die herausfand, dass Alfons verschwunden war, würde sie bis in alle Ewigkeit darauf herumreiten, wie verantwortungslos ihre Tochter war.

»Der kommt doch sonscht emmer, wenn mir do send.«

Isa wich dem Blick ihres Vaters aus und zuckte mit den Schultern. »Wahrscheinlich hat er was Essbares gefunden.« Weil ihr Vater sie noch immer zweifelnd ansah, robbte sie seufzend von der Bank und zog die Küchentür auf.

»Alfons!« Es verursachte ihr beinahe körperliche Schmerzen, nach dem Geist ihres Dackels zu rufen. Bevor die anderen ihre Beklemmung bemerken konnten, trat sie eilig auf den Flur hinaus und zog die Tür hinter sich zu.

»Alfons!« Ihre Stimme war ein einziges Krächzen. »Da bist du ja. Wo treibst du dich denn rum?«

Sie warf einen Blick über die Schulter und stellte erleichtert fest, dass keiner aus ihrer Familie auf die Idee kam, den nicht vorhandenen Dackel hier draußen zu begrüßen.

»Wo hast du das denn gefunden?«, rief sie extra laut, um sicherzugehen, dass die anderen sie auch hörten.

»Pfui! Das ist meins.« Innerlich bat sie den armen unschuldigen Alfons um Vergebung. Wenn sie ihn erst wiedergefunden hatte, würde sie ihm das teure Biohundefutter kaufen, das immer in der Werbung kam. Wenn … Sie schüttelte den Kopf. Diesen Gedanken durfte sie nicht weiterdenken.

»Es reicht«, rief sie mit gespielter Empörung in der Stimme. »Ab mit dir ins Gästeklo.«

In der Hoffnung, dass das genügte, um ihre Familie zu überzeugen, kehrte sie an den Küchentisch zurück. Drei Augenpaare sahen sie fragend an. Vielleicht bildete sie es sich nur ein, aber sie glaubte, einen gewissen Argwohn in Tonis Blick zu entdecken.

»Hat meine guten Schuhe angenagt, der Rabauke«, murmelte sie in Richtung Boden. »Der hat jetzt erstmal Arrest.«

»Mmh«, machte Toni. Sie öffnete den Mund, schien gerade etwas sagen zu wollen, da schrillte Isas Handy.

Isa stürzte sich auf das Gerät, als wäre es der letzte Schokoriegel im Süßwarenabteil. Doch als sie den Namen der Anruferin auf dem Display entdeckte, ließ sie ihr Smartphone fallen wie ein glühendes Stück Kohle.

»Was ischn jetzt los?«, fragte ihr Vater hörbar verwirrt.

»Rothardt-Knappenhauser«, las Toni vom Display ab. »Isas Rektorin.«

»Ich geh da nicht ran«, piepste Isa und rutschte, ohne es zu merken, von ihrem Handy weg. »Das halten meine Nerven nicht aus.«

»Vielleicht ist es was Wichtiges«, gab ihre Mutter zu bedenken.

»Ich mach das.«

Ehe Isa ihre Schwester stoppen konnte, hatte die sich das Handy schon gegriffen und mit dem Finger übers Display gestrichen.

»Frau Klein?« Die schneidende Stimme von Rothardt-Knappenhauser ging Isa durch Mark und Bein.

»Am Apparat«, übernahm Toni ungefragt das Sprechen. Und weil ihre Stimme ähnlich klang wie die von Isa, schien die Rektorin nichts zu merken.

»Vielleicht erklären Sie mir mal, was das soll!«

Toni sah Isa fragend an, aber die zog nur hilflos die Schultern so hoch, dass sie fast ihre Ohrläppchen berührten.

»Ich verstehe nicht ganz«, sagte Toni wahrheitsgemäß.

»Ihr Hund ist hier. Er hat die Grundschulbibliothek vollgepinkelt, einen Buchständer umgeworfen und Pippi Langstrumpf angenagt.«

Alle Augen richteten sich auf Isa, die zur Salzsäule erstarrte.

»Mein Hund?« Tonis Stimme war zynisch und der Blick, mit dem sie Isa bedachte, ebenfalls.

»Na, der Dackel ist doch Ihr Hund, oder täusche ich mich da? Was fällt Ihnen ein, dieses Tier ohne Erlaubnis in meine Schule einzuschleusen und dann auch noch dort zu lassen? Wenn Sie ihn nicht mehr wollen, bringen Sie ihn gefälligst ins Tierheim.«

Isa hörte, wie ihre Schwester scharf die Luft einsog. Wenn die Rektorin so weiterredete, riskierte sie, von Toni in die Schranken verwiesen zu werden. Sosehr Isa die Vorstellung auch genoss, das galt es tunlichst zu vermeiden. Man sah schließlich jeden Menschen zweimal im Leben. Und Isa würde die Rothardt-Knappenhauser schneller wieder sehen, als ihr lieb war.

»Schneider hat gesagt, Sie hätten überall rumerzählt, dass dieser verzogene Dackel ein Schulhund sei«, keifte die Rektorin weiter. »Dass ich nicht lache.«

Isa warf sich über den Tisch und entriss ihrer Schwester das Handy. Sie musste der Schimpftirade ein Ende setzen, bevor die Rektorin sie vor ihrer Familie vollends bloßstellte.

»Ich mache mich sofort auf den Weg.« Ohne eine Antwort abzuwarten, legte Isa auf. Sie konnte die vernichtenden Blicke der anderen auf ihren glühenden Wangen spüren.

»Kannsch onser Audo nehma«, brach ihr Vater das angespannte Schweigen.

Isa sah ihn dankbar an. »Du bist der Beste. Ich …« Sie kam nicht dazu, den Satz zu beenden.

»Läsch halt vorher no dein' Hund ausm Klo 'naus.« Herbert Klein brüllte vor Lachen. Toni presste sich eine Faust vor den Mund und prustete. Sogar ihre Mutter gluckste mit hochrotem Kopf vor sich hin.

»Das hab ich wohl verdient«, murmelte Isa und lief aus der Küche.

Kapitel 42

Die Straße, in der die Schule lag, wurde von riesigen Bäumen gesäumt und schimmerte grünlich unter dem dichten Blätterdach, das nur stellenweise von tanzenden Sonnenstrahlen durchbrochen wurde. Isa schleuste das Auto ihrer Eltern im Schneckentempo durch den grünen Tunnel. Im Geiste legte sie sich die Worte zurecht, die sie sagen wollte, wenn ihr gleich die Rothardt-Knappenhauser gegenüberstand. Aber wahrscheinlich würde sie ohnehin nicht zu Wort kommen.

Sie lenkte das Auto auf den Lehrerparkplatz und schielte schuldbewusst zu ihrem lahmenden Mazda hin, der verlassen in der Sonne briet. Darum würde sie sich später kümmern. Eins nach dem anderen.

Es dauerte eine Weile, bis sich ihre Augen, nach dem grellen Licht draußen, an die schwache Beleuchtung im Schulfoyer gewöhnt hatten. Irgendwo flog eine dicke Fliege unermüdlich gegen eine Fensterscheibe. Sie konnte das dumpfe Pochen hören, jedes Mal, wenn das Insekt versuchte, durchs Glas zu flüchten. Isa glaubte, ziemlich genau zu wissen, wie das Tierchen sich gerade fühlte.

Flach atmend bewegte sie sich auf die Treppe zu. Sie hatte ihre Ankunft so geplant, dass die Schüler und Lehrer im Unterricht waren. Das minderte die Wahrscheinlichkeit, einem von ihnen über den Weg zu laufen.

Als sich zwei strahlend weiße Sneaker auf der obersten Stufe in ihr Blickfeld schoben, blieb sie abrupt stehen. Isa musste den Blick nicht heben, um zu wissen, wer da vor ihr stand.

»Frau Klein.«

Es war erstaunlich, wie die Rektorin es schaffte, ihren Namen so auszusprechen, dass er wie eine Beleidigung klang.

»Guten Morgen.«

Die Rektorin schnaubte. »Sie haben wirklich Nerven.«

Jetzt hob Isa doch den Kopf und zwang sich, der Rothardt-Knappenhauser ins Gesicht zu blicken. Die Rektorin hatte ihre kirschroten Lippen zu einem schmalen Strich zusammengekniffen und fixierte Isa mit ihren Fuchsaugen wie potenzielle Beute.

»Ich hatte nicht geplant, meinen Dackel hierzulassen«, schoss sie los. Mit der Röte, die ihr heiß und brennend den Hals hinaufwanderte, kam unvermittelt auch der Trotz. Die Rektorin hatte ihr Urteil doch längst gefällt und für ihre Freistellung gesorgt. Schlimmer konnte es kaum werden. Wozu ihr also in den Hintern kriechen? Es war erniedrigend genug, von unten zu ihr hinaufzustarren wie ein Bittsteller. Isa kam der Verdacht, dass die Rothardt-Knappenhauser das exakt so geplant hatte.

»Dann war wohl auch nicht vorgesehen, ihn hier als Schulhund auszugeben.«

»War es tatsächlich nicht«, gab Isa zurück. »Er hat sich in mein Auto geschmuggelt. Bei den momentanen Temperaturen konnte ich ihn ja wohl schlecht im Fahrzeug lassen.«

»Und auf die Idee, das mit mir abzuklären, sind Sie natürlich nicht gekommen?« Die Rothardt-Knappenhauser zog ihre Mundwinkel höhnisch nach unten.

Isa wich ihrem Blick aus. »Ich bin nicht davon ausgegangen, dass Sie es genehmigen würden …« Weiter kam sie nicht.

»Ganz recht. Kollege Schneider musste sich krankmelden, weil die Allergie sein Asthma verschlimmert hat. Und in der Grundschule gibt es ein Kind mit attestierter Angst vor Hunden.«

Isa gab ein Prusten von sich. Attestiert? Das hatte sie ja noch nie gehört.

Die Rothardt-Knappenhauser sah sie warnend an, und Isa zwang sich einen ernsten Gesichtsausdruck auf. Besser, sie provozierte die Rektorin nicht unnötig. Sie wollte diese Standpauke einfach nur hinter sich bringen und ihren armen, verwaisten Alfons in die Arme schließen.

»Eigenmächtig über die Köpfe der Kollegen und vor allem der Eltern hinweg zu entscheiden, kann Sie und mich in große Schwierigkeiten bringen«, herrschte die Rektorin sie weiter an. »Ihnen ist hoffentlich bewusst, dass ich das Schulamt auch über diesen Vorfall informieren musste.«

Isa nickte müde. Vielleicht sollte sie sich, sobald sie wieder daheim war, vorsorglich nach anderen Jobs umsehen.

»Ihr Hund ist im Sekretariat!«, hörte sie die Stimme der Rektorin wie aus weiter Ferne. »Ich will Sie beide hier nicht mehr sehen.« Mit diesen Worten machte sie auf dem Absatz kehrt und marschierte davon.

Isa spürte, wie ihr der Schweiß in einem dünnen Rinnsal zwischen den Brüsten hinunterlief. Sie hatte sich, ohne es zu merken, am Treppengeländer festgeklammert. Als sie ihre Hand löste, musste sie die Finger öffnen und wieder schließen, damit das Blut zirkulieren konnte.

Das entfernte Zufallen einer Türe riss sie aus ihrer Starre. Eilig bewältigte sie die restlichen Stufen.

Die beiden Sekretärinnen saßen sich gegenüber am Tisch und starrten in ihre Bildschirme. Isa war sich nicht sicher, ob sie nur so taten, als hätten sie ihr Eintreten nicht bemerkt. Sicherheitshalber gab sie ein diskretes Räuspern von sich.

Endlich löste eine der Frauen ihre Augen vom Computer. Als ihre Blicke sich trafen, zog sie die Brauen hoch. »Ach, Sie sind's.«

Diese prosaische Feststellung führte dazu, dass auch ihre Kollegin plötzlich das Interesse am Bildschirm verlor. Die beiden Frauen wechselten einen vielsagenden Blick.

»Ich will meinen Dackel holen«, stieß Isa hervor. Wenn sie wieder zu Hause war, würde sie sich einen Schnaps genehmigen.

Die Sekretärinnen zeigten fast synchron in die linke Zimmerecke, und Isa folgte ihren ausgestreckten Armen. Da lag der kleine Herumtreiber zusammengerollt am Boden und hielt unbeeindruckt ein verfrühtes Mittagsschläfchen.

Isas Herz machte einen Satz. »Alfi, Gott sei Dank.« Sie ging vor ihm in die Hocke und kniff ihn liebevoll in die weiche Stelle hinter seinem Ohr. Träge öffnete Alfons die Augen. Noch im Halbschlaf begann er, mit dem Schwänzchen zu wedeln.

»Du kleiner Schlawiner«, flüsterte Isa. Es kümmerte sie nicht, dass sie mit ihm sprach wie mit einem Kleinkind. Sie hob ihn hoch und drückte das warme Fellbündel an sich. Als er begann, wie wild über ihr Gesicht zu lecken, musste sie laut lachen. Sie konnte spüren, wie sich augenblicklich ein Teil ihrer Anspannung löste.

»Du hast mir einen ganz schönen Schrecken eingejagt«, murmelte sie leise und drückte ihr Gesicht in sein strubbeliges Fell. Als sie sich vom Boden hochstemmte, rutschte ihr der Geldbeutel aus der hinteren Hosentasche und ihr fiel wieder ein, weshalb sie ihn eingesteckt hatte.

»Könnten Sie Frau Kauer etwas von mir geben?«, fragte sie an die Sekretärinnen gewandt, die sich längst wieder mit ihren Bildschirmen befassten. Die Dunkelhaarige starrte sie über den Rand ihrer Brille hinweg an und machte nicht den Eindruck, sonderlich erpicht darauf zu sein, Isa einen Gefallen zu tun.

»Sie hat mir Geld geliehen, das möchte ich ihr gerne zurückgeben«, erklärte Isa deshalb schnell. Nachdem die ältere Kollegin so fürsorglich und freundlich zu ihr gewesen war und sie sich noch nicht einmal von ihr hatte verabschieden können, hielt Isa es für das Mindeste, ihre Schulden zu begleichen.

»Frau Kauer ist heute krankgemeldet.«

»Oh!« Nachdenklich nagte Isa an der Innenseite ihrer Wange. Im Anhang von einer der hundert Mails, die sie von der Rothard-Knappenhauser zu Beginn ihrer Abordnung bekommen hatte, war auch eine Geburtstags- und Adressliste der Kollegen angehängt gewesen. Sie beschloss, darin nach Uschis Anschrift zu suchen und bei ihr vorbeizufahren. Quasi auf einen Krankenbesuch. Vielleicht konnte sie bei dieser Gelegenheit in Erfahrung bringen, ob es Neuigkeiten gab.

Heute Morgen hatte sie gleich nach dem Aufstehen das Internet durchforstet, in der Hoffnung auf einen Hinweis, dass der Mörder, alias Ben Hilbert, festgenommen worden war.

Aber natürlich hatte sie nichts gefunden. Bloßes Wunschdenken reichte nun mal nicht, damit sich die Dinge wieder einrenkten und Bähr zugeben musste, dass sie von Anfang an recht gehabt hatte.

Apropos einrenken ... Sie musste an Renate denken und zog unwillkürlich eine Schnute. Vielleicht sollte sie die Freundin einfach anrufen und als Zeichen der Wiedergutmachung zu einem Abendessen einladen. Sie könnte ihre Terrasse aufräumen. Die vertrockneten Kräuter durch neue ersetzen und den Blütenstaub von den Gartenmöbeln fegen. Falls Bähr sich heute Abend zu Hause blicken ließ, konnte er auch noch einen Happen mitessen. Sie überlegte, ihm auf dem Rückweg im Getränkemarkt alkoholfreies Bier zu besorgen und ...

»Gibt's noch was?«

Isa schreckte hoch und blinzelte die irritierten Sekretärinnen einfältig an.

»Nein danke.« Das errötende Gesicht in Alfons' Fell gedrückt, huschte sie grußlos aus dem Zimmer.

Kapitel 43

Uschis Haus stand am Ende einer gewundenen Straße, unterhalb eines bewaldeten Hangs. Das Grundstück neben ihrem lag brach und verwildert da. Vermutlich hielten die Besitzer es für ihre Kinder oder Enkelkinder zur späteren Bebauung frei.

Langsam fuhr Isa auf Uschis Hof und stellte den Motor ab. Zwischen den Pflastersteinen spross Grünzeug hervor, und Alfons machte sich eifrig daran, die Grashalme anzukauen, kaum dass sie ihn aus dem Auto gelassen hatte.

Obwohl der Hof im Schatten lag, würde sie den kleinen Racker auf keinen Fall bei heruntergelassenen Scheiben im Auto lassen und riskieren, dass er ihr ein zweites Mal entwischte. Sie konnte nur hoffen, dass Uschi nichts dagegen hatte, wenn sie ihn mitbrachte.

Sie wandte sich dem Haus zu und musste unwillkürlich lächeln. Die grünen Fensterläden und die darunter hervorquellenden roten und weißen Petunien passten zu ihrer fröhlichen Kollegin. Neben der Haustür stand ein Zwerg mit roter Mütze und einem Schild in der Hand, auf dem ihr Name stand. Sogar die Klingel gab eine unbeschwerte Melodie von sich, als Isa sie drückte.

Mit Alfons unter dem Arm wartete sie darauf, dass die Tür aufgezogen wurde. Aber im Haus regte sich nichts. Unschlüssig sah Isa sich um. Sie entdeckte ein kleines Fenster neben der Haustür und wollte sich gerade auf die Zehenspitzen stellen, um hineinzuspähen, da vernahm sie gedämpfte Schritte von drinnen.

»Isa?« Uschi stand in der offenen Tür und blickte sie überrascht an. Sie machte nicht gerade einen kränklichen Eindruck.

»Das ist ja eine Überraschung.« Sie lächelte, doch hinter der freundlichen Miene glaubte Isa ein nervöses Zucken auszumachen.

»Ich dachte, ich statte dir einen kurzen Krankenbesuch ab.«

Ihre Kollegin zögerte kaum merklich, und Isa wollte schon zurückrudern, um nicht aufdringlich zu sein, da trat Uschi zur Seite. »Wie nett von dir. Komm doch rein.«

»Ist es okay, wenn ich Alfons mitbringe? Bei der Hitze kann ich ihn nicht im Auto lassen.« Auf weitere Ausführungen verzichtete sie lieber.

»Aber natürlich. Ich will mal sehen, ob ich für ihn ein Schälchen Wasser habe.« Uschi schmunzelte und kraulte Alfons hinter den Ohren.

Als Isa eintrat, reckte sie automatisch die Nase und schnupperte genießerisch. Im Haus roch es fantastisch nach frisch gebackenem Kuchen. Jetzt bemerkte sie auch die geblümte Schürze, die Uschi umgebunden hatte. Unwillkürlich musste sie grinsen. Wie es schien, machte die Gute blau.

»Willst du was trinken?«, Uschi deutete auf die offene Küchentür.

»Eigentlich bin ich hier, um meine Schulden zu begleichen«, sagte Isa. Sie zog den Geldschein aus der Hosentasche, den sie vorhin dort hineingesteckt hatte, und hielt ihn Uschi hin. »Danke. Nicht nur dafür. Ohne dich hätte ich in diesem Irrenhaus keinen einzigen Tag überlebt.«

Uschi lächelte und winkte ab. »Ich hab doch gar nichts getan.«

Sie griff nach ihrem Monster von einem Geldbeutel, der neben ihr auf der Kommode lag, und Isa erstarrte. Der fallende Groschen war mehr ein Stein, und sie hatte das Gefühl, dass er sie mit sich nach unten riss.

Mit einem Mal war ihr klar, weshalb das Bild in Hilberts Hausflur sie hatte stutzen lassen. Der kleine Junge darauf trug denselben Strampler, hatte dieselben Pausbäckchen wie das Baby auf dem Foto in Uschis Geldbeutel. Nur die Frau, die ihn hielt, war eine andere.

Uschi schien nichts von dem Sturm zu merken, der in Isas Innerem losbrach. Sie verstaute den Schein in ihrem Portemonnaie und legte es auf die Kommode zurück.

Starr folgte Isa ihren Bewegungen mit den Augen. In ihrem Kopf fügten sich die Puzzleteile mit einem Mal zusammen. Ben musste Uschis Enkel sein. Bestimmt machte Uschi nicht einfach so blau. Sie war aus einem bestimmten Grund zu Hause geblieben.

»Isa?«

Unbewusst zuckte sie zusammen und begegnete Uschis fragendem Blick. Wenn sie sich nicht beherrschte, würde Uschi noch misstrauisch werden.

»Sollen wir uns in die Küche setzen? Ich muss meinen Kuchen ein bisschen im Blick behalten.«

Isa nickte verkrampft und rang sich ein Lächeln ab, dabei wollte sie eigentlich nur hier raus. Sie musste Bähr Bescheid geben, dass Uschi Wonnebergs Mörder deckte, der rein zufällig ihr Enkel war. Es würde Isa nicht wundern, wenn der Junge sich hier irgendwo versteckte.

Ihre Hand zuckte zur hinteren Hosentasche, als ihr im

selben Moment einfiel, dass sie das Handy im Auto liegen gelassen hatte.

Verdammt! Warum musste sie nur immer so nachlässig sein?

Es brachte jetzt nichts, die Nerven zu verlieren. Sie würde die Ahnungslose spielen müssen, bis sie eine Gelegenheit bekam, Bähr einen Hinweis zukommen zu lassen.

Mit verkrampften Bewegungen folgte sie Uschi in die Küche. Ihr Blick blieb an bunten Landschaftsaquarellen und bemalten Blumenvasen hängen, die auf der Fensterbank standen. Die fröhliche Farbenpracht erschien ihr plötzlich genauso aufgesetzt wie Uschis andauernde Heiterkeit.

»Möchtest du lieber was Kaltes oder trinkst du auch einen Tee?«, riss Uschi sie aus ihren Gedanken.

»Tee ist gut«, murmelte Isa und ließ sich mit klopfendem Herzen auf einen der Stühle sinken. Statt bei Bähr Alarm zu schlagen, saß sie in Uschis Küche und trank Tee. Das fühlte sich so verdammt falsch an. Sie hatte das Gefühl, wertvolle Zeit zu verlieren. Was, wenn Ben in der Zwischenzeit flüchtete und sich woanders versteckte? Oder weitere Spuren vernichtete?

Eine Berührung an ihren Füßen ließ sie zusammenfahren. Ihr fiel wieder ein, dass sie Alfons mitgebracht hatte. Von ihrer wachsenden Unruhe schien er nichts mitzubekommen. Laut schnüffelnd suchte er den Boden ab. Dann wurde er offensichtlich fündig, denn das Schnuppern ging unvermittelt in hektisches Schmatzen über.

»Ich hab einfach eine Pause gebraucht«, sagte Uschi plötzlich in die angespannte Stille hinein.

Isa hob den Kopf und fing den schuldbewussten Blick ihrer Kollegin ein.

»Ich bin nicht wirklich krank.« Sie stellte zwei Tassen samt Untertellern auf den Tisch, dann setzte sie sich Isa gegenüber und lächelte zerknirscht.

Um ein Haar hätte Isa hysterisch aufgelacht. Die ganze Situation war so schräg. Ihre Kollegin hatte ein schlechtes Gewissen, weil sie krankmachte, während sie ihren kriminellen Enkel vor der Polizei versteckte.

Angespannt sah Isa zu, wie Uschi eine Hand auf den Deckel der Teekanne legte und sie über die Tassen hob. Der goldbraune Tee roch nach Bergamotte und Zitrone, ein Duft, den Isa normalerweise mochte. Doch jetzt hatte sie keinen Sinn dafür. Nervös kaute sie auf der Innenseite ihrer Wange herum und überlegte, wie sie dieses Teekränzchen verkürzen konnte, ohne dass es auffiel.

»Du musstest mich doch nicht vertreten?«, hörte sie Uschi fragen.

Als Antwort schüttelte Isa nur den Kopf. Doch dann wurde ihr klar, dass ihre plötzliche Einsilbigkeit Uschi alarmieren könnte.

»Ich bin freigestellt«, beeilte sie sich deshalb zu sagen. »Wegen des Zeitungsartikels. Du weißt schon …«

Ihre Kollegin presste mitfühlend die Lippen aufeinander. »Tut mir leid.«

»Mir auch«, murmelte Isa und griff nach ihrer Tasse. Sie hoffte, dass Uschi ihre zitternden Finger nicht bemerkte.

»Ist denn das befürchtete Chaos ausgebrochen?«

Uschi zuckte die Schultern. »Gestern wurden ein paar Schüler von ihren Eltern abgeholt. Abends hat Gisela noch eine Rundmail geschrieben und den Eltern angeboten, selbst zu entscheiden, ob sie ihre Kinder heute in die Schule schicken wollen oder nicht.«

Die scheinbare Unbekümmertheit ihrer Kollegin triggerte Isa. Sie nahm ihr die Maskerade nicht ab. Wohlwissend, dass es ein Risiko war, beschloss sie, Uschi zu testen. Wenn sie bei Bähr Alarm schlug, musste sie ganz sicher sein. »Hast du was von Ben gehört?«

Angesichts der Röte, die Uschi augenblicklich in die Wangen schoss, wusste Isa, dass sie auf der richtigen Fährte war.

»Von Ben? Nein, wieso?« Mit einer fahrigen Bewegung stellte Uschi ihre Tasse ab, verfehlte den Unterteller und verschüttete den Inhalt auf die abwaschbare Tischdecke.

»Ach du liebes bisschen!« Sie sprang auf und griff nach einem Lappen, der über dem Wasserhahn an der Spüle hing. Hastig tupfte sie die kleine Pfütze damit auf.

Als sie sich wieder setzte, wich sie Isas Blick aus und malte mit dem Zeigefinger das Muster der Tischdecke nach. Das Ticken der Wanduhr hallte plötzlich unnatürlich laut über ihren Köpfen und verstärkte den Druck auf Isas Brustkorb. Sie wurde das Gefühl nicht los, dass ihr die Zeit davonlief.

Je eher sie Bähr alarmieren konnte, desto schneller konnte Ben gefasst und dem Spuk ein Ende gesetzt werden. Sie beschloss, Uschi eine Notlüge aufzutischen und sich vom Acker zu machen.

»Hör mal«, begann sie und wollte erklären, dass ihre Eltern das Auto brauchten, da erklang von draußen ein verdächtiges Kläffen. Ruckartig zog Isa die geblümte Plastiktischdecke hoch und beugte sich unter den Tisch.

»Alfons?«

Der Fliesenboden zeugte noch feucht glänzend von der Zuwendung einer gewissen Hundezunge, aber der Dackel selbst war nirgends zu sehen. Unterdrückt fluchte Isa. Was war denn in letzter Zeit nur mit Alfons los? Er war schon wieder stiften gegangen. Ausgerechnet jetzt. Das durfte nicht wahr sein.

Sie schob den Stuhl zurück und lief zur offen stehenden Verandatür hinüber. Ihr Blick strich über die kleine Terrasse und einen von Hecken gesäumten Rasen. Mittendrin entdeckte sie Alfons, der sich leidenschaftlich im Gras wälzte.

»Entschuldige«, sagte Isa an Uschi gewandt, bevor sie aus voller Kehle den Namen ihres Dackels brüllte.

»Kümmer dich ruhig um ihn«, kicherte die Kollegin. »Ich muss sowieso nach meinem Kuchen sehen.«

Oh, und wie sie sich um ihn kümmern würde. Allerdings erst, wenn sie ihn und sich selbst in Sicherheit gebracht und Bähr Bescheid gegeben hatte. Sie rannte über die Terrasse und malte sich im Kopf aus, wie sie ihren Hund dieses Mal wirklich in die Gästetoilette sperren würde. Sie könnte längst im Auto sitzen und Bähr berichten, dass Uschi Wonnebergs Mörder deckte. Stattdessen musste sie ihrem unverbesserlichen Dackel hinterherjagen. Wieder einmal. Wenige Schritte vor ihm verlangsamte sie wohlwissend ihr Tempo und näherte sich ihm langsam.

»Alfi«, rief sie mit ihrer lieblichsten Stimme. Sie formte die Hand zu einer Schale und streckte sie ihm entgegen. »Leckerli!«

Der Dackel unterbrach sein Wälzen, rollte sich auf den Bauch und stellte die Öhrchen auf.

»Du wirst eine nigelnagelneue Leine bekommen, wenn das hier überstanden ist«, flötete Isa und klang dabei, als hätte sie ihm gerade eine Riesenwurst versprochen.

Der Dackel schien auf ihre schmeichelnde Stimme hereinzufallen. Mit heraushängender Zunge kam er auf sie zugewatschelt. Sie hielt ihm das vermeintliche Leckerli hin, während sie mit der anderen Hand nach seinem Halsband greifen wollte. Doch im selben Moment schien Alfons zu kapieren, dass er hereingelegt worden war. Er machte einen Satz zur Seite, bellte auffordernd und sah Isa mit einem breiten Grinsen an. Zumindest glaubte sie, den feixenden Ausdruck im Gesicht ihres Hundes zu erkennen.

»Kommst du wohl her?« Sie hechtete nach vorn und haschte nach dem Halsband. Doch Alfons wich erneut geschickt aus. Er stemmte seine Füßchen ins Gras und bellte auffordernd. Für ihn schien das ein Spiel zu sein.

Grummelnd richtete Isa sich vom Boden auf und betrachtete die grünen Flecken auf ihrer Jeans, dort, wo sie mit den Knien im Gras gelandet war.

»Verdammter Mist.«

Alfons' Bellen endete abrupt, und als sie aufblickte, entdeckte sie ihn am Ende des Gartens. Sie sah gerade noch, wie er einen beachtlichen Sprung vollführte und in der Hecke verschwand.

»Oh nein.« Ihr Blick fiel auf den verwilderten Wald, der sich wie ein Dschungel hinter den Hecken erhob. Wenn sie sich nicht beeilte, setzte Alfons sich ins Dickicht ab und hetzte für den Rest des Tages unschuldige Kaninchen durchs Unterholz.

Entschlossen schob sie die Ärmel ihrer Bluse über die Ellbogen und tigerte an der Hecke entlang, das dichte Gewächs mit den Augen absuchend. Bestimmt buddelte er gerade irgendwo unter den Zweigen begeistert ein Loch.

»Alfi, komm jetzt. Wir müssen gehen.« Beinahe hätte sie den schmalen Spalt übersehen, der sich vor ihr auftat. Überrascht blieb sie stehen und starrte auf die gestutzte Stelle. Es sah aus, als hätte jemand mit der Heckenschere ein rechteckiges Loch in die dicht stehenden Büsche gefräst. Nur ein paar vereinzelte rebellische Zweige hingen aus den beschnittenen Flanken hervor. Widerwillig zog Isa den Bauch ein und zwängte sich durch die Lücke. Dann blieb sie wie angewurzelt stehen und starrte das kleine Gewächshaus an, das wie eine verwunschene Laube, von wilden Rosenbüschen umrankt, vor ihr auftauchte. Hinter dem trüben Glas der Tür glaubte sie, eine dunkle Silhouette zu erkennen. Schlagartig brach ihr der Schweiß aus. Zugleich wanderte ein kaltes Frösteln ihre Wirbelsäule entlang. Da Uschi in der Küche nach ihrem Kuchen sah, kam nur eine Person infrage, die sich dort im Gewächshaus aufhalten konnte. Und sie würde dafür sorgen, dass diese Person dort blieb, bis Bähr eintraf, um sie festzunehmen. Auch wenn Isa noch nicht genau wusste, wie sie das ohne Handy bewerkstelligen sollte. Ihr würde schon was einfallen.

Sie nahm all ihren Mut zusammen, machte einen Schritt nach vorn und zog die Türe auf.

Kapitel 44

Ben blickte sie aus schreckgeweiteten Augen an.

»Äh …« Zu mehr war er wohl nicht fähig. Er kratzte sich linkisch an der Schläfe, über der ein gezacktes Blatt baumelte und ihn offensichtlich gekitzelt hatte. Als Isas Augen an dem schwingenden Gewächs hängen blieben, runzelte sie die Stirn. Sie mochte keine Botanikerin sein, aber diese Pflanze erkannte sogar sie.

»Was machst du hier?«, platzte sie unwirsch heraus. Dabei war mehr als offensichtlich, was Ben Hilbert hier machte. Der Junge dealte nicht nur mit Gras, er baute es auch noch höchstpersönlich an. In Uschis Garten. Das war wirklich die Härte.

Ben riss sie jäh aus ihren Gedanken, als er einen Ausfallschritt nach vorn machte und Isa einen groben Stoß mit dem Ellbogen verpasste.

»Hey!« Hektisch mit den Armen rudernd, versuchte sie, sich zu fangen, aber da kippte sie schon rücklings mit dem Gesäß ins Graspflanzenbeet. Prustend rappelte sie sich auf und grapschte nach Ben, der gerade zur Tür hinaus flüchten wollte. Sie bekam sein Bein zu greifen und krallte sich im Stoff seiner Hose fest.

Ben stieß einen rauen Schrei aus, dann fiel er zu Boden. Dabei riss er Isa mit sich nach vorn. Sie landete bäuchlings auf der Schwelle zwischen Gewächshaus und Garten.

»Bleib liegen«, schrie sie unterdrückt. Es war gar nicht so leicht, sein Bein festzuhalten, ohne es ins Gesicht zu kriegen. Ben trat nach hinten aus wie ein scheuendes Pferd.

Isa duckte sich und versuchte, den Tritten auszuweichen. Doch da drehte Ben sich auf den Rücken und rammte ihr den freien Fuß seitlich ins Gesicht.

Sie jaulte vor Schmerz auf und presste sich eine Hand auf ihre Nase. Es fühlte sich an, als hätte ihr jemand einen Stock durch die Scheidewand direkt in die Schaltzentrale gejagt. Keuchend robbte sie aus Bens Reichweite und blinzelte gegen die Tränen an, die ihr in die Augen schossen.

Als sie etwas Rotes zwischen ihren Fingern herunterlaufen sah, wurde sie von einer unbändigen Wut ergriffen. Dieser kleine Pisser hatte ihr allen Ernstes ins Gesicht getreten.

»Na warte!«, brüllte sie in rasendem Zorn und stieß sich vom Boden ab. Blind von den Tränen stürzte Isa hinter Ben her, der im Begriff war, soeben durch die mysteriöse Hecke zu verschwinden. Sie stieß sich ab und hechtete wie ein Torwart durch die Luft. Nur, dass sie keinen Ball unter sich begrub, sondern ihren Schüler. Der Atem wurde Ben hörbar aus der Lunge gepresst, als sie mit ihrem ganzen Gewicht auf ihm landete.

»Ha!«, rief sie triumphierend. Niemand schlug ihr ungestraft ins Gesicht. Schon gar kein Schüler.

Im selben Moment verpasste Ben ihr mit dem Ellbogen einen schmerzhaften Stoß in die Magengrube. Stöhnend rollte sie zur Seite. Sie war so damit beschäftigt, Luft zu holen, dass sie viel zu spät merkte, was der Junge vorhatte. Ehe sie sich's versah, war er auf ihren Rücken geklettert und drückte sie zu Boden. Ächzend versuchte sie, sich mit den Händen hochzustemmen.

»Lauf«, mischte sich da plötzlich Uschis Stimme unter das Geräusch ihres rasselnden Atems. Das Gewicht auf ihrem Rücken verstärkte sich. Isa versuchte den Kopf zu drehen und raspelte dabei mit ihrer Wange über die starren Grashalme. Aus dieser Perspektive sah sie nur Bens Füße, ganz nah an ihrem Gesicht. Offensichtlich hatte Uschi seinen Platz auf ihrem Rücken eingenommen. Die alte Dame war merklich schwerer als der Jugendliche.

»Uschi …«, Isa bemühte sich nach Kräften, nicht zu viel Luft beim Sprechen zu verbrauchen. »Hör auf damit.« Mit jedem ausgehauchten Wort schien die Kollegin tiefer auf sie niederzusinken.

Verzweifelt rang Isa nach Atem. Sie hätte die Klappe halten sollen. Jetzt war ihre Lunge wie einbetoniert. »Ich kriege keine Luft«, wisperte sie tonlos.

Uschi schien kein Mitleid zu haben. Schwer hockte sie auf ihr und gab keinen Millimeter nach.

»Lauf, Junge«, hörte Isa sie erneut rufen. Doch Bens Schuhe rührten sich nicht von der Stelle.

»Mach schon.«

Winzige Sternchen begannen vor Isas Augen zu tanzen. Vergeblich blinzelte sie gegen die Dunkelheit an, die sich von den äußeren Augenwinkeln nach innen hereinschob und das verblichene Grün des Rasens zu einem kleinen Fleck zusammenschrumpfen ließ.

Das war's, schoss es Isa durch den Kopf. Wie würde wohl diesmal die Schlagzeile lauten? »Neugierige Lehrerin von Kollegin erdrückt.« Bevor sie den Gedanken zu Ende denken konnte, verpuffte das Gewicht von ihrem Rücken. Leicht wie eine Wolke fühlte sie sich mit einem Mal. Als würde sie schweben.

Dann spürte sie einen festen Griff am linken Arm und merkte, wie sie vom Boden hochgezogen wurde. Jemand schüttelte sie, und ein stechender Schmerz fuhr ihr durch den Brustkorb. Himmel, tat das weh, Luft in die zerknitterte Lunge zu pumpen.

Erst nach ein paar pfeifenden Atemzügen merkte sie, dass sie sich an etwas festklammerte. Nein, an jemandem. Ganz langsam öffnete sie erst das eine Auge, dann das andere.

Der angenehme Duft des hellblauen Stoffs an ihrer Wange kam ihr seltsam vertraut vor. Sie schüttelte den Kopf, um den Nebel aus ihrem Hirn zu vertreiben. Die verschwommene Umgebung nahm nur langsam Kontur an. Ein letztes Blinzeln, dann sah sie wieder scharf. Als sie endlich erkannte, wen sie vor sich hatte, erstarrte sie.

Bähr hielt sie an den Schultern fest, als hätte er Angst, dass sie nach hinten kippen könnte. Was nicht so unwahrscheinlich war. Ihre Knie schlugen unkontrollierbar aneinander. In den dunklen Augen des Kommissars entdeckte Isa die verzerrte Spiegelung ihres eigenen Gesichts. Sekundenlang konnte sie nichts anderes tun, als ihn dümmlich anzuglotzen und nach Luft zu ringen. Ihr schoss durch den Kopf, dass sie ihm noch nie so nah gewesen war.

»Sie haben goldene Sprenkel in Ihren Augen«, murmelte ihr Mund, ohne die Erlaubnis des Gehirns abzuwarten. Irritiert über sich selbst, zog sie die Brauen zusammen. Was faselte sie denn da?

»Können Sie atmen?« Bähr sah sie eindringlich an.

Sie nickte und ließ sich wenig grazil nach hinten auf ihren Allerwertesten plumpsen. Der Kommissar reichte ihr ein Taschentuch und sie drückte es sich vorsichtig unter die blutende Nase.

»Gott, tut das weh!«, nuschelte sie ins weiche Papier. Ein Glück, dass Bähr aufgetaucht war. Nicht auszudenken, wie das Ganze ausgegangen wäre, wenn nicht. Im selben Moment wurde ihr klar, dass Bähr nicht ihretwegen hier sein konnte. Er hatte ja gar nicht wissen können, dass sie spontan zu Uschi gefahren war. Was wiederum nur bedeuten konnte, dass er ihr endlich glaubte, was die Täterfrage anging. Nämlich, dass Ben seinen Lehrer umgebracht hatte. Das wurde aber auch langsam Zeit.

Allerdings war ihr trotzdem nicht ganz klar, wie Bähr darauf gekommen war, hier bei Uschi nach dem Jungen zu suchen. Das konnte nur eines heißen.

»Sie wussten, dass Uschi Bens Oma ist, stimmt's?«

Bähr sah sie an und nickte.

Empört presste sie die Lippen zusammen. Natürlich hatte er es gewusst. Das hätte er ihr gerne mal sagen dürfen. Dann wäre sie vielleicht nicht so unvorbereitet bei Uschi aufgekreuzt. Sie warf ihm einen Blick zu, der deutlich machte, dass sie eine Entschuldigung erwartete. Aber natürlich bemerkte er es nicht. Oder tat zumindest so. Er drehte ihr den Rücken zu und richtete seinen Blick auf Uschi.

Jetzt erst entdeckte Isa die beiden uniformierten Beamten, die neben Uschi und Ben Aufstellung bezogen hatten. Oma und Enkel saßen zusammengesunken im Gras. Bens aggressives Gehabe war verflogen. Widerstandslos ließ er sich den Schultergriff des Polizisten gefallen.

»Sie haben das Recht zu schweigen«, begann einer der Beamten, ihm seine Rechte zu verlesen.

Isas Blick huschte von Ben zu Uschi. Ungläubig betrachtete sie das eingefallene Gesicht und die zitternden Hände ihrer Kollegin.

»Wie konntest du ihn nur beschützen?«, rief sie, ohne sich darum zu kümmern, dass sie den sorgsam vorgetragenen Monolog des Polizisten störte. Der Mann verstummte und sah hilfesuchend zu Bähr.

Isa fand, dass man Ben seine Rechte auch noch später verlesen konnte. Sie wäre gerade beinahe von Uschi erdrückt worden. Da hatte sie wohl Anspruch auf ein paar Antworten.

Uschi guckte nur kurz auf und wich ihrem Blick gleich wieder aus.

»Und du?«, blaffte sie Ben an. »Hast du wirklich gedacht, du kommst damit durch?«

Der Junge starrte nur wie hypnotisiert auf den Boden vor sich. Er wirkte plötzlich viel jünger, wie er da saß, die Arme um die Beine geschlungen und die Nase hochziehend.

Vorwurfsvoll sah Isa wieder zu Uschi hin. »Auch wenn er dein Enkel ist, wie konntest du nur zu ihm halten, nach dem, was er getan hat?« Weil Uschi noch immer den Anschein machte, dass es ihr die Sprache verschlagen hatte, redete Isa einfach weiter. »Die Graspflanzen sind das eine, aber der Mord an Wonneberg …«

Ruckartig hob die Kollegin den Kopf. »Ben ist nicht Wonnebergs Mörder«, rief sie.

Isa stutzte. Dann verzog sie die Lippen zu einem verächtlichen Strich. Selbst jetzt hörte Uschi nicht auf, den Jungen in Schutz zu nehmen. Ohne Zweifel hatte sie jeden Bezug zur Realität verloren.

»Ich hab es getan, Isa«, murmelte Uschi da kaum hörbar.

Einen Augenblick lang war es mucksmäuschenstill. Sogar die Vögel schienen ihr mittägliches Konzert zu unterbrechen.

Dann schossen die Worte regelrecht aus Isas Mund hervor. »Was redest du denn da?«

Als sie den irritierten Blick bemerkte, mit dem Ben seine Oma ansah, spürte sie ein unangenehmes Ziehen in ihrer Magengegend. Irgendetwas stimmte hier nicht.

»Ich habe Marco Wonneberg umgebracht«, wiederholte Uschi diesmal lauter und sah dabei nach wie vor nur sie an.

Ohne dass Isa es wollte, löste sich ein schrilles Gackern aus ihrer Kehle.

»Das wird ja immer besser«, rief sie gegen das Taschentuch an, das sie sich noch immer vor die Nase presste. Doch als sie zu Bähr hochblickte, hatte sie das Gefühl, dass ihr das Lachen im Hals stecken blieb. Im Gegensatz zu ihr wirkte der Kommissar kein bisschen verwundert, höchstens konzentriert.

»Also nochmal von vorne«, hörte sie den jungen Beamten sagen. »Frau Kauer, Sie haben das Recht zu schweigen …«

Ein lautes Pfeifen in Isas Ohren übertönte seine Worte. Mit offenem Mund starrte sie Uschi an, die mit gesenktem Kopf dasaß und den Ausführungen des Polizisten lauschte.

Kapitel 45

Kurz glaubte Isa, Uschi würde weinen. Aber dann nahm die Kollegin ihre Hände runter, die sie sich vors Gesicht geschlagen hatte, und ihre Augen waren trocken.

Bleiernes Schweigen breitete sich aus. Isa glotzte ungläubig zwischen dem Großmutter-Enkel-Duo hin und her. Sie konnte es einfach nicht glauben. Uschi wollte Wonneberg umgebracht haben? Das ergab doch keinen Sinn.

»Ich nehme an, das Cannabis geht auf deine Kappe«, sagte Bähr mit ruhiger Stimme und sah dabei Ben an.

Der Blick des Jungen huschte zu Uschi hin, die ihre Lippen zu einem dünnen Strich zusammenpresste und ein Kopfschütteln andeutete.

»Wie kam der Kontakt zwischen Ihnen beiden zustande?«, fragte Bähr beharrlich weiter. »Wer war der Initiator?« Seine eindringliche Stimme schien nicht die Wirkung auf Uschi zu haben, die er sich erhoffte. Demonstrativ verschränkte sie die Arme vor der Brust.

Überrascht musterte Isa den beinahe trotzigen Gesichtsausdruck ihrer Kollegin. Sie erkannte Uschi kaum wieder. Seit Bähr das Wort ergriffen hatte, drückte ihre gesamte Körperhaltung Widerwillen aus.

Ein leises Räuspern brachte Isa dazu, den Kopf zu drehen und Bähr anzusehen. Er gab ihr mit der Hand ein unmissverständliches Zeichen, dass er unter vier Augen mit ihr reden wollte.

Verdutzt rappelte sie sich vom Boden hoch und folgte Bähr zur Hecke, gerade weit genug weg, um nicht gehört zu werden, wenn sie flüsterten.

»Mit mir will sie nicht reden«, raunte er ihr zu.

Das war Isa auch schon aufgefallen. Genau wie die roten Blutflecken auf seinem Hemd. Die hatte er wohl ihr zu verdanken.

»Ihnen gegenüber scheint sie wohlgesinnter zu sein.«

»Mmh.« Dass Uschi sie vor wenigen Minuten wie ein Sumoringer in den Boden gestanzt hatte, schien er vergessen zu haben.

»Sie sollten versuchen, Ihre Kollegin zum Reden zu bringen, bevor sie auf die Idee kommt, einen Anwalt …« Er brach ab und zog die Brauen zusammen. »Okay, könnten Sie versuchen, Ihre Begeisterung ein wenig zu zügeln?«

Isa merkte jetzt erst, dass sie die Lippen zu einem dümmlichen Lächeln verzogen hatte. Mit einem Kopfschütteln korrigierte sie diesen Ausrutscher.

»Ich bin nur … es ist nur«, stammelte sie einfältig vor sich hin. »Dass Sie mich um Hilfe bitten, kommt einfach nicht sonderlich oft vor. Genau genommen haben Sie das ja auch gar nicht getan …«

Bährs Blick fand den ihren. Das Seufzen, das er ausstieß, klang nicht genervt, eher kapitulierend. »Na schön. Frau Klein, ich brauche Ihre Hilfe. Offensichtlich haben Sie einen guten Draht zu Ihrer Kollegin.«

Isa wurde ganz warm, und das nicht wegen der sommerlichen Temperaturen. Bähr brauchte ihre Hilfe, jawohl. In der Kürze der Zeit hatte sie es geschafft, eine Verbindung zu

Uschi herzustellen. Etwas, das ihm, wenn überhaupt, wohl höchstens nach vielen Stunden im Vernehmungsraum gelingen würde. Zeit, die er offensichtlich nicht hatte.

»Wenn sie erst in der Polizeidienststelle sitzt und der Schock über die Festnahme allmählich nachlässt, könnte es sein, dass sie dichtmacht«, erklärte Bähr prompt. »Daher bin ich geneigt, zu einer eher unkonventionellen Methode zu greifen, wenn es der Sache dient.«

»Und die unkonventionelle Methode bin ich?«, fragte Isa.

»Könnte man so sagen.«

Sie wusste nicht, ob sie das als Kompliment oder Beleidigung auffassen sollte. Oder nichts von beidem. Aber eigentlich war es auch egal.

Nach dem ganzen Chaos, das sie angerichtet hatte, war sie regelrecht dankbar, dass Bähr ihr die Chance gab, es wiedergutzumachen. Sie rollte die Schultern zurück und nickte ihm zu, bevor sie sich zu Uschi und Ben umwandte. Dann mal los.

»Ich hatte ja keine Ahnung, Uschi«, begann sie mit sanfter Stimme und setzte sich neben die Kollegin ins Gras. »Hätte ich geahnt, dass Ben und du … dass du Bens Oma bist …« Sie verstummte, weil sie nicht wusste, wie sie den Satz beenden sollte. Was wäre denn dann gewesen? Sie wäre trotzdem niemals auf die Idee gekommen, Uschi als Täterin in Betracht zu ziehen.

Ihre Kollegin atmete stoßweise, bevor sie den Blick hob. »Tut mir leid, dass ich mich auf dich gesetzt habe.«

Isa winkte ab. »Schon gut. Du wolltest nur Ben beschützen.«

Uschi nickte. Ihre Augen lagen tief in den Höhlen, und ihre Haut trug einen aschfahlen Schimmer.

»Wann hast du ihm gesagt, dass du seine Oma bist?«

»Er ist selbst draufgekommen.« Uschi blickte stolz in Bens Richtung. »Hat das Bild in meinem Geldbeutel entdeckt, so wie du. Von da an gingen die Fragen los. Aber ich bin meistens ausgewichen. Hab ihm gesagt, dass seine Mama bei der Geburt gestorben ist.« Noch immer sah sie nur Ben an. »Ich hab es nicht übers Herz gebracht, dir die Wahrheit zu sagen.«

Isa glaubte zu ahnen, worauf Uschi anspielte. Sie sah das Bild der Tochter noch ganz deutlich vor sich. Die dünnen Arme, die glasigen Augen und die spitzen Wangenknochen.

»Scheiß Drogen. Die haben alles kaputt gemacht«, zischte Uschi prompt. Sie blickte Ben an und stieß ein zynisches Lachen aus. »Paradoxerweise haben sie uns aber auch einander nähergebracht.«

»Ging die Kontaktaufnahme von dir aus?«, fragte Isa vorsichtig.

Uschi nickte. »Obwohl meine Tochter nie wollte, dass Ben von mir erfährt.« Sie hob den Kopf, ihr Gesicht war schmerzverzerrt. »Sie hat uns verachtet, weißt du. Mich und meinen Mann. Vor allem ihn. Er hat immer nur gefordert. Gute Noten, gutes Benehmen, strenge Disziplin. Hannah durfte keine Schwäche zeigen. Das hat sie irgendwann nicht mehr verkraftet. Sie hat sich an ihren Lehrer gewandt. Die Tochter einer Lehrerin wendet sich an einen Lehrer, kannst du dir das vorstellen?« Uschi schüttelte den Kopf, schien keine Antwort zu erwarten. »Diese öffentliche Schmach hat mein Mann ihr nie verziehen.«

»Hat der Lehrer was unternommen?«, fragte Isa.

Als Uschi weiterredete, starrten ihre Augen noch immer ins Leere, als würde sie direkt in die Vergangenheit zurückblicken. »Er hat sich ans Jugendamt gewandt, und die haben unsere Hannah auf ihren eigenen Wunsch hin in Obhut genommen.« Wieder lachte sie bitter auf. »So was passiert nur zerrütteten Familien, habe ich gedacht. Nicht in einem Haus wie dem unseren, hab ich gedacht. Hat 'ne Weile gedauert, bis mir klar wurde, dass wir so eine zerrüttete Familie sind.«

Zum ersten Mal seit Beginn dieser Unterhaltung begann Ben, sich zu regen. Er drehte sich so, dass er Uschi ins Gesicht blicken konnte. »Hast du sie nochmal wiedergesehen? Meine Mutter, meine ich.«

Uschi wollte nach seinen Händen greifen, doch er zog sie weg. Isa konnte sich nicht mal ansatzweise vorstellen, wie es sich anfühlen musste, am selben Tag zu erfahren, dass die leibliche Mutter ein Junkie und seine Oma eine Mörderin war.

»Wir hätten sie an den Wochenenden zu uns holen dürfen«, fuhr Uschi fort. Ihr Blick wechselte beim Reden zwischen Ben und Isa hin und her. »Aber Fritz, also dein Opa, der wollte das nicht. Er sagte, dass er keine Tochter mehr habe. Und mir wollte er auch verbieten, sie zu sehen. Also bin ich heimlich in die Stadt gefahren. Eine Zeit lang dachte ich wirklich, dass alles wieder gut werden würde. Sie fing eine Ausbildung beim Bäcker an. Von ihrem ersten Gehalt lud sie mich zu Kaffee und Kuchen ein. Ich war unheimlich stolz auf meine Kleine.« Sie presste sich eine Faust vor den Mund, als könnte sie so den Schmerz zurückhalten, der jetzt in hörbaren Schluchzern aus ihr hervorbrach.

»Ich hab es verbockt, verstehst du?« Sie versuchte Bens Blick einzufangen, aber er sah weg. Isa legte ihr tröstend eine Hand auf die bebende Schulter.

»Ich wollte sie überzeugen, dass Fritz sie liebt und dass sie es doch nochmal miteinander versuchen könnten. Da ist sie völlig ausgerastet. Sie hat gesagt, dass sie mich verachtet, dafür dass ich immer vor ihm kuschen würde und nie für sie eingestanden sei. Sie war so verletzt darüber, dass ich ihn zu verteidigen versuchte. Dabei wollte ich doch nur, dass wir wieder eine Familie sind. Dass alles wieder gut wird.«

»Es war aber nie gut«, flüsterte Isa, mehr zu sich selbst.

Uschi nickte schwach. »Das wurde mir leider zu spät klar. Ich hatte Hannah längst verloren.«

»Und dann?«, fragte Ben kaum hörbar.

Isa sah, dass seine Unterlippe zitterte, und plötzlich tat ihr der Junge schrecklich leid. So oft sie sich über ihre eigene Mutter aufregte, so dankbar war sie doch, sie zu haben.

»Ich bin immer wieder zu ihrer Wohngruppe gegangen«, murmelte Uschi. »Aber sie ließ mir jedes Mal ausrichten, dass sie mich nicht sehen wollte. Eines Tages habe ich sie dann nach Feierabend am Bäcker abgepasst und bin zu Tode erschrocken. Das war nicht mehr meine Hannah. Sie war völlig abgemagert. Die Haare fielen ihr aus. Sie … sie sah aus wie tot.«

»Wegen der Drogen«, stellte Isa fest. Keiner reagierte darauf.

»An dem Tag sagte sie mir auch, dass sie schwanger sei. Sie wusste nicht genau, von wem. Ich war so traurig und glücklich zugleich.« Uschi sah Ben voller Zuneigung an. Sie hob die Hand, schien über seine Wange streichen zu wollen, aber bevor sie ihn berührte, zog sie den Arm wieder zurück.

»Ich war tatsächlich so naiv zu glauben, dass dieses Baby, dass du, Ben, die Chance für einen Neuanfang sein könntest. Ich flehte sie an, nach Hause zu kommen, damit wir uns gemeinsam um dich kümmern konnten. Aber sie ließ mich wissen, dass sie alles tun würde, um ihrem Baby eine lieblose Kindheit wie ihre eigene zu ersparen.« Wieder kämpfte Uschi sichtlich mit den Tränen. »Diese Worte werde ich nie vergessen.« Ihr Körper wurde von einem Schluchzer geschüttelt.

Keiner sagte etwas, alle starrten Uschi an. Sie wirkte so müde, wie sie da saß, die schlaffe Haut von Tränen überzogen. Aus einem inneren Antrieb heraus griff Isa nach ihrer Hand. Uschi entzog sich der Berührung nicht, sondern erwiderte den leichten Druck.

»Hannah sagte, dass sie ihr Baby zur Adoption freigeben werde«, erzählte sie schließlich stockend weiter. »Der Sozialarbeiter hätte für sie den Kontakt zum Jugendamt hergestellt.« Ihr Gesicht nahm einen reuevollen Ausdruck an. »Da bin ich ausgeflippt. Ich konnte nicht fassen, dass sie uns das antut. Ich sagte ihr, dass sie das Kind doch nicht an wildfremde Menschen abgeben könne. Aber sie meinte, die Frau vom Jugendamt hätte ihr verraten, dass Ben nach Reutlingen zu einem Anwalt und seiner Frau kommen sollte, wo es ihm gut gehen würde.« Uschi schüttelte den Kopf. »Bei uns wäre es Ben doch auch gut gegangen. Ich hätte alles dafür gegeben, ihm eine schöne Kindheit zu bereiten.« Sie sah auf, schien in den Blicken der Umstehenden nach Zustimmung zu suchen.

Isa seufzte leise. Wer hätte geahnt, dass ausgerechnet die stets gut gelaunte Uschi ein solches Päckchen mit sich herumtrug. Kurz vergaß Isa, dass ihre Kollegin einen Menschen auf dem Gewissen hatte, und empfand einfach nur Mitleid.

»Das war das letzte Mal, dass ich meine Kleine gesehen

habe. Sie zog aus der Wohngruppe aus und brach jeden Kontakt zu mir ab. Immer wieder bin ich erfolglos in die Stadt gefahren, um nach ihr zu suchen. Ich habe die Polizei um Hilfe gebeten, aber die wollten sich nicht mit dem Fall befassen. Erst als es schon zu spät war.« Uschis Stimme war von Bitterkeit durchdrungen, und Isa ahnte, weswegen sie sich weigerte, mit Bähr zu reden.

»Eines Tages stand dann dieser Polizist vor unserer Tür. Ich erinnere mich nur noch bruchstückhaft daran. Es war der schlimmste Tag meines Lebens. Er sagte, dass Hannah rückfällig geworden und an einer Überdosis gestorben sei, und überreichte mir einen Umschlag, in dem sich ihre wenigen Habseligkeiten befanden.« Uschi atmete stoßweise. »Darin lag auch eine Dankeskarte.«

Isa hob den Kopf. »Von den Adoptiveltern?«

Uschi nickte. »Sie hatten nur mit ihren Vornamen unterschrieben, aber mithilfe des Internets fand ich eine Anwaltskanzlei, die zu dem Namen des Mannes passte. Da wusste ich, wer Ben zu sich genommen hatte.«

»Und dann hast du alle Zelte abgebrochen und bist ihm hinterhergezogen?«, fragte Isa.

»Erst nach dem Tod meines Mannes. Ich nahm meinen Mädchennamen an, zog nach Reutlingen und suchte nach ihm, bewarb mich an der Schule, die zu seinem Wohnbezirk gehörte, in der Hoffnung, dass seine Eltern ihn nicht woanders einschulen würden.« Uschi warf ihrem Enkel einen sehnsüchtigen Blick zu.

Die Brust des Jungen hob und senkte sich stoßweise, in seinen Augen glitzerten Tränen.

»Es hat mir das Herz gebrochen, dich nur aus der Ferne zu sehen. Du siehst deiner Mutter so ähnlich.«

Bens Kopf fiel nach vorn, und er schluchzte leise auf.

»Als du dann in die Schule kamst, konnte ich dir endlich nahe sein. Wenn auch nicht so oft, wie ich mir das erhofft hatte. Deine ersten Worte an mich werde ich nie vergessen.«

Ben zog geräuschvoll die Nase hoch. »Was hab ich gesagt?«

»Erdbeereis ist mein Lieblingseis«, wisperte Uschi und lächelte traurig. Der Junge stieß einen Laut aus, der nach einer Mischung aus Weinen und Lachen klang.

Isa spürte einen Kloß in ihrem Hals. Sie blickte zu Bähr auf und sah, wie er schwer schluckte.

»Wie kam es dazu, dass ihr euch so nahesteht?«, murmelte Isa und zwang sich, die Augen von dem ungewohnt betretenen Kommissar zu lösen.

»Ich bekam mit, dass er Probleme in der Schule hatte. Seine Noten sackten ab. Also bot ich ihm Nachhilfe an.«

Isa blickte überrascht zu dem Jungen. Irgendwie passte es nicht zu Ben, dass er freiwillig mit seiner Lehrerin lernte.

Uschi schien ihre Skepsis zu bemerken. »Im Gegenzug durfte er mit Seppi spielen. Meinem alten Labrador«, erklärte sie. »Seine Eltern wollten ihm keinen Hund kaufen.«

»Allergie«, murmelte Ben.

Die Umstehenden mussten sich wohl selbst zusammenreimen, dass Mutter oder Vater sensibel auf Hundehaare reagierten.

»Als Seppi letztes Jahr eingeschläfert werden musste, haben wir unsere Treffen trotzdem beibehalten.«

»Wie lange geht das denn schon?«, fragte Isa überrascht.

Uschi antwortete mit einem Schulterzucken. »Drei oder vier Jahre, bestimmt.«

Geräuschvoll stieß sie die Luft aus. Unglaublich, wie

lange dieses Geheimnis unentdeckt geblieben war. Ihre Kollegin hatte in so vielerlei Hinsicht falsch gehandelt. Und trotzdem konnte Isa es irgendwie verstehen. Ben war die einzige Verbindung zu ihrer Tochter. Die einzige Erinnerung. Und ein Stück Familie.

Obgleich die Tat selbst zutiefst verachtenswert war, hatte Isa keinen Zweifel daran, dass Uschi aus Liebe gehandelt hatte.

Kapitel 46

»Und wie kam es dazu?« Isa zeigte mit dem Daumen aufs Gewächshaus hinter sich.

»Herrje!« Uschi seufzte so inbrünstig, dass ihr ganzer Körper bebte. »Das hat sich so ergeben. Ben meinte, er wolle etwas ausprobieren. Und ich fand die Vorstellung schön, dass er noch mehr Zeit bei mir verbringen würde. Als ich rausfand, was er da anbaut, kam es zum Streit. Er hat sich tagelang nicht mehr blicken lassen. Das hab ich nicht ausgehalten. Ich wollte ihn nicht verlieren. Nicht ihn auch noch.«

»Also hast du ihm erlaubt, bei dir …«, Isa suchte nach einem diplomatischen Ausdruck, »… zu gärtnern?«

Uschi nickte schuldbewusst. »Er hat mir versprochen, keine Dummheiten damit zu machen. Ich weiß …«, sie stockte, als hätte jemand protestiert, »das war furchtbar naiv. Aber ich habe es so genossen, mit ihm in diesem Gewächshaus zu stehen. Das war … ich weiß auch nicht.« Sie zuckte die Schultern. »Das war unser Ding.«

Isa schnaubte durch die Nase. Irgendwie klang es plausibel und schräg zugleich. Ihre ältliche Kollegin baute Drogen an, um ihrem Enkel nah zu sein, dessen Mutter sie an die Drogen verloren hatte. Wahrscheinlich war das die verrückteste Story, die sie je gehört hatte. Und die traurigste.

»Bis Marco Wonneberg davon Wind bekommen hat«, hörte sie Bähr sagen.

Uschis Miene verschloss sich. Isa befürchtete schon, dass die Kollegin dichtmachen würde.

»War es so?«, kam sie Bähr zu Hilfe, als wäre die Frage von ihr gekommen.

Nach einer nachdenklichen Pause stieß Uschi einen kapitulierenden Seufzer aus. »Nachdem er Ben an der Schule beim Dealen erwischt hat, ist er abends hier aufgetaucht. Er wusste zwar nichts von unserer Verwandtschaft, aber davon, dass wir uns nahestehen. Schließlich hat er seine Nase ständig überall ungefragt reingesteckt.« Die plötzliche Abscheu in Uschis Stimme ließ Isa zu Bähr aufblicken. Er nickte ihr kaum merklich zu, hatte es wohl auch wahrgenommen. Die Erinnerung an Wonneberg schien eine andere Seite von Uschi zutage zu fördern.

»Er hat gesagt, dass ich mit Ben reden soll, weil er sonst zur Rektorin gehen würde. Ich hab versucht, ihm das auszureden, aber er hat sich groß aufgespielt, meinte, dass er auch gleich zur Polizei gehen könne und ich dankbar sein solle, dass er das nicht täte.« Sie schnaubte verächtlich. »Ich wollte ihn nur loswerden. Dass Ben mit dem Zeug dealt, wusste ich bis dahin ja nicht mal. Also ging ich nach dem Gespräch mit Marco schnurstracks in den Garten, um Ben zur Rede stellen. Aber ich konnte ihn nicht finden. Er war verschwunden.«

»Mein Vater hat mich an dem Tag hundertmal auf meinem Handy angerufen und mir auf die Mailbox geschrien, dass ich sofort heimkommen soll«, murmelte Ben und zog geräuschvoll die Nase hoch. »Weil Wonne nach der Mittagschule bei uns zu Hause aufgekreuzt war und sich über mein Verhalten beschwert hat. Hat irgendwas gelabert, dass ich zu 'nem Psychofuzzi gehen soll.«

Isa unterdrückte ein Schnalzen. Das stimmte mit dem überein, was Bens Adoptivmutter berichtet hatte. Wonneberg hatte einen Warnschuss abgegeben. Mit seinem Auftauchen bei Bens Eltern hatte er den Druck auf den Jungen erhöht.

»Also bin ich auf mein Rad gestiegen und heimgefahren. Ich hatte Schiss, dass mein Vater wieder mein ganzes Zimmer verwüstet. Das macht er manchmal, wenn es Ärger gibt. Dann nimmt er mir meinen Computer und meine Playstation weg.«

»Und hätte dabei vermutlich auch dein Gras entdeckt«, murmelte Isa.

Ben sah sie an, als hätte er vergessen, dass sie auch noch da war. Dann nickte er widerwillig.

»Wie ging es weiter?«, fragte sie an Uschi gewandt.

»Marco konnte es natürlich nicht gut sein lassen. Er wollte unbedingt mit Ben sprechen und die Sache auf seine Art klären. Er konnte es nicht ertragen, dass er als Vertrauenslehrer nicht ins Vertrauen gezogen wurde.«

Es hätte Isa nicht gewundert, wenn Uschi vor sich auf den Boden gespuckt hätte, um ihrer unverhohlenen Verachtung Nachdruck zu verleihen. Doch sie schüttelte nur heftig den Kopf.

»Er hatte wohl den Verdacht, dass Ben sich bei mir versteckt. Er muss durch die Hecke beobachtet haben, wie ich nach unserem Gespräch Richtung Gewächshaus gelaufen bin, und mir gefolgt sein. Plötzlich ist er wie aus dem Nichts hinter mir aufgetaucht und hat die Hanfpflanzen entdeckt.«

Ben und Uschi wechselten einen Blick, wie es nur Leute tun, die ein Geheimnis miteinander teilen.

»Ich habe mit Engelszungen auf ihn eingeredet, dass er es

niemandem erzählen soll. Dass ich die Pflanzen höchstpersönlich entfernen werde.« Sie machte eine Pause und schüttelte den Kopf. »Ich weiß nicht, worüber Marco mehr entsetzt war. Dass ich Ben erlaubte, bei mir Gras anzubauen, oder dass er nichts davon mitbekommen hatte. Er glaubte über alles an der Schule Bescheid zu wissen. Und zu jedem einen guten Draht zu haben.«

»Hat er zugestimmt?«

»Hm?« Uschi sah Isa fragend an.

»Wonneberg! Hat er eingewilligt, nichts zu verraten?«

»Ach so … ja, hat er. Aber dann wollte er am nächsten Tag plötzlich unbedingt mit Gisela reden. Ich hab es nur mitbekommen, weil ein paar Kollegen sich danach lautstark im Lehrerzimmer darüber aufregten, dass Marco mit seiner Wichtigtuerei den ganzen Konferenzplan durcheinanderbringe, was dazu führte, dass sie später Feierabend machen konnten. Anscheinend musste Gisela richtig laut werden, um ihn auf den nächsten Tag zu vertrösten.«

Isa hielt, ohne es zu merken, den Atem an. Das stimmte mit dem überein, was Sandra ihr erzählt hatte. Jetzt wusste sie endlich auch, worum es in dem Gespräch hätte gehen sollen.

»Da dachtest du, dass er nicht dichthalten würde«, nahm Isa mit sachter Stimme den Faden wieder auf, »und bist zu seinem Haus gelaufen.«

Die Kollegin nickte steif. »Ich konnte nicht riskieren, dass er alles auffliegen lässt.«

»Woher wusstest du überhaupt, dass Wonneberg einen Gasherd hat?«

Uschi stieß ein Zischen aus. »Weil er ständig darüber lamentiert hat, was für ein großartiger Koch er sei, und dass ein Gasherd so viel besser sei als ein Elektroherd.«

Angesichts Uschis ungezügelter Verachtung, bekam Isa eine Gänsehaut. Niemand sagte ein Wort. Da sah die Kollegin auf, und ihre bittere Miene veränderte sich. Flehend huschte ihr Blick zwischen den Anwesenden hin und her. »Ich hab es nicht wegen der Drogen getan.«

»Natürlich nicht«, flüsterte Isa. Sie war sich sicher, dass keiner hier an Uschis wahrem Motiv zweifelte.

»Ich wollte Ben nicht verlieren. Wenn wir aufgeflogen wären, hätte man ihn mir weggenommen. Ich hätte ihn doch nie wiedergesehen. Das konnte ich nicht zulassen.« Uschi ballte eine Hand zur Faust. »Das konnte ich nicht. Ich konnte es nicht.« Ihr Kopf war rot angelaufen, und an ihrem Hals zeichnete sich eine pulsierende Ader ab.

»Mann, Oma«, sagte Ben plötzlich leise und legte ihr eine Hand auf die Schulter.

Das schien Uschi den Rest zu geben. Sie brach in lautes Schluchzen aus und zog den Jungen an sich. »Ich konnte es nicht«, wisperte sie noch einmal.

Die nachmittägliche Ruhe, die sich über den Garten legte, nachdem Uschi und Ben abgeführt worden waren, passte nicht zu Isas innerem Aufruhr. Sie hatte falschgelegen. Und das nicht zum ersten Mal. Nicht Ben war der Mörder, sondern Uschi. Von allen Kollegen hatte sie sich mit Uschi am besten verstanden, ohne das Geringste zu ahnen. Vermutlich war sie nicht auf die gutmütige Kollegin gekommen, gerade weil sie sich miteinander angefreundet hatten. Wieder einmal hatte sie zugelassen, dass ihre Gefühle ihr Urteilsvermögen trübten.

Seufzend blickte sie zu Bähr hin, der neben ihr stand und konzentriert auf sein Handy starrte.

»Wie sind Sie auf Uschi gekommen?«, murmelte sie. Die Frage quälte sie schon die ganze Zeit.

Der Kommissar blickte mit gerunzelter Stirn vom Display auf und sah sie an. An seinem abwesenden Ausdruck erkannte sie, dass er mit den Gedanken ganz woanders war. »Mmh?«

»Sie wussten schon länger, dass Uschi die Tat begangen hat und nicht Ben, stimmt's?«

Er ließ das Handy sinken. Isa kannte diesen Zug um seinen Mund. Innerlich wägte er ab, wie viel er preisgeben durfte.

»Den Jungen haben wir zu Beginn unserer Ermittlungen überprüft.«

Isa runzelte die Stirn. Das wusste sie doch bereits. Nur zu deutlich erinnerte sie sich an das Gespräch, das darauf gefolgt war. Bähr hatte ihr eröffnet, dass Ben ein Adoptivkind war. Und sie hatte sich für ihre eigene Ahnungslosigkeit geschämt. Aber das erklärte noch immer nicht, wie er von Ben auf Uschi gekommen war.

»Wie haben Sie den Bogen zu Uschi geschlagen?«, fragte sie deshalb ungeduldig.

»Erstmal gar nicht«, murmelte Bähr. Er steckte sein Handy in die Hosentasche und fuhr sich mit den Fingern durch die Haare. »Sie haben mich draufgebracht.«

»Ich?« Isa prustete ungläubig. »Ich hab doch selbst nicht gewusst, dass Uschi die Mörderin ist.«

»Aber Sie haben mir erzählt, dass sie ihren Namen geändert hat. Ich hab Ihnen gesagt, dass jeder Hinweis entscheidend sein kann, wissen Sie noch?«

Isa starrte ihn an, während sich die Gedanken in ihrem Kopf überschlugen. Sie hatte den entscheidenden Hinweis geliefert? Sie?

»Frau Klein?«

»Ja?«

»Sie stammeln vor sich hin«, klärte Bähr sie auf. Ein winziges Schmunzeln umspielte seine Lippen.

»Jedenfalls ist uns dadurch aufgefallen, dass Frau Kauer vor dem Tod ihres Mannes genauso hieß wie Ben, bevor er von den Hilberts adoptiert wurde.«

Isa zog die Brauen hoch und nickte langsam. »Natürlich.« Uschi hatte ihren Mädchennamen angenommen, um jede Verbindung zu ihrem Enkel zu vertuschen. Doch ihr Ehename, der Nachname ihrer Tochter, war damit nicht aus den alten Dokumenten gelöscht.

»Aber woher wussten Sie, dass Uschi Wonneberg umgebracht hat?«

Bährs Gesichtsausdruck verfinsterte sich. »Um ehrlich zu sein, hatte ich nach der Entdeckung der Namensänderung höchstens einen vagen Verdacht. Ich kam her, um mit Frau Kauer zu sprechen. Aber ich schätze, ohne Ihre Hilfe hätte ich nicht viel aus ihr herausbekommen.«

Isa hatte das Gefühl, mehrere Zentimeter zu wachsen. Ein solches Lob aus Bährs Mund fühlte sich an wie ein Ritterschlag.

Ihr beiläufig gestreuter Hinweis hatte dazu geführt, dass Bähr hier aufgetaucht war. Aber damit nicht genug. Isa hatte es geschafft, in der kurzen Zeit ihrer Abordnung eine Verbindung zu der älteren Kollegin herzustellen, die allem Anschein nach maßgeblich zu Uschis Geständnis beigetragen hatte. Himmel, fühlte sich das gut an.

»Schätze, Sie hatten den richtigen Riecher«, hörte sie Bähr neben sich sagen.

Ruckartig sah sie auf. Angesichts ihrer geschwollenen,

rot leuchtenden Nase fand sie diesen Spruch ziemlich daneben.

Aber diesmal grinste Bähr nicht, im Gegenteil. Fast glaubte sie, einen Funken Anerkennung in seinem Blick zu entdecken.

Er stieß sich von der Mauer ab und zog den Autoschlüssel aus seiner Hosentasche. »Ich werd dann auch mal zur Dienststelle fahren. Frau Kauer müsste inzwischen eingetroffen sein.«

Beim Gedanken an Uschi flaute Isas Zustand der Schwerelosigkeit unvermittelt ab. Sie feierte sich für ihren Erfolg, während Uschi einem Leben hinter Gittern entgegensah. Wie es ihr wohl gerade ging? Realisierte sie überhaupt, in was sie sich da hineinmanövriert hatte?

In den Tagen nach der Tat schien Uschi sich jedenfalls verdammt sicher gefühlt zu haben. Sie hatte ja noch nicht mal die Graspflanzen beseitigt.

Unbewusst schüttelte Isa den Kopf. Hatte sie einfach so weitermachen wollen wie bisher? Nur um ihren Enkel nicht zu verlieren?

Kapitel 47

»Frau Klein, Sie können reinkommen.«

Bei der ernsten Miene ihres Chefs und seinem noch ernsteren Tonfall zog Isa automatisch den Kopf ein. Dabei wusste sie natürlich, was sie erwartete. Sie hatte Rektor Maiers Standpauke ja schon am Telefon über sich ergehen lassen müssen. Jetzt folgte vermutlich eine Strafpredigt von Angesicht zu Angesicht.

Abgesehen von ihrem Rausschmiss aus der Hermann-Hesse-Schule, würde sie sich bestimmt für ihre vermeintliche Zusammenarbeit mit Kommissar Bähr rechtfertigen müssen. Mittlerweile hatte sich Isas unfreiwilliger Auftritt in der Presse natürlich auch im Kollegium herumgesprochen, und allen dürfte klar sein, dass ihre Abordnung keinem ganz so selbstlosen Antrieb entsprungen war.

»Können Sie mir erklären, wo Sie gestern waren?«, polterte ihr Rektor ohne Umschweife los. Damit hatte Isa nicht gerechnet. Und eigentlich fand sie, dass ihn das nichts anging.

»Gestern war Gesamtlehrerkonferenz«, fuhr Maier fort, vermutlich war ihm ihre verwirrte Miene nicht verborgen geblieben.

»Sie haben eine Einladung per Mail bekommen.« Er spitzte vorwurfsvoll die Lippen.

»Äh«, stammelte Isa. »Ich dachte, ich wäre freigestellt.«

»Von Ihrer Unterrichtspflicht«, dröhnte Maier. »Nicht aber von Ihrer Dienstpflicht.«

Isa spürte, wie ihr die Gesichtszüge entglitten. Das war ja wohl die Höhe. Wer sollte da noch durchblicken?

»Sie wären außerdem mit Protokollschreiben dran gewesen«, monierte Maier weiter. Er hatte nach einem Kugelschreiber gegriffen und richtete ihn jetzt auf Isa, als wollte er sie damit aufspießen.

»Man könnte fast den Eindruck gewinnen, dass Sie der Konferenz absichtlich ferngeblieben sind.«

Isa schnaubte empört. »Ich habe keine Mail bekommen.« Auf die Schnelle fiel ihr keine bessere Ausrede ein. Sie würde Maier bestimmt nicht auf die Nase binden, dass sie Bähr geholfen hatte, eine Mörderin zu schnappen, statt brav in der Gesamtlehrerkonferenz zu sitzen.

Beim Gedanken an Bähr zog sich ihr der Magen zusammen. Jetzt, wo der Fall aufgeklärt und Uschi geständig war, hielt ihn nichts mehr in Grimmingen. Unauffällig schielte sie zur Uhr, die hinter Maiers Schreibtisch an der Wand hing und mahnend tickte. Wenn sie noch länger in seinem Rektorat herumstand, würde sie ihn verpassen. Isa traute ihm durchaus zu davonzufahren, ohne sich zu verabschieden.

»Haben Sie mir zugehört?«

Sie hob die Brauen. »Mmh?«

»Ich habe gesagt, dass Frau Schmitz netterweise das Schreiben des Protokolls für Sie übernommen hat.«

Isa stieß ein übertrieben erleichtertes Seufzen aus und hoffte, dass Maier ihr das jämmerliche Schauspiel abnahm. Das doofe Protokoll interessierte sie nicht die Bohne. Wahrscheinlich hatten sich die Diskussionen sowieso wieder nur um dieselben Themen gedreht. Nämlich, unter welchem Motto das Sommerfest der Schule stattfinden sollte und wer sich in diesem Jahr um die Bücherbestellungen kümmerte. Isa konnte es nicht mehr hören. Sie verstand nicht, warum Maier nicht einfach einen Dummen für diese Aufgabe bestimmte, damit endlich Ruhe herrschte.

»In Ihrer Abwesenheit wurde Ihnen die Verwaltung der Bücher übertragen«, verkündete Maier prompt.

»Was?« Isa wäre beinahe der Kaugummi aus dem Mund gefallen, den sie in weiser Voraussicht unter der Zunge gebunkert hatte. »Das will ich nicht machen«, platzte sie gedankenlos heraus.

»Frau Klein!« Die Stimme des Rektors klang gepresst, als müsste er sich beherrschen, nicht zu schreien. Er holte Luft und schien gerade loslegen zu wollen, ihr die Leviten zu lesen, als sie abwehrend die Hände hob.

»Schon gut.«

Sie konnte es sich wirklich nicht leisten, Maier noch mehr gegen sich aufzubringen.

»Bitte lesen Sie sich das Protokoll der Konferenz zeitnah durch und bringen sich auf den neuesten Stand«, brummte er in gemäßigterem Tonfall.

Sie rang sich ein Nicken ab.

»Ich muss wohl nicht erwähnen, dass Frau Rothardt-Knappenhauser kein weiteres Interesse an Ihnen als Vertretungslehrerin hat.«

»Trifft sich gut«, entfuhr es ihr.

Maier zog warnend die Brauen hoch. »Ich konnte die Herren und Damen vom Schulamt überzeugen, von einer Dienstaufsichtsbeschwerde abzusehen. Aber …«, wieder zielte er mit seinem Kugelschreiber auf Isa, »Sie stehen unter strenger Beobachtung. Einen weiteren Fauxpas können Sie sich nicht leisten.«

Es dauerte einen Moment, bis Maiers Worte das Rauschen in ihren Ohren durchdrangen. Sie durfte ihren Job behalten und musste nicht bei ihren Eltern einziehen. Noch nicht einmal beim Schulamt musste sie vorstellig werden. Wie es schien, war sie glimpflich davongekommen. Mehr als glimpflich.

»Von jetzt an werde ich mir nichts mehr zuschulden kommen lassen, versprochen«, gelobte sie in einer Aufwallung von Dankbarkeit und Erleichterung.

Maier winkte missmutig ab. »Ihr Wort in Gottes Ohr. Ab morgen gilt wieder Ihr alter Stundenplan. Seien Sie pünktlich.« Er ließ sich in die Stuhllehne fallen, setzte seine Lesebrille auf und starrte in den Bildschirm. Wie es schien, war das Gespräch beendet.

Isa beeilte sich, rückwärts aus seinem Büro zu schleichen. Sie konnte sich gerade noch bremsen, im Türrahmen eine unterwürfige Verbeugung zu machen. Als sie mit der Schulter gegen etwas Weiches stieß, fuhr sie erschrocken herum.

»Du solltest dich schämen.« Schmoll stand mit verschränkten Armen vor ihr und blickte verächtlich auf sie herab.

»Herrje, weil ich einmal eine Konferenz versäumt habe?«

»Mittlerweile sind es drei, um genau zu sein«, erklang Maiers Stimme aus seinem Büro.

Isa sog die Luft ein und zwängte sich an Jens vorbei, um außer Hörweite ihres Rektors zu kommen. Wer konnte ahnen, dass Maier Strichliste über ihre Fehlzeiten führte?

»Es geht nicht um die Konferenz«, sagte Schmoll, der ihr ungefragt zur Kaffeemaschine gefolgt war. »Wegen dir wird Jule Paul jetzt nach Reutlingen abgeordnet.«

Isa runzelte die Stirn. Irgendwas klingelte bei dem Namen. Dann fiel es ihr wieder ein. Die junge Lehrerin, die nach ihrer Elternzeit an die Grimminger Gemeinschaftsschule hatte zurückkehren wollen.

»Ob du es glaubst oder nicht«, zischte sie, »ich hatte das so nicht geplant.«

»Fällt mir tatsächlich schwer, das zu glauben.«

Sie rollte mit den Augen und ließ Jens einfach stehen. Sollte er doch denken, was er wollte. Sie hatte Wichtigeres zu erledigen.

Renate stand an der Tafel und hatte den Schülern den Rücken zugewandt. Sie murmelte leise vor sich hin und schien gar nicht zu bemerken, dass jemand zur Tür hereinguckte. Isas Blick wanderte zum Tafelaufschrieb, und sie hob verwundert die Augenbrauen.

In großen Lettern hatte Renate das Wort »Freundschaft« in die Mitte der Tafel geschrieben. Wie passend. Offensichtlich war Isa in die Ethikstunde ihrer Freundin geplatzt.

Jetzt zog Renate einen energischen Kreidekreis um das Wort und drehte sich seitlich zur Klasse, sodass sie Isa den Rücken zuwandte.

»Was fällt euch dazu ein?« Sie ließ den Blick über die Köpfe der Schüler schweifen. Ein paar Hände hoben sich.

»Ehrlichkeit«, platzte Isa, ohne nachzudenken, heraus.

Renate fuhr erschrocken herum, und auch die Köpfe der Schüler drehten sich alle gleichzeitig in ihre Richtung.

Augenblicklich bereute Isa ihren unüberlegten Aktionismus. Sie spürte, wie sie rot anlief. Aber jetzt konnte sie keinen Rückzieher mehr machen.

»Und füreinander da sein.« Sie trat ein. »Immer.«

Die Schüleraugen huschten von Isa zu Renate und wieder zurück. Offensichtlich verstanden sie nicht, was da gerade vor sich ging. Da waren sie nicht die Einzigen. Isa wusste ja selbst nicht genau, was sie hier tat.

»Echte Freunde findet man nur selten«, sagte sie so leise, dass die Schüler sie wahrscheinlich gar nicht hören konnten. Aber das war ihr egal. Ihre Worte galten sowieso nur einer Person in diesem Raum. Sie formte ein stummes »Tut mir leid«, mit den Lippen.

Renate hatte die ganze Zeit wie versteinert an der Tafel gestanden. Jetzt begann es verdächtig in ihren Augen zu glitzern, sie presste die Lippen zusammen und schniefte.

»Freundschaft bedeutet auch, sich zu vergeben«, sagte sie plötzlich mit brüchiger Stimme, und Isa wurde warm. Sie lächelte erleichtert. Obwohl sie entschlossen gegen die eigenen Tränen anblinzelte, begann Renate bereits vor ihren Augen zu verschwimmen. Im selben Moment bemerkte sie, dass ein Murmeln durch die Klasse ging.

»Ähm«, sie räusperte sich, »kann ich dich kurz draußen sprechen?« Mit dem Daumen zeigte sie zur Tür.

Renate nickte. »Ihr dürft mir so lange einen Essay zum Thema Freundschaft schreiben.«

Die Klasse stöhnte im Kollektiv, aber weder Renate noch Isa hatten Mitleid. Als die Tür sich hinter ihnen schloss, fielen sie sich wortlos in die Arme.

»Tut mir so leid«, murmelte Isa. Ihre Stimme verfing sich in den dichten Locken der Freundin.

»Mir auch«, schniefte Renate.

Mit dem Einsetzen der Erleichterung, merkte Isa erst so richtig, wie sehr ihr die treue Freundin in den letzten Tagen gefehlt hatte.

»Kommst du später auf einen Kaffee vorbei?«, fragte sie, als sie sich aus der Umarmung gelöst hatte.

Renate rieb sich mit dem Fingerknöchel an den Augenwinkeln entlang und zog die Nase hoch. »Gern«, ihre Stimme klang ein bisschen nasal. »Ist dein … ist Bähr denn noch da?«

»Keine Ahnung«, es hatte gleichgültig klingen sollen, war aber irgendwie gnatzig rausgekommen. Die Erwähnung seines Namens löste heute zum wiederholten Mal eine seltsame Gereiztheit in Isa aus. Sie musste sich beherrschen, nicht schon wieder auf ihre Uhr zu schauen.

»Wahrscheinlich ist er längst zurück in Esslingen«, sprach sie ihren nächsten Gedanken laut aus.

»Schade«, sagte Renate leise, und Isa nickte. Als sie sich dabei ertappte, stieß sie ein gleichgültiges Prusten aus. »Ach, du weißt ja«, sie wich dem Blick der Freundin aus. »Ich bin immer froh, wenn ich das Haus wieder für mich habe.«

Kurz darauf spurtete sie über den Lehrerparkplatz auf das Auto ihrer Eltern zu. Ihr Mazda stand noch immer in Reutlingen und wartete darauf, abgeschleppt zu werden. Doch ausnahmsweise war sie deswegen kein bisschen betrübt.

Im Gegenteil. Sie hatte es plötzlich ziemlich eilig, heimzukommen. Da wollte sie sich nicht mit dem launischen Motor ihres schrottreifen Autos herumärgern.

Kapitel 48

Isa ertappte sich dabei, ein erleichtertes Seufzen auszustoßen, als sie in ihre Einfahrt einbog und Bährs Auto neben dem Carport erblickte. Im selben Moment presste sie die Lippen aufeinander und konzentrierte sich darauf, besonders akribisch einzuparken. Der Kommissar brauchte nicht auf die Idee zu kommen, dass sie es eilig hatte, ihn zu sehen.

Im Hausflur stand sein gepackter Koffer, und durch den Spalt der angelehnten Küchentür konnte sie bis zu Alfons' Hundekörbchen sehen, wo Bähr hockte und … sie kniff die Augen zusammen … ihn streichelte?

Sie eilte den Flur entlang und stieß die Küchentür auf. Bähr fuhr erschrocken vom Boden hoch.

Eine Sekunde lang starrten sie sich nur an. Dann stahl sich ein breites Grinsen auf Isas Gesicht. Als hätte sie gerade eine weltbewegende Entdeckung gemacht, streckte sie den Zeigefinger aus und ließ ihn vor Bähr auf und ab wippen.

»Nicht mal Sie können dem Charme von diesem kleinen Racker widerstehen, stimmt's?«

»Sie haben Ihren Hund also wiedergefunden«, ging er überhaupt nicht darauf ein. Sie hatte trotzdem das Gefühl, den Kommissar aus dem Konzept gebracht zu haben.

»Ja, nachdem er die Schulbibliothek verwüstet hat«, antwortete sie und blickte auf den kleinen Herumtreiber hinab.

»Schätze, das kam bei Ihrer Rektorin nicht besonders

gut an«, antwortete Bähr mit einem hörbaren Grinsen in der Stimme.

Isa schnaubte. »Nicht wirklich. Aber sie hat mich davor schon zur Persona non grata erklärt.«

»Nachvollziehbar.«

»Hey!« Sie hob ruckartig den Kopf. »Was ich in meiner Freizeit tue, geht die Rothardt-Knappenhauser überhaupt nichts an.«

»Nur, dass es genau genommen nicht Ihre Freizeit war.«

Sie stemmte die Hände in die Hüften. »Ich hab meinen Unterricht ordnungsgemäß abgehalten.«

»Wie dem auch sei«, schlug er einen weniger feixenden Tonfall an, »ich hatte gehofft, dass wir uns nochmal sehen, bevor ich fahre.«

Isa riss die Augen auf. »Ach ja?«

»Ich brauche noch eine Rechnung für meine Übernachtungen hier. Sie wissen ja, ich muss das einreichen.«

»Klar«, sagte sie leise. Darauf bedacht, sich ihre aufwallende Enttäuschung nicht anmerken zu lassen, beeilte sie sich, ihre Augengröße auf ein gleichgültiges Maß zu reduzieren. »Ich hab sie aber noch nicht fertig. Kann ich sie Ihnen zuschicken?«

Er nickte. »Sicher.«

Zwischen ihnen entstand eine Pause, in der Isa mit übertriebenem Interesse die fleckigen Fliesen betrachtete. Jeden Moment würde er sich verabschieden.

»Gibt's was Neues zu Uschi Kauer?«, platzte sie heraus. Dabei wusste sie ziemlich genau, dass sich nicht viel Neues ergeben haben konnte, nachdem die ehemalige Kollegin ihr umfängliches Geständnis abgelegt hatte.

Bähr lehnte sich gegen die Arbeitsplatte und sah sie an.

»Nicht wirklich. Frau Kauer schweigt, dafür zeigt sich Ben einigermaßen kooperativ. Wahrscheinlich kommt er aufgrund der Umstände und seines Alters mit einer milden Strafe davon.«

»Und mit welcher Strafe muss Uschi rechnen?« Es fiel Isa schwer, an ihre ältliche Kollegin mit den Lachfältchen um die Augen zu denken, ohne dabei ein wirres Gefühlsgemisch in sich loszutreten. Sie schaffte es immer noch nicht, die fürsorgliche, mütterliche Frau mit der kaltblütigen Mörderin in Einklang zu bringen, die sie ohne Zweifel war.

»Schwer zu sagen«, antwortete Bähr. »Dass sie mit ihrem minderjährigen Enkel Cannabispflanzen angebaut hat, ist sicher nicht hilfreich. Davon abgesehen, war es kein Mord im Affekt. Sie ist ziemlich methodisch vorgegangen.«

Isa nickte nachdenklich. Bähr hatte recht. Uschi hätte so viele Abzweigungen nehmen können, bevor sie es zum Äußersten hatte kommen lassen. Gestern, in ihrem Garten, hatte sie es dargestellt, als sei ihr keine andere Wahl geblieben. Als sei sie das Opfer widriger Umstände. Der tyrannische Ehemann, der Drogentod ihrer Tochter, Wonnebergs unangebrachte Einmischung. Uschi log sich selbst etwas vor, wenn sie das wirklich glaubte. Jetzt würde sie für lange Zeit hinter Gittern verschwinden. Ihre fast schon fanatischen Bemühungen, Ben nahe zu sein, hatten das genaue Gegenteil bewirkt.

»Aber Uschi hat nichts mit der Eierattacke auf Wonnebergs Haus zu tun, oder?«

Bähr stieß einen Laut aus, der nach einer Mischung aus Schnauben und Lachen klang. »Nein, das geht tatsächlich auf Bens Kappe. Genauso wie die aufgeschlitzten Reifen von Wonnebergs Rennrad. Obwohl ich bezweifle, dass er allein gehandelt hat.«

Isa nickte. »Bestimmt waren seine ätzenden Kumpels dabei. Ich bin mir sicher, dass die auch die Luft aus meinen Autoreifen gelassen haben.«

»Sie können Anzeige erstatten.«

Isa winkte ab. Ihr drängte sich ein anderer Gedanke auf. »Haben Sie wegen des Zeitungsberichts Ärger bekommen?« Zerknirscht zog sie die Mundwinkel nach unten.

»Nicht wirklich. Schließlich ist es Teil der Ermittlungen, dass ich mit den Lehrern der Hermann-Hesse-Schule rede, zu denen Sie ja auch gehörten.« Seine Augen begegneten den ihren. »Und dass Sie von Mord gesprochen haben, ging nicht auf meine Kappe. Zumindest nicht offiziell.«

Ihre Augen begegneten sich, und Isa nickte dankbar. Aus irgendeinem Grund hatte sie das Gefühl, dass der Kommissar die Angelegenheit verharmloste. Sie konnte sich nicht vorstellen, dass seine Vorgesetzten sich so leicht hatten überzeugen lassen, wie er es ihr glaubhaft machen wollte.

»Tja«, riss seine Stimme sie aus ihren Gedanken. »Ich werd's dann mal packen.« Er stieß sich von der Arbeitsplatte ab und streckte ihr den Arm entgegen.

Isa blickte auf seine große Hand hinab, als wüsste sie nicht, was sie damit anfangen sollte.

»Ich komm noch mit raus«, sagte sie und wandte sich zur Küchentür um, bevor der Kommissar ihr schweres Schlucken bemerkte, mit dem sie gegen den Kloß in ihrem Hals ankämpfen musste.

Sie konnte sich ihre lausige Stimmung selbst nicht erklären. Wenn Bähr abgereist war, hatte sie ihr Haus endlich wieder für sich. Ein Zustand, den sie eigentlich sehr schätzte, auch wenn er zugegebenermaßen sowieso nicht oft da gewesen war.

In Gedanken rechtfertigte sie ihre schlechte Laune mit der wenig erbaulichen Aussicht auf den drögen Alltag, der jetzt ohne Zweifel wieder Einzug in ihr Leben halten würde. Hier passierte ja nicht viel. Man ging arbeiten, dann nach Hause oder in die Dorfkneipe und fieberte dem Wochenende entgegen. Bährs Anwesenheit hatte einen gewissen Nervenkitzel mit sich gebracht.

Sie scheuchte Alfons beiseite, der um ihre Füße herumscharwenzelte, und zog die Haustür auf. Warmes Sonnenlicht flutete herein und blendete sie. Eine Hand über den Augen lief sie die Treppe hinunter und drehte sich zu Bähr um. »Schätze, der nächste Mordfall wartet schon auf Sie.«

Der Kommissar lächelte verhalten, und Isa entdeckte die vertrauten Fältchen um seine Augen, während sie nebeneinander her zu seinem Auto liefen.

»Ganz so oft, wie Sie denken, passieren Morde zum Glück auch wieder nicht.«

»Na ja«, sie zuckte die Schultern. »Hier in der Gegend gab es jetzt innerhalb eines Jahres immerhin schon zwei.«

»Mmh«, machte Bähr und blickte in die Ferne. »Vielleicht ziehen Sie das an.«

Isa stieß ein erheitertes Schnauben aus. »Wenn das so ist, sehen wir uns sicher bald wieder.« Das war ihr einfach so herausgerutscht. Sie biss sich auf die Lippe. Es hatte viel zu hoffnungsvoll geklungen. Vorsichtig schielte sie zu Bährs Gesicht hinauf, um herauszufinden, ob er den Unterton registriert hatte.

Falls dem so war, ließ er es sich zumindest nicht anmerken. Wortlos zog er den Autoschlüssel aus der Hosentasche und im selben Moment klappte der Kofferraumdeckel seines Kombis auf.

»Das hätte ich fast vergessen«, sagte er unvermittelt. Er hob eine Art Käfig mit robusten Stangen heraus und stellte ihn vor ihr in den Staub. »Das ist für Ihren Hund.«

Isa starrte Bähr an, dann den Käfig, dann wieder Bähr. Sie hatte keine Ahnung, was sie sagen sollte, in ihrem Kopf herrschte heilloses Durcheinander.

»Das ist eine Transportbox«, kam Bähr ihr zu Hilfe. Offensichtlich hatte er ihren verwirrten Gesichtsausdruck falsch gedeutet.

»Damit er nicht mehr auf dem Beifahrersitz mitfahren muss. Das ist gefährlich, wie Sie sich sicher denken können.«

Isas Herz schwoll an, gleich würde ihr der Brustkorb zerspringen. »Sie sorgen sich um meinen Alfi?«

Bähr blinzelte. »Laut Straßenverkehrsordnung muss ein Hund ordnungsgemäß gesichert werden, wenn …«

Sie hörte ihm gar nicht mehr zu, starrte nur auf seine sich bewegenden Lippen und spürte wie eine warme Welle von ihren Zehenspitzen bis zu den Haarspitzen wogte.

Bähr konnte den korrekten Polizisten mimen, so lange er wollte. Sie wusste es besser.

»… hat einem Kollegen gehört. Aber dessen Hund ist kürzlich gestorben und deswegen …« Er brach ab und runzelte die Stirn. »Hören Sie mir überhaupt zu?«

Isa schüttelte den Kopf. »Danke!« Es war ihr egal, dass sie so verdammt gerührt klang.

Bähr sah kurz so aus, als wollte er sich über ihre mangelnde Aufmerksamkeit empören. Er schnappte schon nach Luft, aber dann schien er es sich anders zu überlegen. Stattdessen verzog er das Gesicht zu einem zaghaften Lächeln und nickte. »Gern geschehen.«

Schweigend sahen sie sich an. Dann schnellte plötzlich seine Hand nach vorn. »Also dann.«

»Also dann.« Isa erwiderte das Schütteln. Sein Griff war fest und warm.

Mit den Augen folgte sie ihm zur Fahrertür, und kurz darauf erwachte der Motor mit einem dunklen Brummen zum Leben. Isa bückte sich zu Alfons runter und klemmte ihn sich unter den Arm. Angesichts der feuchten Stelle am Autoreifen kam ihr Eingreifen wohl etwas zu spät.

Als Bährs Audi langsam an ihnen vorbeirollte, stieß Alfons ein leises Wimmern aus. Verständnisvoll tätschelte sie dem Dackel das Köpfchen.

Der Kommissar hatte das Fenster heruntergelassen und nickte ihr zum Abschied zu.

»Bis bald«, rief Isa reflexartig.

»Davon gehe ich aus«, antwortete Bähr und verzog den Mund zu einem schiefen Grinsen.

Erst als er auf die geteerte Straße abgebogen war und das Knirschen der Kieselsteine verstummte, wurde ihr bewusst, was er gesagt hatte.

Und ihr Herz machte einen Satz.

Danksagung

Zum Schluss noch mein kurzer, aber von Herzen kommender Dank.

Allen voran, möchte ich meinem Agenten Tilo Eckardt danken. Tilo, wie du mir mit deiner Expertise und deiner herrlich unaufgeregten Art immer zur Seite stehst, bedeutet mir so viel.

Danke dem ganzen Team von Blanvalet, vor allem Bettina Steinhage, für die absolut angenehme und wertschätzende Zusammenarbeit. Und natürlich Sabine Biskup, fürs erneute Lektorieren und die wertvollen Anregungen.

Danke, liebe Mareike Fröhlich, fürs erste Lesen und Rückmelden. Ebenso gilt mein Dank den vielen anderen Mörderischen Schwestern, bei denen ich jederzeit mit meinen Fragen um die Ecke kommen darf.

Herrn Professor Dr. rer. Nat. Dipl.-Chem. Stephan Appel von der Hochschule Esslingen möchte ich für seine Expertise hinsichtlich Propangas in Kombination mit Lichtschaltern danken. Und auch der Pressestelle der Polizei Reutlingen, für die bereitwillige und schnelle Auskunft zu meinen Fragen.

Zu guter Letzt gilt mein Dank meiner Familie und meinen Freunden. Wie ihr mitfiebert und euch mit mir freut ist der schönste Lohn.

Forsche Lehrerin trifft auf großspurigen Kommissar mit Stock im A*** – ein Ermittlerduo, das Mordsspaß macht!

352 Seiten, ISBN 978-3-7341-1205-8

Isa Klein – Anfang dreißig, unverheiratet, kinderlos und semiambitionierte Lehrerin. Als in ihrem schwäbischen Dorf die Frau des Zahnarztes umgebracht wird, ruft dies den Esslinger Kommissar Bähr auf den Plan. Und da der Ort Grimmingen so klein ist, dass es weder ein Hotel noch eine Pension gibt, zieht Bähr kurzerhand in Isas Ferienappartement. Die neugierige Lehrerin kann den auswärtigen Kommissar zwar nicht leiden, doch für sie versteht es sich von selbst, dass sie ihn ungefragt bei seinen Ermittlungen unterstützt. Während Isas Mutter gemeinsam mit Freundin Renate plant, die Singletochter endlich an den Mann (Kommissar) zu bringen, kommt Isa trotz einiger tollpatschiger Pannen dem Mörder allmählicher näher und riskiert damit Kopf und Kragen.

Lesen Sie mehr unter: **www.blanvalet.de**